琉璃灯

郭改霞 ◎ 著

中国文史出版社

为君点亮一盏灯

路　远

　　前些年曾读过郭改霞的章回体长篇小说《三生石》，惊讶于她叙述语言的优美古雅，曾为其撰文简略评之。而当她沉甸甸的书稿《琉璃灯》送给我请我为之作序时，通读之余，再次被她在古体小说方面所具备的才华所折服，也为其成功地塑造出一位典型人物而兴奋，欣然命笔，草就此篇。

　　小说以十九世纪下的旧中国为框架，以倒叙的形式向人们讲述了一个晚清故事。通过这个故事的衍生，形形色色的人物向我们走来，而在众多形象各异的人物中，卓尔不群、形象丰满的主人公进入了我们的视野。此人天资聪慧，博览群书；此人学识渊博，琴棋书画无所不通；此人骑马射箭，样样精通……此人是谁？于是乎，作者揭开层层神秘的面纱，一位文坛巨匠向我们缓步走来。

　　他就是《琉璃灯》的主人公尹湛纳希！

　　八旗子弟，一向被世人称为纨绔子弟，然而，在尹湛纳希身上全无那些孟浪浮夸之气，有的却是贵族宽厚之风，更有一颗平和善良之心和悲悯天下的胸襟。小说用细腻的笔法，彰显了一个旧时代下才子的悲吟。这位漠南才子满腹经纶，他是成吉思汗二十八代嫡系世孙，身上流淌着黄金家族血脉，一腔正气是祖辈遗传的基因。他自幼饱读诗书，品行优良，心地善良，胸怀大志，却无力回天，遗恨终生。

　　道光年间，鸦片流毒，土匪横行，列强入侵，反帝反封建的思潮开始萌生。

在这样的生活背景下，封建社会转向半殖民地半封建社会。清廷腐败无能，吸食鸦片者比比皆是，被列强称为"东亚病夫"！道光皇帝虽屡次严禁，派林则徐行禁烟运动，然终因朝廷腐败而未果。在这样的历史大背景下，蒙古族人民的生活同样陷入了极端苦难之中。

作为黄金家族一员，尹湛纳希想以一己之力，挽大厦于既倒，救赎一个没落的朝代。无疑，像所有的作家一样，他也是喜欢幻想的——他幻想能出现一个具有祖先成吉思汗那样雄才大略的帝王，幻想蒙古族人民能够复兴。然而严酷的现实不容乐观，他只有以笔作枪，用犀利的笔锋揭露贪官污吏，启蒙民众，唤醒民众麻木的心，这无疑是美好的希望而已。他在文中屡次提出："做官立世，应泽惠与民，惩贪官、铲污吏、爱抚民众"是作家的良心所在。在那样的年代就能清醒地认识到用良心写作，就凭这一点，值得作者为他泼墨三千。

《琉璃灯》以章回的形式再现尹湛纳希的一生，从他出生写起直至病故。全书共计二十六章，系统再现一个家族的兴衰史，书中涉猎了僧格林沁、旺王、色王、市井人物以及众多女性形象，在这部书中看点可谓多也。

尹湛纳希病逝了，然而却被族人深拒于外，不得迁入祖坟，皆因他死在"绝日"，被认为不吉利。唯一的六哥说尽了好话，竟是不成，昔日一向视尹湛纳希为亲骨肉的老叔公也放下了冷脸，皆因忠信王府失去往日繁华，族亲不过是往日的烟花而已，盛世之景，一去不返矣！这结局令人唏嘘不已，不由得想到了曹雪芹，想到了《红楼梦》。

六哥嵩威丹忠和他生前的好友巴图只有在大雪纷飞的日子把他送入惠宁寺停枢。惠宁寺的长老妙禅是得道高僧，得知尹湛纳希神识已至，忙命小沙弥布七七道坛超度亡灵，最为殊胜的物品是七盏琉璃灯。在超度亡灵之时发生了许多怪异现象，令人百思不得其解，嵩威丹忠和巴图在守夜之中窥见了一些奇事，那是七盏琉璃灯所变幻的奇异现象。

以悲悯之心善待众生的尹湛纳希，如得他救助的学子、孤寡老人、梁上君子，莫不感恩戴德，就连檐下的鸟雀也在大雪封山的日子纷纷出巢，飞向于他，这真是：雪夜空寂月半悬，独守寺外诉离别。多舛命运王公子，如椽巨笔道书缘。将魔幻的创作手法融入小说之中，是作者匠心独运，还是受《红楼梦》之影响？

忠信王府书香气息浓重，崇文尚武，温馨和谐的家风成就了他博览群书、六艺皆能的兴趣。父亲旺钦巴拉带兵打仗，处理政务，著书立说，样样精通，他深谙读书之道，打小就为儿子延请最有名的秀才做老师。几个哥哥皆能吟诗作文，而他的才华又在几位哥哥之上，精通蒙、汉、藏、梵语，忠信王府藏书万卷，有漠南藏书第一家之称，良好的家庭氛围，筑就了他成才的基础。

十七岁时，尹湛纳希承受了失去未婚妻的打击，这门婚姻自他九岁时定下，数年间他在喀喇沁王府小住读书，谦卑克己地面对未来的岳丈与家人。虽在王府小住数年，却迟迟不得成婚，他的内心在压抑中承载着太多的惆怅与苦痛，随着格格萨仁格日勒的谢世，渴望入仕的梦想随之破灭，他的精神处于崩溃的边缘。万念俱灰之间，他的情感世界和社会现状同样令他感到沮丧。情场的失意，官场的腐败，底层人的贫困潦倒，父辈乃至同龄人婚恋的不自由都在他心中引起了强烈的震撼。

通过走仕途来实现人生的飞黄腾达破灭之时，淡泊名利的他终于悟出唯有写作才能救赎那些被功名利禄腐化的灵魂，唯有拿起手中的笔揭露和抨击腐朽和没落的思想，讴歌勇敢善良，节操与品德的正能量。他写《一层楼》《泣红亭》《红云泪》，将自己的思想、感情和梦想统统融化在文字里，具有普世的人文情怀和真实性，一个作家只有勇于担当，把书写历史作为一种责任，悲情而不悲观，浪漫而务实，把积极向上的东西传递给读者，引发读者深入思考，这才是成功的。

《青史演义》展示的社会背景和草原风貌壮美辽阔，一系列的正反面人物和背景衬托了一代伟人成吉思汗驰骋疆场打天下的光辉形象，体现了大民族观、大文化观和大地域观。

尹湛纳希在《青史演义》里，将真实的历史和文学的唯美巧妙地结合在一起，体现了民族精神的一种责任和担当，大气中增添了无限的悲情和厚重。

旷世不凡的尹湛纳希，他从十八岁开始写作直到五十六岁去世，三十八年间，无论世事如何迁延变化，他的写作几乎没有停止过，他大半生的时光都在文学创作，试问古今能有几人如他这般痴迷？尽管他的写作不容乐观，天灾人祸不断，五十六载的人生，经历了许多坎坷，亲人像落叶一样纷纷凋零，他面对种种不幸坚忍地活着，因为心系各民族、身怀苍生忧是他的信念。

尽管尹湛纳希五十六岁就似流星一般凄然陨落，但他的精神必将与日月同辉。作者仰视尹湛纳希，为他的才华所震撼——就像光芒四射的琉璃灯，虽经火与水的洗礼，带着圣洁的光辉照耀我们前行，河流大地、日月星辰，才是一种担当与责任，也是一种大民族观的体现。尹湛纳希用良心书写历史。而本书作者同样也用良心为他作传，这是非常可喜可贺的！

可以肯定的是，小说《琉璃灯》将用文学之光为读者照亮一条阅读之路，使读者清晰地看到尹湛纳希曲折而辉煌的一生。

作者简介： 路远，原名杜远，内蒙古化德县人。中国作家协会会员，文创一级。著有长篇小说《红狼毒》等七部、影视文学作品《京华烟云》等八部。作品曾获青年文学奖、萌芽奖、草原文学奖、当代文学奖、飞天奖、华表奖、全国五个一工程奖等。

目录

CONTENTS

引 子

惠宁寺外飞白雪，耄耋喇嘛道世情

诗曰：

> 雪扫浮尘匝地鸣，琉璃法镜木鱼轻。
>
> 山哀水泣因谁去，器乐声声入眼惊。

惠宁寺外，雪花飞舞，厚厚的积雪足有数尺之深，彻骨的寒意阵阵袭来，透过风的侵入，洇湿了长袍。一辆双套马车在艰难地行进之中，吱吱呀呀似在唱着一首凄清的离歌，车辙留下的道道印痕诠释了一种悲凉。微弱的马灯照射之下，由几块薄木板钉成的棕色棺木在雪光的衬托之下越发显得幽冥凄清。

六哥嵩威丹忠看着漠南的飞雪不停地飞来飞去，举目向天空望去，这湿气是越来越重，看来一时半会是停不下来了。马车在颠簸地行进，不时被打滑的积雪刺溜一下，好几次差点戳翻马车，好在巴图甚有经验，一一躲过险境。

嵩威丹忠不由暗自揣度：这七弟尹湛纳希也甚是命苦，死在锦州药王庙不说，就连日子也选得甚不吉利。被族人深拒迁入祖茔。去惠宁寺途中，却又恰逢雪天。七弟一世潦倒落魄，虽有满腹才华，却不被族人认可，想到此，不由幽幽地叹了口气，用手拂去棺木上散落的积雪，心下甚是感伤，由不得抽抽搭搭道："尹湛纳希啊，哥哥这就带你回家，想来你神识不远，惠宁寺一向与你有宿缘，你若九泉有知，莫让这雪下个不停，莫让雪花积得太厚，只要安全抵达便成。"嵩威丹忠一路之上，生怕尹湛纳希寂寞，絮叨不止。想来十指连心，手足之痛，莫过如此。

1

巴图望着悲恸的六爷嵩威丹忠，不由劝道："人死不能复生，入土为安方是正理，望六爷节哀顺变。想那七爷尹湛纳希一生悲悯怜人，得他救助之人不下千人。蒙地风俗，奉行五行葬礼，活佛超度，放七天出殡，灵魂方能转世，如今我们请了五世活佛苏俄斯因扎那指路，又请了八个喇嘛为他助念，想来惠宁寺便是他最好的归宿了。"

嵩威丹忠道："尹湛纳希生前甚是喜爱鼻烟壶，如今家道衰落，宝器皆已散尽，唯留一枚鼻烟壶和茶托。虽想与他殉葬，了他夙愿，然请活佛费用却是省不得，故只能把鼻烟壶和茶托送于苏俄斯因扎那活佛。如今只能薄葬了事，他生前以笔著述，身后只能放几截毛笔充数，这也是无奈之举也。"

巴图道："尹湛纳希甚是重情，把陪伴他十年之久的台砚与凹面宝剑皆送于我，依我本意原想把这两件宝物放入棺木作殉葬之物，可六爷深拒于此，身为黄金家族后裔，如此薄葬了事，实是可怜！"

嵩威丹忠道："尹湛纳希临终遗言，不可不遵。你数十年来风雨相随，与他可说是旷世知己。寂寞难耐之时，忧心忡忡之时，你数次往返锦州，与他诗文相叙，百般安慰。得一知己不易，他深知与此，故有相赠之事，无非是与你做个念想而已。数年相识，你难道还不知他的性情？"

巴图道："正是知他性情，故才为他惋惜。每每看到此物，便想起年关相送诗词之事。"说罢，巴图含泪吟诵道：

> 必勒格，您！虔跪恭贺，消灾使者；两眼闭合，一意"嘧哆"；佛法无边，指代头陀；感民啊！我，神鬼不保，只好早逃；孤单无靠，双脚起泡；肠饥身劳，倍受煎熬；善哉！怜哉！各遂所好；呆哉！智哉！各得其报。

嵩威丹忠见巴图吟诵之句，不禁凄然泪下。心下自思道：尹湛七弟一向身体尚好，且是精力充沛、才华横溢之时，却身遭不测。若当初不至这荒郊野外、缺医少药的药王庙，也不至英年早逝，懊悔当初若深留于他，兄弟两相照应，也不至早归黄泉之路。现在纵然后悔，亦无回天之力。不由老泪纵横，涕泣诵道：

> 见兄手迹墨如新，心潮汹涌意难平。
>
> 尹湛七弟亦归去，嵩山无语泪涔涔。
>
> 兰桂齐芳道八人，愚拙嵩山叹伶仃。
>
> 仙境窈渺穷难见，一泓秋波映水晶。

两个人吟诵完毕，思起往事，不由放声大恸。鹅毛大雪，飞舞而下。狂风肆虐，乱个不停。雪越下越厚，就连老马黑儿也停驻不前，两个人面颊好似涂了黑炭一般，若再行走下去，恐怕冻死的就是两人了。嵩威丹忠和巴图蒙古袍上皆落满了积雪，一股寒意从后背袭来，就连脚上的蓊靴也与腿冻在了一起。嵩威丹忠不由对巴图道："这雪下得甚紧，竟有盈尺之厚，到惠宁寺还需半日。况你我只有行粮一包，为今之计，且于道旁寻个歇处，添些马料，寻些枯枝取暖，以御寒气，待到得惠宁寺，见到喇嘛一切皆好处了。"

巴图道："六爷所言甚是，你先守着灵柩，我且去寻找柴火取暖。"好在不远处有巨大枯枝数个，巴图用腿把树枝折断，把柴火点燃，两个人拥柴取暖。柴火映照下的雪地越发显得透亮，冥冥之中似乎昭示着一种宿命。巴图不由对六爷道："七爷尹湛纳希命途多喉，虽然贵为黄金家族一员，却不得入祖茔下葬，六爷可知却是为何？"

嵩威丹忠不由叹了口气道："唉！一言难尽，忠信府乃黄金家族嫡系一支，葛尔图诺颜乃为东迁之主，因曾祖父端都布昔年曾单枪匹马活捉了叛乱的仁希王，故圣上亲封宅邸为忠信府。巴图想来不知，根据我大清律令，蒙地之人不入春阁秋试，只能通过世袭或军功方能得到朝廷重用，此其一。其二，七弟是家族中唯一未入仕途中人；其三，七弟视宗氏理法不顾，竟与汉女通婚，有悖祖训；其四，族人愚顽，守旧，迷信，说什么七弟死于'绝日'，乃黑煞神降界，如入祖坟，对后人不利，故族人坚拒于外。我深为七弟叫屈，曾为此事与族人再三辩明是非曲直，然族长苏德愚顽，一意孤行，也是无奈之举！"

巴图道："七爷尹湛纳希诗书画印俱佳，五德俱足之人。乃蒙地少有的才子，只是可惜误生世袭之家。虽有旷世之才，却无有正途之说，只能得'恩荫'庇护，想来也甚是难为七爷了。"

嵩威丹忠道："古来才子多磨难，想来这也是七爷尹湛纳希的命相所至。虽生于锦绣人家，尝尽世态炎凉。慈父英年早逝，婚姻屡遭变故。少时虽有婚书契约，相恋四载，却遇未婚妻早逝之痛，中年又逢妻离子散之殇。一生痴爱古籍，笔耕著书立说不断，谁承想到头来却落得：异教兴乱火光起，转瞬王府变废墟。三千古籍不复有，枉为漠南沙陀第一家。避难锦州药王庙，贫病交加终逝了。临终了，深以为憾，莫过遗书一部《青史演义》。到头来不过是几杆秃笔终相随，半沓宣纸勤做伴，真真应过满月抓周之验。"

柴火渐渐地熄灭了，嵩威丹忠过去用梳子把黑儿的棕毛理了理，拍了拍棕色的老马黑儿道："黑儿，且把草料吃了，再坚持个把时辰，就到惠宁寺了。"

马铃儿叮当奏响之时，雪地上微弱的马灯照射之下，棕色的棺木，帐前的白幡，饮泣的家人，久久地定格在那里，让人痛断柔肠。行走数小时后，终见惠宁寺正门。

进得山门，已是辰时。惠宁寺不愧为漠南第一寺，山门气势雄伟。大雄宝殿庄严肃穆，桑蓬古迹随处可见，真乃漠南第一殊胜之地。真真应了婆娑世界，度一切众生之说。虽已至隆冬时节，香火依旧不断，寺外的大鼎之上，插有数捆紫檀，结灰数寸不落。一团烟雾行至半空后便分散成两股，似黑色幽灵通向南北缭绕而去。香炉里的紫檀香味弥久不散，又见诸多善男信女拈香下拜，焚香祈福。梵音随着木鱼的敲击，声声入耳。闻此声音，嵩威丹忠顿觉神清气爽，胸中积聚多时的郁闷、忧愁随着梵音的缕缕挈入，悲伤好似过气之烟尘，随风飘散而去。

但见寺内的六株柏树荫翳蔽日，盘根错节。树上挂满了积雪，殿西侧有一青铜大钟，铭文密密匝匝，炉身雕有幡龙、祥云、莲瓣、蔓草等纹饰，形制优美，雕工精妙。上铸"国泰民安"四字，乃道光六年九月十八日监造。

惠宁寺住持妙禅听闻尹湛纳希神识已至，引领一群小沙弥出来，把棺木从马车上卸下来，放入中殿停泊。嵩威丹忠定睛细瞅，有一巨大古松，态似虬龙，形如华盖，枝干攀缘，攀缘处形成一个自然景观，状似符号"○"，倒是令人称奇。

住持妙禅见嵩威丹忠望着符号"○"出神，不由对嵩威丹忠仔细打量，似有尹湛纳希旧貌，不由相问道："如果老衲猜得不错，想来你就是尹湛纳希兄长六爷嵩威丹忠了。"嵩威丹忠看这住持身着一袭灰道袍，脚蹬皂鞋，玉树临风，鹤发仙颜，心中揣度必是住持妙禅法师了。不由双手合十道："舍弟尹湛纳希生前曾多次与我言及法师，今日得见果然名不虚传，在下顶礼，见过法师！"

住持妙禅道："不愧诗缨世袭之家，谈吐不俗。且随吾来，商量一下布道之事。"又对侍立一旁的巴图道："巴图可随弟子入莲去取那七盏琉璃灯，以便喇嘛们敲鼓击钹诵经。"一一调停之后，嵩威丹忠随着妙禅住持引领，须臾，便至一间禅室。

禅室不大，但甚是清雅。桌上放三部佛典，一部《法华经》，一部《楞严经》，一部《华严经》。右面墙壁之上挂有一幅山水图，甚是澄澈，仔细瞅来，却是清初四画僧弘仁之《断崖流水图》。画中只取近、中、远三景：近景是礁石、小道、古树、茅亭和带有小波浪的柳岸湖水；中景是起伏变化的山峦丘冈，但见湖面曲折逶迤，突出了思虑澄澈、心无旁骛的心态。又见题跋处留诗一首："微风飔素秋，疏雨浣庭卉。抗言搉古今，挥杯未能已。丙申八月，过访文玉先生，留饮书堂，漫为写此，并系短句博教。弘仁。"

嵩威丹忠一见此画，不由称奇道："好一幅《断崖流水图》。无愧清初四大名僧也，崖断而无畏，枯藤老树翠竹昏鸦，飞瀑跳荡击石，泠然有声，疏朗而空寂之中足见禅意！"

住持妙禅见六爷嵩威丹忠观画，不过数秒之间，并能说出此画精髓所在。亦道："诗缨之家，学富五车。无愧漠南藏书第一家也，想来六爷嵩威丹忠甚是精通画理知识，亦会泼墨山水。不然岂能理会如此之深，待佛七过后，还望六爷嵩威丹忠时来禅院走走，切磋画技，以慰老衲平生结识天下翰墨客之愿！"

嵩威丹忠道："住持过奖，丹忠不过略识画理皮毛而已，岂敢于云门高僧攀附，异日定当时时拜谒法师，参禅悟理，以通玄学。"说话之间不觉已至巳时，却见弟子入莲从外间进来道："遵住持所言，一应佛七用度皆已备好。弟子前来询问住持，可有吩咐，好去筹办。"

妙禅住持道："因尹湛纳希生前向善之心甚坚，布施广众。经惠宁寺上下商量，唯有仰求三宝加被。自他罪孽消初，行精进佛七仪规，特破例以七盏琉璃灯超度亡灵。每日除早、晚课外，另外加诵《弥陀经》、赞佛偈以度之，课业有终日绕佛、念佛、静坐等项。通常皆设有超度及消灾牌位，家人可将功德回向亡者牌位便是，勿以哭泣喧哗为是，只需念一句阿弥陀佛，便能除八十亿劫生死之罪，此乃最切实、最易行，且功德最殊胜之方式。在打佛七期间，但凡有怪异现象发生，不可惊诧便是。此系天机，不可外道方为正理，待得百年之后，定有三千羽扇涌惠宁，琉璃宝相照玉雕之应！"

嵩威丹忠听得却是一头雾水，待要细问之时，却见巴图从外间进来，手里持着香火灯烛，果品若干。又见三个小沙弥拿着七盏琉璃灯，这七盏琉璃灯外形独特，玲珑剔透系由七色组成，赤、橙、黄、绿、青、蓝、紫，絮状如云，煞是好看。

嵩威丹忠细瞅之下，与尹湛纳希殉葬的那盏琉璃灯外形相似，只不过比这七盏琉璃灯个头小一些而已。不由道："乾坤造化，阴阳所成。宝寺这七盏琉璃灯，宝青金黄居多。似云团絮状，晕染而成。静可以守其身，悟可以洗尘垢。真真应了天地阴阳造化，系由七宝而来之说，火里来、水里去的琉璃法则，诠

5

释了佛法的真如境界：纵然凤凰涅槃千百回，七彩舍利放光华！"

住持妙禅道："解得切！解得切！有色同寒冰，无物隔纤尘。想来六爷亦是云门莲友，不然何来通透之解呢？"

巴图见住持妙禅与六爷相谈融洽，心下不由纳罕不已，暗自揣度：这住持妙禅一向与槛外之人寡言，今日却是为何？言语如此之多？不由道："六爷诗书画印皆行，参禅悟道也甚是了得，日后少不得时来相烦法师，不知法师可有禅茶相供呢？"

住持妙禅道："但凡六爷来，非但禅茶，华严黄卷可自行阅之也。"又从藏经阁中取出泛黄信笺三张，把其中一张信笺递于六爷。并道："想来家下经金光大道焚毁之后，家下所藏七爷墨宝甚少，这是旧年立冬时节，尹湛纳希所写七律一首，六爷暂且收着，权当念想之物吧！"又拿起其中一首道，"这词是漠南才子哈斯乌拉昔年至宝寺顶礼之时为七爷所作，六爷可一并拿去。"

嵩威丹忠见尹湛纳希旧墨依稀，然物依旧人已殁，睹物思人，心下难免感伤。接着诗稿往下念，第一首写的是立冬。诗风深得中原文化精髓所在，禅意了然，洞明世事，令人称奇：

立　冬

尹湛纳希同治九年（一八七〇年）立冬脱稿惠宁寺，妙禅住持惠鉴。

> 寒蝉数只盗仓粮，蜷缩成团洞府藏。
> 满目萧条零落影，腊梅竞放傲风霜。
> 漠南观雪湿袍服，望月痴儿坐长廊。
> 鸟雀离巢寻食物，香囊小米迎风扬。

第二首为词：

呈忠信府七爷词

七爷志，好争先。闲来时，展书简，搜根求其所以然。喜的是，清高文雅，乐的是，名山大川。相交来往尽青毡。　楚宝堂，晚芳园，二仙石山听清泉。东坡斋中读经史，绿波亭上奏管弦。不尤人，不怨天，前缘，前缘，英雄改做了小神仙。

哈斯乌拉
于同治九年冬于润亭同游惠宁寺所作

嵩威丹忠阅罢两首诗词，不由双手合十顶礼道："难得妙禅住持体恤之情，亲赐尹湛纳希生前墨宝，尹湛纳希虽英年早逝，能与妙禅法师相知相惬，亦是他的福缘。"

巴图道："妙禅法师悟透三清法要，乃沙门难得圣僧，想来也是缘分所致，和漠南诗缨之家甚是有缘。虽和六爷初识，相谈却甚是投机。实是难得！就连小僧坐禅经年，尚没有在宝寺自行阅读之礼遇，因果殊胜，因缘自来，真真应了法自缘来之说。"

这时，妙禅方对侍立一旁的了然道："佛七期间可按仪程起事，晚间可把七盏琉璃灯提前挂好。轻拿轻放，切忌划痕。可用存储七日雪水轻拂便是。"

住持妙禅吩咐已毕，了然方才退出，巴图和六爷嵩威丹忠亦相继退出。

子时一刻，棺椁上挂起了七彩琉璃灯，光亮如昼，密密匝匝的金线分别从七宝池而至，形成不同的七色金柱。金柱支擎之时琉璃幻影一一显现，蔚为大观。璀璨的光色有八万四千种色，皆以宝绳作界，光涌亭台楼阁。亭台一隅堆放无量的华幢和乐器，每一道宝光射来之时，如云的絮状便四散开来，飘散出八种微风撞击华幢与乐器。似在诉说苦、空、无常、无我等妙法。那灯中的火气闪烁不断，或在江南，或在近岭，高者天半，低者掠地，氤氲不去。

巴图不由心下揣度：这琉璃不愧为佛界七宝之首。火里来水里去，云里来，镜里去。上善若水亦不过如此也。水以澄净清纯为境，不以藏污纳垢为净，水遇冷而至冰；冰清亦如琉璃，福至慧心所成之时，便现琉璃宝地。内外光莹明亮之时，庄严净土便来，想来这便是妙法殊胜的水观了！

嵩威丹忠眼中的琉璃世界却是这样：琉璃七色金柱中的一道黄光射来之时，飘忽不定的萤火虫，追寻着一个方向而去。无数的彩蝶歇息在枯叶蝶上。须臾，枯叶蝶便变幻成七种颜色，绽放的百千鲜花便灿若锦屏。白花好似千年砗磲，圆润通透，莹露如霜。金柱中的紫气盈门之时，形似水晶，光灿夺目。似被放逐之精灵，遍坠百花州，异彩纷呈。荷塘有莲千枝竞相绽放，粉粉红红，白白紫紫，摇曳多姿。十方游鱼闻香而动，纷纷探出头来，撷食草籽而行。此时似一方水镜，窥见通天的玄光遍布周遭，七十二省之内，芸芸众生相拥而至，有从林出者，有从云出者，由远渐近，纷至沓来。

金柱中的绿色子珠浮起的气泡，越升越高。待行至月宫之时，不小心被吴刚的桂花枝撞破樱桃大个窟窿，随着噗的一声，糊状的绿粉便飞流直下。通天的绿意便蛊惑在十方世界，播散在大凌河的周遭。沿着九曲十八弯在漠南的大地上演绎，塞外蒙古的"达延汗""俺答汗""杜仁汗"便充溢而来，黄金家族的殊荣，因亲赐的忠信府而闻名漠南，又因藏书楼之丰，而位列塞北沙陀第一家。

漠南草长莺飞的七月。忠信府北边的藏书楼，楚宝堂书案，一方古铜镜下折射出一缕光影。一位身着湖蓝蒙古对襟长袍、脚蹬黑漆长靴的小哥双手托腮，目不转睛地阅着案台上的华章。绣帘之外的紫檀花架上一对学舌的金黄鹦鹉，不停地用一双三角眼瞅着吟诵的小哥，细声细语道："七爷，七爷，已至早饭时节，快搁下书本吧！瞅瞅，廊下还有一家人尚未吃饭呢？"

却见七爷尹湛纳希听到鹦鹉的召唤，面含春水而去。拿起梨花小木梳为那解语的鹦鹉梳理羽毛，并适时在盒里添食添水。

但见他忙忙取过香囊布袋，进厨柜舀半碗小米，走过圆形门洞便至回廊，他轻轻掀起湖蓝蒙古长袍，半蹲在地下把香囊里的小米徐徐倒入地上，调皮的嘟起小嘴，咕咕，咕咕，咕咕几声，便躲在三棵柳树背后，悄悄地探头观察麻雀的动静。

须臾，便见从廊下鸟巢里飞出数只麻雀，用尖尖的喙角啄食着小米。七爷尹湛纳希见此情景，不由会心一笑。倒背双手，悠闲地踱着方步退至书房去了。而那饱食的一家子见七爷尹湛纳希离去，便会叽叽喳喳的追随七爷尹湛纳希至楚宝堂，在上空盘旋一周后，便纷纷飞落枝头，慵懒地享受着夏日的暖阳。

随着一个个气泡破裂之时，水榭花钟、亭台楼阁、小桥流水、琉璃八角井、楚宝堂、学古斋、东坡斋、长廊阁，忠信府、喀喇沁王府交相辉映。一缕光华过后，四部蓝底线装书便定格在紫檀香木案下，细瞅却是《青史演义》《一层楼》《泣红亭》《红云泪》，四部著作比肩而立，案台香烟缭绕不绝，形成一个巨大的云图雕文，氤氲不去。嵩威丹忠心下不由揣度不已：七彩琉璃灯果然殊胜无比，以尹湛纳希生前所为一一度托，解除往生极乐世界，必是福地。难不成真如法师所言，百年过后亦如曹公一部《石头记》，名垂青史？

一夜无话，待到第二天佛七时，发生的事情更是让人匪夷所思，不得其解，嵩威丹忠私下细问巴图，巴图道："但凡这人啊，生辰不同自有不同之处。想当初初会七爷之时，晓得他那宝物琉璃灯不是凡俗之物，一见之下果然如此，那时我便知这七爷果是有些来历，若不是岂有一出世，便有那槛内之人相送琉璃灯？又有满月抓笔之说？依我思来前世必为文曲星转世而来，不然焉有诸事皆有所成？弟兄八人唯他蒙、汉、满、藏、梵语皆通，诗、词、曲、赋无所不能，泼墨山水独树一帜，著述之丰无人企及。而立之年起笔《泣红亭》，一层楼上筑红亭，百年史典道尽民族史，始有那《青史演义》凌空出世于人间！"

究竟又有何事，如此扑朔迷离呢？

这日晚间，当大悲咒的吟诵之声初起时，却见一缕白光直冲棺椁而去。细瞅却是一群鸟雀，在鸟王的引领下纷纷停栖在棺椁上面，原本停栖在六株松树之上的鸟巢，不停地飞来花色不一的鸟雀，在棺椁之上驻足，细数却是四十九只，素白的鸟雀停栖在棺椁左面，花色的鸟雀停栖在棺椁右面，好似解语之花，随着超度的仪程，一动不动，奇异的现象整整持续了七天，鸟雀亦在棺椁之上停栖了七天。直至打醮结束，鸟雀方才飞回鸟巢。

巴图不由暗自揣度：一切众生皆有佛性，尹湛纳希不管世事多艰，总是以悲悯之心待人。得他救助之学子、孤寡老人、梁上君子莫不感恩戴德，就连鸟雀尚知梵音起处，飞向于他，暗合"佛七"喻义！

巴图悟性甚是了得，思索片时，不由拈笔写就一首诗词，写的却是《琉璃灯》：

琉璃灯

琉璃灯，琉璃灯，琉璃灯下悟前身，一枚药玉通灵气，百千墨客花下吟，漠南藏书千百卷，一经焚毁痛彻心，红云泪尽撰诗稿，一曲丹心照汗青。

喀喇沁，藏妙玉，一盏茶，千盅酒，诗词小令书中走，书一卷，画三帖，八千里路背云砚，混沌初开惠宁寺，客死锦州药王庙。

琉璃灯，琉璃灯，七色光环照寰宇，千年不灭琉璃灯。凤凰涅槃不言悔，风过处，蒙地《青史演义》千秋铭，这真是红云泪下三更雨，开悟之间见华光。荣光，华光，争辉处便可一睹芳容！

思起昔年过往，巴图不由暗自伤怀。绿波亭上拂琴，恍如昨天，来山轩赏花，诗联如数；月下泛舟，比肩而坐，情如安达，如影相随，不由放声大恸。嵩威丹忠亦是泪雨涟涟，展笺细读，思七弟一生坎坷，命运多舛，三十八年，历尽世间沧桑，三更独倚窗前，手不离笔，书写青史；五更挑灯著述不断，一层楼上道缠绵，泣红亭上访梦梅，百万手稿筑高楼。也由不得恸哭一场，就在

9

《琉璃灯》词下方新添墨迹，谱成新曲，灵前守候，清唱一夜。凄情之曲好似天籁之音，在惠宁寺上空氤氲不去。那是一个白雪皑皑的雪夜，雪地之上的篝火直冲霄汉之时，一缕不屈的魂魄彰显着黄金家族的坚韧。

有诗为证：

　　雪夜凄情陌上阡，白衣鸟雀报前缘。

　　一枚药玉通灵气，絮状如云化紫烟。

第一章

文曲星君临凡尘，喜得稀世琉璃灯

词曰：

长相思·琉璃钟

琉璃钟，琉璃钟，环佩叮咚水榭宫，龙江隐玉容。　　倚花丛，醉花丛，醉卧莲州风骨浓，长歌诗叶红。

道光十七年五月二十三日，一个晴朗的日子，卓索图盟土默特右旗忠信府王府产房，稳婆进进出出十分忙乱。协理台吉旺钦巴拉烦躁不安地在外书房踱着方步，焦急地等待着里面的消息。福晋满优什咋因胎位不正，三天不见娇儿临盆。遍请漠南稳婆进府接生，铜盆已用去数只，不见任何动静，台吉旺钦巴拉不由冷汗直流，不时派人焚香祈福。

旺钦巴拉已是四十不惑之年，尽管膝下生有七子，终因漠南地处偏僻，名医无多，加之以佛祈祷代替悬壶济世，致使次子苏丹达尼、三子牟呢雅属、四子牟呢鲁克相继染病而去。眼下只有长子古拉兰萨、五子贡纳楚克、六子嵩威丹忠在膝下承欢。因诚信府叔伯哥哥无有子息，五子贡纳楚克三岁之时便过继给西府去了。虽知五儿在诚信府过得甚不如意，时受排挤，也是无奈之事。他心下唯愿福晋再添男丁，以延血脉。

却听里面稳婆乌尼尔道："王爷，福晋是难产，羊水已破，出血过多，依此看来只能保一个，请王爷示下，是保福晋，还是公子？"

旺钦巴拉一听此话，不由蹙眉道："蠢奴才，这还要问？福晋公子两个都要保。如有差池，拿尔等是问。"

"福晋，使劲，再使点劲儿。已见胎儿毛发，瞅着像位公子，些微用些力气就生出来了。"稳婆乌尼尔因紧张，头上也渍满了汗珠子。心下揣度：事关人命，岂容小觑，母子平安尚好，一旦节外生枝，吃不了可是要兜着走的啊！"

　　满优什佧头上豆大的汗珠子从面颊流下，洇湿了缕缕青丝。脸色越发显得苍白，灵犀的眼神透出少有之坚韧。揉皱的被单上沾满了汩汩而出的血汁，那血腥之气诠释了母爱的博大。满优什佧咬紧牙关，徐徐呵出一口气，拼尽全身之力，便觉潮水喷涌而出。待婴儿一露头，稳婆乌尼尔双手一探，扳着婴儿两只小肩膀，些微用些力气，便见孩儿双腿一蹬，出了娘胎。随后拿起剪刀把绕在脖颈之上的脐带剪断，绾了一个蝴蝶结安放在肚脐眼上，又把胎盘翻转一下，方才在婴儿屁股之上连拍三下。"哇"，终于一声嘹亮的哭声率先打破了寂寞。正在外书房焦急等候的旺钦巴拉，听到婴儿啼哭之声，此时方放下心来。然满优什佧终因失血过度，昏迷过去。

　　"福晋醒醒，福晋醒醒。"丫鬟心怡不停地在耳畔唤着。满优什佧恍惚之间已至一园。但见此园风光旖旎，较之荟芳园更胜一筹，瞅着好似昔年喀喇沁王府绣楼。一位如花女子独坐一隅，却在穿针引线，长长的宫制丝线竟有尺长，瞅着似有自个儿旧时容颜。窗外的鸟儿停息在时光的枝丫之上，不时窥望着阁楼之上凝神绾针的绣女。透过窗花木雕上镂空的隙缝，影绰出侯门玉女初嫁时的娇羞。那幅绷紧的绣绷上有鸳鸯戏水的清韵，一截藕臂白皙嫩滑，十指纤纤惹动几许春心荡漾。

　　忽闻窗外锣鼓喧天，须臾，便见大红彩轿吹吹打打已至喀喇沁王府，一位如花小姐端坐镜前，身着一袭蒙古红袍，面带纱幔，在丫鬟婆子簇拥下，越过王府二门，坐上轿辇向着忠信王府而去。满优什佧心下甚是疑惑，暗揣：一会儿绣楼，一会儿王府初嫁，自个儿究竟却在哪里？此时又听一个熟稔声音道："福晋且醒，福晋且醒。"细听之下似是陪嫁丫鬟心怡声音，不由醒转而来。瞅着不时替自己拭汗的心怡，心下已明尚在王府待产。甚觉酸辛，一滴清泪便从眼角滑落下来。

　　产房外，仍见丫鬟婆子不时地进进出出，传递着渗血的水盆，不时替换着渍血的毛巾……

　　请来的太医屏声静气，把脉良久，尚怕不准。又把左右脉息细听之后，方开药三方。慢慢退至外书房，递给旺钦巴拉一药方，并道："这是新开方子，王爷可先行过目。"旺钦巴拉举目细瞅药方，罗列中药数十种，分别是乌鸡骨十五克、黄芪十克、党参十五克、白术十五克、川芎二十克、牡丹皮五克、茯苓十克、当归十五克、熟地黄十五克、白芍（酒炒）二十克。

旺钦巴拉博古通今，对药理也甚是知晓，闲来时阅李时珍《本草纲目》，对药理知识略通。看后不由频频点头，道："清热凉血牡丹皮，茯苓保肝且利尿。川芎祛风郁瘀阻，当归补气活血行。依我看来无甚大碍，可按方取药便可，只是白芍（酒炒）二十克，是否用得太多？"

太医道：王爷学富五车，对药典知之甚多，老朽自愧不如！仅用二十八字便出药理诗，让人称奇。纵观福晋面色晄白，五心烦热，乃气血两虚症状。产后元气大伤，需用芍药滋阴补血，故开的药量重一些。只是这漠南缺医少药，恐怕此味最是难寻，况京城离漠南相隔甚远，最快也需三天，恐延误病情，然又别无他方取代，奈何？"

旺钦巴拉听太医如此言说，不由问道："可巧家下园子种植芍药不下五种。红、白、粉、黄、紫皆有。素知白芍和赤芍之分，不知太医需用哪种？"太医道："白的花是白芍，根之赤白，为女科良药。"旺钦巴拉听后，便命令女仆张妈道："荟芳园来山轩处芍药最是繁茂，即刻去挖芍药根，以作药引子。"张妈道："奴才这就去办。"说罢，转身退下了。

此时，又见一仆人身着粗布衣裳，端着一青花条形食盒进来。打开盒盖从里面取出一碗、一杯，方才把食盒摆下，便侍立一旁候着。满优什佧贴身丫鬟心怡取过托盒，把一碗、一杯放在托盒之上，轻启樱唇道："请福晋慢服益母草。"便见稳婆乌尼尔把虚弱的满优什佧扶起，靠在引枕之上。待用汤匙喂过汤药，又从心怡手上接过杯子，放置满优什佧唇边，待福晋漱口后，用一方素帕蘸蘸，然后弃之竹篓，方才端起托盒去了。乌尼尔手脚麻利地把渍过血的床褥掀起，待铺陈一新，又替福晋满优什佧靠上敔枕，方才把粉雕玉琢的小公子递给福晋。满优什佧一见小公子粉雕玉琢的样子，不由欣慰地笑了，并在小公子的额头印上一个香吻。稳婆乌尼尔见此，方才舒了一口气。

忙至外书房回禀道："王爷，恭喜王爷，福晋又添一位小爷，母子平安！"旺钦巴拉听后，久悬之心方才归位。不由深深舒了一口气。忙唤大管家庆顺道："即刻吩咐下去，在门前挂上柳木弓箭以驱邪镇魔。"老管家庆顺听了也甚是欢喜，不由恭贺道："王爷晚年添子，家丁兴旺，奴才这就去办！"

又吩咐管家婆吴妈道："快去库银取五份银子，赏赐四位稳婆、郎中。快去吧！你的那份银子，回头打在你的月例上吧！"吴妈喜滋滋地答应一声，然后退下。

旺钦巴拉抱过小公子，瞅瞅这孩子，生得天庭饱满，地阁方圆，与自己长相相合，心中甚是喜欢。虽说此子已是第七子，但因中年得子，又是福晋历经磨难所生，还是万般疼爱。

旺钦巴拉望着福晋满优什伅道："我看小儿生得粉雕玉琢，如宝似玉，依我看蒙古名就叫尹湛纳希，小名就叫哈斯朝鲁吧。哈斯喻玉通灵剔透，朝鲁喻石坚不可摧，不知福晋，你意如何？"

满优什伅温婉地笑道："这个名字起得好，就依王爷之意。这蒙古名有了，依我看来，再给尹湛纳希起个汉名可好？依妾思来汉名就叫宝衡山，字润亭，如何呢？"

王爷旺钦巴拉不由拈须笑道："福晋不愧生于名门世家，这汉名和蒙名起得相得益彰，暗合如宝似玉。衡山暗合'朝鲁'之意，山由石组合而成，石者山也，果然好名字也！"

此时，却见老管家庆顺回禀道："请王爷示下，东衙门有牧仁喇嘛求见，说是从惠宁寺而来，有一件稀罕宝贝琉璃灯要相送小公子，见还是不见？"王爷旺钦巴拉听后，不由纳罕不已：自己从不与惠宁寺喇嘛有来往，为何却有此事？欲要不见，今天是个喜庆的日子，娇儿出世，长子古拉兰萨又得圣上亲封，可谓双喜临门。

因福晋满优什伅笃信喇嘛教，见王爷旺钦巴拉沉吟不语，不由道："王爷，依我看来，今个儿是双喜临门的日子，那惠宁寺乃漠南第一名寺。有圣僧前来相送琉璃灯，想来娇儿日后必成大器。有惠宁寺圣僧庇佑，也是修来的福气，见见又有何妨呢？"

王爷旺钦巴拉见福晋如此言说，不由对管家庆顺道："待我换件衣服，可引圣僧至外书房等候。"

辽西的敖木伦河，发源建昌西南之万山丛中，由西向东而至，而牦牛河由东向西喷涌而来，两大水系交汇之处，呈于三角洲上，形成了清代的东土默特。居住于归化城的土默特部，被称之为西土默特，因东土默特的蒙古族人，是从西部迁徙而至，故称之为漠南，属卓索图盟土默特右旗，亦是古老的丝绸之路必经之地。

据说北方丝绸之路开拓于战国时期，分为南北两道，南道起自辽东，沿凌河水，经喀喇沁，进茫茫大漠，入天山北麓通往中亚、西亚。

公元一五五○年，俺答汗阿拉坦汗曾率兵攻至紫禁城附近，迫使明朝接受通商，俺答汗去世后，其部逐渐衰弱，到了阿拉坦汗之孙——噶尔图时代，为避察哈尔部侵，率部东迁，由归化城徙居土默特（钦定外藩蒙古回部王公表传），始有卓索图盟土默特右旗。

卓索图盟于康熙四十四年（一七○五年）设立，统辖土默特左、中、右旗和喀喇沁左、右及中旗。不但是漠南蒙古诸部中距内地和京师最近的地方，也是中原和漠北联系的要冲之地，是清朝皇帝拜祭先祖通往盛京的必经之路。

忠信府便位于土默特右旗大凌河与牤牛河汇合处西北方向的忠信府村，忠信府的正南方有馒头山照应，后有道木塔杜山依靠。据府东面三四里处是方圆百里闻名的惠宁寺庙林，庙西六七里处是凉水河的末端。南有大凌河，西有凉水河，东有牤牛河。三流汇聚处，背靠端木塔杜山，可说是前有照、后有靠之风水宝地也，忠信府第便坐落在此间，素有"黄金家族"之说。

清朝时期，奉行南不封王，北不断亲政策。素以联姻来安抚北地的蒙古贵族，蒙古贵族女儿多为皇室亲选，庄妃便是其一。噶尔图子鄂尔布·楚琥尔于天聪三年归附后金。九年，授札萨克。娶喀喇沁部苏日塔勒图（成吉思汗勋臣者勒蔑的后裔）之女为妻，因其先祖曾娶成吉思汗之女，遂世袭"塔布囊"称号。

因鄂尔布·楚琥尔威名赫赫，征战有功，他过世后，其子固穆承袭爵位。当年固穆随清军围困锦州，又遣下属随清军入关攻明，顺治五年封镇国公，康熙二年晋固山贝子。他生有八子，其中四子无嗣。三子色棱，四子察衮，六子拉斯扎布，七子衮济斯扎布（后来土默特贝子祖先）。

康熙十三年，固穆卒，衮济斯扎布袭土默特右旗札萨克固山贝子，乃忠信府曾祖。他效忠于朝廷，曾为清朝立下赫赫战功，察哈尔部尔尼密谋反清时，曾来笼络于他，是他派人星夜报于康熙，免于战乱之灾。之后又率兵随驾亲征，也可说是功高盖世之人，然世事无常，康熙三十一年征讨噶尔丹时，"以御噶托尔丹不力，托故私归削爵，命其兄拉斯扎布袭"。故忠信府在内的台吉，皆与札萨克爵位无缘，也失去了统领土默特右旗之机会。

衮济斯扎布是尹湛纳希七世祖。次子道日吉雅勒袭任四等台吉，是尹湛纳希六世祖。按清代《理藩院则例》，他只能承袭四等台吉，道日吉雅勒的长子青毕西热勒图便是尹湛纳希高祖，青毕西热勒图的次子端都布便是尹湛纳希曾祖。

端都布亦有二子，长子拉旺淖日布即尹湛纳希祖父，次子吉格吉德扎布分立门户为诚信府，旺钦巴拉承继老宅忠信府，其弟吉格吉德扎布（杭嘎勒）则在忠信府之西建宅，称为"诚信府"。

忠信王府占地约百米。府第东西两侧，相对矗立两座下马石碑。通往府门两侧排列着石马、石牛、石虎、石狮，院内有亭、堂、轩、斋十五处之多。南北长九十米，东西长七十米，府门正南而开，府门和墙围均为朱漆红色，是清朝协理台吉衙门，两侧各有雄狮镇守，气派非凡，威仪有嘉。

一线之上相连两府，一墙之隔，又分两府。话说曾祖端都布乃慈心面善之人，道光十六年（一八三六年），宝荆山（尹湛纳希之父汉名）曾撰文以扬端都布事迹，曾有石碑留存。

忠信府西南龙王庙前立有石碑，碑上所言：

乾隆五十一年夏，大河涨泛，波浪漫溢，直至坎前，洇没府第，只在须臾。余祖端公，乃至河流，诚心祝祷，又诣本庙拈香许愿。是夜，雨虽仍倾而水则退归南向矣。是以明年，率农工贯重修庙祠，再塑金身……窃念重修以来，迄今四十余载，风雨飘摇，庙将倾颓，余为端公之后人，焉可坐视而不继修以承先志……有里民王义德者，好善乐施，亦有意修缮。仍其旧贯，请定于余，会嘉其立念之善，博施之诚……今勒碑叙其事，非欲以此须之功奈美于今世，歇述先祖之事，又恐泯义德之善也。是以志之。纪录二次台吉宝荆山撰文。

端都布生两子，长子名拉旺淖日布，次子吉格吉德扎布。自吉格吉德扎布与拉旺淖日布分立门户之后，方有忠诚两府之说。

拉旺淖日布生子旺钦巴拉，便是忠信府主人。吉格吉德扎布又生两子，长子扎木巴勒扎布，次子玛苏卡。长子扎木巴勒扎布生性贪婪，为独霸家业，会同管家桑布趁玛苏卡未有子嗣，将他毒死。吉格吉德扎布晚年丧子，悲愤交加，为不使他阴谋得逞，务要与次子玛苏卡过继一子，以续血脉。经再三选定，便锁定了不满三岁的贡纳楚克，旺钦巴拉虽心有不愿，无奈叔公吉格吉德扎布再三哀求，以至下跪相求，万般无奈之下，只能眼睁睁地看着贡纳楚克被抱走，满优什作为此落下一块心病，经年不愈！此为后话，按下不表。

如今这诚信府当家之人便是扎木巴勒扎布，一位贪婪成性、不学无术的主儿。

两府府门成色不一，诚信府门墙围均为青色。一红一青足见分量，红代表庄严肃穆，祖上荣光，黄金血统，责任使然。

圣僧牧仁在忠信府门外等候谨见之时，细细打量这忠信府第，果然气派非凡，两扇朱漆大门甚是威严，府门两侧，一副对联甚是醒目，均用鎏金书写，上书：金枝玉叶王公府，塞北沙陀第一家。

牧仁正在端详之时，却见从侧门出来一人，此人身着一袭藏青蒙古长袍，腰扎红色腰带，腰带两旁挂火镰和鼻烟壶褡裢，对牧仁上下打量道："想来你就是牧仁法师了，我是忠信王府管家庆顺，王爷有请圣僧，且随我来。"

牧仁在管家庆顺引领下，穿过圆形弓门又绕过观雪台，便至一园。但见此园花草繁多，假山之上芍药花竟有四色，分白、粉、红、紫，开得是融融滟滟，暗香扑鼻。

绕过园子，便见五间厅廊檐下，悬着一幅九龙镶边镂花匾额，黑底鎏金匾书四个大字，写的是"忠信王府"，两旁挂有对联一副，上联曰：勋业因孝信，钟鼓一家；下联曰：黾勉以义勇，书画千年。

外书房名润翰书屋，位于忠信府的西南角，此处僻静优雅，多栽茶树。花坛中有细碎花蕊竞相开放，形似麦穗又不似麦穗，也不知是何花？漠南五旗未曾见过？想来系从南方移植而来，竟有五色，红白紫黄绿，一缕阳光射来，甚是夺目。一至外书房，首先映入眼帘的便是一琉金匾额，上面书写四个大字：大邦屏藩。定睛细瞅，知是康熙皇帝御赐，喻义北疆柱石之意。下面摆放的是云龙屏，中间雕刻是穿云蟒，代表武官一品，两侧有很多红色牌子，知是皇帝亲赏。可见忠信王府皇恩浩荡。

中堂之上挂有山水画作一幅，甚是气派，定睛细瞅却是南宋画家林椿所画《清溪娱乐图》。且有明代三位才子题跋在上，分别是刘伯温[1]、黄文志[2]、沈周[3]，此画系三人在不同时期所藏。心下暗惝：无愧漠南诗缨第一家也，连这样的画作也能收罗王府，可见这王爷必为胸藏珠玑之人。

牧仁定睛细瞅北墙，果然与外界传说一般，堪称文成武就第一家也，甚是了得。北面墙壁上用整张牛皮图悬挂"九骏图"，分别用九种颜色标识行军路线图，一目了然之间，暗喻成吉思汗有九大臣子之意，两旁对联云："驰骋疆场数

---

① 刘伯温：朱元璋的开国军师，据说前知五百年后知五百载。
② 黄文志：非常有名的一个才子，历史上对他记载非常少。
③ 沈周：唐伯虎同一时期的画家。

十载；月华如水照弯弓"。旁边挂着雕弓、叶桃、冕旒。

下面放偌大紫檀八仙桌一张，四把太师椅横列一排。上面放有镇尺、书、琴、端砚一方，又见零散书稿《青史演义》放在一隅，陡生敬重之心。客厅居中，东墙壁下醒目立有包铜刀架，依次放着三杆黑缨长枪，从北起依序为成吉思汗、忽必烈、阿拉坦汗昔年征战疆场的旧物，又见东北角和东南角各设紫檀立柜，北面架柜上扣放先祖鄂木布·楚琥尔的红缨战盔，南面架柜上扣放着旗主固穆的战盔。一侧有清太祖赏赐的紫缰。一瞅之下，黄金家族威仪尽收眼底。

此时，王爷旺钦巴拉正坐在太师椅上，手里拿着一沓稿子在低头审阅。但见他身着芙蓉衬袍，外罩天蓝五福捧寿四开气蟒袍。生得威仪有嘉，剑眉朗目，中等身材，宽长脸，一双慧眼透着睿智之光，虽为武官确有羽扇飘逸风骨。听到脚步声不由抬起头来对侍立一旁的仆人苏合道："苏合，与圣僧看茶。"苏合道一声："嗻"，然后退下了。

须臾，便见两盖碗香茶沏上，牧仁用盖碗轻轻地搅着氤氲的茶汤，撮一小口品茗，口味甚是纯正，不由道："如果老衲猜得不错，此茶可是六安香茶了。"

王爷旺钦巴拉道："不愧是圣僧，禅茶两味知之甚多，正是安徽六安香茶。"

牧仁道："想来王爷书札繁忙，老衲就不多打扰了。天降奇才，福泽四方；蒙古立传，皆凭此子。这是老衲赠予小公子的琉璃灯，望王爷笑纳。"

王爷旺钦巴拉道："琉璃乃佛家七宝之首，世间难求之物。明代学者王守仁曾留有《文殊台夜观佛灯》一诗。诗云："老夫高卧文殊台，拄杖夜撞青天开。撒落星辰满平野，山僧尽道佛灯来。难不成小儿与琉璃有宿缘？"

牧仁道："琉璃火里来云里去，亦如凤凰涅槃，必经九九八十一难之后方显光华，凡夫学子无人能与此相合，非公子方能制约，这也是相赠原因之一。"

旺钦巴拉接过琉璃灯，细瞅之下，知此灯不是寻常之物。观此灯造型似宫灯样式，似玻璃又不似玻璃，如云絮状飘浮不定，色泽变换依方位而定，似有一叶莲蓬浮于镜中，粒粒莲子珠胎暗结，依附藕中息息相依。看着甚觉奇异，不由相问牧仁道："敢问圣僧，这琉璃灯中屡现莲花浮影，可有琉璃宝相、步步生莲之说？"

牧仁道："天机不可泄露，日后自知！但有机会，日后自与小公子相见。"说罢，口占一偈：莲花交叠千叶生，口口相传自有神。一方圣水照寰宇，百年屡现琉璃灯。言毕，拂尘而去。

旺钦巴拉见牧仁去了，便吩咐苏合道："且把琉璃灯收讫，晚间呈于福晋处验看！"管家庆顺道："王爷累了一日，也该歇息一下了，奴才这就告退。"旺钦巴拉见这管家庆顺甚是知趣，不由挥挥手道："家下事务繁多，多凭你一人打理，也是不易。听闻你家中老母已病多日，不忙时特准你回家探望。从这月起，每月再添一两银子，贴补家用吧！"庆顺一闻此言，不由感激涕零道："王爷宅心仁厚，万事与人方便，方有贵子降临王府，令奴才感激不尽。"旺钦巴拉道："与人为善，体恤下人，乃黄金家族家风也。"说罢，又挥挥手，庆顺见王爷频频挥手，知是王爷累了，忙退下不提。

且说这太医，医道甚是了得，满优什咋服过一剂汤药，面色便有红润之色，待三服汤药服完，身子越发健朗。至此后，漠南四十九旗，但凡有用白芍者，不远千里皆来忠信府求取，也不知救治了几多患者。每至四月，赏花、索药之人纷至沓来，荟芳园的芍药因此声名鹊起。

这日，旺钦巴拉唤过管家庆顺道："我和老太君相商，意欲给小公子尹湛纳希办个满月抓周喜宴。距一月尚有些时日，你先去苏杭处采办几尾鲜鱼、螃蟹，再购几匹时兴绸缎。再把那芍药、莲花、紫藤、杜若、玉兰花、唐菖蒲、万寿菊、百里香、孔雀草依样购置五盆，荟芳园里的鲜花太单一，也该换换了，喜宴就设在荟芳园。吩咐六位先生，多出一些考题，顺便考查一下三位公子近来的学业，你就此通知下去吧。"

庆顺道："嗻，奴才这就去办。依奴才想来，时逢夏日，女眷用的团扇、流苏挂件、采穗宫灯，公子用的火镰刀、笔砚、鼻烟壶是不是也一样添上几样呢？"

旺钦巴拉见庆顺补白，不由笑道："当真你这管家还真成管家了。就依你意，依样来上几个也未曾不可，只要大家惬意便成。"说着话，旺钦巴拉不由摆摆手，庆顺甚明王爷是累了，知趣地退下了。

时光荏苒，转眼之间，尹湛纳希满月抓周喜宴已至。三位公子一早起来，身着鲜艳的蒙古袍，腰挂火镰鼻烟壶，在大哥古拉兰萨引领之下，来瞅可爱的小弟弟尹湛纳希。兄长古拉兰萨来时特意提醒六弟嵩威丹忠道："见了小弟尹湛纳希，莫要淘气。你初当兄长，以后凡事要让着小弟，听到没有？"嵩威丹忠不满地嘟起小嘴反驳道："兄长此言差矣，父王家训《莫忘祖先》有言，做事务要守礼、识礼、懂礼，方不负漠南'诗缨之家'之称，难不成以后小弟有了过错，也要包容不成？那岂不是给家族抹黑？"

兄长古拉兰萨听了嵩威丹忠之语，不由爱怜地用手指点着嵩威丹忠的额头，连连笑道："看你如此能耐，连兄长教诲也听不进去了，真是给你三分颜色，竟开染房了。想来你已会背《莫忘祖先》，今个是喜庆的日子，不妨给父王、额吉背来听听，如何？"

嵩威丹忠听哥哥古拉兰萨所言，一点都不含糊，只见他不慌不忙背诵道：

[1] 乞颜

[2] 孛儿贴赤那

[3] 巴塔赤罕

[4] 塔马察

[5] 豁里察儿

[6] 阿兀占·孛罗温勒

[7] 撒里合察儿

[8] 也客尼敦

[9] 贤锁赤

[10] 合儿出

[11] 孛尔只吉歹

[12] 脱里豁勒真

[13] 朵奔蔑儿干

旺钦巴拉见嵩威丹忠一口气背出十三代祖先的名字，竟然无一差错。不由赞道："不愧黄金家族血脉，忠儿，你可知此家谱由何人修缮而成？"

嵩威丹忠道："孩儿听父王所言，系由哈斯宝、张何、莫巴格希三位先生修缮而成。"

旺钦巴拉听了嵩威丹忠所言，心下甚是欣慰，不由道："几日不见忠儿，倒学了不少知识，快过来让父王瞅瞅长多高了。"

嵩威丹忠听到父王召唤，不由爬上父王膝头撒娇道："谢谢父王夸赞。儿子务要谨遵父王教诲《莫忘祖先》，不给皇金家族抹黑。"旺钦巴拉慈爱地抚摸着忠儿道："望我儿不忘初心，时时以宗祖训言为纲，方可光耀门庭。"

满优什作对嵩威丹忠道："忠儿，快下来吧。多大了还粘着父王不放，切记从今往后，你就是兄长了，务必疼爱弟弟尹湛纳希，听到没有？这是额吉赏赐你的鼻烟壶，快戴上让额吉瞅瞅。"说罢，又对侍立一旁的丫鬟心怡道："且把绣有梅花锦缎的礼盒取来，呈于公子古拉兰萨。"

满优什佧见古拉兰萨收起礼盒，方对古拉兰萨道："兰儿，这是你父王特意从京城购来的玉砚礼盒，皆为上等材制而成。你父王深意，想来你必知晓，额吉就不多言了。"古拉兰萨道："谢父王关爱之情，儿子定不负先祖遗训，重振家门。"见五儿贡纳楚克怯怯地躲在一隅，不言不语，满优什佧看在眼里，痛在心上。这孩儿打小过继诚信府，不受重视，竟养成孤僻之症。不由慈爱地拉过五儿贡纳楚克安慰道："克儿，诚信府与忠信府不过一墙之隔，闲来时常走走，心事莫要太重。你虽在诚信府，你父王与额吉皆是一般疼爱于你。你可明白？"懂事的贡纳楚克点点头道："孩儿不孝，又让额吉担心了，我会时来走动，请额吉放心！"

满优什佧又道："因你书画皆佳，这是你父王特意从苏杭捎来的画册。一为芥子园画册，二为八大山人画册，皆为精装，不可多得。且有狼毫两枝，宣纸数沓。望吾儿务以精进为念，早结花蕾，以慰双亲。"

贡纳楚克道："多谢父王、额吉抬爱。孩儿谨遵额吉教诲，定会以勤补拙。"

这时，却见管家庆顺进来回禀道："王爷，色伯克多尔济王爷已至，奴才已接至外书房等候。"

王爷道："好，稍等片刻，我这就去外书房。"又对五儿贡纳楚克道，"今天你兄长、六弟表现出色，夺了彩，皆有奖赏予以鼓励，你工于翰墨，为父赐你画册两本，务要细细琢磨，方可成家也。"贡纳楚克才要答言，又听见管家庆顺来回禀道："王爷，漠南四十九旗塔布囊、管旗章京、参领、笔贴式、佐领、侍卫相继来贺，奴才已把他们安置在荟芳园了，等王爷示下，可有要事吩咐，奴才尽快去办。"旺钦巴拉道："也没甚事吩咐，你只需按事先章程办事就是，务要好生招待，莫要怠慢便成。"说罢，正正衣襟，整整袍带，踱着方步去了。

书房里，布置甚是清雅，正面墙上挂有一幅郑板桥的竹画。左右两边挂着条幅，写的是"清正廉明；秉公办事"。一如他的为人，坚毅果敢，面冷心善。从政二十多年，时常以座右铭作为警钟之鸣，立志莫失本分，施恩于民；安抚民心，故深得民心。

一位王爷身着一袭紫缎锦绣蟒袍，项挂朝珠，头戴纬帽，帽后拖一束三眼孔雀翎，足登方头牛皮靴。此时正坐在案台，津津有味地翻阅书稿《青史演义》，想来是被书中故事吸引，不时抢须微笑，频频点头，想来也是爱书之人。此人

21

便是色伯克多尔济王爷，一位德才皆备、受子民拥戴的王爷。

色伯克多尔济王爷乃喀喇沁第十代王，喀喇沁的远祖是成吉思汗手下的一名大将，叫者勒蔑。者勒蔑曾三次救过成吉思汗之命，故成吉思汗感念前情，特封者勒蔑为九位千户那颜，且把最钟爱的女儿金花下嫁给者勒蔑。成吉思汗驾崩后，者勒蔑亲率喀喇沁部落为他守护金棺材。

台吉旺钦巴拉娶的是色王的妹妹满优什佧，生于嘉庆七年十月二十八，喀喇沁右旗塔布囊图波之女，二十岁嫁入忠信府，生有七子，存活四子，大儿子古拉兰萨、五儿子贡纳楚克、六子嵩威丹忠、七子尹湛纳希，一门父子皆通学问，漠南称之为'漠南五宝'也。此为后话，暂且不提。

旺钦巴拉见了色伯克多尔济王爷，不由揖礼道："王爷大驾光临，陋室蓬荜生辉也。想来又可联床夜话，为何不见福晋？"

色伯克多尔济王爷不由以手相扶道："自家兄弟，不必揖礼。家大业大，纵有管家尚且忙不过来，定夺之事全凭福晋亲力亲为，故未曾前来。适才我在书房看了妹夫写的《青史演义》，把蒙古起源脉络一一道尽。金戈铁马、战旗飞扬之中，一代英雄成吉思汗征战沙场诸事尽显其中，又融入了传说、民间歌谣。据我所知，这帙卷、奏折、杂记犹为难寻，不知你又是从何寻来？如此繁杂的写作，想来甚是艰辛，不知欲写几回？"

旺钦巴拉道："台吉府事务繁杂，书札甚多，只能忙中抽闲而写。帙卷、奏折、杂记出自维吾尔文，为了找寻这本书，费尽心思。公务缠身之余，时时于藏书楼查阅史籍，时时奋笔疾书至三更，本欲写八十回，如今方才写成三回。"

色伯克多尔济王爷道："知妹夫醉心著书立说，需要查阅诸多书籍。多方涉猎历史，方能道尽一代天骄成吉思汗之伟业，此番前来，顺便给贤弟带来几本好书，想来贤弟能用得上。"

管家舒展见王爷如此说，早已呈上一长方檀香木匣。旺钦巴拉打开一看，却见三本蓝底线装书比肩而立。有《蒙古源流》《成吉思汗传》《成吉思汗传说》，不由大喜，重整衣冠，再次揖礼相谢道："家下藏书虽多，但多为经史子集，传记甚少，王爷此番前来可说是雪中送炭也。"

色伯克多尔济王爷道："每年从京城回王府之时，必捎上万册书充实王府藏书楼。以后妹夫如有所需，只可言明，不必见外。顺带捎上几本书岂不方便？据我所知贤弟藏书甚丰，抄本、刻本以及金石拓本、书帖绘画，书亦有万册也，不然岂有漠南诗书第一家之称呢？"

旺钦巴拉道:"与王爷家下藏书相比,可说是小巫见大巫也。"两个人相谈甚欢之时,却见管家庆顺进来回禀道:"王爷,喜宴已按吩咐备下,就等色伯克多尔济王爷入席呢!"

旺钦巴拉道:"王爷这边请。"两个人边走边聊。须臾,便至荟芳园。游廊之下花灯簇簇,甚是点眼。彩灯形状多样,姹紫嫣红,粉粉红红的灯笼煞是好看,有官制的采穗宫灯和纸糊的灯笼。却见奶妈素沁抱着粉雕玉琢的尹湛纳希正在晒着太阳,色伯克多尔济王爷近前一看,尹湛纳希身着一袭鲜艳的蒙古袍,戴顶蓝色小纱帽,越发衬得肤白如雪。藕臂之上戴着两个银手镯,一双小手胖嘟嘟甚是白皙。许是无子之故,一见粉雕玉琢的尹湛纳希不由甚是喜爱,不由戏逗着褓裸中的尹湛纳希,这孩子见王爷戏逗,不由咧开小嘴笑了,笑时尚有两个甜甜的小酒窝。

色伯克多尔济王爷不由羡慕道:"妹夫甚是有福,加上这个儿子,已有四子,想来我命运不济,却无有娇儿承继。"说罢,不由长叹一声。

旺钦巴拉道:"王爷多虑也,福晋青春鼎盛,既会生女必会生男,只是早晚的事情,更何况王爷尚有两位姨娘,子嗣不过是早晚之事,不可多虑也。"

两个人正说着话,却见满优什伴身着一袭大红对襟蒙古长袍,长长的脖颈之上挂着一串玛瑙,虽近中年,风韵犹存,不减当年。见了兄长色伯克多尔济一人前来赴宴,不由相问道:"王兄,为何王嫂未来,多年不见,本想见上一面?"

色伯克多尔济王爷道:"贤妹多年未见,略见发福。你王嫂打理王府事宜,走不开,故未前来,来日方长,待尹湛纳希再大些时,可进王府相见便是。"又道,"怎不见古拉兰萨、贡纳楚克、嵩威丹忠三个外甥?"

满优什伴不由笑着回道:"你这三个外甥呀,均是没见过世面的主儿,被王兄飞车上的彩绸吸引住了,此时正坐在车上说话呢?"

色伯克多尔济王爷道:"孩儿们天性最是纯真,对没见过的事物好奇,也是有的,依我看来,待几位公子成年时,务要让他们多到外面历练历练,俗语道得好:'读万卷书,不如行万里路。'"

旺钦巴拉道:"王爷所言甚是,与弟所思不谋而合。长公子古拉兰萨现已成年,随我出行过两次,学养见识甚高,工于诗词创作。时下正在翻译《水浒传》,《蒙古青册》已写一半,快完稿了。五哥、六哥尚且年幼,还不曾带他们出去过呢。"

此时却见管家庆顺回禀道："已按王爷吩咐布下百件抓周饰物，只待小公子尹湛纳希抓取了。"

却见荟芳园里人流如织，王公大臣皆来祝贺，个个蟒袍玉带，笔贴式皆身着品服而来。因清朝蒙古人最重诞生仪、满月仪、生容仪、结婚仪、祝寿仪仪程，认为只有行过诞生仪、满月仪，方可圆满一生。故漠南风行满月仪程，行满月仪之盛况不亚于结婚仪。

这时，却见管家庆顺来回秉道："福晋，外面送百玉包的人已至，不知何时分散为好？"

满优什伱道："把那九十九个包子，此时分散便是，把那大包子呈于长寿老人乌日塔那顺便可。"

管家庆顺答应一声："嗻"，便悄然退下了。

也许诸君不解，何为百玉包？漠南卓索图盟一带还有个风俗，就是在孩子百日之时，要集百家之米，蒸一百个包子，故为"百玉包"，最大的包子送给长寿老人，能保佑孩子长命百岁，其余九十九个包子众人分吃。

剃胎发是仪程之一，却见一位年长的长者乌日塔那顺取过系着哈达的剪刀，在众人注目下，边剪边念着祝词：

——愿你幸福平安！金色的剪刀张开了，要剪下你这细嫩的乳发，银色的剪刀张开了，要将你细密的眉发剪下，愿你如同海河雄健的白狮，名扬四海威震天下！祝你像参天的菩提大树，福禄长青茂盛繁华，愿你放牧的畜群，膘肥体壮，漫山满崖！祝你长命百岁，幸福无涯！

待长者祝念完毕，满优什伱从红色锦盒里取出精雕细琢的玉麒麟戴在尹湛纳希脖颈之上，这玉麒麟甚是好看，如烟絮状成团，再佐有双石球项链配之，暗合如宝似玉之意。奶妈素沁从长者乌日塔那顺手中接过柔柔的胎发，轻捻成团，用线绳拴住，配以珊瑚、珍珠、绿松石、铜线、红布条、小铜铃，缝在尹湛纳希蒙古袍上。

剪胎过后，方是选志的抓阄仪程。但见偌大的地毯上放着各式饰物，有弓箭、刀、马鞭、景泰蓝的马镫、绣花荷包、琥珀玛瑙、火镰、鼻烟壶，还有书籍等物件。旺钦巴拉近前瞅了瞅各类物件，不由笑道："蒙古人以马鞍得天下，酒是时饮之物，岂能没有这个东西。"说着便把一个酒壶放在其中，众人不由笑道："不愧是文武双全之家，诗书言志，壶酒不失豪情，旺大架子试娇儿的志向也是与众不同啊。"

却见奶妈素沁把尹湛纳希放在各种饰物中间，这尹湛纳希也甚是有趣，小手乱舞，不取任何物件，只是用那双机灵的眼睛瞅着琳琅满目的稀罕物，眼睛东瞅瞅西望望，似在锁定目标。突然之间，用小手拿起了一个小册子，众人一瞅，却是一本儒家经典之作《中庸》，旺钦巴拉心下不由暗喜："难不成此儿真如牧仁法师所言，有些来历？"故又试于他，把他手中的《中庸》取下，又把各类饰物打乱，让他重新抓取。也甚是古怪，尹湛纳希睁着那双懵懂的眼睛，东瞅瞅西看看，最终抓取的却是一支毛笔。

却听族长苏德（卓越）道："诗缨之家，想来天朝福佑也，难不成小爷尹湛纳希日后亦要从文？"色伯克多尔济王爷道："以吾观之，此儿生得天资歧嶷，日后必成大器也，书笔，书笔，与笔墨甚是有缘，想来日后旺府又要添一位才子了。"旺钦巴拉道："多谢王爷吉言，但愿如此。"众同僚一听色王所言，皆是随声附和，一片喝彩之声。

此时，管家庆顺又进来回禀道："奴才按吩咐已备下喜宴，请各位王爷入席。"这满月仪甚是讲究，但见每张八仙桌上皆放着四个瓶子，寓意平平静静，四平八稳，一个食盒上雕着龟龄鹤寿，里面放着各色点心，取长命百岁之意。

各位王爷按品级依次入座，因色王官职最为尊贵，故旺钦巴拉和色王色伯克多尔济居左，族长苏德相陪，正中为老太君巴达玛嘎日布，右首为福晋满优什佧。桌上食盒甚丰，共有四十八道菜，其中有一食盒甚是讲究，盒盖上均是用宝石、贝壳、象牙镶嵌而成，但见里面放五色食物，荤素搭配甚是合理，色王一看之下便知是江南菜系，有鱼头豆腐、盐件儿、油爆虾、清汤鱼圆、腊笋烧肉、笋丁香菇酱肉蒸糯米，笋丁香菇酱肉蒸糯米是用青棕子叶垫着蒸的，酱香里有股清香很糯鲜。

色王色伯克多尔济王爷一瞅是这五样，不由用筷子夹了一小块笋丁香菇酱肉蒸糯米，并笑问旺钦巴拉道："想不到在忠信王府也能吃到地道的皇饭儿，难不成妹夫把吴中王顺兴挖来了？"旺钦巴拉见色王调侃，不由笑道："妹夫不过是蒙旗一台吉也，有何能耐能请动圣上亲赐名厨到府，不过是让管家庆顺去吴中把这稀罕食物依样购了一些而已。"

色王色伯克多尔济王爷道："蒙旗饮食多以牛羊肉为主，青果蔬菜吃得甚少，这宴席搭配甚好，吃着甚合口味，来，来，来，诸位王爷依样尝一些，看看这皇饭儿究竟如何？"诸位王爷一一品尝之下，皆是道好。旺钦巴拉又道："诸位王爷再尝尝这北京老窖之口感。"诸王爷一尝果是好酒，色王一尝之下，

25

不由啧啧赞道："果是好酒也，怎么我尝着好似僧府之酒呢？"旺钦巴拉不由笑道："色王不愧饮食家也，正是九门提督僧格林沁亲王所赐之酒。"众亲王一听此酒是僧王所赐，亲尝之下，入口绵甜，不似蒙古老酒，以辣著称，不由齐声赞道，果是稀罕物，今个儿，只需一醉方休，方不负此酒也。就连那一向不喜饮酒的族长苏德也赞道："果是好酒也，再来两杯方好。"推杯换盏之间，其乐融融。酒酣耳热之间，众人高歌漠南蒙古牧歌，甚是欢畅。

这时，却见厨房又摆上来一铜制东布壶，里面放着用酥油茶熬制的蒙古奶茶。旺钦巴拉不由笑向诸位王爷道："待诸位王爷摆布了这一壶酥油茶，便可一同至戏台听戏了，从京城请了一个戏班子，做念唱打皆是好的，一会一起去过过戏瘾，如何？"

诸王爷皆道："台吉想得甚是周全，恭敬不如从命，岂有不去之理？"

旺钦巴拉见诸王爷应允，不由甚是欢喜，忙吩咐管家庆顺准备茶点蔬果侍候。

戏楼设在荟芳园的后面，园中央是清波澄碧的人工湖，有十亩大，系由北山之泉引水而来。湖中央的绿波亭四角微翘，绿檐红柱，雕梁画栋，甚是养眼。河畔中的假山有九曲十八弯的山洞，妙趣横生。置身园中，仿佛置身桃园。

园的一侧有戏台、茶楼，掩映在绿树丛中，还有花坛和鱼池，池中游鱼撷食草籽而行，信步曲径，时有鸟儿啼鸣，时有鸟儿倚在石矶上歇息，惬意之至。只需转过月亮弓门便至绿波亭，再绕过一处柳园，便看到戏楼了。只因旺钦巴拉的父王酷爱京剧，可说是不折不扣的票友，之所以把戏楼建在此处，是因为不远处有一处游廊，甚是悠长。看戏的人只需坐在游廊便可瞅见台上的唱、念、做、打，既不会太吵，又不会太乱。条形凳前又设一紫檀八仙桌，桌上放着五色食盒，里面放着各色小点，均是从吴中地区购置而来，还有一些是奶酪、炒米、风干肉、果条。

旺钦巴拉族弟哈斯少宝见各位王爷只管说话，不动食盒，不由招呼道："诸位王爷请吃各式茶点，蒙古套餐不吃也罢，也不是稀罕物儿，只需尝尝江南小吃便好。"

色王色伯克多尔济王爷见哈斯少宝甚是机灵，不由对旺钦巴拉道："此位小爷却是哪位？"旺钦巴拉见问，不由道："他就是哈斯少宝，家谱《勿忘祖先》便是由他修缮而成。"色王色伯克多尔济王爷乃是爱才之人，听旺钦巴拉如此言说，不由拉着哈斯少宝之手道："家谱《勿忘祖先》我曾阅过，写得甚好，黄金

26

家族一脉，果然甚是了得，宗族中人皆为有才之人，真是难得！"此时，却见管家庆顺拿着象牙笏板过来对色王道："请王爷点戏。"

色王一看笏板上的戏目，一字排开有《铁笼山》《金沙滩》《白水滩》《水帘洞》《文昭关》《战长沙》，故点了一出《战长沙》。《战长沙》讲述刘备占据荆州，命关羽攻打长沙。守将韩玄命黄忠出战，马失前蹄，关羽释之。次日会战，黄忠箭射关羽盔缨，以报关羽不斩之恩。韩玄怒责黄忠通敌，将斩，魏延押粮归来，杀死韩玄，与黄忠同降刘备的故事。

庆顺又拿着象牙笏板让喀喇沁右旗亲王哈斯巴根点，哈斯巴根甚会察言观色，知色王喜爱京剧，不由依着他的兴致点了一出《文昭关》。

因色王甚是喜欢程长庚在《战长沙》中的扮相，故对旺钦巴拉道："此人继承了徽班兼容并蓄的传统，冶徽调、汉调和昆腔等多种声腔于一炉，无愧'京剧鼻祖'之称。昔年间曾在京城贝勒家听过一出戏，也是程长庚所演，没想到在忠信王府又听到他的唱念做打之功了，真是惬意至极。"

旺钦巴拉不由调侃道："既然王爷喜欢，那就遣他进王府唱上几出堂戏，如何呢？"

色王道："来日方长，每逢木兰围场，圣上必亲至王府，那时再请他进府唱上几出就是。"

旺钦巴拉道："每逢木兰围场，男儿必演蒙古男儿三技，听京中同僚所言《马技图》已由意大利画家郎世宁和宫廷画师首次合作，真迹留存故宫，只是未有眼福，一睹胜迹。"

色伯克多尔济王爷道："《马技图》实乃珠联璧合之作，场面恢宏，乃不可多得之画作也。郎世宁不愧为意大利天才画家，布局巧妙，中西哈壁，甚是养眼。"

旺钦巴拉道："若有赝品留存王府亦是相得益彰，不知可有仿赝之作《马技图》？"

色王道："宫廷画作岂有出宫之理，昔年曾见过此画，其中的场景让人至今思来，依然回味无穷。不知外甥贡纳楚克画学得怎样？"

旺钦巴拉道："不过初学而已，据画师乌扬嘎所言，贡纳楚克悟性甚好，不上三年定会学有所成，若当真如此，黄金家族又添一位画师，亦是天朝福佑了。"

色王不由调侃道："黄金一脉，果然了得。据我观之，日后这小公子尹湛纳希亦是以著述为要，满月抓周，垂青于笔，想来有因必有果，日后便可自知了。"

旺钦巴拉道："但愿如此。王爷此番前来，可否小住数日，你我弟兄可在绿波亭上烹茶咏诗，岂不惬意。"

色王不由相谢道："贤弟美意，愚兄心领，王府处理书札文书太多，不宜久滞在外，戏场一散便要打道回府了，贤弟不忙之时可前往喀喇沁王府看望愚兄。"

此时，见王府管家舒展回禀道："启禀王爷，车轿已洒扫干净，请王爷回府。"

满优什佐听说王兄就要起程，亦领三个孩儿前来相送。色王看着妹妹的三个孩儿，告诫满优什佐道："这三个孩儿皆是聪明伶俐。以我观之，尹湛纳希也是习文的好苗子，望贤妹严加管教，莫要溺爱过重，男孩子还是以磨砺为好。蒙古男儿以驭马驰骋天下，但中原文化也是必不可少的文化因子，只有文武全才方可报效朝廷。"又对妹夫旺钦巴拉道，"僧格林沁王爷已授镶白旗满洲都统。昔年进京之时，两个人聊起妹夫，僧王对你甚是看好，说你文韬武略，乃不可多得的将才也，你们又系黄金家族一脉，异日如进京，可去拜访僧格林沁王爷方好，亲戚之间务要时时走动，方才可亲上加亲。"

旺钦巴拉道："多谢王爷提醒，弟有此念，想来已久，只是旗务冗繁，若有进京机会，定会前往僧格王府探视也。"说话之间，色王在众人注目之下，由管家舒展亲扶上轿。

车辙周遭帷帐以各种彩绸装饰，威仪、华贵之气甚是养眼，拉车的骡马掀开四蹄向着喀喇沁王府而去，那翻飞的五色彩绸在风的吹拂之下，越飘越远。

旺钦巴拉见色王的步辇去得远了，方才回府不提。

这正是：

> 府上添丁喜事盈，同僚相贺礼相迎。
> 华楼阅尽天庭事，铁马金戈战事行。

第二章

渤海战事烽火起，奉命出征保国安

诗曰：

鸦片猖獗卷怨魂，江河痛失地无痕。

举樽对月独抽泣，三炷清香落满盆。

十九世纪的中国，茶叶、丝绸、瓷器等奢侈品历来被欧洲市场所青睐，每年进关的英国商人皆来贩货，然英国的羊毛、呢绒却不被看好，贸易上的反差使英国大为恼火。

早在乾隆时期，英国便想在这个神奇的国家开放贸易。然乾隆以为国中物华丰隆，国库充足，丰衣足食，实无必要开放贸易。加之中国的贸易以银两折算，而英国以金本货币流通，若要想购得国中的茶叶、丝绸、瓷器，均需兑换成白银方可买卖，加之国中入口税率高昂，抽百分之二十税率，这样的高税率便可富国，开放贸易实属多余。

英国绞尽脑汁后，便想出了一枚反败为胜的贸易棋子，利用鸦片腐蚀民心，以便开启侵略的野心。

清朝政府虽知吸食鸦片会上瘾，曾明令禁烟，然禁止时限只能在一九一二年鸦片公约之后实行，况清朝官吏亦可从中获盈。朝廷虽屡禁不止，然阳奉阴违之事时有发生，故默许在岭南附近的零丁洋沿用海上走私，虽则有令实为虚设。

鸦片走私日益扩大，由道光元年（一八二一年）的四千箱至道光十八年（一八三八年）的四万零二百箱。令英国出超，并反使中国入超。形成本末倒置，

29

实在令人叹腕。鸦片的大量输入，致使国库空虚，每年白银外流达六百万两，银荒现象严重，国库空虚，财政短绌，风气日化。萧条破败的流毒皆因鸦片，从王公大臣乃至百姓，吸毒者日众，家破人亡者，遍布周遭。

道光皇帝甚为恼火，自雍正实施禁烟政策以来，鸦片屡禁不止，反而日益猖獗。如此下去，大清必亡，故道光下令任命林则徐为钦差大臣，赴广东查禁鸦片。

一八三九年八月十五日，林则徐下令海禁，派兵入驻澳门，驱逐英人出境，英国恼羞成怒，以商务受阻及大英子民生命受到威胁为理由，从印度出发至中国海面，封锁广州、厦门等海口。

一八四一年一月七日，英军进攻沙角炮台，截断中国海口，并于七月攻占浙江定海，八月，英舰攻城略地，抵达天津大沽，加急鸡毛翎传至京城，道光皇帝惊惧不止，慑于兵威，批答英书，令琦善转达英方，允许通商和惩办林则徐，以求英舰撤至岭南，并派琦善南下谈判，因岭南此时正是疾疫流行，秋冬将近之时，义律同意琦善南下谈判。

十月，琦善署理两广总督。林则徐、邓廷桢被革职，林则徐发配新疆，行前曾上书道光皇帝，力言必须禁烟和重视海防，却被道光皇帝斥为一派胡言。

一八四二年四月，英军攻陷江浙两省海防重镇乍浦。丙申，道光皇帝谕军机大臣，著铁麟、敬敩预备察哈尔蒙古精兵两千名，听候调拨。五月，英军攻占吴淞口、上海县，沿长江逆流而上。

六月辛卯，英军攻占镇江，兵临南京城下，并扬言北上"前往天津"。同月癸未，道光皇帝谕军机大臣，再次确定东三盟蒙古兵驻扎和行军路线。驿站烽火时从岭南传来，弛禁派、严禁派各执一词，朝廷用人不慎，罢免林则徐、邓廷桢之后，起用琦善，而他不顾大清国法，擅自与英方签订《穿鼻条约》，让道光皇帝大为不满，行抄家革职后永不录用，又启用皇侄奕山为靖逆将军，以隆文和杨芳为参赞大臣开赴岭南作战，然又被义律率先攻占沙角。道光皇帝闻讯后，正式下令开战。

旺钦巴拉近几个月来甚是疲惫，连月以来文书接连不断，自不平等条约《南京条约》签约后，香港成为永远的痛。道光皇帝又从全国各地调兵万人赴前线，虽部队英勇作战，但不敌英军，虎门炮台最终失守。

连月来战事接连不断，先是香港沦陷，六月，又接到札萨克德勒克色楞鸡翎传书，言据僧格林沁面奏，转饬兵部大臣，务要从哲里木、卓索图、昭乌达、三盟擢拨旗兵三千，携带器械、衣甲、铅丸、火药，听候调遣，统镇渤海营口，知圣旨难违，不得有误。当下唤过两位管家，一一吩咐下去。按大清律令，全盟出兵一千七百九十三人，一个旗征调一名管旗章京、一名参领、一名笔贴式、五名佐领、二名侍卫、五名骁骑校、五名催领（档册），此外又增设箭丁二百五十人，每旗征调五个佐的箭丁，每佐五十人，组成一个方阵。又在五旗征调马夫五十三人，从马二百五十匹，旗二杆、帐篷五十八座、火炮一百七十六杆、剑一百七十六把、刀一百七十六把。枪砂子、火药信子、战车若干。

忠信府的蒙古王公、台吉每在出征之前，皆要祭祀祖先，祖庙"三太庙"建在上府，距下府忠信府相距五里。

旺钦巴拉乘蓝呢轿车出府门，身着蟒袍锦衣的马队簇拥而行，轿车后边跟随一排大轮子的勒勒车，车上载着猪、羊祭品，沿着大凌河向西而来，依着车辙旧痕，马铃声声而来。

行程不过五里，不过几个时辰便到了，三太庙坐落在青山拱抱之中，潺潺绿水，檐牙高啄，红墙绿琉，实乃殊胜之地，庙前有旱桥一座，石雕栏杆之上镂刻蒙汉文字。

进得庙门，松柏虬枝迎风，左右更房三间，正厅三间是下三太殿，两侧有角门；进角门，转过三间朝房方至三太殿。

三太庙是祭祀祖先灵位的太庙，上面供奉太祖铁木真成吉思汗、元朝皇帝忽必烈（太祖之孙）、巴图蒙克（达延汗，太祖十五代孙）、鄂木布·楚琥尔（第一个建府立庙的旗札萨克）、土默特右旗旗祖札萨克镇国公（晋固山贝子）固穆的灵位和雕像。

祭祀由扎木萨达喇嘛主持，但见桌前供奉七七四十九盏佛灯，三炷紫檀清香冉冉升腾而起，却见一缕紫烟又分五股，依着四个方向氤氲而去，桌上供有蒙古八珍，依序是醍醐、麆沆、野驼蹄、鹿唇、麋、天鹅炙、元玉浆、紫玉浆八种祭品。

旺钦巴拉捧帽直跪，扎木萨达喇嘛手拂柏枝，口诵祭词；锦衣卫队行大跪叩拜，随后泼酒、献哈达。礼毕，又至三太殿顶礼，依序而行。

祭祖礼毕之后，随行人马返回忠信府，至东跨院海棠院南祠堂梵香设案，行礼膜拜列祖列宗，祠堂依序供奉着旗祖固穆以下衮济斯札布、拉旺诺日布六代祖先的灵位及画像。

旺钦巴拉先把蓝漆檀香木箱柜放在先祖台柜之上，里面装有《宝氏五十世家族谱》，以便启箱仰光。随后，旺钦巴拉重新舆洗之后，方才脱帽启箱，燃三炷清香，心中祈愿祖上福祐，早日凯旋。

又唤来二管家柱子留守衙门，又命大管家庆顺相随左右。来自五旗的骑兵，在道木图山下，忠信府门前的大凌河畔举行出征仪式，但见五旗骑兵个个英武，匹匹战马，摇鬣嘶鸣，束束红缨凉帽，恰如火海，旺钦巴拉看着手下的将士，个个精神抖擞，一副整装待发的样子，心下甚慰。

此时，却见一参领行跪礼回禀道："赐酒仪式开始！"但见旺钦巴拉缓缓从忠信府大门台阶而来，来至长条桌前，从参领手中接过蓝色雕花瓷碗，按出征礼仪，依序敬酒。

却见他领过雕花瓷碗，高举过头，随手一泼，以敬长生天；须臾又向大地泼出一碗酒，以示敬地，当他举起第三碗酒时，却见战鼓惊天，骑兵喊声阵阵，他不由微微一笑，先饮为敬。赐酒仪式礼毕之后，旺钦巴拉方才宣读出征誓词，只见他声若洪钟，抑扬顿挫念道："同仇敌忾，共赴国难，不获全胜，誓不归还！"

五旗骑兵声如滔天巨浪响彻云霄，他们分别来自西北乌哈达山谷、锡伯河畔的喀喇沁右旗蒙古旗兵，来自西边努鲁儿虎山谷、老哈河畔的喀喇沁中旗蒙古旗兵，来自西南白狼山鹿、敖木伦河畔的土默特左旗蒙古旗兵，来自本旗的蒙古旗兵（土默特右旗）共一千七百九十三名将士，在誓血同盟会上，用铿锵的声音发出了"同仇敌忾，共赴国难，不获全胜，誓不归还"的誓言！

六岁的尹湛纳希站在府门前的上马石前，只见他身着箭袖旗服，外置马褂，撒带之上挎着火镰刀，还佩戴着一柄蒙古短剑，目光炯炯地瞅着父王，双手紧紧地攥着，长兄古拉兰萨看他身着旗服，神形气质和父王甚是相像，不由问道："第一次看父王出征，看你兴奋至极的样子，待你成人之后想不想像父王一样，统领三军出征？"

尹湛纳希不由道："虎父无犬子，日后若有机会定会如父王那样驰骋疆场。"

五哥贡纳楚克和六哥嵩威丹忠看着尹湛纳希频频点头，齐声道："黄金家族血脉，理应有此抱负也。"

鸣炮三响过后，见父王头戴珊瑚顶子、双眼大花翎的罗胎红缨凉帽，身着二品戎装，英姿飒爽，前胸、后背均钉着武官的"狮子"方补，腰挎包银"哈特刀"，足蹬香皮马靴，纵身上马，出正门赴营口方向而去。

兄弟四人，看父王相去甚远，方才恋恋不舍地回至东坡斋，这东坡斋本是五间，东边两间是学堂，里面摆放桌椅若干，蒙文老师莫巴格希、汉文老师江左丞均在东坡斋中间的堂屋里坐堂。书屋书香气息甚浓，长条书案上放置文房四宝，居中立一架座钟，两边放有瓶、帽盒，下放鞋帽，左右两壁各悬名人字画两幅，左面书法笔力雄健，甚得羲之精髓，写的却是东坡雅室之铭文"旧书不厌百回读，熟读精思子自知"。旺钦巴拉不愧是漠南才子，东坡斋首选东坡诗作铭，可见喻义之深远。右面悬挂一幅郑板桥《竹石图轴》，不过寥寥几笔，苍劲豪迈之气便跃然纸上，笔情纵逸，《竹石图轴》用六分半书而成，别致有趣。历来文人墨客皆喜梅兰竹菊，书室用书画装点，可见主人之雅。

年近二十的古拉兰萨，正是血气方刚之时，外强入侵，民不聊生，一腔报国之心，难以实现，唯有以笔作枪抒发爱国情怀。皆因漠南蒙古沿承世袭制，科举不在筛选之内。许是思绪起伏尚沉浸在同仇敌忾、共赴国难的誓言里，一至书房，便取过薛涛素笺，挥笔赋诗一首：

英寇狂暴侵海边，敕令我父扫狼烟。

将士云集晓恩义，旗丁纷聚效忠贤。

赐宴中山英业振，飞渡凌河皇恩绵。

旗旗空凌蔽日月，剑戟挥舞天地炫。

出师时值仲夏日，何当安然得凯旋？

捷报平房北还时，叩迎父帅共狂欢。

兄弟四人看兄长古拉兰萨不过须臾，便成就一首好诗，都来争睹，齐声称妙。此时，却见翁台江左丞从外间走来，看了古拉兰萨的诗词赞道："好一个英寇狂暴侵海边，敕令我父扫狼烟。将士云集晓恩义，旗丁纷聚效忠贤。此诗诗眼诗框皆有，气势豪迈，大气磅礴，尔等以后就依着古拉兰萨运笔气势而写，岂能无好诗面世呢？"

兄弟四人听了先生所言，皆点头称是。尹湛纳希见先生今日得空，忙从书架上寻出《古文观止》，缠着翁台讲授。江左丞看尹湛纳希年纪虽小，敏而好学，每次皆能提出疑问，倒是一块璞玉，一经雕琢必会大放光彩，倒也乐得教授于他，时常开个小灶也是有的。便对尹湛纳希道："待我讲解之后，一要熟读，二要体会精髓，三要常思，唯有具备此三点，方可学以致用，一味地死读书本，料难成就学问，汝可明白？"

尹湛纳希道："谢谢翁台指点，学生记下了。"贡纳楚克亦对翁台江左丞道："学生才阅过《红楼梦》，写有一首小诗，还望翁台指点一二。"江左丞知贡纳楚克心气甚重，皆因过早饱尝世态炎凉之故，对他有一种怜惜的情愫在里面。

便道："写诗最忌哀怨过重，不知今日之诗可曾避过哀怨。"

取过小诗一瞅，对所作诗词深为惊奇，奇的是小小年纪却有此感悟，惊的是内心如此悲寂，有李后主愁肠百结之况味。其诗云：

> 平生知音何处寻，掏尽红心向谁云。
>
> 肝焦胆枯看八九，道出缘由无一人。

便好言相劝道："写诗固然以意境取胜，伤情之句不宜过多涉猎，时日久来便可伤身，还是以柔取胜方好，下次如再不改，为师必重罚也，汝可曾明白？"

贡纳楚克道："只因学生少小离家日久之故，歧视多于关爱，时常惆怅于心，久之竟成喟叹之作，辜负先生厚望，还望先生见谅，下次定会克服障碍，向兄长古拉兰萨诗风靠近！"

江左丞道："成人不自在，自在不成人，古来大哲皆历经万般之苦，方为人上人。虽说蒙地不设科举，有沿袭爵位风俗，然你父王对你们期望甚厚，还望各位好自为之，毕竟学以致用，方是正理。"

兄弟四人见先生苦口婆心，一片赤诚之心，不由齐声道："学生谨遵先生教诲，定会不耻下问，遵循学以致用，无愧漠南诗缨之家。"

江左丞见诸子可教也，不由道："心口如一，方有进取之心。回去务要多思，多练，多悟方好。"说罢，蹀着方步向外间走去。

且说旺钦巴拉，自带大管家庆顺走后，家下诸事多凭福晋满优什伬打点，尹湛纳希见额吉每日忙忙碌碌，一改往日磨人习性，甚是乖觉。

尹湛纳希在家庭的耳濡目染下，诗才渐渐显露出来，旺钦巴拉教子有方，觉得孩子从幼年启蒙，最为重要，故从五岁起，便让尹湛纳希背诵黄金家谱，使他了解成吉思汗驰骋疆场的丰功伟绩，好在这孩子虽顽劣异常，但甚喜读书，一读起书来便乖觉许多，族人皆言：三岁看大，七岁看老，尹湛纳希将来必成奇才也。

福晋满优什伬系乌素梁海后人，家学渊源，精通满、蒙、藏文，对四子教育尤为上心，她觉得启迪教育，方能成就一个人的学识，故多以神话开启尹湛纳希心智。每至挑灯之时，尹湛纳希心情最为惬意，额吉娓娓道来的《山海经》，总是令他心驰不止。《女娲补天》《牛郎织女》《夸父追日》《后羿射日》能谙熟于心，皆是额吉所赐。严父慈母的家庭启迪教育，就这样浸淫于心，陶冶着尹湛纳希的心智。

满优什伬甚懂育子之道，融寓教于乐为主，在启迪尹湛纳希时，总会穿插一些励志故事，培养他男儿报国志向，通常所讲无非是《孟母三迁》《蒙古秘史》《黄金史》《蒙古源流》诸多典籍中的历史故事。许是尹湛纳希是男孩之故，对成吉思汗率部驰骋南北、所向披靡甚感兴趣，时常听得是意犹未尽，问题也是接连不断，满优什仵深知如此下去，点点识见已是无法满足娇儿所学。

五岁的尹湛纳希正是恋母时节，稍有空闲，便缠着额吉朗诵古诗词，他爱听额吉抑扬顿挫地诵读，似黄莺呢喃，婉转和鸣，意韵非凡。多方涉猎学问，是他不懈的追求。

满优什仵是严谨之人，一向视孟母、成母词额仑为榜样，要想育儿成才，唯有从书中寻找答案，方能满足尹湛纳希求知欲望。夫妻两人在育儿成才方面，有异曲同工之妙，故旺钦巴拉和福晋相商，决定为他延请满、汉、蒙、藏四位老师。满、蒙、藏文老师不过半月就聘定下来，然汉文老师却甚是难求，因漠南草原以游牧为生，加之清朝怀柔政策使然，不设科举之故，蒙地重武轻文，汉文老师无有来漠南办学之说。虽说甚是难求，但旺钦巴拉也不轻易附就，务要请一位才高八斗、学富五车的先生来为尹湛纳希启蒙。

好在这尹湛纳希甚有福缘，六岁之时，终请得一位先生，这也是命带文运所至。因晋中连年灾荒不断，民不聊生，许多人皆从晋中、河北等地拥入漠南以求糊口，多为商甲小贩，其中不乏胸藏珠玉之人。旺钦巴拉宅心仁厚，收留并接纳了这些流离失所之人，对于无有才学之人，允许他们开荒种地，对于有才学之人纳贤招至王府充当幕僚。

"河曲保德州，十年九不收。男人走口外，女人挖野菜"的旧谣，曾经在中原唱响多年。汉文老师江左丞系从口外而来，晋西北河曲人，学富五车，乃难得的才子，只因朝廷腐化，闭关锁国，外来文化不予重视，虽有精忠报国之心，然无仕途之说，加之晋西北十年九旱，难以养家糊口。故越过长城，闯过杀虎口，至漠南而来。因他听闻漠南王府乃黄金家族血脉，素有漠南诗缨之家一说，如今台吉旺钦巴拉正为小公子尹湛纳希聘请翁台，心下自思，虽漠南乃獦獠之地，而台吉旺钦巴拉却是例外，重视中原文化，著书立说，堪为学者，加之五宝皆出一家，亦是难得。想罢，收拾家下余资，携家眷至漠南而来。

寻至漠南王府，揭下榜帖，自荐书信一封，让守门卫士呈递王爷，守卫告知，应聘之人多达数十人，只取一位留用，须待三日后方可回复。

江左丞带着小儿文泉在王府这条街巷行走一圈，寻到一家牧民之家，叩门之下，出来一位老者，七旬上下，身着一袭蒙古蓝色长袍，外搭油腻羊皮坎肩，慈眉善目。不由上前揖礼相问道："老人家，这里可有三九砖茶、蒙古靴子卖？"

老者见江左丞一副外来之人打扮，尚领着一位五六岁的小儿，知是口外而来，不由热情相迎，迎至家门，吩咐妻子牡丹道："且把东布茶里的酥油奶茶倒两碗与先生。"并道，"想来你是口外而来，不懂这里乡俗，这里乃闭塞之地，往来货物皆从大盛魁商号定购而来，这里尚无小店囤结货物。"

看江左丞略带失望，不由安慰道："看先生一脸斯文，想来是位先生了，老夫指点你一条生路，你可去王府应聘，如若准了，一切生活用度皆有，莫说是三九砖茶、蒙古靴子，银子费用也甚是可观，因为这里的台吉旺钦巴拉崇文重教。"

江左丞听后，不由相谢道："谢谢老伯指点，呈文已经呈递在上，言三日后方可回复。"老者道："想来你们初至漠南，家下行当甚是不全，这样，如不嫌弃，把家下旧物依样给你准备几件，以解燃眉之急，不知可好。"说话之间，已把炒米、黄油酪旦、木碗、木桶递于江左丞，江左丞不由揖礼相谢道："谢谢老伯相帮，江左丞一介寒儒，不懂农耕桑麻，只识习文教字，如有儿孙研习文字，可来寻左丞便是。"

老者道："这里最缺的就是汉文老师，这里的娃子只重习武。不瞒先生，老夫尚有一孙子，年方六岁，如有可能，点化一下也是好的。"说着话，又拿过一袭半新斜纹夹袍，一领小儿夹袍递与江左丞道："蒙地风寒甚重，不比中原，每至大雪时节，甚是寒冷，一领袍服权当御寒之用吧。"

江左丞不由涕泪道："左丞落难之人，得老伯相助，日后定会报答老伯大恩也"。说罢，饮完奶茶，领着小儿文泉告辞而去，此时正是寒冬时节。左丞心下暗自忖度："虽说这里重武轻文，但民风淳朴，亦是难得！"

这日，旺钦巴拉正在台吉府批阅本旗卷宗，却见管家庆顺进来相问道："王爷可有空闲时间，近来前来应聘的汉文老师甚多，已有数十封拜帖等候王爷亲复，明日便是最后期限了。"

旺钦巴拉道："拿来拜帖与我一观。"庆顺把数十封拜帖呈于王爷，便退至一旁静候。连看数封，甚不中意，待看至第八封拜帖时，不由被文中措辞所折服。有识之人识人，可得世外高人附就，而无识之人不具识人之相，就会当面错过。通读此文虽系小文，亦是相当出彩。

旺钦巴拉不由相问道："河曲保德州江左丞此人，却是何来历？"庆顺道：

"据他信里所言系避难而来,是位久入科举而不入的贡生,此外就不得而知了。"

旺钦巴拉不由相问道:"可知此人现居何处?"庆顺道:"听门公所言,就在王府街巷租房而居。"

旺钦巴拉道:"明日可随我微服出行,亲去相迎先生,准备单袍、夹袍各一件,炭火一担,柴米一担,羊腿、牛腿各一只,外带白银三锭,你现在就去准备去吧!"

庆顺道:"据门公所言,此人外形甚是猥琐,不似有学问之人?"旺钦巴拉道:"市井之人多以貌取人,误了几多贤才之士,学问高深岂可以貌误人,但凡高士,心气必高,唯有以诚相请,方可出山。明日微服足见诚意,日后必可大用也,尔等不可轻慢此人,就此吩咐下去。"

庆顺道:"嗻",退下不提。不过庆顺心下还是在犯嘀咕,心下忖度:"一个其貌不扬的人物,王爷却如此厚待,难道此人果真有些来历?"

孟冬时节,寒气袭人,一早醒来,一点炭火早已用完,室内冷得似冰窖一般,风从窗户的破洞吹来,更加清冷。所存米粒已是不多,进府讲学之事尚无踪影。江左丞眉峰紧锁,端过一碗清淡奶茶,才饮完毕。便听院外有老伯道:"左丞,快点出来相迎贵人,有贵人来看你来了。"江左丞定睛细瞅,一位中年男人,四十上下,虽着布衣,但难掩书卷之气,气宇轩昂,眼睛深邃,略带威严,不怒自威,有王者风范。嘴角微微上扬,有些微的连须胡,想来是位武官了。却见四五个随从把炭火一担,柴米一担,放入柴房,就在院外候着。

江左丞把贵人迎入里间,无奈家徒四壁,连张像样的凳子也无。不由对贵人道:"家下寒微,无有坐处,望贵人见谅。不知此位贵人,因何事光临陋室,还望明示一二。"

却听庆顺道:"此位是旺钦巴拉王爷,因慕先生文采,特来相请先生出山。这是为先生备下的一份薄礼,还望先生笑纳,王爷意思,可先进王府,待安置好了,再来把家眷接入王府居住,这里的环境太差,王府院内不下百间,家眷同来可解后顾之忧,不知江先生,你意如何?"江左丞绝顶聪明之人,一听之下,已知王爷深意。不由行大礼相谢道:"左丞何德,得王爷亲自登门相请,异日如有用左丞之事,定当全力以赴,以报王爷宅心厚德。"

旺钦巴拉亲扶江左丞道:"先生不必多礼,你我虽是初识,年纪相当,言语相合,异日相处,更见融洽也。"又对庆顺道,"快把前日与先生做的夹袍、皮帽呈上,收拾一下便可进府也。"

一旁的老者见旺钦巴拉王爷特来相请左丞，甚是高兴。不由揖大礼相谢道："老夫一向听人所言，旺钦巴拉王爷宅心仁厚，虽为黄金家族血脉，却甚是礼贤下士，今日一见，果然如此，幸会！幸会！"

旺钦巴拉见老者虽为牧民，但言语不俗，不由用探询的眼光相问江左丞道："此位老伯是？"

江左丞见王爷相问，不由道：此位老伯便是贾耀东，又把与老伯相识的经过说了一遍，旺钦巴拉用赞许的眼光看着贾耀东，对江左丞道："漠南虽以马上三技驰名，但这里的子民甚是淳朴厚道，对有学之人皆是以礼相待，敬重有嘉。自康熙以来，蒙地汉文老师稀少，如有可能，先生可在蒙地推广中原文化，也只有文武全才，方可报效朝廷也。"

江左丞道："只因清朝自康熙以来，素行怀柔政策，加之蒙地承世袭制，不设科举，蒙地虽有好学之人，想习中原文化，然不过是痴人说梦也。若有机会定会在漠南办学，推广汉学。"旺钦巴拉道："好，一言为定，时辰已到，台吉府公务繁忙，札文甚多，还是起程吧。"

江左丞随王爷进府，按下不表，尹湛纳希随翁台江左丞亲习六经八典，为日后从文打下了坚实的基础，韵文《孝经》《龙文鞭影》《古文观止》《诹吉便览》便是最好的佐证。

这正是：

莫道经年陋室居，一朝得志出茅庐。

昔时潦倒无人识，入府便提锦上书。

第三章

驿站信使传捷报，协理台吉迎凯旋

诗曰：

> 狂徒肆虐扰边关，英武蒙军急入关。
>
> 鼠辈英冠投剑戟，伏降屈膝水云间。
>
> 卸归收械庆功会，拔寨军帐月半弯。
>
> 得胜彩旗随处插，扬鞭策马把家还。

江左丞携家眷进府，王爷相待甚厚，从细节入手，百般呵护。江左丞有一小儿，名唤文泉，与尹湛纳希年岁相当，甚是聪明。虽然小小年纪，谈吐不俗，思维敏捷。长得也甚是清秀，王爷一见之下，甚是喜欢。许是惜才之故，故破例让文泉陪读在侧，一来两个人可以互相切磋，二来也可学业有成。因尹湛纳希悟性甚佳，虽然年幼，天资聪慧，翁台皆是看好，皆言有其父必有其子，日后修为定不在父兄之下。王爷旺钦巴拉听了甚感欣慰，知子莫如父，旺钦巴拉深知尹湛纳希心性甚高，万人不入法眼。文泉从小秉承家学，耳濡目染，聪慧机敏又在尹湛纳希之上，想来定会相处融洽。果然如旺钦巴拉所料，两个人初次见面，便甚是投缘。

再说那救助江左丞的老者贾耀东，原名为李峻熙，本是京城首丞李哲瀚的后人。其父雍正年间因在海上走私鸦片，事发后被朝廷革职查办，永不录用，家下子孙皆发配岭南劳役。

因李峻熙在嵩山少林学艺，方才躲过一劫。自家下经此变故之后，已悟透万事浮华，终明不管为官为民，操守子民之道方是正理。鸦片流毒，祸国殃民。

一则误国，二则误家，三则可令数代子孙蒙羞。银荒之乱，致使国库空虚。上至王公大臣，下至贫苦百姓，摧残之众，令人扼腕。

因朝廷探明得知，李哲瀚尚有一子李峻熙逃离在外，便贴告示通行天下，但有悬赏知情举报者，必赏五块大洋。

且说少林寺，位于嵩山五乳峰下，坐落嵩山腹地少室山，丛林茂密，始建于北魏太和十九年，是孝文帝为印度高僧跋陀尊者而建。占地面积约六万平方米，是汉传佛教的禅宗祖庭，被誉为"天下第一名刹"。

满清入关执政后，因战乱影响，寺中僧人渐少。然清廷对少林寺倚重。雍正十三年（一七三五年），皇帝亲览寺院规划，重建了山门，修复千佛殿。乾隆十五年（一七五〇年），乾隆皇帝亲临少林寺，夜宿方丈室，并亲笔题诗立碑。

河南嵩山少林因名声在外，八旗子弟之中多人皆来此间学艺，皆知李峻熙乃亲王之子。许是李峻熙悟性甚高之故，虽同时学艺，进步却是神速。方丈梵音对他甚是怜爱，时在人前夸赞。李峻熙生就厚道之人，但有同窗相问，又是时常点拨。许是冒尖出头之故，不承想竟招发小扎木苏忌恨。李峻熙心胸豁达，视人皆为良友，岂知人心邪恶。当方丈梵音告知父兄走私鸦片东窗事发，朝廷已至嵩山拘拿于他，尚且不信是扎木苏密报于朝廷。

方丈临行之行，告诫于他："徒儿，尘外之人良莠难分，你本性善良，虽无害人之心，应有防人之心。听为师之言，莫要回京，退至漠南方可保性命也。这是为师为你备下的十两善款，快点保命去吧！可从密道行走，出了雁门关，过了杀虎口，至归化再转徙库仑，离漠南就近了。"

李峻熙道："师傅，万万不可，我岂能就这样一走了之，一旦我走了，必会祸及少林僧众。祸因我起，我理应承担便是，岂可让众师兄为我蒙难！"

梵音方丈道："莫要多言，为师自有保寺之法。况为师已至耄耋之年，也该是去朝拜佛祖的时节了。"说罢，不容李峻熙回言，左掌运气，地下玄关已开。须臾，便见一洞穴出现，丹田运气，指上用功，只推一下，李峻熙便落洞中。但闻玄关隆隆几声过后，一切恢复原样。任李峻熙运气多时，双掌合力，久推不开。始知法师为了救他，已封死入口，官军若来搜捕，已是无济于事了，只能含泪前行。

那洞穴本是少林寺护寺密道。数百年来，但凡少林寺有大事来临，皆凭此密道救人，累世以来也不知救了几多僧众。谁承想，此番梵音方丈为了救他，绝了护寺密道不说，还害了梵音方丈一条性命。

李峻熙深知以梵音方丈性情，为护宝寺不至蒙难，必走涅槃之路。忍悲含泪，至大型壁画《涅槃经变》前焚香三炷，双手合十祈愿，唯愿来生再入师门，以报师恩。

这洞穴悠长深远，以前未曾走到尽头，也不知通向何方。越往前走，路越是宽广。忽见前方有一石桌，桌上比肩排放刀剑两柄，又有剑谱一部，信札一封放置书上，写的是：爱徒李峻熙亲启。

展笺细读：

> 爱徒李峻熙听宣，为师业已打卦算出，你命中必有此劫，万事看开，能融则融，遇事能小则小，切忌意气用事。漠南乃你容身之处，可终身定居此地，切忌离开。每日所授课业，皆从此书中来，从今日起可依剑谱自练，一旦剑成，便可保衣食无忧也。
>
> 梵音绝笔

李峻熙一看之下，已明师傅梵音必是旷世古佛转世，不然岂能掐算自如，想起师傅，不由哽咽不已。朝着师傅往日坐禅方向拜了三拜。背上两柄宝剑，取过剑谱放入褡裢，又继续前行。

两日未吃东西，未免有些头晕眼花，好在这洞穴储备诸多药材，有枸杞、山楂、罗汉果、甘草、白芷、孜然、人参，方知往日和师傅上山采药，只是为了不时之需。因知白芷治愈头痛，孜然去除风寒，故取了两样放在口中嚼服。

待扎木苏把官兵引至禅室，却见一得道高僧，慈眉善目，手持佛珠，业已坐化而去。官军搜捕不成，重打扎木苏五十大板，自去复命去了。

李峻熙风餐露宿，为躲避官府缉拿，一路小心谨慎，不敢行大路，多抄小道前行。日间累了就在山林歇歇，饥了就摘些野果充饥；渴了就在山间寻找水源解渴，倦了就在林间铺些干草取暖。行程半月之久，方才至漠南地界。

至漠南地界之后，李峻熙谨遵恩师所言，三缄其口以避其祸。许是吃一堑长一智之故，把"李峻熙"这个名字永远封存在心底，给自己重新起了一个名字叫贾耀东，同时封存的亦是往昔的家族史。

初至漠南，对漠南人文环境甚是生疏。虽然语言相通，但这里文化荒芜，人人皆以马技出众为荣，对中原文化却甚不上心。为了生存下去，利用自身优势，在王府临街不远处开了一处武馆，招各旗武生，聊以度日。

没承想，各旗武生多来学习剑法，因是朝廷通缉要犯，不敢贸然在漠南安家。过了数年，武馆渐渐声名鹊起，银子积了不少。因他心地善良，多人与他交好。但凡有哪家没落户、家中无余银延学而资质不错的生员，则一律减免学银。这一来二去，善行久传，已是家喻户晓，皆知比邻武馆，出了个大善人，名字便叫贾耀东。

漠南四十九旗，人人皆知王府临街武馆善人贾耀东人品皆好，若来相求，十人九应。热心的牧民，纷纷为他说媒，他怕一旦祸事泄露累及无辜，十人九不应。然说媒人亦是不断，旧事又提不得，心下甚是纠结，直至四九之年，看缉拿风声甚小，方才聘定了一门亲事，娶了一房妻子。这妻子本是漠南人氏，家有牛羊数百，也算殷实人家，小字唤作牡丹。不下两年，又生了一儿一女，从此定居漠南，一住便是数十年，直至垂暮之年。

江左丞乃知恩图报之人，又是性情中人。自己落难之时亲得老伯贾耀东救助，方有今日之福。知恩不报非君子，因思老伯贾耀东家下有个孙子叫九儿，年纪和尹湛纳希、文泉一般大小，也是习文的好苗子，只是漠南无有私塾，无法延学。如今自己身子又困在王府，兑现不了昔日承诺，心下寻思着，找一合适时机向王爷亲提，可否让那九儿也来王府延学。

吃过晚饭，和孺人淑文商量此事。淑文道："如今王爷相待之厚，衣食无忧，皆凭老伯昔日资助之恩，依妾思来，不可不报，但老爷寄人篱下，也得相求于王爷。现在说之，恐怕为时尚早，可否待王爷凯旋再说此事？"

左丞听了孺人淑文所言，不由道："贤妻所言，甚合情理。就依你言，待王爷凯旋再言此事。"

旺钦巴拉一去数月，战事究竟如何？竟是不得而知，书信也无一封，福晋满优什佤每日揪着心。也不知老爷近况如何？老太君巴达玛嘎日布也是如此，每日悬着心。儿子旺钦巴拉远征在外，一去数月，杳无音讯。每日派丫鬟杏雨来问讯，满优什佤据实而言。老太君这人一老，思绪便多，梦也就多些。昨日夜梦儿子不祥之兆，心下烦躁不安，一早便派贴身丫鬟杏雨来了，满优什佤心下暗揣：老太君夜夜悬心，需多加安抚老太君才是。想毕，便道："王爷旺钦巴拉吉人自有天相，必有圣祖庇佑，老太君只管放宽心思。依我思来，不日必将凯旋。"又对丫鬟杏雨道，"你自小聪明伶俐，甚会说话。每日里多言逗趣话语与她听，以分散老太君注意力，到了逸安堂可据此说便是。"丫鬟杏雨听了，心下甚是佩服，不由道："福晋足智多谋，不愧大家闺秀，这法子甚好。如此一言，老太君心下必安。小奴这就去回禀。"望着小丫鬟杏雨身影渐去，满优什祚不由叹了一口气，其实心下也是愁苦不堪。暗揣也不知何日有书信前来，倒叫人费思量！

时值中秋，旺钦巴拉从军营赐来西瓜，捎来书信一封，以报平安。二管家柱子来传喜报："回禀福晋，王爷在前线打了胜仗，道光皇帝龙心大悦，亲下圣谕让王爷带子进京晋谒，如今承文已下，公子古拉兰萨已受世袭之职，封了二等侍卫之职。又赏赐白玉翎管一支，掰指一个，珊瑚豆大荷包一个，小荷包四个，江绸黄马褂一件。王爷意思让古拉兰萨待中秋过会后即刻进京听宣。京城僧格林沁亲王闻知，甚是高兴，已接王爷入僧府小住数日，再过几日便可回府，望老太君、福晋一切勿念。"

福晋满优什祚听了满心欢喜，不由吩咐二管家柱子道："可速去老太君处回禀，言老爷择日就要回府，不必悬心。"柱子道："嗻，奴才这就去回禀！"说罢，转身退下不提。

阖府上下，听闻王爷不日荣归，皆是欢喜，满优什祚特意举行家宴，以贺中秋。一来犒劳诸位翁台，二来想代王爷查考四子学问，三来亲人团聚，可延血脉亲情。

古拉兰萨年方二十，儒雅博学，最喜诗词创作。自从父王旺钦巴拉走后，已作诗词多首。今日得知父王前线报捷，心下甚是欣慰，不由激起爱国情思，一人前往东坡斋，琢磨写下几首爱国诗词，以记父王赐瓜之事。才至东坡斋。瞅见六岁的尹湛纳希手执毛笔，伏在案台写着什么？不由问道："中秋佳节，翁台均给假一天。生员不必来东坡斋读书，你来此做什？"

尹湛纳希见兄长询问，不由调侃道："尹湛纳希一向倾慕兄长才学，心知父王中秋赐瓜，吾兄必写诗词以记之。加之晚间赏月，翁台必遵母命，查考学识。故早早等候兄长，以学兄长诗词意境！"

古拉兰萨见尹湛纳希虽小，心性甚大，也不可小觑于他。故道："写诗以意境取胜。笔到意连固然重要，多方涉猎学问方可精进，我们是漠南蒙古人；

一要学习蒙古文学，二要学习中原文化，三要学习如何做人？蒙古诗歌以句首押韵，而汉诗以韵脚押韵，只有融会贯通，方可炉火纯青，你可晓得？"

尹湛纳希听兄长所言，不由道："多谢兄长指教，小弟必以吾兄为榜样，多方涉猎各种典籍，以成学问。"

古拉兰萨拉过尹湛纳希，语重心长道："七弟所言甚是，自古道'学海无涯苦作舟'，可见这学习是苦差事，然只有不停地学习，方可长进，方可明理，你可听懂？兄长要写诗词了，今个儿是中秋，也可说是赛诗会了，你也试着写一首诗词吧，待会儿一并拿给翁台评阅。"

尹湛纳希钦佩地瞅着古拉兰萨，暗道：定要勤读诗书，方可与兄长比肩。好个古拉兰萨，诗才甚是了得，须臾，便写下两首诗词：

太平颂

狂徒肆虐扰边关，英武蒙军急入关。
鼠辈英冠投剑戟，伏降屈膝水云间。
卸归收械庆功会，拔寨军帐月半弯。
得胜彩旗随处插，扬鞭策马把家还。

祝太平

洁白军帐遍荒野，杀气可怕走碧空。
险恶炮声摇碧野，无情刀剑怵神冥。
虎狼奔命弹无废，飞矢八方雨有痕。
激战令人毛发竖，合十乞拜早太平。

按：父亲从军营赐瓜来，不由思绪难平，仿佛看到蒙古军与英夷激战之场面，故题诗一首以记之。

尹湛纳希也甚是好强，见兄长不过须臾，便成诗两首，也写出了两首诗词：

秋 夜

思君清秋夜，凉风透碧窗。
孤竹叶萧瑟，愁人起彷徨。

秋 伤

秋草枯，秋草黄，秋灯昏暗秋夜长。

可怜机杼扎扎女，秋风秋雨待衣裳。

古拉兰萨才把毛笔放置笔架之上，定睛细瞅，尹湛纳希秀媚的楷书已成，看后不由大喜。尹湛纳希人虽小，笔锋却甚是老辣，意境之深更是难得。

两个人相叙之间，却见六哥嵩威丹忠也向东坡斋走来。古拉兰萨不由笑道："六弟此番前来，却为何事？"嵩威丹忠性格活泼刚毅，说话直白，平素最喜中原文化，对唐诗宋词多有研究，时常赋诗抒怀。见兄长古拉兰萨相问，亦不由调侃道："漠南诗缨之家，不为赛诗而来，还有甚事？"

尹湛纳希一见六兄嵩威丹忠来了，忙近身粘着嵩威丹忠，双手一递，把两首诗词呈上，务要六兄指点。

嵩威丹忠看了，不由笑道："想不到七弟进步如此神速。以我观之这首《秋伤》为冠，看来不和一首说不过去了。说罢，取过毛笔一挥而就，两首诗已成。古拉兰萨一观之下，不由笑道："这才是名副其实的赛诗会呢，只是你五哥贡纳楚克未至，若来不知有多热闹呢？"

却听窗外有人应答道："漠南四宝，岂能因我而缺席。"原来是贡纳楚克也到了东坡斋。

嵩威丹忠的诗词也是两首，一首《静夜思》，一首《伤秋唱和》：

静夜思

静夜月光照明湖，清溪岸边复修竹。

桃李盛开春来早，盎然新意满春芦。

伤秋唱和

秋色秋光暖秋晖，叶飞花谢不须悲。

小诗惭呈高朋赏，且对秋光笑几回。

贡纳楚克看了几人的诗词也甚是赞赏，不由道："兄弟几人所写诗词如宝似玉，贡纳楚克自愧不如，抛玉始见砖来，一首《秋思》写来，如有不妥之处，还望诸兄弟多多指正。"

秋　思

秋风袭人感飘零，无情月色伴诗魂。

日暮挑灯卿思我，叶飞花落我思君。

嵩威丹忠快言快语，不由点评道："依我观来，还是兄长古拉兰萨为魁，尹湛纳希次之，贡纳楚克为三，我为老末，不知评得可切。"

三人听了，皆异口同声道："果然评得切，评得好！"古拉兰萨道："这时辰也不早了，快点去荟芳园去吧，你我皆为学生，只能早早侍应翁台才是，岂能让翁台久等。"

贡纳楚克、嵩威丹忠、尹湛纳希一听古拉兰萨所言，齐声道："还是兄长虑事周全，我等这就拿上所作诗词，前往荟芳园才是正理。"

忠信府院子后面的荟芳园甚是精巧，园中间是清波澄碧的人工湖，有十亩之大，由北山泉水引进而来，湖中央的绿波亭四角微翘，绿檐红柱，雕栏画栋甚是养眼，亭台楼阁，依水而置，以清雅著称，来山轩、松月亭通过石铺路皆与水相连。

园的一侧有戏台茶楼，绕过绿树林便至茶楼，忠信府每逢中秋必在茶楼赏月联诗。今年虽然老爷旺钦巴拉不在家中赏月，但应有的礼节还是不可免。因为每年中秋，忠信王府都会给四位翁台准备一份厚礼，以酬尊师重教之德，以谢翁台辛苦育人。因旺钦巴拉宅心仁厚，对诸位翁台十分敬重，不但俸禄甚丰，过节礼金也甚是丰盈，况翁台操守师道，教得也是尽心尽责，故四子个个学有所成。

江左丞定睛细瞅，见四子手持诗稿朝这边走来，不由甚是欣慰。尹湛纳希别看人小，心气甚大，一见翁台，便率先把手中的诗稿递过去了。江左丞一瞅之下，也不由为诗中意境叫好。待看过古拉兰萨的《太平颂》，用赞许的眼光瞅着古拉兰萨道："朝廷腐败，外强侵入；土匪猖獗，民不聊生。吸食鸦片者比比皆是，如果民众皆有一颗精忠报国之心，又何愁国防不坚？生为男儿，理应以家国为重，国安了，家方能安也！"

古拉兰萨道："翁台所言甚是，学生谨遵翁台教诲。"江左丞又对贡纳楚克、嵩威丹忠、尹湛纳希道："孔子有四教——文、行、忠、信。文，即读书礼乐，凡博学、审问、慎思、明辨、皆文教也；行，即躬行也。中以尽心尽忠，恒有诸己曰信。故'人必忠信'而后可致力行。故曰：'忠信之人，可以学礼。'此四者，皆教成人之法，为师传授尔等，望尔等时常审时度势，方可度己。今日所授便是孔子四教，望汝四人时常思之，各写一篇短文交来便是！"又道，"今日儿中秋，可先行赏月，如有佳作，明日至私塾，带来便是。"

四子听罢，皆有所悟，见四位翁台已至，额吉安排座次，便行家宴，但见桌上果品数种，正中央放雕花西瓜篮一个，雕得甚是典雅精巧。瓣瓣造型皆以三角相连，竟雕有九十九瓣，西瓜两侧之上弓成弧形之状，恰似一篮，旁边置有月饼、石榴、葡萄、酥枣、菱角。江左丞定睛细瞅盘中水果，排列甚是有趣，呈宝塔状，共有三层，一层放月饼，二层放石榴，三层放葡萄、鲜枣。心下不由暗揣：素来听闻这福晋满优什作家学甚厚，甚知中原文化，以月饼喻示中秋家人师徒团圆；以石榴百子暗示母子同心；以葡萄酸甜比喻求学甘苦自知，借以酬谢四位翁台仁爱之心，可谓立意深远。诸子见四位翁台相继入座，忙各寻座次，以便赏月。这正是：

兰桂齐芳花锦簇，读书行乐笔相连。

一门四子赛诗稿，会海文山墨迹延。

第四章

剑影寒光飞玉霰，惊闻旧事论风骚

诗曰：

剑影寒光飞玉霰，惊闻旧事论风骚。

夜观天籁云消散，独坐亭台静听涛。

道光二十一年辛丑（一八四一年）二月，英军攻陷虎门炮台，广东水师关天培阵亡。闰三月，以钦差大臣裕谦为两江总督。

说来这裕谦，原名裕泰，字鲁山、衣谷，号舒亭，博罗忒氏，蒙古镶黄旗人。出身于将门世家。嘉庆二十二年（一八一七年）进士，选为庶吉士，一八一九年散馆后以主事签分礼部补用、员外郎。一八二三年补礼部实缺。道光七年（一八二七）出任湖北荆州知府，后调武昌知府。道光十四年（一八三四年）迁荆宜施道，未久升为江苏按察使。

后因丁忧、患病告假两年。一八三八年复出，再任江苏按察使。道光十九年（一八三九年）以江苏布政使署理江苏巡抚。二十一年辛丑（一八四一年）闰三月又由江苏巡抚署理两江总督。

时光飞逝，恰如白驹过隙，转眼之间，旺钦巴拉已四十八岁，协理台吉事务繁杂，日间处理旗务，晚间撰写《青史演义》。过得甚是忙碌，好在家有福晋满优什伕亲力亲为，倒也省心不少。不觉已至农历三月十一日，又到举行家祭时节。昨日，旺钦巴拉已吩咐卜去，命管家庆顺准备祭祀物品。祭祀圣祖成吉思汗，家祭甚是隆重。以献哈达、鲜奶、祭灯、香、羊背子、酒、祭言为主。

卯时一刻，便见旺钦巴拉率领忠信府、诚信府两府家人已至忠信府西墙。

许是尹湛纳希初次来此祭祀，甚是好奇。但要相问，见众人皆是一脸肃穆，心下乖觉，已明此处是神圣之地，不可多言，只是侍立一旁，细细瞅着。但见像高数尺，系青布折叠为身，白绫瘦丝锦缝为头。

　　却见父王旺钦巴拉在位前献牲，青花瓷碟内皆插灯芯而燃。依序把哈达、鲜奶、祭灯、羊背子、酒罗列案上，忠信王府长幼皆跪，家族幼者亦随之。旺钦巴拉燃香三炷，朗声道："列祖列宗在上，二十七代世孙旺钦巴拉率儿孙祭拜先祖，还望先祖降福，保佑子孙满堂；五畜兴旺，仕途通达；保佑盖世胆略，智慧超常，诸子学有所成！"祭祀过后，众人皆散。

　　只有尹湛纳希停驻地毡凝视圣像，似在回味。古拉兰萨见小弟尹湛纳希一脸虔诚，便道："不知小弟此时做何感想，可说来与兄听听？"

　　尹湛纳希见兄台古拉兰萨相问，不由道："蒙古谚语有言'黄金育子为父，智慧教育为母；励志教育为兄，慈爱呵护为姐。'这四句听来甚是经典，尹湛纳希甚是有福，这四句谚语已有三句谚语成真，心下甚喜，故而凝视圣像，还望祖宗降福，赐智慧胆略于一身！"

　　古拉兰萨见尹湛纳希年纪虽小，但聪慧异常，出语不凡。心下自思：三岁看小，七岁看老。依我思来，这七弟日后必成大器也！便循循善诱道："人不知祖先，无异于无根之本，无源之水。每年家祭圣祖成吉思汗，便是让黄金家族莫忘祖先，莫忘史典也，不然何来忠信王府幼子每逢五岁便背家谱之说？愚兄所言，你可明白？"

　　尹湛纳希听了兄长所言，不由诚服道："今日所学，可说是受益匪浅。即学会了如何祭祀祖先，又晓得了黄金家谱之由来；即得了父王亲赐的镶金宝剑，又聆听了兄台教诲。方知'人不知祖先，无异于无根之本，无源之水。想来人活世间，缺水不可，不知祖先，无异于牛马蠢猪也'！"

　　古拉兰萨听了，不由笑道："怪不得翁台人前背后皆是夸赞于你，说你思维超常，悟性了然。怪不得父王额吉多加宠爱，如今连兄长皆高看于你，还望你好自为之。只要攻于骑射，勤于学问。岂有不成材之理！"

　　尹湛纳希毕恭毕敬回道："七弟谨遵兄台教诲，这就去荟芳园一试镶金宝剑。"说罢，已如二月的风，倏忽不见了。古拉兰萨在身后唤道："七弟慢些走，待试剑后，可早日归家，莫让额吉操心。"说罢，不由望着远去的尹湛纳希背影，微微一笑。方蹀着步子向住处绿竹斋走去。

　　尹湛纳希来到荟芳园，但见湖光山色尽收眼底。此时，额吉正倚在水边石矶之上，远眺北山风光。手里拿着一个素写本，似在临摹山水，父王则在一旁用手指点。

额吉满优什伩见尹湛纳希拿着镶金宝剑而至，不由微微一笑，轻启樱唇道："这可是忠信府传家至宝，四子之中，父王独传宝剑于你，可知为何？"

尹湛纳希道："父王鞭策，儿子岂能不知？崇尚勇敢，鄙视孱弱；崇尚进取，鄙视退却，不知儿子说得可对？"

旺钦巴拉听了不由向满优什伩笑道："孺子可教，我心甚慰也。"说罢，拉过尹湛纳希道："父王赐你镶金宝剑，是让你懂得蒙古人'上马则备战斗，下马则屯聚牧养'的传统。你在一旁瞅着，看父王如何舞剑。"说罢，便取过宝剑舞起来，旺钦巴拉不愧武二品，这剑舞得是收放自如，看得尹湛纳希眼花缭乱。只见他边舞边吟道：

> 我尝高咏古人古剑篇，我欲起舞追飞仙。
>
> 古来剑解七十二，惜哉后世无人传。
>
> 陆生陆生尔且前，我今试舞双龙泉。
>
> 长兵短接须精练，雌雄闪烁落银霰。
>
> 万人力敌莫可当，顷刻风云看百变。
>
> 忽徐忽疾疑旋蛟，忽连忽断惊飞雁。
>
> 耸跃星流身不见，雨打梨花团雪片。
>
> 陆生此时睹之惊绝神，且愿执鞭追后尘。
>
> 慎勿轻携此剑渡江海，只恐双飞出匣归延津。

剑峰收起之时，诗已吟完，尹湛纳希心下甚是佩服，心下暗道："父王甚是英武，不但学富五车，就连这剑也舞得甚是了得，不知我尹湛纳希何时能修炼至此？"

正在暗自揣度，却听旺钦巴拉问道："你可知父王吟诵何诗？"尹湛纳希睁着懵懂的眼神望着父王，不由摇头道："孩儿愚昧，实是不知，愿闻其详。"旺钦巴拉道："这是邵锡荣的《舞剑篇》。学文要苦读孔孟之典，习武要练骑射真功夫，只有文武双全，方可走遍天下。你且学着舞两回。"说罢，便把镶金宝剑递给尹湛纳希，尹湛纳希见父王额吉相携而去。便在湖边练起剑来，初时不得要领，不由细细琢磨，暗道：看父王舞剑游刃有余，为何我舞剑却无回旋之地？如此练了数个时辰，方才找到窍门。至此后，日间去学堂读书，早晚便去园中练剑。

这年，对旺钦巴拉来说，可说旗务冗杂之年。四月，英军进攻广州，在牛栏冈遭到三元里民众痛击。七月，英舰队驶向舟山。八月，定海、镇海、宁波相继失陷。两江总督裕谦殉国。此后不久，中英媾和，旺钦巴拉奉师回旗，回来便召见江左丞，询问四子学业。江左丞呈上中秋四子所联诗稿，让旺钦巴拉查阅。旺钦巴拉看后，见四子皆有所成，心下大悦。不由道："依先生看来，四子之中，谁的诗词为上？谁又能后来居上？"

江左丞道："不知王爷要听实言还是妄言？"

旺钦巴拉道："先生不必拘谨，只需据实而言。"

江左丞方道："据我看来，古拉兰萨、尹湛纳希为上，而尹湛纳希日后成就又在其兄之上也！"

旺钦巴拉道："翁台何出此言？据我看来，古拉兰萨诗风豪迈，有王者风范。尹湛纳希年纪尚幼，诗文略显幼稚，如何却说日后诗才必在其兄之上呢？"

江左丞道："但凡奇才，思维方式便与常人不同。这孩子虽小，心志却大，老夫几番试他皆能语出惊人，日后成就不可估量也！"

旺钦巴拉道："尹湛纳希能有此成绩，全凭翁台教导有方也。他虽聪慧，难免自视过人，加之秉性耿直不会迂回，还望翁台务要在这方面多加引导，他一向对翁台甚是诚服。"

江左丞道："王爷尽管放心，老夫从教数十年，所遇奇才也不过一二也，能遇到尹湛纳希这样的奇才，也是老夫之造化也。"

旺钦巴拉又道："贡纳楚克自小过继西府，时受排挤，竟成落寞多寡之症，这也是我数年来的心病所在，因和翁台相惬，故有深托，还望翁台在贡纳楚克身上多加费心。"

江左丞道："公子贡纳楚克诗书画印皆通，书画成就甚高，诸子无人能及，也是难得的才子。只是诗词写得过于悲寂，与他年纪不太相合。我已多次告诫于他，想来是长期压抑所至。只能慢慢引导了。依我看来，王爷可否亲自出面与西府沟通，改善生存压力，只有这样，方可治愈抑郁之症。"

旺钦巴拉又道："西府札木巴勒扎布生性贪婪凶狠。打父亲、刃额吉、杀亲弟、夺家产，所做之事连禽兽都不如，若能沟通，岂有诉讼案子？"

江左丞道："王爷身为协理台吉，又深谙大清律令，如何这官司打得如此费力呢？"

旺钦巴拉道："皆因条令有疏漏之故。关于立嗣之事，《理藩院则例》有言

'按顺治十五年题准，蒙古人身殁无子者，令其兄弟承受家产。'"

江左丞道："难怪札木巴勒扎布提起诉讼，上述条文只对死者生前立嗣有保障，但未明确身故后其妻收养同姓之子，可否与死者在世收养同姓之子同样的继承权。这样一来，札木巴勒扎布便有机可乘也。"

旺钦巴拉道："翁台所言甚是，正因如此，虽被认作玛苏卡的继嗣，却未能继承全部家产也。"

江左丞道："如此说来，这孩子也甚是可怜。贡纳楚克曾作过一首诗，诗名为《醒世空幻歌》，不知王爷可曾读过？"

旺钦巴拉道："想来就是这首了。"

江左丞道："正是这首，如若常思这事，难免落空。依我思来，我这边说道着，你那边也安抚着，这样方可扭转愁闷心态也。王爷再听听吧：

醒世空幻歌

　　南来北往，东奔西跑，这些人最后都是空。天也空，地也空，人类匆匆忙忙走在其中。日也空，月也空，横来竖往堪无聊，又有何功？田也空，垄也空，古今换了多少家公？金也空，银也空，到死时带走有谁能共？妻也空，子也空，黄泉路上可相逢？经书说：空即是色，色即是空。想那人生，如同采蜜的蜂。匆匆采出百花蜜，可恨的人即收了去，最终还是空。如今我用空口向着空谈论各种空，空还是不空，诸君等自分明！

旺钦巴拉道："这个倒不必多虑也，依我思来，《醒世空幻歌》倒似是译作《红楼梦》的诗句了。知他近来正在研究《红楼梦》诗稿。还曾写过一首诗来着。"

江左丞道："如此说来，是老夫多虑了。对了，王爷，尚有一事需要王爷成全，不知可否答应？"

旺钦巴拉道："翁台但说无妨，不必客套。如在范围之内，定当玉成！"

江左丞这才道："王府临街善人贾耀东开了一家武馆，因他文武皆通，又乐善好施，口碑甚好，膝下有一孙子九儿想延师学堂，然漠南诸旗无有学堂，只有王府开设学堂。因老伯贾耀东对在下恩重如山，寻思着可否破例收在王府学馆，与尹湛纳希做个侍读之伴，一来可互相切磋学问，不至寂寥。二来两相照应，也可多个玩伴。即显王爷体恤子民，又可报答贾耀东之恩，这也是两全其美之事，不知王爷可否答应？"

旺钦巴拉道："这个老伯贾耀东，当年请翁台出山之时我曾见过一面，虽系布衣出身，谈吐却是不俗，也是位精通汉学的主儿。孩儿们相处学堂，同窗之间时常切磋，也是好事一宗。从明个起，可让他孙儿来此延学便是，只是孩儿一多，顽劣之事时有发生，务要多加操心才是！"

江左丞揖礼道："多谢王爷成全。前些时听王爷所言，几位公子身体羸弱，想找一位武师教公子们习武，老伯贾耀东武功甚是了得，做事也认真。依我思来，几位公子何不就在老伯贾耀东武馆习武，一来离王府甚近，二来也能学到真功夫，三来可强身健体，不知王爷意下如何？"

旺钦巴拉道："翁台这句话倒是提醒了我，就依你所言，让三位公子去贾耀东处习武去吧！"

江左丞见时辰不早，便道："王爷公务冗杂，我先行一步，去学馆瞅瞅去。"

旺钦巴拉亲送江左丞至门外，方转身至书房，继续撰写《青史演义》，按下不表。

却说京城僧王僧格林沁，本是成吉思汗二弟哈布图哈萨尔的二十六代孙，生父为布和得力格尔。一八一一年六月初五，生于科尔沁左翼后旗哈日额日格苏木百兴图嘎查普通台家，幼年家境贫寒，历经艰辛。直至道光五年（一八二五年），被堂叔索特纳木布斋郡王选定为嗣子，承袭科尔沁左翼后旗扎萨克郡王，同年十二月，奉命御前行走，赏戴三眼花翎。道光十四年（一八四一年）九月，为正黄旗蒙古都统之职。

僧格林沁和旺钦巴拉本系一族，皆为黄金家族血脉。色伯克多尔济王爷得知旺钦巴拉前线喜报，得闻圣上亲召，心下甚喜，特派信使传书京城，一来祝贺，二来让旺钦巴拉至僧府拜访僧格林沁王爷。

旺钦巴拉文韬武略，系绝顶聪明之人，岂能不领会色伯克多尔济王爷深意。只是从前线至京未能采办晋谒之礼，心下细忖；虽说是第一次谒见，该走的仪程却不能免，故开了一个礼单让庆顺去承办。庆顺定睛细瞅，礼单上罗列有八种物件，分别是上等珊瑚三串、玛瑙三串、鼻烟壶三个、马鞍、马具、腰扣、毛毯各十件。

旺钦巴拉长年在外征战，最喜带着庆顺，因庆顺心思缜密，办事妥帖，又是打小一块长大，虽有主仆之分，实则亲如安达。加之旺钦巴拉宅心仁厚，相待甚厚，庆顺诸事亲力亲为，深得王爷信任，乃王府第一得力人选。

庆顺一看这些数目，知道价格不菲。不由道："王爷，依奴才看来，礼单上所列物品皆为奇货也。大胜魁素有'集二十二省之奇货'之说，想来只能去大胜魁采办了，咱先让大胜魁赊着，待回王府后再一一清算可好？"

旺钦巴拉道："按老规矩办，银票上加盖旗印就成。你速去办理就成。明个儿就可进府，拜帖已于昨日呈上，你万事留着点心。珊瑚、玛瑙、鼻烟壶务要上等玉方好，虽说僧府不缺这个，但要走的礼节必不可少。去吧，早些回来，这里还有好些事情等着你去采办呢。"

庆顺道："嗻，奴才这就去办，请王爷放心！"说罢，转身退下不提。

旺钦巴拉见庆顺去了，方对侍立一旁的长子古拉兰萨道："明日与父王晋谒王爷，切不可多言，只在一旁候着就是，记下了吗？"

古拉兰萨已知，父王深意不过是变相告知于他，为官之道"谨言慎行，一来可避祸，二来亦可进身"。

第二日，在僧王管家安平引领下走进僧王府，这僧王府果然如外间传闻，威武霸气，无愧世袭罔替亲王府第。

王府由东、中、西三所四进院落组合而成。东所大门是五脊六兽造型，王府的正殿在中所正院。胡同南侧有一座大照壁正对府门，府门两旁有上马石，上马石旁立一对雕石灯；府门里厢置兵器架，兵器架上插着两排阿虎枪，面阔五间的腰厅和垂花门，后罩房均有抄手廊相连。

走进院内，便见四棵老榆树，想来已有上百年历史了，占地约数亩。榆树本不稀奇，奇的是树上长有一簇簇墨绿色的植物，想来是冬青了，学名叫寄生，依附桑树上叫桑寄生，寄生在榆、杨、柳、桦、槲树上叫槲寄生。

古拉兰萨见此树老迈，且有墨绿植物依附于上，便知是冬青了，不由对父王道："父王，如果孩儿记得不差，此物可治风湿了。曾记得李时珍《本草纲目》所言'有一乌鸟，食一物子，粪便落于树上，感气而生。其叶薄软如菊，红豆红如玛瑙。'它尚有一名叫树上树，是当年康熙帝所封，榆树又称为'摇钱树'。"

僧王管家安平一听古拉兰萨所言，不由对旺钦巴拉王爷道："虎父无犬子，看公子年纪不过二九，却博闻强记，可说是神童了。历来八旗子弟，以武功论世，而识字著文却差了些，想来公子诗文尚是好的。"

旺钦巴拉见管家安平夸赞，不由道："管家过奖，不过是略识四书、五经罢了，哪里就有那样好呢？"

再往前走，便见院内假山石上，飞瀑流泻，游鱼嬉戏。细观之下院内游廊、花厅、亭台水榭不下十处。再往前行一百米处，便见正殿台阶五层入眼，但见举架高大，有脊兽；每间面阔一丈有余，进深超过两丈，殿内用"金砖"墁地，墙上挂着一幅僧格林沁头戴秋帽、身穿"巴图鲁"（汉语：英雄）鹿皮坎肩的油画像，古拉兰萨近前细观，题跋处却是宫廷画师所绘。

安平对旺钦巴拉笑道："僧格林沁王爷已在屋内等候多时，王爷可随我一同晋谒。"

旺钦巴拉听后，忙把蟒袍玉带理顺，准备谒见。古拉兰萨见父王如此，亦把青色蒙古袍向下理顺。亲王府自是与别处不同，威仪处处，足见功绩赫赫。却见室内陈设典雅，有列朝帝王亲赐的八卦瓶，朱缰、皇马褂陈列一侧，还有两款造型独特的青花瓷置于一隅处的紫檀雕花木架上。

僧王僧格林沁此时正坐在黄花梨木逍遥椅上茗茶。见一武官进得门来，生得甚是威武，身高七尺，面长如马，身挂宝剑，顶戴花翎罗胎红凉帽。一双剑眉，眼似繁星，身着天蓝五福捧寿暗花纹的四开气蟒袍，腰间系一镂空红丝带，挎着镶银镂花火镰，足蹬香皮朝靴。前胸至后背钉着二品武官的"狮子方补，劲上挂翡翠朝珠"。僧王一见旺大架子到了，忙起身相迎。旺钦巴拉紧走几步行谒见大礼，僧王僧格林沁甚是平和，无有官架子，以手相扶道："自家人，不必揖礼。"又指着一旁的古拉兰萨道，"想来这就是长公子了，生得甚是儒雅，不愧漠南宝儿之称。"

旺钦巴拉忙对古拉兰萨道："兰儿，快快与僧王伯伯见礼。"古拉兰萨忙整衣冠行大礼道："兰儿给僧王伯伯见礼，还望僧王伯伯多多调教，以期退去愚劣之质，早入行伍之列。"僧王见古拉兰萨年纪虽小，谈吐却是不俗，心下甚喜，亦是以手相扶，并道："贤侄快快请起，且在一旁说话便是。"

家奴耀子见行礼已毕，方用紫砂珐琅盏托呈上两盖碗六安茶上来，古兰拉萨细观这紫砂珐琅盏，制作甚是精致，想来也是来自皇宫，即不烫手，且端着熨帖。

古兰拉萨侍立一旁，听父王与僧王谈论鸦片流毒，两个人相谈融洽，各抒己见，亦是感慨万千。旺钦巴拉道："僧王乃朝廷倚重老臣，蛮夷屡入我定海作乱，初时圣上主战，却为何英舰攻城略地至天津大沽口外，却生变故？惩办林则徐，以求英舰退居广州？难道以我大清水师之力，却无破敌之法？"

僧格林沁道："一言难尽，如今朝廷各分两派，弛禁各执一词，我虽多次向圣上进言，可调用国中兵力，倾国之金银，把蛮夷赶出定海。但因主和派占上风，多次奏请均被驳回，无一采纳，这也是无奈之举，此番因你凯旋，圣心甚是欣慰也，这也是数月以来，最为称快之事了。"

旺钦巴拉道："天赋予生命，地赋予形体，君赋予天职，也只有肝胆涂地，执鞭为奴了。"

僧格林沁道："贤弟壮心填海，苦胆忧天，实是难得，当下朝廷正是用人之际，蒙古骑兵，骁勇善战，一旦有机会定会在圣上面前举荐于你，如何？"

旺钦巴拉道："僧王过奖，国家将兴，必有祯祥；国家将亡，必有妖孽，与其说空话，世坠入粪土，还不如壮烈一时留名千古！"

僧格林沁道："贤弟所言极是，时下正是内忧外患时节，这也是老夫忧虑之一也。"

旺钦巴拉道："身为武官，报效朝廷，本是分内之事。身为朝廷重臣，理当为国尽忠。只是如今圣上罢免了林则徐、邓廷桢，任命琦善倒让人寒心不已！"

僧格林沁道："色伯克多尔济王爷多次来信谈及此事，也甚是担忧。如今你我三人所见略同，若得空老夫必会亲上第三份奏折，力劝圣上，调兵遣将，力挽狂澜。"

旺钦巴拉道："相信以僧王之力定会力挽狂澜，如有所需，小王定会亲率蒙古旗兵，亲上定海与蛮夷一决高下。"

僧王和旺大架子相谈甚欢，僧王道："贤弟生得一副好皮囊，若配上一柄银制鲨鱼皮包鞘之短剑，更显威猛。"安平一见僧王所言，早已心领神会，用景泰蓝花盘呈上鲨鱼皮短剑，旺钦巴拉一见之下甚是喜欢，不由对僧王顶礼道："承蒙僧王赏识，不胜荣幸，试戴一下，以谢僧王。"

僧王一看，不由笑道："人是衣，马是鞍，鼻如弓，声如钟，一根头发赛如钉，英雄配宝剑，果敢显英威。赠诗一首，望笑纳！"

旺钦巴拉一见僧王说话风趣，无有亲王架子，也不由笑道："蒙古男儿以马鞍得天下，酒是风餐露宿之好友也，唯有心醉以见诚意。"这首诗名便是《醉意》，以此诗回赠，可概括僧王戎马生涯也。说罢，便高声吟诵道：

欣喜只缘杯中豪，惊闻旧事论风骚。

虹散云消岂本意，醉非因酒在清高。

僧王听了甚是欣慰，不由道："虽说朝中大臣相赠诗词甚多，然贤弟这首诗最能代表老夫心迹，改日用洒金纸装裱了，挂在中堂以当励志之铭文。"

此番会晤，两下相谈甚欢。崇文尚武，政见相合，惬意之极，便忘了时间。忽听管家安平回禀道："王爷，已按你吩咐在辰光阁备下午宴。"僧王道："这时间过得甚快，须臾已至午时，贤弟这边请，且去尝尝京城的饮食。"说着话，两个人携手并肩，踱着方步朝辰光阁方向而去。古拉兰萨紧随其后，按下不表。

这正是：

把盏金樽乐逍遥，雄心壮志报天骄。

马鞍坐下得臣子，策马扬鞭过九霄。

第五章

京城风俗几人知，万户千门挂虎皮

诗曰：

> 京城风俗几人知，万户千门挂虎皮。

> 绿绿花花端午饼，虎符系背又加持。

转眼之间，端阳节到了，旺钦巴拉因有要事需在京城办理，故赶上了端阳节。京城端阳节甚是热闹，讲究也多，因五月被称为恶月，民谣亦云："端阳节，天气热。五毒醒，不安宁。"一早起来，就接到僧王府派人送来的帖子，让去僧府过端阳节。

旺钦巴拉连日来应酬太多，身子有些乏乏的。本想歇一两天就回家去，无奈僧府又来相请，推却不得。古兰拉萨亦被京城端阳气氛吸引，也想逗留几日，以便考察京城之民俗。古兰拉萨虽和僧王之子伯颜初识，但相处甚欢。许是伯颜无有玩伴之故，见这家中来了个兄长古兰拉萨，生得甚是俊俏，心下也有几分喜欢。及至相谈，方知此位兄长不但胸藏珠玑，娓娓道来之故事，且是引人入胜。每日吵着要见古兰拉萨，僧王初见古兰拉萨，见此子风神飘逸，谈吐不俗，也甚是喜欢。旺钦巴拉见王爷虽为亲王，但热情好客，没有一丝官架子。又时来相邀，盛情难却，故只能勉为其难了。

古拉兰萨定睛细瞅，见王府室内室外皆张挂老虎、葫芦花与钟馗画像。僧王府也依京城风俗，紫檀八仙桌上放有樱桃、桑葚和五毒饼。古拉兰萨见青花瓷碟盛放五毒饼若干，皆镂刻着蛇、蝎子、蜘蛛、蜈蚣和蟾蜍，花花绿绿甚是好看。又见一四寸青花瓷碟盛放两种细点，分别是玫瑰细点、黄米小枣粽子。

心下不解，也不知有何喻义？又见五岁的小公子伯颜身着一袭红袍，手戴银饰项圈，脖颈上挂着辟邪的饰物，是由桑葚、茄子、豆角、芹椒、橘子串起来的五彩粽子，左臂上还系有一虎符。"虎符系背"的典故，古拉兰萨是知晓的，然而用雄黄酒在额头上画"王"字却是头一回见到。

旺钦巴拉见古拉兰萨欲言又止的样子，便道："家乡过端阳节时，讲究无多，只不过是喝雄黄酒，挂艾草而已，犬子古拉兰萨素来对民俗民风甚是上心，僧王可否为犬子讲解一番，以解疑惑？"

僧格林沁道："满族过端午节甚是讲究，只是旗人多有不知罢了。只知端午节是避蛇、喝雄黄酒的日子。其实五月初一至初五称为'五月节'，初一供神佛和祖先，等把祭祀的供品撤下来，就成了全家的食品，这桌上的五毒饼、玫瑰饼细点就是，尔等可依样尝尝味道。夏至供粽子，旗人还有假期，可以延至五月十三，每到这一天。各旗还要彩旗开道，鼓乐喧天地列队到关帝庙去进香，这是京城风俗。"

旺钦巴拉亲尝之下，便道："果然好味道，只是不知这玫瑰饼是如何制作的，尝着甚是可口。"

僧格林沁道："玫瑰在京城素有大吉大利之称，富贵人家以供玫瑰饼为福。系用京西妙峰山玫瑰花作料，采用玫瑰花和以蜂蜜拌匀做馅，制成饼，上火烙，名曰端午饽饽。分为酥皮、硬皮两种，大约每斤八块，每块的价格相当于二斤白面，一般人家是吃不起的。"

旺钦巴拉道："用苇叶包裹的黄米小枣粽子，里面的小枣尝着甚是香甜，不知又是何地所生？"

僧格林沁道："粽子系用北京特产马兰草作皮，黄米小枣粽子以密云县产的小枣作料。"

旺钦巴拉听后不由笑道："这僧王府当真了得，光是这几种做法就让人看着眼热，待我多尝几个过瘾。"又对犬子古拉兰萨道，"汝可记下了，回去后就依端阳风俗为题，写上一篇游记记之。"

古拉兰萨道："多谢伯伯讲解，茅塞顿开也。谨遵慈父教诲，定当补记《端阳风俗》也！"

僧格林沁见这爷俩一唱一和，全无拘谨之态，家风可见一斑。不由笑道："贤弟教子甚是有方，怪道漠南有五宝之说。今日一见果然如此！怎样，听色王所言，家中小公子尹湛纳希也是学文的好苗子？"

旺钦巴拉道："幼子甚小，还看不出端倪？只是对文字情有独钟，闲来又喜欢玩笔。现今和他几个哥哥一样延师学堂。据先生所言，此子敏而好学，将来不在他几个哥哥之下，如此而已。"

僧格林沁听了，不由拈须一笑道："如此说来系和伯颜同年了，改日不忙时，让他来王府走走，亲戚之间务要时常走动，方不显得生疏。"

旺钦巴拉道："僧王所言甚是，下官岂能不从。想来日后叨扰之处必多，还望王爷多多赐教为是！"

僧格林沁道："什么赐教不赐教的，自家兄弟，共同切磋为是！"

古拉兰萨道："伯伯虽贵为亲王，然亲和力甚强，能与伯伯同堂相处，实乃三生有幸也。"

僧格林沁听了，心下甚是熨帖。不由对古拉兰萨道："贤侄谈吐不俗，胸中必藏珠玉。想来你诗文也是好的，即对端阳感兴趣，就以端阳为题，写上两首诗词，以助雅兴，如何？"

旺钦巴拉见僧格林沁对古拉兰萨垂爱，不由道："伯伯垂爱，亦是你的福分，还愣着干吗？只拣《古风·端阳抒怀》奉上就是！"

古拉兰萨不由道："侄儿恭敬不如从命，如有不妥之处，还望伯伯指正，以期进步！"

好个古拉兰萨，不愧漠南才子。不过须臾，一首一百二十四字的古风《端阳抒怀》便横空出世。所借典籍四处皆融诗词，意境超然。古风写的是雄浑大气，文采飞扬，令僧王不胜感慨。

古风·端阳抒怀

雄黄枣粽泛幽光，香草美人酒底藏。
一阕天问渊源长，十二疑冢实堪伤[①]。
辞赋九章竹篓装，香炉坪前白菊殇[②]。
迁徙放逐汉北方，不畏权势拟草章。
政敌相邀上朝堂，屡番弹劾逞轻狂。
行吟江畔着青裳，忧心如焚世态凉。
雄才大略创辉煌，离骚出世道沧桑。

残月当空人心慌，秦兵旌旗八方扬。

国破家亡失朝纲，愿效水莲居水央。

汨汨血脉再起航，御风而行振华邦。

五彩系臂招凤凰，龙舟飞渡艾草芳。

李杜举樽过长廊，汉武夜颂韵绕梁③。

倾情诗赋有淮王，司马春秋日争光④。

抱石自沉汨罗江，名垂千秋照炎黄。

气冲霄汉世代昌，五月端阳愁绪涨。

暂借令盟诗两行，行吟秭归为故乡。

借典备注：

①十二疑冢实堪伤：屈原墓位于湖南省汨罗市城北玉笥山东五公里处的汨罗山顶。因在两公里范围内有十二个高大的墓冢，这些墓冢前"故楚三闾大夫墓"或"楚三闾大夫墓"石碑，相传为屈原的"十二疑冢"。

②香炉坪前白菊殇：香炉坪又名"屈坪"。位于乐平里正南，背负向王寨。坪上是一片月牙形的台地，中间凹进两端凸出，像个剖开的巨型香炉，故名。相传屈原故居建筑在香炉坪这块钟灵毓秀之地。

③汉武夜颂韵绕梁，倾情诗赋有淮王：汉武帝是汉代第一个热爱屈原作品的皇帝。而所作赋达八十二篇之多的淮南王刘安则是对《离骚》作了很高评价的第一位文学理论家。刘安称《离骚》兼有《国风》《小雅》之长，它体现了屈原"浮游尘埃之外"的人格风范，可"与日月争光"。

④司马春秋日争光：司马迁为屈原作传，不仅照录了刘安的这些警句，还进一步把《离骚》和孔子删定《春秋》相提并论。他盛称前者"其文约，其辞微，其志洁，其行廉……"是屈原伟大完美人格的写照。可见，司马迁乃是非常崇拜屈原的人。

见僧王面露微笑，频频点头，已知僧王亦是喜欢此诗豪迈大气。果然，听僧王唤管家安平道："把家中上好端砚、红珊瑚象牙狼毫呈于公子古拉兰萨。"并笑对旺钦巴拉道，"此子堪为大才，本王虽为一介武夫，却甚是惜才，想来这孩子喜欢这些，一并赏赐于他吧！"

旺钦巴拉道："谢王爷垂爱。只是这端砚、红珊瑚象牙狼毫笔皆为上上之品，太过奢侈了，唯恐小儿消受不起，王爷还是收回吧！"

僧王不悦道："一笔凌云意纵横，况此子才华横溢，乃不可多得的旷世之才。这笔砚与公子有缘，理应归他，若再推辞下去，本王可要生气了。"

旺钦巴拉见僧王如此言说，不好深拒。故对古拉兰萨道："还不谢过僧王伯伯，这可是被宋朝著名诗人张九成称颂的端砚啊：'端溪古砚天下奇，紫花夜半吐虹霓。'这成色皆为上上之品，读书人梦寐以求的两件宝物皆归于你，可见僧王伯伯对你寄予厚望，兰儿，快快给僧王伯伯行礼才是。"

古拉兰萨忙向僧王行大礼相谢道："《史记》有言，秦始皇命太子扶苏与大将蒙恬筑长城以御匈奴，蒙恬取山中之兔毛以造笔。乾隆年间著名学者唐秉钧在《文房肆考图说》卷三《笔说》有言：'汉制笔，雕以黄金，饰以和璧，缀以隋珠，文以翡翠。管非文犀，必以象牙，极为华丽矣。'今侄儿以拙陋之才，得伯伯亲赐至宝，定不负伯伯所望，勤练蒙古三艺，佐以中原文化，方可学以致用，报效朝廷也！"一番言语说得僧王甚是服帖，不由抬须微笑道："旺大架子教子有方，这孩子着实讨人喜欢，老夫不喜欢才怪呢？"

旺钦巴拉见僧王喜欢，心下大悦，不由道："能得僧王垂青亦是犬子前世修来的福气也。"

僧王道："贤弟过谦也，常言道'虎父无犬子。'古拉兰萨才思敏捷，这点与你相似。依老夫看来，日后修为不在你下，还是你教导有方也！"

两个人说着话，不觉已是午时。此时管家安平来报，"王爷，已按您吩咐把家宴备好。"僧王不由笑道："贤弟这边请，且去喝两杯雄黄酒，以祭三闾大夫屈子，如何？"

古拉兰萨第一次见识王公贵族的午宴，始于辰光阁，第一次见识王府的京剧名角客串亦在僧王府。以前未曾出门之时，好似井底之蛙，只知方寸之间，眼里唯有忠信王府。走出漠南，初至京城，便见古都繁华，始知天外有天！见识僧府，眼界顿开，方明亲王、台吉有天壤之别。

小天地，聚人文，不过是混沌初醒；大天池，聚人气，不过是明悟透彻。初见世面的古拉兰萨，也就是在这里邂逅了京剧名角擎苍，此为后话，按下不表。

古拉兰萨见父王与僧王相谈甚欢。国事家事天下事，事事关心，儒生武生相携行，行行皆行。两个人皆为爱国之人，忧国忧民之心常存心间，钦佩之心不觉油然而生。心下不由暗忖：若天下王公贵族，皆以民心为重，以家国昌盛为荣，鸦片流毒又从何而来？想毕。诗情澎湃，好似激流拍崖，激起海浪三千，随口吟来《重见天日》：

　　　　五代离散骚乱平，拨开云雾睹苍冥。

　　　　百年草木雨露新，车马破损山河清。

　　　　百姓人家展蟒缎，富贵高楼箫竹鸣。

　　　　天定吉日难常在，花丛酣睡红日升。

第六章

以身殉国入泮城，皇道众贤岂如君

诗曰：

清正廉民都慰传，以身殉国报前川。

封疆大吏垂青史，镇海祠前绕紫烟。

旺钦巴拉自海防归来之后，旗务冗繁。札萨克德勒克色楞长年驻京，偌大一个衙府，全靠旺钦巴拉打理，无暇著述《青史演义》。

旺钦巴拉忙于旗务诸事，仅在立秋之后方才作《醉意》诗一首，诗云：

惊狂欣喜兴杯盏，评古论今起话谈。

虹云飞散岂本意，不醉美酒醉文章。

倒是二十一岁的古拉兰萨，著述甚丰。夏秋所作诗词，已有七首之多，旺钦巴拉阅后甚是欣慰。尤喜《怀念旧友》一诗，许是古拉兰萨秉承祖先血脉，性情直爽，爱憎分明，见识超人。对日益泛滥的鸦片流毒关注甚深，尤其对裕谦所言"方今最为民害者，惟鸦片烟一项，流毒即广，病民尤烈"推崇备至。闻得裕谦在镇海以身殉国，便写诗凭吊，诗中所言裕谦，清正廉民，皇道众贤皆不及一个裕谦！诗中写道：

热情一缕穿过三十三层，

胜于九曲几重爱心。

若察抛玉贵石之意，

皇道众贤岂如君。

说来这裕谦也是旺钦巴拉垂青之人，鸦片战争时期出任总督。英军进攻镇海，怀着失地辱国义愤，跳沉泮池以身殉国，殁于杭州。裕谦卒后，咸丰帝曾谕令"赠太子太保，予骑都慰兼一云骑尉世职，附祀京师昭忠祠，于镇海建立专祠，谥靖节"等殊荣。灵柩至京时，清帝还"遣成郡王载锐奠"，可说是封疆大吏中凤毛麟角之人。

古拉兰萨乃性情中人，早年与意中人秀荷相恋，因两家门第悬殊，秀荷又为汉女，虽相恋多年却是无缘相守。父王爱子之心甚浓，虽身兼忠信家主和协理台吉，却无力维护这桩亲事，心下每每惆怅不止。

可巧这日，意中人秀荷托人捎来薛涛素笺。古拉兰萨展笺细瞅，仿佛窥见秀荷梨花带雨颜，不觉湿了眼眸。两情缱绻、鸳鸯难成的无奈，似一张织机，乱了鱼传尺素的旧梦。如今家中已为他定下一门亲事，是卓索图盟塔布囊之女娜仁托娅。虽说是门第相当，然不是心仪之人，确要终身相守，心中难免惆怅不止。

秀荷秀外慧中，好似解语之花。深知门第悬殊，岂能与古拉兰萨长相厮守，不过是痴人说梦，自欺欺人而已。虽近来日渐憔悴，却托人捎来小笺，让他莫要难过，遵从父命，早日完婚，她方安心也。古拉兰萨阅后更觉心伤，由不得忆起《钗头凤》，忆起沈园的离殇，忆起一杯愁绪，几年离索。一介弱女子岂能经得起西风凌厉下的摧残？无奈之中只能让娇容丽质尽散而已。想到此，不由抚桌而恸，悲情地写下《数日之内西风起》，以解喟叹之情：

数日之内西风起，娇容丽质尽消散。

阅罢寄语新方笺，即晓敬美留此间。

寥寥数语显颖慧，顿启愚莽几重天。

掏尽肺腑思回复，唯愿来生报玉莲。

许是悲情甚重之故。古拉兰萨又提笔写下一首，却是《偶思己事》：

生长朱门高墙内，如何知晓世间情！

星飞光暗天梭空，流水漂絮客栈停。

悲哀懊悔称宿业，坎坷多乖是数定？

世人皆有悲凉事，非如我之苦痛深。

古拉兰萨心下暗自揣度：虽有家母溺爱，但婚姻之事岂容自主？黄金家族从圣祖至诺颜，说来已历二十七代，从无与汉女通婚之例，岂能因我而坏了祖制。心下纵有不甘，也是无奈之事，唯有秉承父母之志方为孝顺。夜来辗转难眠之时，时时揣度：身在锦衣玉食之家，婚姻却不容自己做主，倒不如平民之家，来得惬意！贵胄之叹，伤情之叹，每每纠结不去，宛似滞留客笺之孤影，星飞光暗天梭空，注定此生与伊人无缘！

满优什作深知古拉兰萨甚是重情，钟爱之人亦是秀荷，虽为他定下婚事，必会纠结往日情事。连日来见古拉兰萨消瘦如柴，亦是心痛不过。每个孩儿皆是从娘身上掉下来的肉，万事皆可俯就，然生在黄金家族，唯有这婚姻大事不容草率。这日，才把家中诸事安排妥帖。正准备出门去瞅瞅古拉兰萨时，却见管家庆顺拿着一张信帖来回禀道："福晋，喀喇沁那边来信了，信使正在那边候着回信呢？"

满优什作道："稍等片刻，容我阅后再议。"老管家庆顺一听，知趣地退下了。

满优什作展笺细读，不由喜上眉梢。原来王兄色伯克多尔济王爷喜得贵子旺都特那木济勒。娘家又有喜事盈门，足见上天厚情。蘸墨写就书信递于管家庆顺，又吩咐道："近来老爷旗务冗繁，估计札萨克色楞王爷那边不容告假，忠信府又离不得人。可照旧年礼法操办，外加几个金荷包就是。"管家庆顺答应一声，便去办理去了，按下不表。

满优什作见管家庆顺去了，方才拿起一件湖蓝藕荷色两色相接绣服穿戴起来。这件蒙古袍典雅华丽，系用混合绣法而成，集宫制丝线、棉线、驼绒线、牛筋而成。寓意不凡的太阳轮转在前胸拱起，更添妩媚，衣领袖口均以梅兰花边点缀，外搭一件无领对襟坎肩，均以补花、盘花、抠花绣制而成。

丫鬟心怡见福晋甚会着装，这样一搭，不但高贵素雅且意喻深远。不由赞道："福晋天生丽质，如此着装，甚是好看，较之以往更见特别。"

满优什作见心怡甚会说话，不由笑道："往日忙于操持家事，今日得闲，换个装饰岂不新鲜。"

心怡道："福晋所言不差，王爷见了定会喜欢，想来这数月以来甚是忙碌，还是初次如此着装。"

满优什作不由笑道："你可把老爷新买的唐诗宋词线装书带上，再让呼和、宝音、苏和、巴根四小厮去花房里把玉兰花带上两盆，先去绿竹斋走一遭，想来古拉兰萨定会喜欢。"

话说丫鬟心怡是福晋四个丫鬟中最为得意之人，因她稍通笔墨，虑事周全，做事喜欢用脑。加之生得古灵精怪，甚得福晋喜爱。知福晋近来甚是为古拉兰萨婚事操心，虽知所定塔布囊之女不合他意，然又无力改变家族婚俗，只能以爱抚宽慰古拉兰萨，以解娇儿痛楚而已！

心怡不由提醒满优什侁道："奴婢有一句话想提示福晋，只是不知当讲不当讲？"

满优什侁听心怡如此言说，便道："想来你又从中瞅出端倪，可说来听听无妨。"

心怡这才道："据小鬟所知，玉兰花外形极像莲花。盛开时，花瓣伸展，青白片片耀人眼，清香阵阵沁心脾，簇簇惊艳满庭芳，实为花卉中一枝奇葩。只是公子古拉兰萨坠入情网，如今尚为秀荷痴迷，送玉兰花过去，不会有睹物思人之痛吗？更何况，现今已为公子古拉兰萨锁定卓索图盟塔布囊之女娜仁托娅为媳，不日将要大婚，送这玉兰花可曾妥帖？"

满优什侁道："这层顾虑我也曾想过，玉兰花清纯可人，沁人心脾。庭前放置两盆，是让他痛定思痛，忘却烦恼。成人不自在，自在不成人。一旦了悟，便知父母用心之苦。以古拉兰萨资质，定会有所察觉，这也是无奈之举。"

心怡不由诚服道："福晋虑事周全，公子古拉兰萨才华横溢，想来定会有所了悟！"

奴仆一行五人，就这样来至绿竹斋。绿竹斋乃忠信府第三大园子，造型古朴，假山楼阁甚是清雅，转过圆形洞门便至一园，但见园内假山造型独特，一方鱼池布局巧妙，有江南园林之秀。但见池中有红白黑紫粉五色游鱼，皆是觅食草籽而行。簇簇青竹随风摇曳，青枝之上独立数只小鸟，呢喃之声不断，诗情画意尽现其中。

此时正是季夏八月二十八日，当属暑热时节。古拉兰萨正在书房蒙译《水浒传》，忽闻北风呼啸，风从北窗吹入，桌上稿纸皆被掀起一角飘落于地，古拉兰萨俯拾而起，凉彻心底。不由信步至挚友齐崇家解闷，刚才坐定，却听檐下木笼中有相思鸟鸣叫不停。须臾，又从东厢房飞来一只相思鸟，宛转凄情。笼中鸟与之相对，眼神不动均向东南方向呢喃不绝，悲鸣之声不绝，古拉兰萨暗生恻隐之心，不由对齐崇道："世间万物皆有灵性，兄长且看这对相思鸟，万般难舍，也是不忍分离之意，两下悲鸣之声不绝于耳，让人心生不忍，依弟思来莫若放鸟归林，以还自由之身，不知可好？"

却听齐崇笑道："贤弟迂腐之至，凡鸟皆从笼中来。听它在笼中欢唱，一来可烦闷，二来可观赏。何来此悲悯之心？在下平生所喜亦为相思鸟，岂能因贤弟心生悲悯，而放归山林？"

古拉兰萨心下自知："相思鸟林中欢聚已是不能，皆因各人所思不同，也不可强求。自思身世，人与鸟儿皆有不尽如人意之事，在外人看来，忠信王府黄金家族、诗缨之家，岂知婚姻大事却不容自己做主。想罢，不由悲从中来，饮罢三瓯白茶，便托词回府。许是见景生情之故，才进书房，便挥笔题写：

哀 鸟

声柔姿俏世间绝，诱人喜爱陷孽笼。

明月树下遗孤影，芬芳林内无双亭。

凭由翱翔入图圄，无奈泪别计无穷。

飞临险境叙悲苦，何时同枝再相逢。

才把狼毫笔放置笔架之上，却见额吉领众丫鬟、小厮进了院子。想把《哀鸟》诗稿放置起来已是不能了，心下自思：此诗若让额吉瞅见，必要悬心了。

果不其然，满优什佐一进屋子，见案台有一摞素笺放在一旁。上面有一首诗墨迹未干，知是才写不久，拿起一阅，却是《哀鸟》。心下已明古拉兰萨心事已重，身为娘亲，岂无爱儿之心？但身为黄金家族，祖宗之法却不能破，见古拉兰萨近来身心憔悴，心知必是为情所殇，心下虽是心痛不止，嘴上却不容有一丝话语露出，这也是名媛家教所至也。

满优什佐慈爱地拉过古拉兰萨安抚道："盛夏时节，百鸟争鸣，百花盛开，尤以桂花最为繁茂。江南茶农以制作桂花茶为荣，额吉知你最喜吃桂花糕，已吩咐仆人依样做了几盒桂花糕，每日喝奶茶时就着吃点桂花糕也是好的。

"适才进院子时，见院子里的木芙蓉长势喜人，这三醉芙蓉说来真是不假，竟有白色、浅红色两种了。一至午后颜色就褪变为深红色了。依额吉思来，兰儿可按三醉芙蓉之意境写诗三首，正好额吉厅堂上的字画也该换换新了。

"你这院子风景最佳，绿竹环绕，青苔暗结，爬山虎环绕山石周遭，绿意葱茏。进院便见青枝之上独立数只黄鹂鸟在互传春情，过道两旁的盆栽秋海棠开得也是融融滟滟，花海如云，游鱼欢唱，鸟儿呢喃不绝，让人看了心花怒放。吾儿不到外面散心，却在这里作什么《哀鸟》之叹，若是让你父王见了岂不心寒？"

古拉兰萨道："儿子不孝，让父母万事操心，实为不孝，还望额吉见谅！"

满优什佐道："孛尔只斤氏家族数代以来万事皆可俯就，只这婚姻大事不

68

容草率，望吾儿以家族荣辱为念。唯愿吾儿搁置镜花水月之事，顺遇而安，只有顺遇而安了，父母便可大安也！"

说罢，又对侍立一旁的丫鬟心怡道："快把唐诗宋词线装书籍呈于公子。再让呼和、宝音、苏和、巴根把那两盆玉兰花搁置门旁。"这才方对古拉兰萨意味深长道，"兰儿，你乃聪明绝顶之人，父母深意，岂有不知之理？放宽心思，准备大婚事宜为重，还望我儿体恤父母一片苦心。"说罢，便带诸多随从穿月洞门而去。

古拉兰萨乃聪明绝顶之人，心下甚明，额吉明来送花，实为断念。悲凉之意不由阵阵袭来，身为孛尔只斤氏一员，婚姻却不得做主，深为憾事。许是幽情难耐之故，至此后，抒写虚无诗词竟成顽症。

这正是：

红尘纵有断肠散，我辈难离疾苦身？

爱欲何时离苦海，前缘再叙一家亲？

第七章

绿波亭上试锋芒，蒙古三艺逞英豪

诗曰：

> 绿波亭上锋芒藏，蒙古歌声喻义长。
>
> 赤绿橙黄飘异彩，飞镖弩箭手中扬。

福晋满优什伴见尹湛纳希多日不来逸安堂，知是尹湛纳希任性所为，学画之事不成，心存责怪父王之意，故派丫鬟心怡来寻，一探究竟。

心怡才掀帘进来，却听尹湛纳希吩咐丫鬟紫琴道："哈粉、赭石、墨绿、石青各取半勺，分别放在四个小碟子里。再取半碗水放在笔洗里，你且在一旁候着，随时听我吩咐。"心怡闪过一旁，把书桌上的经史子集随手整成一摞，摆放在书案上。

心怡听尹湛纳希所言，便知正在作画。不由近前细瞅，原来却在临摹八大山人的代表作《双鸟图》轴。纵观临摹之作，倒吸一口凉气。不由暗揣：怪道外间人多传尹湛纳希乃不可多得的神童，他不过是初临画帖，却能如此传神，如若学画，异日成就定不在贡纳楚克之下。但见画面之中一块圆浑的湖石，以不稳定的动势画出了摇摇欲坠的神韵。石尖和石旁坡地上各蹲立一小鸟，惟妙惟肖的神态，似在互相调情，给画面平添一股生气。

尹湛纳希虽然初次用狼毫绘画，却用笔独到，笔笔藏锋，圆浑含蓄。湖石的勾廓极其简括，寥寥几笔圆转的皴法，显出湖石的灵动。小鸟缩头弓背的形态，流溢出一种嘲讽的神气，颇耐人寻味。与原画相比，虽然甚显稚嫩，但已是不易，因为神韵最是难以捕捉也。

心怡心下暗自纳罕，但面上已露几分喜色。尹湛纳希丫鬟紫琴且是机灵，素会察言观色，知心怡是福晋得力之人，得她相助，学画必成。连日来尹湛纳希为了研习字画，竟然到了茶饭不思的境地，如此下去，七爷若病了，福晋必会见怪。不由适时说道："福晋近来可好？姐姐可否在福晋处美言两句，让七爷学画，不知可好？"

　　心怡素闻七爷尹湛纳希四个丫鬟之中紫琴最是口齿伶俐，深得福晋赏识，今日一见果然如此。故对她生出几分好感，道："在福晋处美言，本不是难事。只是王爷那里甚不好说。"紫琴听此话，知必有迂回之处，便道："王爷一向听福晋所言。依奴家看来，姐姐可把七爷临摹画作《双鸟图》轴呈与王爷、福晋处验看，如若王爷看此画还有些好处，必会同意七爷习画，心怡姐姐，你看可好？"

　　这是紫琴聪明之处，依她所思，七爷的画必是好的。福晋一向溺爱尹湛纳希，看了他的画，动了善心，必会同意七爷学画。这样一来必向王爷美言，王爷一旦阅画，必会为娇儿才气折服。如此一来，这事十有八九就成了。正应了那句俗语："有什么样的主子就有什么样的奴才。"

　　心怡听了紫琴所言，不由笑道："你这巧舌如簧的丫头，倒是甚会讨巧。看在七爷分上，权且把画轴挂起。待画面全干后，拿来逸安堂，待我得空之时，便呈于福晋验看。"说着话，不由抬眉瞅了瞅紫琴，这丫头果然生得甚是妩媚，又生就一张巧嘴。怪道老太君、福晋让她贴身服侍。又对紫琴及其他丫头道："尔等好生服侍七爷，千万莫让他上火了，去厨房取些银耳莲子羹给七爷去去火。福晋今个才吩咐厨房做的。"

　　尹湛纳希一看此番学画有门，不由喜上眉梢。不停地给心怡作揖道："有劳心怡姐姐费心了。慢些走，回去告诉额吉，这里一切安好，勿要悬心。"

　　心怡到了逸安堂，却见书案之上铺着四尺宣纸，宣纸两旁放着镇尺，朱耷画册搁在一边。原来满优什㐂正在临摹古画，心怡近前一观，仿得是惟妙惟肖。朱耷所画之树，与众不同，光秃秃的树干之上立着一只怪鸟，或拉长身子，或紧缩一团，特别是那对眼睛，圆圆地瞪着，似在拷问世间的不平之事，题跋处写着几句诗："墨点无多泪点多，山河仍是旧山河。横流乱石枒杈树，留得文林细揣摩。"言简意赅地道出绘画特色和所抒发的情感。

　　心怡在福晋处服侍久了，也懂得阅画了。看了福晋的画不由说道："依奴才看来，这七爷尹湛纳希绘画天赋是随福晋了，适才我去了他那里，看他小小

71

年纪竟然也临了一幅古画，竟然还上了色，虽说是初临，临得甚有意境，竟吵着要我在福晋处美言两句，让他学画呢？"

满优什佧道："不知临习何人之画呢？说来听听。"心怡不由笑道："当真是有其母必有其子了，临的也是八大山人《双鸟图》轴。一会儿，贴身丫鬟紫琴便会把七爷的画作拿进来，福晋看了一定会喜欢。"

主仆两人正说着，却见紫琴拿着两轴画走进来。福晋定眼一瞅，一幅甚大竟是四尺画作，一幅甚小不过是二尺画心。心下暗忖："这尹湛纳希心性也忒高了，初学绘画玩玩也就算了，却用四尺宣纸作画，尺椟大了不好掌握不说，搭色也甚是不易，看来不挫挫他的锐气是不成了。"

满优什佧不由吩咐心怡、紫琴道："且把这四尺画张挂起来，待我瞅瞅再说。"心怡、紫琴各呈一角把画张挂起来。福晋看后不由笑道："这孩子当真甚是聪敏，初次临画，却甚有气韵，对画理知识甚通，倒难为了他。"又命把那二尺画心也展开来看。却见《夏日山塘》里所绘本是一泓死水，画面虽有草花之物，然无有灵犀之气，巧的是山塘迂回之处，绘有一叶小舟，犁开千层浪，一片波光粼粼，死水顿时活泛起来。动静互补之中，小舟率先打破了山塘的宁静，这种动极具美感，让人心生遐想，倒是难得的画作。不由暗自揣度：娇儿如此才情，不让他学画倒可惜了。

满优什佧想罢，方对丫鬟紫琴道："为何不见尹湛纳希前来。"丫鬟紫琴道："七爷吩咐奴才说，只拿《双鸟图》轴和《夏日山塘》两幅画便可。待福晋和王爷阅画后，同意他学画方来逸安堂承欢。奴才屡番劝说不成，这才拿着两幅画轴来了。还望福晋念尹湛纳希痴心学画分上，就依了他可好？"

满优什佧听后，不由叹了一口气道："尹湛纳希这孩子且是任性，都是往昔娇纵惯了。那就由他吧，你回去后只需告知于他，待他父王同意后再说，别的甭说就是！"

待王爷旺钦巴拉回府后，满优什佧方才把尹湛纳希要学画的事情告知于他，并道："依我看来，尹湛纳希悟性甚高，是习画的好苗子。王爷就答应让他学画吧，如何？只要王爷教导有方，多个兴趣也是好事。"

旺钦巴拉道："适才你说他临了一幅古画，临得像模像样，拿来与我一观再言习画之事，可好？"

满优什佧忙命心怡把画悬挂起来，旺钦巴拉退后半步，以手揽眉道："此画果真是尹湛纳希临摹？"福晋道："确实如此，依王爷观来，尹湛纳希可有绘

72

画天赋？"旺钦巴拉道："这孩儿聪慧异常，我心甚慰，不过，依我思来：'闻道有先后，术业有专攻。'尹湛纳希之才在文，如若让他学画，定会分心太重，故不予答应。"

许是聪明过人之故，漠南皆称尹湛纳希为小神童。同伴凡有疑难之事皆来找他相帮，他也从不相拒。今个儿才吃过早饭，却不知又跑到哪里去了，小丫鬟清棋找了一圈也未找到，又去寻尹湛纳希的小厮书墨，也找寻不见。不由急得满头大汗，边走边骂道："这个促狭鬼书墨，又把七爷拐哪里去了，让人好找。"这时，却听福晋那边的心怡向这边走来，对清棋笑道："清棋，看你猴急的样子，甚是好笑，快去绿波亭寻他吧。七爷在那边射箭呢！"

原来，早上汉文老师江左丞家里有事，不能前来，故放假一天。适值春天，万物复苏。此时射箭是最好时节。因旺钦巴拉学富五车，家中设有学馆一处，本为几位公子习文方便，延请各方名士所教，族中八旗子弟皆是世袭武职，有那附儒风雅的族中子弟，想在学馆习点文墨，故托人求情，也就破例收了几位外来学子，一来可以陪伴四位公子学习，二来也可彼此督促。

今个儿，翁台江左丞有事不能前来。八九岁的孩儿正是顽劣异常的时候，听闻此言，皆围在尹湛纳希周围，希望他能出个稀罕的玩法。尹湛纳希看众人眼光皆向他这边望过来，不由侃侃而谈道："漠南蒙古男儿应以三艺为荣，身为黄金家族二十八代传人，不仅三艺要精，文武全才皆通方为真英雄也。依我看来，今个儿权且玩个'毡牌靶'如何？"

其木格一听说是毡牌靶，不由拍手叫好道："幼时常在祖父武馆观看毡牌靶，知道一些门道，却未曾玩过，想来好玩。"

文泉一向好静，听其木格也说毡牌靶好玩，不由动了争强好胜之心。虽说本性喜静，也想试试毡牌靶的玩法究竟怎样？

却听一个名唤奥尔格勒的道："七爷这玩法想来有趣，且说来听听。"

尹湛纳希方道："取五个靶位，用红、黄、绿、蓝、白五色代替。红色代表太阳，黄色代表土地，绿色代表生命，蓝色代表天空，白色代表日月。第一靶为红布袋，做成等边三角形，挂在两米高的木架上，第二靶为黄布袋，做成梯形。第三靶为绿布袋，做成菱形。第四靶为蓝布袋，做成直角形。第五靶为白布袋，做成直角形，里头都装上棉花。分两轮射击，待第一、二轮射完，以中靶次数多少评定胜负。"

哈斯乌拉一听尹湛纳希如此言说，不由击掌道："妙，七爷这玩法堪称一绝,喻义深远。日、月、天、地、人,五道剑气归一时便为和谐。"

尹湛纳希不由看了一眼玉山,又道:"优胜者胜出之时,可奖励一定物品。"说罢,便从怀中掏出玉制火镰一个,放在一花色布袋里。其余八旗子弟见状,纷纷褪下随身物品,放入花色布袋里。须臾,花布袋就装满了琳琅满目的物品。

绿波亭上,身穿各式彩袍、脚蹬马靴的孩子在尹湛纳希的指挥下排成了五队。尹湛纳希一声令下,哈斯乌拉盘弓搭箭,"嗖"的一声,哈斯乌拉的木箭已向红色靶心射去,靶心自行脱落。接着又向黄、绿、蓝、白靶心一一射去,皆是直中靶心。尹湛纳希见哈斯乌拉如此了得,不由叹道:"你这兄台,甚是逞能。太阳、土地、生命、天空、日月皆归于你,难不成让其木格、文泉、我三人喝西北风吗?"

其木格一见哈斯乌拉连射五箭,皆中靶心。不由道:"还是哈斯乌拉兄台厉害,小弟佩服,虽然未曾一试,看着也甚是过瘾。"

文泉见状,怕尹湛纳希怪罪哈斯乌拉。也不由替哈斯乌拉圆场道:"哈斯乌拉兄台文武全才,只是未想到这木箭要得也甚是了得,不佩服还是不成啊,我们弟兄三人虽然未曾一试,但输得却是心服口服,小弟有一提议,不知兄台可否采纳。"

哈斯乌拉道:"贤弟但说无妨,兄台如能办到,定不会推却。"文泉见哈斯乌拉答应了,方道:"小弟一向对兄台菊花图垂涎三尺,改日不忙时,可否为小弟画上一幅,挂在中堂显摆显摆。"

哈斯乌拉听了不由笑道:"原来却是此事,三日后交画如何?"文泉亦笑道:"一言为定。"说完,两个人击掌为定,文泉又按蒙古礼数和哈斯乌拉撞了一下肩。

哈斯乌拉见尹湛纳希调侃,不由笑道:"皆因兄台想做一回'者别'也。"尹湛纳希见哈斯乌拉把《元史列传》也摆出来了,不由友好地过去撞了一下哈斯乌拉的肩胛,并笑回道:"者别'猿臂善射,挽弓二百强'。刚好你也生得猿臂蜂腰,倒也不差。"说罢,便把那花色布袋递给哈斯乌拉道:"兄台且拿着,想来这些物件,典当之后够交学馆费用了。"哈斯乌拉见七爷如此体恤自己,由不得眼圈红了。七爷最见不得男儿掉眼泪,不由调侃哈斯乌拉道:"且省省金豆子,有道是肥水不流外人田,待家去玉盆接,岂不更好呢?"哈斯乌拉见七爷说话风趣幽默,不由也过去撞了一下七爷的肩。两肩相撞传递的是一种浓浓的友情,发小之间的情意就这样在两位异姓兄弟之间种下了亲情的种子,在心间结下了一个蛛网，密密匝匝。一分善心，结就彩带一束，捆缚的是兄弟情，以至于锦州药王庙的一世相随，皆因尹湛纳希的一分善缘。

心怡见尹湛纳希又在为他人作嫁衣。不由近前道："七爷天性悲悯，总是体恤下人，难怪万人皆与你交好。"尹湛纳希道："世上无有永久之富人，也无永久之穷人，尽己之力做一些善事，也是广纳福德的一种表现，怎样？额吉找我有事吗？"

心怡道："色伯克多尔济王爷捎来一封家书，听福晋所言，明日将要带你到僧格林沁王府做客。"

尹湛纳希道："僧格林沁王府？可是现为镶黄旗领侍卫内大臣的僧格林沁王爷？"

心怡道："想来是的。听福晋所言，僧格林沁王爷是现今黄金家族最大的官了，比色王也就是你舅舅的官还要大。"

尹湛纳希道："官位再大与吾有甚关系？我关心的倒是紫禁城的城墙究竟有多高？红墙里的三千粉黛是不是都似明妃一样明媚。"

心怡一听，不由笑道："七爷小小年纪竟有如此言论，明个无疑又是一位怜香惜玉之人了。"

尹湛纳希道："姐姐休要取笑，我自五岁起，就随翁台学习六经之典，对一些红粉佳人典故知之甚详，故才这样说也。"

心怡道："奴才一介下人，也不知什么六斤八斤的，只知白菜是多少钱一斤而已。"尹湛纳希一听，由不得哈哈大笑。

心怡被尹湛纳希笑得一头雾水，不由懵懂地问道："难道奴才说得不对？"尹湛纳希不由笑道："此经非彼斤也。算了，和你说再多，你也听不懂，你也无须懂，只懂得好好传话就是了。"

两个人说着话，已至逸安堂。满优什伫见尹湛纳希来了，不由笑道："今日才放一天大假，也不过来陪陪额吉，又到哪里野去了？"又对心怡吩咐道，"把东布壶里的奶茶给七爷沏一碗拿来。"尹湛纳希喝着新鲜的奶茶，笑道："还是咱王府的奶茶地道，有酥油茶的味道，敢问额吉不知明日何时起程？"

满优什伫道："今晚就在这里一歇了，明早一早起程。"这时，旺钦巴拉带着厚厚的卷宗回来。满优什伫问："老爷怎么又带卷宗回来？这几日公务这么繁忙，多多保重才是。"旺钦巴拉道："事关圣谕，不得小觑。"又对尹湛纳希道，"孩儿与父王研墨，待吾写完这份公函，便去安歇了。"

尹湛纳希侍立一旁，小心地揭开圆形紫袍玉带龙凤砚盒上的盖，这砚盒也甚是典雅，系圣上亲赐宝物，为龙凤戏珠图案，盖子左右各雕一只龙凤，造型栩栩如生。龙头系用绿色雕制而成，龙尾以褐色通雕，龙眼虎视眈眈地盯着玉珠，凤眼用尖尖的嚎角与龙对峙着。朵朵云团缭绕天宇，龙凤尾骨相接之处以浮雕云图衔接，均以褐色和原玉两色晕染。凤张开的羽翼雕琢细腻，磷甲道道刀痕镂刻在上，奇特无穷。就连那细微镂空之处，也是不落俗套，皆以两色点缀，中间有一龙珠似一枚扣子，紧扣其上，系用青色所成。

尹湛纳希每至研墨之时，总是有些紧张，因为研墨也是一种功夫，马虎不得。尹湛纳希此次是第二次为父王研墨。

尹湛纳希打开盖帽之后方见砚盒，一尾游鱼静卧砚池，左右两方各雕形似树叶的墨槽，研好的墨汁溢出砚池汇入墨槽之时，不多不少正好够写一份公函，方为研墨。

尹湛纳希待父王写完公函，方才盖好砚盒，又把狼毫冲洗干净，挂在紫檀笔架之上。瞅瞅父王甚是疲惫，不由走过去，学着额吉往日给父王按摩的样子，用小手在父王后背揉捏数下，然后又敲打数下，侧着小脸望着父王问道："父王，现在可曾舒服些？"

旺钦巴拉不由笑对满优什伲道："怪不得你一向疼爱这尹湛纳希。这孩子善解人意，倒似贴身小棉袄似的。依我看这次就叫大管家庆顺随你们一起去王府吧，他办事一向妥帖，此前又去过僧王府，对那里的一切皆熟悉。这样一来，我就可放宽心思处理旗务了，把尹湛纳希的贴身丫鬟紫琴和小厮书墨各带一个，福晋你看可好？"

满优什伲道："大管家庆顺一向是王爷得力人选，他若跟着走了，王爷成吗？"

旺钦巴拉道："放心，你们不过走一些时日。不是还有二管家柱子吗？有他在就成。主要是管家庆顺办事干练，外间应酬之事非他莫属，就这样定了。"

尹湛纳希听说让紫琴和小厮书墨相随，不由雀跃不止，道："谢谢父王，京城好玩吗？"

旺钦巴拉道："这时候了，还不快点去睡，明日一早便随你额吉进京，路上莫要淘气，务要听额吉的话，听到没有？"说罢，过去抱起尹湛纳希向里间走去。尹湛纳希懂事地点点头道："多谢父王提醒，孩儿记下了。"慈父音容笑貌就这样永远定格在尹湛纳希的记忆之中，尽管父王英年早逝，但他的精神长存，此为后话，按下不表。

旺钦巴拉不愧漠南诗缨之家，教子有方，四子皆有建树。皆是亲力亲为，虽然公务冗繁，终不忘启蒙诸子心智，数年下来，诸子皆有所成。他深知尹湛纳希顽劣异常，需正确引导，方能成才，故先从笔墨纸砚开始启蒙，因为他是漠南学者，深知万物皆有灵性。笔墨纸砚之灵性，以水融之，方能大成，上善若水，莫过如此。笔墨功夫，纸砚晕染，一旦悟出灵气，痴迷了，心醉了，那就离学问近了一步，事实证明他的启蒙教育无误，四位公子如今皆有所成，心下甚是欣慰。

昔年古拉兰萨曾留有《读书》诗一首，特意撷来，用以阐明读书之妙处：

今世为人难际遇，为民谋利合天意。

满院落叶无力扫，茅庐伏案读古籍。

第八章

初入京城林沁府，初会格日勒名媛

诗曰：

　　谁家佳丽弄红匣，绿意皆无枯叶插。

　　丽质绘来侠客瞅，桃花半面线装夹。

管家庆顺一大早被老爷叫进书房，吩咐外出事宜。满优什伔临行之时，不忘在佛堂焚香三炷，方才起身。

尹湛纳希第一次随额吉进紫禁城，心里甭提有多高兴了。多次曾听汉文老师江左丞所言，晓得紫禁城是明清两个朝代的皇宫。明成祖朱棣于公元一四〇六年初建，成于明代永乐十八年（一四二〇年），曾有二十四位皇帝在此居住。建筑规模宏大，以黄绿紫色为基调，也是紫禁城之特点。

据《周礼·考工记》所言，由"前朝后市，左祖右社"的帝都营建而成。明清的等级制度由此而来。其中以三大殿著称，屋顶各不相同。屋顶以各色琉璃瓦件为主。殿座基身以黄色为主。

绿色以皇子居住为主。其他蓝、紫、黑、翠以及孔雀绿、宝石蓝等五色缤纷的琉璃，多用在花园或琉璃壁上。

到底是孩儿心性，尹湛纳希一路行来，好似小麻雀一般，兴奋异常。每走一处皆不停地寻根问句，额吉满优什伔竭尽所能予以解答，有时难免被他所提出的怪问题难倒。每当此时，总是用慈爱的眼神，望着他清澈的眼眸，用鼓励的口吻道："勤于思考，敏而好学，是你的强项。额吉所学知识有限，已无法满足你日益增长的求知欲，你舅父色王博学多才，到了京城你多多向他请教才是。

学问之事，一靠勤奋，二靠悟性，三靠天赋，三者皆而有之，方可成大事也。"

尹湛纳希道："我曾听父王所言，舅父家中藏书不下万册，比咱家的藏书楼所藏书籍还要多上几倍，日后若有机会，孩儿倒是想去舅父家瞅瞅，偷点学问。"

满优什伜道："学问岂是偷得过来？需勤学多问方成。你舅父打小对你期望甚大，还曾吃过你的满月酒呢？此次进京，见着舅父务要问好，多向他请教学问之事，他的学问又在你父王之上，可听明白？"

尹湛纳希道："谨遵额吉教诲。只是来时匆忙，忘了带往昔所作诗词了。"满优什伜道："据江先生所言，你即兴诗词作得甚好，到时可临场发挥，岂不更好。"

尹湛纳希道："额吉所言甚是，孩儿一向喜欢即兴之作，即可见景生情，又可练才思敏捷。"

满优什伜道："即兴之作可见诗才。昔年曹植有七步成诗之说，骆宾王有八岁成诗之才，望吾儿勤练蒙古三艺，勤学中原文化，文武皆通，便可成人。你父王、舅父皆是漠南四十九旗学者之一，精通蒙、满、藏、汉四种语言，你若想学有所成，需向他们学习才是。"

一路之上，母子两人说说笑笑，走了数日，终至京城。转过几个弯便至僧王府第，管家庆顺用手扣门数下，却见僧府管家安平来迎。尹湛纳希东瞅瞅西望望，见这僧王府果然气派非凡。府门前张挂两个大红灯笼，仪门挂有五色彩布，尹湛纳希见此甚为不解，拉着满优什伜的手问道："额吉，孩儿有一事不明？为甚僧王府与忠信府不同，府门挂灯，仪门挂彩？"

满优什伜听后，不由笑道："亲王府第不比寻常百姓之家，最重礼仪，这叫大门张灯，二门结彩。"

尹湛纳希不由又问道："额吉，孩儿还有一事要问，却为何这僧王府门钉是纵九横七七九六十三颗呢？"

满优什伜听后不由笑道："亲王郡王级别不同，门钉数也是不同的，亲王府是纵九横七，而郡王府却是纵七横七七七四十九颗，贝勒和郡王一样都是四十五颗。"

安平见这母子两人一问一答，甚是有趣。不由笑道："当真这忠信王府教子有方，福晋家学渊源，令人佩服。昔年旺爷来僧王府时带着长公子古拉兰萨，他的诗才曾令僧王叹服。今个儿见这小公子虽然年幼，却敏而好学，想来也差不到哪去。"

满优什伲道:"安平管家过誉了,身为八旗子弟,承的不过是世袭而已,不过是略懂一点四书五经罢了。"

说话之间,已至僧王府正厅。却见尹湛纳希舅父一家人已提前而至,色伯克多尔济与福晋带着九岁的二女儿其其格、六岁的三女儿萨仁格日勒和两岁的儿子旺都特纳木济勒,此时,正和福晋坐在那里品茶。色王一见妹妹满优什伲领着尹湛纳希到了,见外甥尹湛纳希身材修长,肤如白雪,唇若涂朱,两道剑眉透着一股清秀,不由心下甚是喜欢,拉着尹湛纳希的手道:"几年不见,这孩子都长这么高了,活脱脱一个小旺爷,可曾读书识字?"

尹湛纳希见舅父色伯克多尔济生得甚是威武,身高八尺,儒雅之中透着刚毅,有一股王者之气,知是文武皆通之故。不由朗声道:"回禀舅父,才读完四书,该读五经了。"

色伯克多尔济王爷道:"《弟子规》可曾读过?"

尹湛纳希道:"《弟子规》五岁时就曾读过,因听家父所言,五岁正是混沌初开时节,看山是山,看水是水,此时受教为最佳时节。"

色伯克多尔济王爷见尹湛纳希口齿伶俐,娓娓道来,心下已有几分喜欢。又道:"不知可曾学写诗词?"

尹湛纳希道:"汉文老师教着四书五经,诗词曲赋也一并学着。"

满优什伲听兄长之意,是想一试尹湛纳希之根基,不由对尹湛纳希道:"你舅父学富五车,比你父王有过之无不及,快与舅父呈上往日诗作,让舅父过目。你初学诗词,平仄押韵必有出律之处,让舅父给你瞅瞅,以期长进。"

尹湛纳希道:"回禀额吉,来时匆忙,未及整理。依孩儿思来,可让舅父亲自命题,岂不更有趣?"

满优什伲道:"你这孩儿,小小年纪口气甚大,才学几天就这般逞能?都是我往日把你娇纵惯了,鲁班门前抢大斧的典故,莫不是忘了?"

色伯克多尔济王爷见妹子呵斥尹湛纳希,忙摆手禁止道:"贤妹勿要责怪尹湛纳希,依我看来这孩儿心气甚大,日后修为定不在其父之下。率性而为之个性,倒是令我欣赏。"

僧王也道:"昔年间,旺王初次到僧府造访时,曾见过他兄长古拉兰萨,有曹子建七步成诗之才,想来这孩子诗才也是了得,不在其兄之下。"

僧王慈爱地拉过尹湛纳希道:"尹湛纳希,你既然如此说了,就依你所言。

取命题诗自作一首,不过伯父也要命题一首于你,一共是三首,不知你意如何?"

尹湛纳希一听,心下甚喜,不由道:"请舅父、伯父命题,孩儿作来即是。"

萨仁格日勒手执团扇,静坐一隅,好奇地打量着尹湛纳希。心下暗忖道:看他小小年纪,却这般逞能。王府幕僚多人尚不敢在父王面前口出狂言,他才多大,却有此胆量,倒让我萨仁格日勒不敢小觑于他,在这么多人面前,一副胸有成竹的样子,想来必有才华。

其其格见尹湛纳希率性而为,心下也不由暗忖道:尹湛纳希初至僧府,锋芒毕露,未免有些狂妄。我倒想瞅瞅他究竟有多大才情,却被父王如此垂青?命题诗文,只有才华横溢、胸藏珠玑的才子方可成就。三首诗词,莫说是他,就连王府众多幕僚,也没有几人有此大才,他不过是一个乳臭未干的臭小子,却来这里逞能?

僧王的儿子伯颜看王府一下子来了这么多亲戚,心下雀跃不止,一扫烦闷之态。暗道:这尹湛纳希生得貌如潘安,一双剑眉,两汪清水,言谈举止透着机敏。说话口齿伶俐,又与我年岁相当,想来诗才亦好,我正好与他时常切磋,以望大成。

三个孩儿各揣心事,暂且不提。却听色伯克多尔济王爷道:"尹湛纳希,京城乃繁华之地,明清两帝皆在此建都,就以'京城'为题,写一首七绝。"又对一旁的侍从道:"就此吩咐下去,点一炷香以定成诗时间。"

僧王道:"色王出题以'京城'为题,依我想来,圣祖成吉思汗以马鞍得天下,身为蒙古男儿,马上三技不可丢,就以'马鞍'为题,写一首七绝便可。"

好个尹湛纳希,接连收到截然不同的两道命题,若是别人心下必慌,然他一副悠然自得的样子,就连额吉满优什作也为他捏着一把汗。

香燃起来了,须臾,香灰已落半寸,然不见素笺之上落墨之痕。萨仁格日勒心下暗揣:如果不曾成诗,颜面必失也,但愿尹湛纳希快点成诗才好。伯颜到底是男儿心性,心思缜密。心下暗道:如果我猜得不错的话,香灰燃尽之时必为诗成之时。

果然不出所料,香灰还有半寸之时,尹湛纳希一气呵成,两首诗一挥而就。待把狼毫搁置一旁时。方对色王和僧王揖礼道:"尹湛纳希两首诗已成,还望舅父、伯父斧正为盼。"萨仁格日勒不知何故,鼻翼之上竟沁下些许汗珠儿,见香落诗成,这才暗出了一口气。伯颜见此,欣慰地笑了,唯有其其格面上讪讪地。

僧王与色王一同来观尹湛纳希两首诗词,不由大加赞赏,僧王道:"想不到尹湛纳希小小年纪却有如此修为,无愧漠南诗缨之家。倒让老夫另眼相看也!"

色王也不由道:"依我看,再过二十年尹湛纳希文采定不会在其父之下,才如子健,聪敏过人,实乃奇才也。"

满优什作见两位王爷都在夸赞尹湛纳希诗才,不由道:"两位兄长还是莫要夸赞于他,长他傲气。他不过是髫龄小儿,初学诗词必有瑕疵,还是多多指正为好,省得日后不思进取。"

色王见妹妹满优什作如此言说,不由道:"我一向识人甚深,以严谨治学为要,些微差些的诗文,必不入眼。尹湛纳希的两首诗,意境深远,旁征博引,用典奇绝,引人发思。倒不似八九岁孩儿所作,倒似青年才俊之笔锋,故才夸赞于他。如若严加调教,诗文定会在几位兄长之上了。"

满优什作听后,方道:"若有机会,还望兄长多多点拨才是。"

色王道:"那是当然,谁让他是我至亲外甥呢?"僧王见此也甚是高兴,叫过伯颜不由训斥道:"你和尹湛纳希同年,诗才却不及他,今后多向他学习才是!"

伯颜见了尹湛纳希自是喜欢,见父王引见。不由道:"父王,我想邀几个弟弟妹妹一同至王府逛逛。顺便带尹湛纳希、旺都特纳木济勒瞅瞅兵器架上的阿虎枪。"

旺都特纳木济勒一听要去看兵器架上的阿虎枪,不由雀跃道:"平日最喜欢看父王在校军场练习射箭,还未曾见过阿虎枪,想来王府兵器架上的阿虎枪好玩。"

色王不由笑道:"这孩子甚是喜欢侍弄刀枪棍棒,想来日后定是武职人员了。"

僧王道:"蒙古男儿以驰骋疆场为荣,依我看这孩子性情,倒是我的兵了。"又瞅着伯颜吩咐道,"好生带着弟弟妹妹,莫要磕着碰着。"伯颜道:"有我搭照,父王敬请放宽心思。"说罢,伯颜在众人簇拥下向院外走去。僧王看着几个孩儿相继离去,才对色王、满优什作道:"看这几个孩子年岁相当,兴趣相投,相处极是融洽,又是至亲。我想着三家联姻,亲上作亲。一来有个照应,方不负亲戚一场,不知可好?"

色王见僧王有此美意,不由笑道:"果然好,依我想伯颜和其其格,尹湛纳希和萨仁格日勒,郎才女貌倒是一对。又对满优什作道:"不知贤妹你意如何?"

满优什作道:"甚合我意,就依兄长。"僧王道:"如此甚好。过些时,三家换过庚帖，下了彩金这事就妥了。依我想来，让孩子们时常在两府走动，一则青梅竹马，无有猜忌之嫌，二来可互增好感，相互依恋。"

色王道："僧王所言甚是，同为黄金家族，又甚是知根打底；门当户对，风俗习惯相通，再合适不过了。一旦换过庚帖，这亲事就算定了，让孩子们时常在两府走动，即不显生疏，又可互相照应。"

满优什伟道："待我回府之后，就与老爷张罗互换庚帖，下聘彩金之事，依我思来，这事暂为保密，待孩子成年之后再言也不为迟。"

色王、僧王听后皆道："贤妹所思与吾等不谋而合，闺阁之事最是难料，免得日后为情事所耽，不思进取，这样对各自都好！"三人在此闲聊，暂且不提。

伯颜带着一行人在王府走动，这僧王府甚是宽大。由东、中、西三所四进院落组成。其中东所院除四院四进外，还有东院四进。东所院的大门由五脊六兽三开间府门组成，气派非凡。王府的正殿却在中所正院，暗合亲王府制。

转过垂花门，便至胡同南侧，却见有一座大照壁正对府门，府门两旁有上马石，上马石旁有一对雕石矗灯；进府门，便见两厢兵器架，兵器架上插着两排阿虎枪。

伯颜对众人道："尔等可仔细瞅瞅，这便是阿虎枪"。其其格、萨仁格日勒毕竟是大家闺秀，对这阿虎枪不感兴趣，只是略微瞅了瞅。倒是尹湛纳希和旺都特纳木济勒，因是男儿血性之故，都上前摸了摸阿虎枪。尤其是这旺都特纳木济勒甚是有趣，个头甚小，然兵器架高。他生怕摸不着阿虎枪，不时踮起脚尖往上瞅，倒急了一头大汗。尹湛纳希瞅着甚觉可爱，不由调侃道："贤弟莫急，你才多大？竟要驰骋疆场吗？还是兄长抱着你摸阿虎枪吧！"旺都特纳木济勒听尹湛纳希如此言说，不由喜上眉梢。细声细语道："依我看来，众人之中，唯有七哥哥最是善解人意。"

伯颜瞅了瞅旺都特纳木济勒，不由笑道："喂，旺都特纳木济勒，难道伯颜哥哥不善解人意？若不善解人意，你会摸到阿虎枪吗？"旺都特纳木济勒人虽小，反应却甚快，他快人快语道："若没有伯颜兄长引路，就瞅不着阿虎枪，瞅不着阿虎枪，就不会有夸赞七哥之说。"

伯颜亦笑道："想不到你小小年纪，却如此古灵精怪，倒是一个辩才。你且过来，让兄长抱你仔细瞅瞅阿虎枪的构造。"旺都特纳木济勒听后，乖巧地跑至伯颜身旁，举起两双小手。伯颜顺手一探，便把他举至半空，又瞅了一次阿虎枪。众人瞅着旺都特纳木济勒，不由笑问道："旺都特纳木济勒，这回心满意足了？依你观来，两位兄长究竟哪个最好呢？"

旺都特纳木济勒笑回道："两位兄长不分伯仲，皆是一样地好。"萨仁格日勒笑着用香帕遮住樱唇道："这旺都特纳木济勒人虽小，鬼却大得很，才一刻茶的工夫，两位兄长皆垂青于你了。快点过姐姐这边来，莫要缠着两位兄长了。"旺都特纳木济勒见姐姐召唤，便乖觉地跑过来，其其格用手指戳着旺都特纳木济勒的额头道："瞅你脸上，何时竟落上了一些灰，想是刚才不小心蹭上的，来，让姐姐给你擦擦。"说罢，便用香帕拭过，瞅了瞅道："这样才显俊俏，切记莫要淘气才好。"

萨仁格日勒与尹湛纳希虽说初次见面，见尹湛纳希心思缜密，万事皆与人方便，不由对尹湛纳希另眼相看，心中竟有一种说不清道不明的情愫在心间滋生。故对旺都特纳木济勒道："旺都特纳木济勒，你阿虎枪已摸过两次，怎么又去粘着两位兄长了。"尹湛纳希见萨仁格日勒说话温婉，不似她姐姐其其格一副盛气凌人的样子，心下亦对萨仁格日勒多了一分敬意，心下自思：一娘生九子，个个皆不同。这其其格性情泼辣，倒似一串辣子，辣得让人心里不舒坦。倒是这妹子萨仁格日勒生性温良，又是娴雅风范，倒令人心生敬意。

这时，却听伯颜道："这里看过了，且随我来。再领你们到后花园瞅瞅，这里有假山、水池和爬山廊、游廊、花厅、亭台楼阁多处。想来其其格、萨仁格日勒妹妹喜欢这里的景致，且让尹湛纳希兄长来上两首即兴诗作，岂不更好？"

尹湛纳希见伯颜又来调侃自己，不由推辞道："一人作诗了无生趣。依我看来，四人联句方显风雅。一人一句就可联成四句，只需符合平仄韵律便可！"旺都特纳木济勒一听尹湛纳希所言，不由拍手道："尹湛纳希兄长吟诗之时，最是潇洒不过，让人羡慕不止。"

其其格不悦道："你一个髫龄小儿懂甚？大人说话，却来插嘴，还是在一旁学垂钓吧，只是不要跑远就成。"

说话之间，已至游廊，透过游廊便可看到远处的亭台楼阁，花草水榭，萨仁格日勒看到那半亩方塘中伸出几支莲蓬，摇曳生姿，甚是雅静，由不得动了咏荷莲心思。只是女儿家心性，甚是腼腆，不好提出而已。

尹湛纳希生在漠南，花草所见甚少。久闻莲花也不过在诗词之中，今个儿见僧王府有数种水莲花在那里绽放，不觉甚喜。便道："伯颜兄，荷塘中的莲花不可不咏，依小弟思来，就以'莲花'为题，每人各作一首莲花诗，题目可自拟，也可以莲花同题。夺魁者奖赏一茎荷花，即风雅，又有趣，不知可否？"

伯颜道："贤弟所思与兄不谋而合。妙！历代文人墨客皆垂青于莲花，颂莲诗词多达数百首。今个儿且试着作几首莲花诗，也不枉莲池清韵。"

萨仁格日勒道："如此甚好，我对莲花也情有独钟，只是初学写诗，必有不妥之处，还望两位师兄指点一二方好。"

其其格不无讥讽道："难不成文人墨客皆是如此，絮絮叨叨？"萨仁格日勒知其其格不喜诗词，怕出乖露丑而已，故有此一说，只是瞅瞅姐姐，嫣然一笑而已。

伯颜见其其格如此言说，不由瞅了一眼其其格，其其格不觉霞飞两靥，便噤口不言了。伯颜方道："还是尹湛纳希贤弟你先来才好，你即景诗作得好。"

尹湛纳希道："那就来个抛砖引玉吧。"只见他站在荷池观赏片时，便瞅见那淡粉莲蓬娇羞地躲藏在如盖的叶脉之下，宛似娇羞之少女，楚楚动人，让人暗生怜香惜玉之心。不觉脱口吟道：

莲花半卷泛荷塘，微步凌波水中藏。

犹抱瑟琶遮半面，风吹宝盖泛幽香。

伯颜不由击掌道："妙，好个尹湛纳希，不愧漠南才子。只这出句就与众不同，莲花半卷泛荷塘就夺彩了，倒让我羡慕贤弟之才了。"

其其格道："还是先写诗吧。莫评了，伯颜兄先来，萨仁格日勒次后，我压轴便是了。"

伯颜寻思半晌，想不出绝句，不由懊恼不堪。这时，忽然从南飞来一只蜜蜂，不偏不倚地落在花蕊之上，倒助长了他的诗趣。不由心下甚喜，朗朗吟道：

一茎莲花出尘来，墨客三千画里栽。

忽闻蜂王来吻嗅，难忘嬉戏蕊间来。

尹湛纳希听了也不觉笑道："伯颜兄也是急才了，这蜂王来得正是时候，忽闻蜂王来吻嗅，让人有意犹未尽之感，小弟甘拜下风。"

其其格笑道：谁孰谁胜，由不得你们所言。依我看来由两位王爷定夺才是，我已把两位兄长所吟诗句记下了，一会儿回府呈上便是。萨仁格日勒轮到你了，你一向视莲花为友，想来诗作更是与众不同了。"

萨仁格日勒见姐姐其其格快言快语，不由甚是腼腆。那娇羞的样子更添少女风韵。只见她手执一柄团扇，半截葱管裸露在外，半启樱唇，声音好似黄莺，清脆悦耳。只见她吟道：

蛙鲤潜身入荷塘，数枚凝露泛清香。

柔枝叶脉东风叩，倦鸟栖枝水一方。

言毕，方不忘回眸一笑，笑对尹湛纳希、伯颜道："妹妹献丑了，还望两位兄长多加指点，可好？"

伯颜听了，不由夸赞道："倒是女儿心性又是与众不同，只这开头一句：'蛙鲤潜身入荷塘便是诗眼了，兄长自愧弗如。"

其其格也不由佩服道："小妹诗才越发灵秀了，倒让姐姐羡慕不止了。"

其其格又道："我一向不喜诗词，今个儿不过是赶着鸭子上架，凑个趣吧。说罢，略加思索方才吟道：

出水莲花举步移，一枝迎雨半枝垂。

春风十里寻芳客，邂逅良人柳笛吹。

尹湛纳希道："姐姐这首莲词，意境倒是好的，只是'枝'字重了两次。诗词最忌重字，若把多余之枝字去除，换上一字替换，倒是上上诗词了。"

其其格见尹湛纳希如此言说，便道："无有出口成章诗才，伤了半日神，方才勉强作出，忌讳却丢到爪哇岛了。"

萨仁格日勒知姐姐其其格平素不喜诗词，今日所作诗词已是出彩了。故赞赏道："虽说重字是多了些，意境却是极好的。姐姐可依此作下去，一定会青出于蓝而胜于蓝的，只这一句'一枝迎雨半枝垂'便写出了莲花之神态。"

尹湛纳希又道：

人在花中不识香，远离对岸气芬芳。

卸妆仙女施淫术，但闻声音影渐藏。

伯颜一听尹湛纳希这首莲花诗，不由击掌赞道："好一个卸妆仙女施淫术，但闻声音影渐藏。真把莲花的神态写活了，为何我却寻不到如此好句？"边说边懊恼地一个劲挠头。他这动作把大家都逗笑了。

旺都特纳木济勒见哥哥姐姐对这诗词谈论不休，一个个皆是喜形于色。不由嘟起小嘴道："出来时日久了，父王定会担心。此时我肚子里已唱起了空城计，还是打道回府吧，如何？"

尹湛纳希一听，不由笑道："贤弟所言甚是，我们只顾吟诗，倒把回府的事情忘却了。多亏旺都特纳木济勒贤弟提醒，即刻打道回府！"

旺都特纳木济勒一听打道回府，不由雀跃道："七哥帮我把陶罐带上，可好？"

尹湛纳希朝陶罐瞅了一眼，却见三条小鲤鱼正在底部互相追逐，用嘴咬噬一根鱼腥草呢。不由赞许道："旺都特纳木济勒果然好手法，竟然钓到了三条小鲤鱼。"

旺都特纳木济勒听到尹湛纳希夸赞，不由笑道："众人都在忙着写诗，我岂敢闲着，钓几尾小鲤鱼以期父王夸赞。"

其其格、萨仁格日勒一听旺都特纳木济勒所言，不由笑道："这孩子人虽小，鬼却大着呢？"

一行五人刚至王府，便把所作诗词呈于两位王爷，僧王、色王阅后甚喜。色王评点道："四人所作诗词各有千秋。尹湛纳希以诗才意境取胜，伯颜诗词让人回味无穷；萨仁格日勒诗风有寒蝉之意，意念虽好，切忌作空。其其格不擅写诗，今日这诗作得甚好，实是难得，以后依此思路作下去，定会有所收益。"

旺都特纳木济勒到底是小儿心性，见父王对四人诗作逐一点评，唯独不言他在湖边垂钓的那三尾小鲤鱼。不由拿着陶罐冲到父王眼前，挤眉瞪眼道："父王，孩儿虽不会作诗，但也没闲着。瞅瞅，这是适才垂钓的三条小鲤鱼。"说罢，便把陶罐高高举起让父王细瞅。

僧王一见旺都特纳木济勒可爱的小模样，不由笑得胡须乱颤。过来抱起旺都特纳木济勒。笑对色王道："依我看，今天蟾宫折桂者应是旺都特纳木济勒，小小年纪，便能垂钓三条鲤鱼，甚是与众不同。这说明这孩儿日后也不会差到哪去！"

色王及众姊妹一听，都不由得笑了。旺都特纳木济勒听僧王伯伯赞许，白皙的小脸绽成了一朵花。

此时，却听管家安平前来禀报："已按王爷吩咐，在辰光阁备下午宴。"僧王对色王道："王爷且随我来，尝尝京城的佳肴可曾可口。"说罢，便同色王比肩相携，踱着方步向辰光阁走去。

那边僧王福晋见王爷率先而去，便带着满优什作及孩子们步入辰光阁去了。到了辰光阁，尹湛纳希举目一瞅，地上放硕大紫檀八仙桌一个，桌旁罗列椅子竟有二十把，方明此桌可坐二十人。但见桌上摆放各色佳肴，琳琅满目竟不下数十种，做得甚是精致，入口细品，回味无穷。有好些菜竟叫不上名来，好在伯颜在旁相陪，逐一介绍菜名，方晓得是南北菜系组合而成。尹湛纳希不由暗忖道：这僧王府果然与外间传闻相同，就连这膳食也做得如此精致。辰光阁的佳肴如此可口，倒让我开了眼界！

这正是：

水榭荷莲素手拈，联诗四句挂珠帘。

蠹灯照壁世间少，墁地金砖两府添。

第九章

中秋赏月荟芳园，四子联诗挂半帘

诗曰：

> 诚然夜色淡如幽，宛转天涯岁已秋。
>
> 独树迎风听素泽，轻舟别月见华楼。
>
> 闲亭作客求谁与，脱兔鸣泉绕竹流。
>
> 到底堪怜篱下菊，深林静处感温柔。

时光荏苒，不觉已至中秋。尹湛纳希自打从僧王府回来后，一改往日愚玩之态，对藏书楼所藏之书甚是上心，已看两部书且都写了读书心得。旺钦巴拉见他聪明伶俐，敏而好学，心下甚喜。心下琢磨：尹湛纳希虽小，但悟性却强似几个哥哥，若让他提前学写文章，想来有益无害。这日吃过午饭，把箸搁过一旁，和福晋满优什佤相商道："尹湛纳希近来看书甚是上心，时去楚宝堂、东坡斋阅书，你可知他近来阅读何书呢？"满优什佤道："这孩子涉猎甚广，无书不读。从楚宝堂、东坡斋寻来两本书，一本是哈斯宝的《今古奇观》，一本是《再生缘》。许是被《再生缘》里的诗词曲赋所感染，昨个儿竟然写了一首《白云诗》。依我看来却是学诗以来写得最好的一首了。"旺钦巴拉听了甚感兴趣，不由道："福晋，你可曾记得原诗。"满优什佤听旺王如此相问，不由笑道："你一向知道，我对这孩子是溺爱多于严教，唯独学问之事不容他有丝毫懈怠。尹湛纳希志气甚大，从此诗中便可窥见一斑，这首诗是这么写的，王爷请听。"说罢，满优什佤便吟诵道：

> 片片白云起远山，依依缠绕入青天。
>
> 浮沉聚散非由己，成败轻随展卷间。

喜得炎炎烈日照，多亏阵阵朔风起。

龙虬转瞬巧相遇，普化枯涸变绿园。

旺钦巴拉听了不由甚是欣慰，不由笑道："想来我祖上福祐，方才赐我如此聪明的孩儿。此诗其言虽柔，其意甚远，言志如此，龙虬必现也，有辅国济民之志向也。"

满优什咋道："可不是么，前四句有苦闷之嫌，从第五句始风格迥异，一扫愤世嫉俗之态，攀登向上之志搏击而来，这炎炎烈日阵阵朔风突显了白云不屈服于狂风烈日的精神，读来有向上之意。转风处又有龙虬变绿园之豪迈，倒让我想起了龚自珍的《己亥杂诗》：

九州生气恃风雷，万马齐暗究可哀。

我劝天公重抖擞，不拘一格降人才。

旺钦巴拉见满优什咋信手拈来龚自珍的《己亥杂诗》，不由调侃道："有其母必有其子也。福晋饱读诗书，精通满汉文字，始有尹湛纳希青出于蓝而胜于蓝了。依我想来，可提前让汉文老师江左丞讲授学文之道，试着让尹湛纳希写些小短文，以开启他心智，福晋，你看如何？"

满优什咋道："虽说九岁习文为时尚早，但依我看来，尹湛纳希敏而好学，悟性甚好。又有汉文老师江左丞亲自督促，此事定成，就依王爷之意行事为好。"

旺钦巴拉道："待我明日得闲，让江左丞费些心思，调教于他吧！"

第二日，午间过后，旺钦巴拉趁公务闲暇之时。亲至学斋来寻江左丞。这府尹和学斋不过一墙之隔，须臾便至。却见七八个孩儿在条凳之上正襟危坐，手持书卷正在诵读《论语》之句：子曰："温故而知新，可以为师矣。"子曰："学而不思则罔，思而不学则殆。"

待学生反复诵读、熟稔之后。江左丞方道："'学问首当其冲，温故而知新，可以为师矣。'是讲复习旧知识，领悟新知识，方能做导师。"子曰："'学而不思则罔，思而不学则殆。'是说'死读书不思考，自误也，只能越学越糊涂；只思考不读书，就会一事无成。'"旺钦巴拉在窗外听了江左丞所言，不由对江左丞甚是佩服。丰富、灵活的授课方式不显呆板，一点便明，孩子们学得才踏实。不由对江左丞肃然起敬。心下暗忖：江左丞不愧是名师也，所授课业，也是与众不同，把《论语》第八条与第十条同时携来讲解，可起到学而思，思而悟，悟而学，学而博之要也。

只听他又道："子曰：'质胜文则野，文胜质则史。文质彬彬，然后君子。'

90

这句话是说：'一个人的内在质朴胜过外在的文采就会粗野，文采胜过质朴就会浮华。只有文采和质朴配合恰当，才是君子。'为何有如此之说？皆因为师寄厚望与诸子，人人争当君子，方不负漠南诗缨之家。风骨是为人之本也，不知尔等可听明白？"

尹湛纳希机敏过人，听翁台发问，不由率先问道："学生有一事不明，还望翁台指教一二？"

江左丞道："有提有问，方为提问，尹湛纳希你且说来，看看可曾入题？"

尹湛纳希道："'君子坦荡荡，小人长戚戚。'据孔子所言：'君子心胸宽广坦荡，小人经常心绪不宁。'依尹湛纳希思来，做事不怨天，不尤人，依道义而行，便为君子所为，好似傲雪梅花，虽经风霜雪雨，傲然挺立，香魂一缕苦寒来，不知可是这个理？"

江左丞一听之下，不由大喜道："诸子可学尹湛纳希。他学会了温故而知新，他从前日所讲'君子坦荡荡，小人长戚戚'引申过来，悟出了'做事不怨天，不尤人，依道义而行，便为君子所为'。但凡做学问就是要常思，常悟，常问，方可得学问也。尔等悟到了甚么，可一一说来，待为师解惑也！"

但见台下鸦雀无声，竟无一人提问。江左丞见了便道："诸子可听明白了了，若只是一味死学，不加思考，便不会明悟，不过来学堂交结几个学子，枉费家长银两而已。虽说漠南王府以荫庇得爵位，但学些中原文化方能为子民办事，譬如色伯克多尔济位尊亲王，学富五车，精通蒙、满、藏、汉语言，就连旺王也是学富五车，精通蒙、满、藏、汉语言，为师寄厚望于尔等，应向他们看齐才好。"

旺钦巴拉听了江左丞此言，心下大慰，为聘得如此德才兼备之人庆幸，为生有尹湛纳希而荣。自此后，但凡有文人墨客集会，定带尹湛纳希前往。因他深知读万卷书，不如行万里路，这个孩儿日后文才不在诸子之下，必会光耀门楣！

有《白云》诗为证：

远山起白云，翻腾上青天。

展蜷随开阖，聚散任自然。

系强光照射，劲风卷联翩。

若风云际会，滋润万物鲜。

旺钦巴拉甚明为师教育固然重要，然家庭教育也缺一不可，要不焉有'子不教父之过'之说，故趁中秋节翁台家去之便，把诸子召集在东坡斋，以试各自所学。

读书必先净手，然后焚香，以示对作者之敬意，是忠信府数十年养成的家规。

旺钦巴拉道："今个儿本是中秋节，论理你们应歇息一天，为何父王又把你们召集在东坡斋里呢？"

古拉兰萨道："想来父王怕我等对学习有懈怠之心，疏于学问之事，故召集在东坡斋，学习苏东坡超拔之境界了。"

贡纳楚克道："读书先净手后焚香，以示对先贤之敬意，以学先人淡泊明志之境。"

嵩威丹忠道："梅兰竹菊历来为文人墨客所推崇，东坡斋以东坡名字命名，是让我等学习东坡超拔于外的气节。"

旺钦巴拉道："兰儿所言甚是，天下卓然而上者是苏公，从蛮风瘴雨的岭南到孤悬海外的儋耳，万里投笔，归期无日，他也能于命运旋流之中独自超拔。超然处逆境而自安，这是一种志节，一种沉毅，不改其度，我行我素，令人钦佩。这便是东坡斋的由来。你们在东坡斋不但要学习他的诗词，最重要的是学习他超拔的意志。气节是做人的根本，学问是成才的基石，两者皆而有之了，方可成大儒。你们可听明白？"

尹湛纳希道："孩儿听明白了，气节培养是做人的根本，学问是饱读诗书的养料，两者缺一不可，只有把这两样学精了，才不愧为人。父王，孩儿说得可对？"

旺钦巴拉不由笑道："果然如你翁台所言，不但机敏过人，而且甚会变通之道！"

古拉兰萨道："七弟聪明，悟性高，只是有些任性，若少了任性，多了聪慧，岂不更好？"

旺钦巴拉不由笑道："兰儿说得极是，为父时常忙于公务，难免顾不过来。你身为长子理应为弟弟们多操些心，在生活上对弟弟多加爱护，学业上多加督促才是，你说呢？"

古拉兰萨道："孩儿谨遵父王教诲，父王尽可放心！"旺钦巴拉又把目光转向尹湛纳希道："父王相信，尔等不会为黄金家族抹黑，崇文尚武方是男儿立身之处，尔等可听明白。"

只听四子齐声道："孩儿谨遵父王教诲。"旺钦巴拉听后，不由其是欣慰，笑着留下一句话"心口归一，方可成才"。说罢，便踱着方步向外去了。

旺钦巴拉见尹湛纳希诗文皆佳，聪明伶俐，心下甚喜。离忠信府一百多里远的三座塔，建有规模较大的"三泰号"商号，是由山西人开设的，乃卓索吐盟第一繁华所在之地，因府上要采办一些物件，决定去朝阳走一趟。

因福晋中年得子，甚是溺爱尹湛纳希。时常在耳边念叨，说尹湛纳希渐知人事，读万卷书，不如行万里路。身为男儿，历练身心，以开眼界。旺钦巴拉觉得也是这么个理，准备带尹湛纳希出一趟远门。

六月十五，风和日丽。尹湛纳希和父亲旺钦巴拉带着仆人若干，坐着马车朝朝阳的方向驶去。

许是第一次陪父王出远门之故，尹湛纳希兴奋异常。但见绿树环绕之中，茅屋草舍尽现其中。车过梨树沟时，簇簇梨花竞相绽放，暗香沁人心脾，仿佛置身梨园。

旺钦巴拉见景生情，不由吟诵道："忽如一夜春风来，千树万树梨花开。"

尹湛纳希一听父王所吟之句，便知此诗是唐朝诗人岑参所作。旺钦巴拉一听不由笑道："据你翁台江左承所言，你即兴诗词写得好，可依此景写一首梨花诗，让为父瞧瞧。"

尹湛纳希听父王让作梨花诗，不由暗合心意。不由吟道：

> 晨起拨云进山行，晨明尽染深树林。
>
> 饶舌黄莺莫笑我，梨花似雪满衣襟。

旺钦巴拉听后，心下甚是欣慰。又道："麻雀振翅飞树梢，白云若絮天际飘。意境甚好，只是晨字重了，需仔细斟酌一下，第二个晨字若找其他字代替，更趋完美也。听你额吉讲，你近来缠着要学画，学画可不是什么人都能学的，一靠天赋，二靠悟性，三靠勤奋，三者缺一不可。学画和习文一样，皆要融会贯通，一味地临摹，只能沦为画匠，若想成家，需集百家之长方可成为画家，这方面你要向你五哥贡纳楚克请教。经数年摸索，他已从介子园画谱、八大山人画风中悟出禅境。又从漠南少有的山势中寻出了北方山石之厚重，故形成了独特的山水风格。集数年之功，方至炉火纯青之境，这也是卓索图盟王公贵族索画的原因之一。依父王看来，'闻道有先后，术业有专攻。'你的天赋在文，而不在画，应以习文为重，画倒在其次。而你五哥贡纳楚克的天赋在画，文倒在其后，故以学画为佳。习文、画画天赋固然重要，勤奋必不可少。世间万物，皆有灵性，只有勤学常悟，方可自成风格，你可晓得？"

尹湛纳希听父王一席言语，不由道："听父王一句话，胜读十年书。儿子定会谨遵父王教诲，以习文为重，学画权作消遣。"

旺钦巴拉道："知道就好，身在其位需谋其政，方可大成。"父子两个说着话，不觉已至朝阳地界。须臾，便至三泰号商号。但见贩夫走卒，摩肩接踵，多在此间看货。这里热闹、繁华，有出售药材的，有出售羊皮的，还有出售布匹的。旺钦巴拉瞅了瞅布匹，要了一匹给下人做衣裳的粗布，又要了一匹绸缎，还要了一些笔墨纸砚，采办妥当，却不见了尹湛纳希。

回头一瞅，却见尹湛纳希在字画铺前讨价还价。不由笑道："你看中了什么书籍，为父给你买来就是。"尹湛纳希笑道："这本徐枋的《山水图》轴，虽不是精装本，但里面的画稿却是一样的，孩儿还想买一本龚贤的《松林书屋图》轴，想临摹一些画。"

旺钦巴拉对仆人道："把布匹、绸缎放在下面，笔墨纸砚、画册打一包放在上面，仔细着别弄脏，弄皱了。"下人皆知王爷视笔墨纸砚为命相，忙答应着去办了。待把马车装好，稍行片刻，便见一高大门楼呈现眼前。却见鎏金匾额，题写八个大字：凤鸣朝阳，地道广远。

旺钦巴拉见尹湛纳希仔细端详匾额，便道："此匾系康熙年间皇帝东谒盛京途经这里，文人墨客为迎皇帝，据此而题匾纪念。"

尹湛纳希正待要问。却听一声音道："想不到在朝阳地界与王爷相逢，幸会！幸会！"

旺钦巴拉扭头一瞅，却是漠南才子夏初喧。不由相问道："周子贤可曾来此？"

夏初喧道："他听说王爷要来，一早就在佑顺寺候着呢？"夏初喧早就瞅见王爷旁边侍立一位八九岁的小公子，生得是一表人才，双目炯炯，唇红齿白，眉心上挑，透着灵犀之气。不由问道："这位可是小公子尹湛纳希？"

尹湛纳希此时也瞅着夏初喧，心下揣思："此人生得秀骨姗姗，无蒙古人的彪悍，却有文人的清骨，想来定是胸藏珠玑之人了。"

旺钦巴拉道："正是犬子，尹湛纳希快与伯伯见礼。"尹湛纳希忙整衣冠见礼："伯伯在上，尹湛纳希这厢有礼了。"

夏初喧看尹湛纳希像模像样地揖礼，不由恭维道："虎父无犬子，一向听闻小公子诗才又在诸子之上，今个一见，果然名不虚传也。"

三人说着话，已至佑顺寺。但见盟县主官亦皆前来。尹湛纳希见文人墨客云集于此，同座厅内，共观查玛舞。许是人多之故，尹湛纳希燥热不已，不时用手拂去额头上的汗珠儿，夏初喧手持一把香扇子，不时地替尹湛纳希扇风纳凉。

尹湛纳希见扇面画着两个仙风道骨的老人，盘腿坐在松树之下，旁若无人地在对弈，两旁各侍立一小童，手持仙桃，画风飘逸，令人神往。

不由对夏初喧道："伯伯，这帖扇面画是何人所绘？"夏初喧见尹湛纳希相问，不由道："此系伯伯昔年所作，怎么，你也懂画？"

尹湛纳希道："如果小侄所猜不错，可是刘晨阮肇遇仙的故事呢？"

夏初喧道："正是。一向知你诗文俱佳，没想到你也甚懂画理知识，你可知王叔明的代表作又是什么呢？"

尹湛纳希见伯伯相问，不由侃侃而谈道："王叔明的代表作是《青卞隐居图》，清高祖乾隆曾亲题御笔在上。曾记得数句，写的是：峦叠枯荷叶，寺栖老衲寮。烟霞为世界，松竹伴混朝。户迹绝双足，钟声批七条。林关客未止，未许易相招。"

夏初喧一听，不由大喜过望，拉着尹湛纳希的手夸赞道："真乃奇儿也！"旺钦巴拉见夏初喧与尹湛纳希相谈甚欢，不由道："还不把来时画的《梅雀图》呈与伯伯，你这伯伯可是卓索图盟的大才子，不但书画无人能及，诗文也是俱佳。尹湛纳希，你是有福之人，今个儿能遇上你伯伯亲自指点，也是你前世修来的福气！"

尹湛纳希一听父王所言，不由道："依儿思来，何不把我写的诗词一并呈上，让伯伯一并指教呢？"

夏初喧一听不由笑道："这孩子聪慧异常。虽是初识，甚是讨人喜欢。"却见薛涛素笺之上，有几行秀媚的小楷写就的诗词，写的却是《白云》：

　　白云出远山，霭霭傍青天。

　　舒卷随形幻，离合任自然。

　　光辉朝日丽，宇靖待风旋。

　　一旦逢龙会，甘霖润物安。

夏初喧阅后不由评点道："尹湛纳希诗才不亚于八岁成诗的骆宾王，依弟思来，尹湛纳希日后修为定不会在父兄之下，只这《白云》诗稿，便出手不凡。"

旺钦巴拉听了心下甚是欣慰，也不言语，只是捻髯微笑。尹湛纳希见机会难得，则在一旁听夏初喧逐一指点，又适时提出几个问题以求解惑，直至完全听懂，方才满意地笑了。

这正是：

　　碧草如茵泼墨传，葱茏山色起飞烟。

　　才思敏捷龙泉涌，数道皴擦待叶旋。

第十章

初识惠宁小喇嘛，妙趣横生惬意多

诗曰：

> 焚香正是艳阳天，缭绕香烟大殿前。
>
> 宝寺初识青衣友，锋芒毕露韵相连。

惠宁寺距忠信府东面三里外，是方圆百里闻名的庙林，也是尹湛纳希的家族宗庙。前有大凌河，东临牤牛河，西依凉水河，庙西六七里处是凉水河的末端。是一块"前有黑峰照，后有端山靠"的风水宝地，也是巴颜和硕乃至土默特右旗的宗教活动中心。

鼎盛时期有三千喇嘛在此诵经礼佛，每年的四月十五都要举行盛大的庙会，届时文人墨客多来此处集会，乃第一殊胜所在。族人有些时还会表演查玛舞。

尹湛纳希时常听几位兄长讲起惠宁寺的典故，又听额吉所言自己的名字也是惠宁寺住持所起，心下对惠宁寺就多了一分向往。

这年的四月十五，又是逛庙会的时节，一早起来就听额吉说要领他至惠宁寺进香，心下雀跃不止，恨不得一下子就飞到惠宁寺瞅瞅，以饱眼福。满优什佤看他兴奋的样子，不由叮嘱道："惠宁寺不同别处，乃是善男信女朝圣之地，最忌大声喧哗，到了寺庙不得淘气，不可使性子。"

尹湛纳希不由调侃道："孩儿谨遵额吉教诲，三缄其口便是，可好？"满优什佤看着尹湛纳希不由笑道："几个弟兄之中，数你最难缠，数你最聪明，也数你最能使性子了，凡事皆有个度，莫忘该做之事，方可守礼，你可听明白？"

尹湛纳希道："额吉所言之事，孩儿已记下了。就是任何时候也要莫忘祖训为是，不给黄金家族抹黑。"

满优什作道："正是，时候不早了，歇息去吧，明个一早还要早起呢。"尹湛纳希答应一声，慢慢地退下。

第二天辰时，满优什作带着尹湛纳希、奴仆一行五人前往惠宁寺进香。一进山门，便被住持妙禅迎进天王殿去了，只留下婆子、小厮照看尹湛纳希。八九岁的孩子正是讨人嫌的时候，尹湛纳希东瞅瞅，西逛逛，一副好奇的样子。

他忽然被惠宁寺的碑文吸引住了，不由轻声念道："成吉思汗后裔，固穆、朝胡日兄弟两人，从呼和浩特土默特迁徙此地，住持修建琉璃顶庙。自迁徙至此升为固山贝子，并建立王府，其后代一直世袭固山贝子，四次袭贝子哈穆噶巴雅斯呼朗图（人称哈贝子）奉清朝政府'兴黄教，奖僧侣'之旨意，于乾隆三年（一七三八年）修建四方殿和东西厢庙，乾隆十五年（一七五〇年）大殿八十一间，东西厢庙各五间和二门庙三间。乾隆二十一年（一七五六年）被正式钦命为惠宁寺。"

尹湛纳希阅罢碑文，心下自思道：据每日背诵的家谱所言，康熙四十九年（一七一〇年）十九岁的哈木巴雅斯呼郎袭了固山贝子，人称哈贝子。哈穆噶巴雅斯呼朗图，武功卓著，文治清明，屡减租税，兵精民丰，执政六十二年，是土默特右旗贝子执政年限最长者，也是一位颇有作为的贝子，论辈数是我的本家爷爷了，也是惠宁寺的第一代住持。

尹湛纳希阅罢碑文，继续前行，便发现殿前有十八株苍松，虬枝飘扬，绿意盎然，徐徐凉风吹过，顿觉清爽。有十来位身着一袭道袍、脚蹬皂鞋的小喇嘛，此时坐在树前石凳上，石凳上放茶壶一把，茶盏数个。人人皆手持黄卷，正在默诵经卷。看其年纪不过八九岁光景，和自己不相上下。但见梵音缭绕，时有法器之声传来，时有鸟儿在树上啼鸣，时有鸟儿在树上盘旋，时有落叶被风吹至足前，但这些稚气未脱的小喇嘛，均是置若罔闻。好似八大山人的禅画，让人不思尘世。尹湛纳希不觉看得呆了。心下自思：却为何？这惠宁寺诸多小喇嘛不去读书，却来寺院诵经？难怪漠南蒙古土地荒芜，无人耕种；牲畜无人放牧，唯见喇嘛成群。难道每日听来的歌谣是真？

　　为避徭税九出家，土地荒芜无人耕。

　　唯见喇嘛成群走，谁见牧童柳笛吹？

又见一个小喇嘛，抱着长长的大扫帚在清扫一尘不染的庭院。一下一下地，颇是认真，仿佛要把世间的尘念气息扫去。在这里无有躁动之心，却有宁静致远之境。

天王殿不时传来法器、木鱼之声，合着念诵之音，久久回旋不散。过了一个时辰，满优什伴神态凝重地从天王殿走出来，看到扫地的小喇嘛，不由道："巴图做事一向认真，这地扫得也是一尘不染，今日不做功课吗？"

巴图抬头看见施主是忠信府女主人满优什伴，不由合掌道："今日早起了一个时辰，功课提前做完了。昨夜风大竟刮了一夜，看院子落叶较多，故洒扫院子。洒扫院子，可去尘念气息，也是一门必作之功课。"

满优什伴道："听住持妙禅所言，你近来又迷上了诗词，还能作上几首诗词。正好，尹湛纳希今天也来了，你们两个认识一下，也是好的。因他喜好诗词，也想有个诗友，你们年岁相当，志趣自会相同。"

又唤过尹湛纳希道："这位是惠宁寺巴图法师，别看他年仅不大，却精通蒙语，医术也不错。"

巴图道："福晋过奖，小僧一向听惠宁寺长老所言，忠信府七爷才思敏捷，只是无缘得见。今日一见果然名不虚传。小僧不过略识几个字，初学诗词，略知皮毛而已，还望七爷多多指正为盼！"

尹湛纳希道："法师过谦，学无止境，共同切磋为好。"

这时，却听满优什伴对尹湛纳希道："你们初次相识，就这样投缘，可见是好的。巴图虽然和你年岁相当，蒙文、梵文、医学功底甚是了得，以后两下时常走动，取长补短，方为正事也。"

尹湛纳希见额吉如此说，便对巴图道："每年元宵节，我会编一些灯谜，让大家猜着玩，可巧昨个得空，编了几个灯谜，不知巴图法师可有兴趣猜猜呢？"

巴图不由笑道："果然有因缘也，我闲来也喜好编几个灯谜。让寺院的小僧猜着玩。这样吧，七爷先来，把你制的灯谜亮出来，看我猜得准不准，这样可好呢？"

尹湛纳希不由笑道："这真是踏破铁鞋无觅处，得来全不费工夫，想不到我的知音却应在惠宁寺！"

只听尹湛纳希又道："我的灯谜可在七绝里寻找。请法师仔细听。"说罢，便朗声念道：

天诟明镜高高复，灿烂绫绵层层铺。

火镰击石光闪闪，捋下簪镯铿铿丢。

这巴图也甚是了得，不过须臾工夫，答案已出。只听他清了清嗓子道："七爷说的是四种自然现象，天诟明镜说的是晴空，绫绵层层说的是云彩，火镰光闪说的是打闪，簪镯铿铿说的是雷。七爷，不知小僧说得可对？"尹湛纳希道："法师果然了得，说的正是这六样。"

巴图道："我的灯谜是时令语，也编在七绝里，七爷请听。"说罢，便大声念道：

碎玉琅嵌红珊瑚，天织凌条裹又箍。

巧配冰雪缘深厚，五天一遇就松缚。

尹湛纳希一听，不由得笑道："此谜虽编得不深，好在确是时令语。法师说的可是五月初五吃的江米粽子呢？"

巴图亦笑答："七爷所说不错，正是江米粽子！"

满优什伴道："我怎么听得一头雾水呢？第一句还好懂，只是这第二句第三句却甚是难解，为何说竹叶为天织的绫子？还有那冰雪之缘又是何意呢？"

巴图道："福晋且听，竹叶者自然生长之物，虽自生自长，如无天时不行，三九严冬时它就是天大的本领也不能发芽，只有天气变暖并有雨水滋润方能生长，这不是天令其生而生吗？另外那冰雪之厚缘是指人们吃粽子时用的冰糖和白糖。这不就明了。"

满优什伴道："巴图果然聪明，编的时令语新奇有趣，倒让我开了眼界。"

巴图道："福晋过奖，七爷编的谜语对仗工整，又在小僧之上，小僧佩服。"

满优什伴道："你们初次相识，就如此惬意，以后可时来时往也，况忠信府离惠宁寺也不甚远。"见巴图意犹未尽的样子，尹湛纳希不忍拂了他的雅兴，又道：

纸莺为友上青霄，弦声借媒送音遥。

饰被佳人增尤艳，传令酒席为使曹。

银末轻轻披地肤，玉屑纷纷来寒潮。

观音大士悬宝镜，玉皇天尊遗金瑶。（打四物）

巴图不由笑道："如果小僧猜得不错的话，七爷说的可是风、花、雪、月呢？"

尹湛纳希道："巴图法师果然聪明也，说的正是风花雪月。"

巴图道：

    仙翁指下悠音清，乐友几上战乱兴。

    翻复观览详今古，青山白云远近明。（打四物）

尹湛纳希道："说的可是琴棋书画呢。"

巴图道："是，正是琴棋书画。"两个人还想接着往下打擂台，却听仆人回禀道："时辰已到，福晋该回府去了。"

满优什伬看两个人虽是初识，便有汝浓吾浓之意。不由笑道："来日方长，后会有期，初识相惬，俨然一对老友，还愁未有相见时日吗？况忠信府离惠宁寺也不远。两个人时来走走便可！"说罢，便拉着尹湛纳希的手向轿辇方向而去。轮子一转，去时便远。

尹湛纳希掀开纱幔向巴图望去，巴图紧随其后跟在轿辇后边，走了很长时间，直至看不见轿辇的影子，方才向寺院回转而去。

这正是：

    学海遨游抒华章，醉情山水任徜徉。

    青毡邂逅不言悔，休管他人笑我狂。

第十一章

妙手丹青常写意，皴擦晕染堪为痴

诗曰：

　　蟾宫折桂道传奇，恪守梅兰志不移。

　　妙笔生花常写意，皴擦晕染最为痴。

　　时光荏苒，不知不觉，尹湛纳希已经十岁了，在父王旺钦巴拉的言传身教之下，果然不负众望，诗才渐露锋芒。旺钦巴拉甚是欣慰，专为他请了满汉文老师，这孩子虽然顽劣异常，但聪明过人，有过目不忘之才。前些时，观赏五哥贡纳楚克仿赝朱耷画作《牡丹松石图》，看五哥不过短短几年之间，书艺大进，甚是羡慕，竟也动了学画的念想，缠着额吉务要学画不可，额吉本喜书画，也想让他学画，但父王旺钦巴拉看好他习文之才华，觉得他暂时不能分心太重。尹湛纳希见父王久不承应，不觉动了小儿心性。心下自思：父王不予答应，想来必是怕我分心之故，先不言语。待我前往五哥贡纳楚克处借得画册回来，先自研习一番，画得好了，必会打动额吉，再让额吉前去说和，必成也。

　　尹湛纳希如此想来，便把额吉才赏的奶皮、干酪一样装了一小袋，便朝五哥贡纳楚克处走来。这五哥贡纳楚克因打小过继诚信府，因受人排挤，在诚信府过得甚不如意额吉为此事时常淌眼抹泪。贡纳楚克身子本来就弱，经不得此事，病得很重，故接来小住，家人时时宽慰，如今才好些。

　　因平素最喜来山轩那边风景，故住在芍药轩养病。因离来山轩不远，可时去赏春。芍药轩不过是一个二进院落，因喜此处那几竿竹子，且建有一兰亭，金石字画皆存放于此，阅画甚是方便，故再三请求父王。旺钦巴拉知他嗜好书画，时常在此临摹山水，必有好处，便依了他，派家人洒扫一番，贡纳楚克自此便住在来山轩。每日推窗便可俯瞰绿波亭上风景，临摹湖光山色入画，但得天气晴时，便渡船至来山轩那边去取景，不觉画稿层层叠加，竟有尺厚，比起西府日子竟惬意许多。

五哥贡纳楚克才华横溢，风流倜傥，诗文皆佳。学画不过几年，竟然大成。所画山水，自成一派，一时间，漠南那风雅的八旗子弟皆来索画，络绎不绝，倒给这清静之地芍药轩平添一丝热闹。

这日，贡纳楚克才在扇面之上绘得一幅兰图，题跋处方才留诗一首：

叶落花开一念间，轮回尘世度流年。

玉兰本为瑶池客，飞花过后道缠绵。

写毕，把笔挂在笔架之上，关了砚盒。取过诸葛羽扇才摇两下。却见门外一闪，身着一袭鹦哥绿长袍的小童，便闪至书房，抬眼一望，调皮的小弟尹湛纳希已飘至书案。

只见尹湛纳希手里拿着一个卷轴，拉拽着他的青衫道："五哥，五哥，这是小弟才画的梅雀图，你帮小弟瞅瞅，画得可成样子？"五哥贡纳楚克道："去，去，去，父王不同意你习画，还是少来烦兄长才是。听父王的话没错，还是好好研习蒙汉满文才是正理！"

尹湛纳希道："小弟何曾不听父王的话来，这两天，翁台讲了《三国演义》的故事，小弟对关羽甚是佩服，还曾写过一首诗呢？也得到翁台的认可。好哥哥，依小弟思来，学文不会和学画冲突，你就教教小弟，可好？"

尹湛纳希怕五哥又要推却，便道："好哥哥，你就看上一眼，如若小弟画得不像样子，再拒绝也不为迟啊，如何呢？"贡纳楚克被缠得无奈，只得往画上溜了一眼，谁知就这一瞅，却发现了七只形状各异的小鸟，有的栖于梅枝之上，有的振翅欲飞，有的支棱着身子，有的向下俯视。正侧、反侧画得是惟妙惟肖。更让人称绝的是，墨色搭配也甚是典雅，只取三色晕染，底色以橘黄搭色，树干以墨绿赤色互搭，簇簇梅花含苞待放，可说是好画一幅也。

不由说道："想不到七弟聪慧过人，若不学画，倒可惜了你这个人。待我抽得空来，亲自为你在父王面前美言两句。"尹湛纳希乃绝顶聪明之人，见五哥口风软了，知道有门，故道："那五哥可把芥子园画册、八大山人书画借小弟一阅，如何？小弟尤爱书中青山绿水，朝霞暮虹。"

贡纳楚克知尹湛纳希甚是难缠，不达目的，誓不罢休。便道："芥子园画册乃是康熙年间，五色套版印刷而成，甚是珍贵，寻访多年方得，岂可相借与你。"尹湛纳希见五哥又在深拒，不由相求道："尹湛纳希求求五哥了，可把八大山人画册借小弟相看一下，如何？小弟定会爱护有加，不会折损书页，可好？"

贡纳楚克心想，看来今个这尹湛纳希借阅不到，明日定会又来相扰，不由拿出一册八大山人画册道："你先看着玩，可别弄坏了，这书也是不易得的，听到了没有？"尹湛纳希一见五哥应允了，不由得高兴，并道："谢谢五哥成全。"说罢，把手里拎的奶皮、干酪随手丢置桌上。摞起帘子，一股风似的去了。

贡纳楚克不由追出来道："七弟慢走，依我看还是回家去吧！省得额吉又为你操心。"

尹湛纳希边跑边回头道："小弟知道了，五哥去忙吧，异日如有画理不通之处，还要相扰兄长。"

贡纳楚克望着尹湛纳希远去的背影，不由摇了摇头，暗道：依我看这尹湛纳希七弟，虽然人小，心气却大，日后必成大器也。

如今且说为贡纳楚克延请的画师牛朝月。这牛朝月姓牛，名浮，字朝月，本是湘西人。来漠南不过三载时光，在忠信王府十里之外租了一处院子，这院子本是一位破落台吉满都拉图的旧院子，因走私鸦片获罪，满门抄斩。故全家老少皆死于非命，无一幸免，院子皆荒废了，满园杂草丛生，人人皆视为不吉之处，无人居住。

这牛朝月虽然系一介汉人，才华横溢，学富五车，却屡试不第。旧年间从长安迁徙湘西，得道台大人赏识，尊为门客，代为管理府尹文书，方才有容身之处。谁料想这道台长子甚不争气，私通海域贩卖鸦片，被朝廷查处，定罪抄家，祸及全家。道台一门戴枷进京，革职查办。

牛朝月生活无着，无有容身之处。因在道台府第管理文书之时，相交挚友郭尘明，尘明知他落难之中，再去寻找门客之职也是不易之事，急需银子救助。然他也是清寒文人一介，不过只有二两白银而已，自己留了一两，余下一两白银相赠朝月。并道："本以为与兄台两下造会，异日同取功名，谁曾想造化弄人，相识不过三月，却要各奔东西，兄台可曾打算要去哪里高就？"

牛朝月道："听闻蒙地有忠信王府旺钦巴拉家下招募门客，相待甚厚，意欲前往附就，以解燃眉之急。"

郭尘明道："只是漠南离此地甚远，兄台此去，无有人举荐，恐怕难成。"

牛朝月道："如今且去一试，漠南忠信王府旺钦巴拉甚是惜才，里中皆言：忠信一门，以诚信守家，以礼相待门客，但凡有才者，皆是重用不弃。加之王府藏书不下万册，皆为世间不可多得的奇书。家下诸子皆为才子，有一门三父子，皆为执笔人之说，我也想去见识一下，如若能进身王府，一来食禄无忧，二来又可阅尽天下藏书，何乐而不为呢？"

郭尘明见牛朝月去意已决，便道："但愿兄台此行，能如愿而成，待兄台在王府站稳脚跟了，小弟就去漠南去寻你，可好。"

牛朝月道："一言为定，贤弟就此相别吧，异日再会。"说罢，拜别郭尘明匆匆上路了。

晓行夜宿之间，过雁门关，经杀虎口，方至归化。一路风餐露宿，走了数日，不觉已至漠南地界。这里民风淳朴，家家圈养牛羊，所见皆为习武之人，习文之人却甚是稀少，心下甚明，清朝陋习，奉行黄教，八旗子弟不设延考制博取功名，只取世荫制博得功名。

几经打听，方才寻到忠信王府，写了拜帖呈于门公，然不过是石沉大海，不见回音。心下甚明：自己一介寒士，无有余钱打点牙丁，碰壁而回在所难免。身处异乡，无有名人举荐，不过是无望之举，故此息了念头，权且找了一处废园。日间不过画些书画，再拿到离忠信王府最近的那条街去卖画，想攒上几两银子再去王府打点牙丁。

连去三日，不曾卖得一幅字画，眼见得天快冷了，连炭火炊米资金也未存下一两，不觉甚是惆怅。心下不由暗忖道：果然如尘明所言，这里以尚武为荣，习文不过是水中望月。这如今，却如何处，若再卖不了字画，耽搁下去，岂不是命悬一线？

这日，正准备收拾画摊之时。却见从南走来一位公子哥，举止风雅，有玉树临风之态，长得眉清目秀，相看之下便瞅出七八分，想来此位不是武生，必是一位书生。但见他快步朝这厢走来道："这位先生且慢走一步，待我阅过此画，再去不迟。"牛朝月定眼一瞅，此位公子身着一袭淡青蒙古长袍，外搭一白毛鼠皮坎肩，衬得脸色好看，手里摇着诸葛羽扇，越显风雅。年纪不过二七，正细细地瞅着日间所画字画出神，良久方抬起那一双美目道："此画甚好。这五幅我都买了，不知这样的画作，家下还有几幅？明日再拿来三幅便可。"牛朝月不由惊诧道："这位公子，你是说这五幅全要？明日再要三幅？"那位公子道："正是！"说罢，把三两银子递给牛朝月道："这些银子可够，明日依此再绘三幅，拿来便可。"说罢，让仆人卷起画轴，拐过一个小胡同，牛朝月追随着望去，眼见得两个人飘进忠信王府去了。

牛朝月心下不由自思道："此位公子却是何人？年纪甚轻，却甚是识宝，莫不是王爷的五公子贡纳楚克？人人皆言忠信王府五公子贡纳楚克最擅丹青，有画痴之称？牛朝月心下揣测，按下不表。

这正是：

潦倒贫穷一夕别，花青数点不应缺。

画摊邂逅王公子，纵笔凌云远景绝。

第十二章

谁家玉盘飞天空，清雅月色布苍穹

诗曰：

谁家玉盘飞天空，清雅月色布苍穹。

风被镜挡逃逸去，浮云随风飘无踪。

说来这贡纳楚克也甚是可怜，还在尹湛纳希未出生之前，便过继给诚信府死去的玛苏卡为嗣，这诚信府名为诚信府却失信于诚信府，自从过继以来，便受到扎木巴勒扎布排挤，引起了两府长达三年的诉讼，王爷为此操碎了心。

贡纳楚克在诚信府经常受到责骂，甚至受到鞭打，每来忠信府小住之时，尹湛纳希时来相望，两个人时常以联诗为趣，相处甚欢。

贡纳楚克工于翰墨，书法也写得飘逸不俗。这日，午觉才起，准备绘一幅四条屏的梅兰竹菊，因他见尹湛纳希书房四面墙上似雪洞一般，需要字画装饰方才好看。才泼墨画了梅枝，却见尹湛纳希拿着一沓诗稿走来。尚未进门便闻其声，只听他道："五哥又在作画？这是小弟近来所写诗词，你闲暇时可帮小弟瞅瞅，可有不妥之处？对了，小弟明日陪额吉去惠宁寺进香，听说那里的熟宣生宣卖得不错，小弟寻思给哥哥带几沓回来，可好？"

贡纳楚克见尹湛纳希虽然不大，却甚是知冷知热，不由得眼圈红了。半日方道："难得七弟时常惦念，前日已从管家庆顺处领来数沓宣纸，可用数月。七弟，如果碰上可心的小楷、银毫、中兼毫，一样买几支来便成。"

尹湛纳希道："五哥还要什么？尽管说来就是。"

贡纳楚克道："就买这两样就成。"又道，"你且过来瞅瞅，这梅枝画得可好？"

尹湛纳希见了，不由询问道："尺楼如此之长，难不成要画六尺梅花不成？"贡纳楚克道："否，梅兰竹菊依样画两尺，共计六尺？"

尹湛纳希听了，不由道："文人墨客皆喜四君子，却是何人有此艳福，竟得五哥垂青？"贡纳楚克听了不由笑道："此人远在天边，近在眼前。"尹湛纳希不由雀跃道："难不成此画系为我而作？"贡纳楚克："正是为七弟而作，不知可曾喜欢。"尹湛纳希道："小弟甚是期待，岂有不喜之理？正琢磨着书房似雪洞一般，需书画点缀一二，没承想这四条屏梅兰竹菊便从天而降，如此一来，书房定会蓬荜生辉也！"

贡纳楚克道："七弟时时惦念于我，兄长只会取景泼墨，见七弟书房恰似雪洞，便用眼丈量墙壁尺寸，依我思来六尺正合适不过。"

尹湛纳希听了，不由抱拳道："谢兄长垂爱，小弟没齿难忘，就此别过，待画成之时，再来叨扰。"贡纳楚克送至门口，瞅着尹湛纳希穿过竹林径自去了，方才回转而来。

惠宁寺每年的六月十五有赶庙会习俗，寺内有戏楼唱戏，殿前跳布扎风俗，最多时有百十人登台表演，文人骚客、佛教徒皆云集于此，可说是热闹非凡。尹湛纳希时常听几位兄长言及惠宁寺庙会盛况，又见几位哥哥所作诗词，心下更是神往。

今个早晨，去向额吉满优什佧请安时，额吉见他来了，不由拉着他的手道："你父王近来考察你们弟兄几个课业，说你进步神速。又听你翁台江左承所言，弟兄之中，你诗才敏捷，不亚于八岁成诗的骆宾王，心下大喜，额吉明日去惠宁进香，顺便带着你瞅瞅庙会盛况。"

尹湛纳希听后，不由喜形于色道："孩儿时常听惠宁寺的喇嘛讲关帝庙的典故，对庙会自是神驰已久。听几个兄长讲距忠信府东二里处有一座乾隆年间建造的喇嘛庙。乡谚有'有名的喇嘛三千六，无名的喇嘛赛牛毛'之说，每当盂盆兰、活佛节，远到阜新、锦州、朝阳、喀喇沁的朝圣者皆会云集于此，可说是佛教圣地，可是这样吗？"

满优什佧道："山门惠宁寺是乾隆皇帝御笔钦题，共有一百六十九间殿堂，其中最著名的是七大殿，有山门殿、天王殿、讲经殿、老爷殿、弥勒殿、药王殿、钟楼殿等，一天是逛不完的，去了惠宁寺你就知道了，快点歇息去吧，明日辰时，就得起程。"

第二天辰时一刻，满优什佧带若干仆人向惠宁寺方向而去，好在离得也不甚远，不过三里之遥，一个时辰便到了。住持妙禅一见车马到了，忙忙地迎进天王殿去了。

虽说尹湛纳希是第二次随额吉去惠宁寺进香，逛庙会还是头一遭，心里只记挂着和众喇嘛学习梵文之事，还惦记着和巴图联诗之事，逛庙会倒在其次。惠宁寺的众喇嘛一见尹湛纳希来了，都面带喜色。尹湛纳希见大喇嘛罗布生仁席地而坐，众喇嘛围坐一圈正在诵经，忙忙地凑在大喇嘛身旁，双手合十，口中也在振振有词。他见诵经人数恰好是十八人，暗合十八罗汉，竟缠着二喇嘛嘎拉增让讲解十八罗汉的起源，起源明了，又缠着大喇嘛罗布生仁表演十八罗汉手舞足蹈之动作，弄得大喇嘛哭笑不得。每至此时，善解人意的巴图总是上前解围。大喇嘛总会破例让巴图提前离席，随尹湛纳希而去。

两个人出了正殿，巴图道："既然来了，岂可不至惠宁寺一观查玛舞，相信七爷一定会喜欢。"

尹湛纳希道："何为查玛舞？却是不知？"巴图道："查玛舞距今已有百年历史，是驱鬼酬神、惩恶扬善的宗教舞蹈。"

但见锣鼓喧天、唢呐声声之中，伴着粗犷神秘的音乐，头戴牛、鹿、狮子、蝴蝶、海螺等面具的众神降临人间。众喇嘛的精彩表演，使人仿佛置身于神秘庄严的寺庙祭祀中。尹湛纳希不由笑道："想不到这查玛舞如此有趣，倒让我开了眼界，我最喜欢的角色是海螺神，巴图，你喜欢哪个角色呢？"巴图道："我喜欢的角色是蝴蝶，因为轻灵飘逸。"

巴图边说边拉着尹湛纳希的手，喋喋不休道："时光恰如白驹过隙，距上次分手，已有一载光阴，还以为七爷把我忘了呢，盼星星盼月亮，可把七爷给盼到了。今个儿怎么有空到此呢？"

尹湛纳希道："陪额吉进香，随便逛逛庙会，其实意在与你一起联诗，逛庙会倒是其次。我这次来是告诉你一个好消息，忠信府每逢佳节，必请戏班子进府唱上几出大戏，到时你可来荟芳园的绿波亭来对月饮酒，我已和几位哥哥言明，到时我们举行盛大的赛诗会，岂不惬意。"

巴图怯怯道："我乃一介平民，以喇嘛身份进王府听戏，可曾妥帖？"尹湛纳希道："贫富只是俗世之人看法，依我看来，有些富人虽然过着锦衣玉食之生活，做的却是荒淫无度之丑事。正所谓：'金玉其外，败絮其中。'闻着竟有一股子腐朽之气，还不如你这青毡之友。"

巴图听了不由雀跃道："有七爷这句话，我就放心了。好，一言为定，你若闲暇之时，就来惠宁寺小聚，我若得闲之时，便去忠信府寻你，这样岂不两下方便？"

尹湛纳希道："如此甚好！一言为定！"两个人正说着话，便见牧仁喇嘛从禅房出来，尹湛纳希忙道："巴图，你且等一下，我有事相问牧仁喇嘛。"

牧仁喇嘛一见尹湛纳希，不由笑道："想不到数年未见，七爷却长这么高了，最近在读甚书呢？"

尹湛纳希道："不过读些四书五经而已，闲时来寺院走走，学些梵文，佛家经典以增阅历。对了，法师，尹湛纳希近来拜读《关帝灵签》，对书中百卦有不解之处，还望法师代为释怀，如何？"

牧仁道："据我所知，《关帝灵签》均以史事或传说为底由，并非卦中之书。例如：'第四，下下，小秦王三爱山河'；'第六，下下，相如完璧归赵'；'第七，大吉，吕洞宾救妇'；'第九，大吉，宋太祖陈桥登基'；'第十五，中平，张君瑞慕莺莺'；'第二十二，上吉，贵妃遇明皇'；'第十三，中平，柳毅传书'；'第六十九，上上，百里奚投秦'等等。均以宣讲历史和文学为旨。"

尹湛纳希道："尹湛纳希向来读书以通达为己任，对各种知识多方涉猎也不失为好事，还望法师成全！"

牧仁道："好一个博览全书的奇儿，就冲这个，我也要为你破译迷中之局了。下次来寺时，带上《关帝灵签》，以解疑惑便是。"

尹湛纳希一见牧仁喇嘛准了，合十顶礼别过牧仁之后，方才兴冲冲地随额吉一同返回忠信府。

才至忠信府院墙外，便窥见家仆宝成此时正蜷缩在墙角，用破干瓢做烟灯，用罂粟果壳做烟枪，自我陶醉地吸着鸦片。尹湛纳希一见不由甚是气愤，忙下轿辇向着宝成走去。

宝成见了尹湛纳希也不下拜，只是用浑浊的眼神望着尹湛纳希，依旧吸食着鸦片。什么主子仆人之分，在他眼里不过是过眼云烟，只有这吸食的鸦片方是至宝，两个人就这样对视了许久，空气仿佛凝固一般。尹湛纳希默默地看着他把这一枪罂粟吸完，冷冷地问道："过瘾了？登仙了？"

宝成见尹湛纳希如此相问，玩世不恭地嘻嘻一笑道："这鸦片真是好，金银珠宝、万亩良田、妻妾成群、牛羊成群皆而有之，七爷你不来尝尝，真是可惜了。"

尹湛纳希道："你成仙不过是一时，而毁灭却在一世。你年不过五八，却骨瘦如柴。家中上有七旬老母，下有一双儿女，难道就不为他们着想？你先是卖掉了仅有的二亩山坡地，继而又卖掉了两间土房，难不成以后还要卖掉七旬老母及一双儿女？"

宝成见尹湛纳希提及七旬老母，不由涕泪横流道："七爷，这些事我何曾不知晓呢？只是一日吸食，终身难戒啊！"

尹湛纳希一见宝成似有悔改之意，忙把身上的白玉鼻烟壶和五吊钱递给他道："依我想来，一下子戒不掉，可以逐渐减量，待把这五吊钱花完了，你就不用去花钱去卖鸦片了，如何？"

宝成被尹湛纳希的一片苦心打动，不由双膝一跪道："七爷大恩大德，没齿难忘，奴才一定改过自新，方不负七爷一片苦心。"说罢，便拿起破帽子戴上，然后一瘸一拐地去了。

尹湛纳希望着宝成瘦弱枯槁的身影渐行渐远，不由心下惆思道："如今这卓索图盟、阜新多有八旗子弟恶习甚重，斗促、赌博、偷盗、吸食鸦片随处可见，如今连生活无着、朝不保夕的宝成也误入歧途，吸食起了鸦片，看来鸦片流毒实是害人不浅。如今田间地头的罂粟花开得正是灿烂之时，何不斩草除根，以绝后患呢？"

想罢，便招呼书墨几个侍从，把家里菜园子做药材用的罂粟花统统拔掉了，连同忠信府附近包括王府种植的罂粟都偷偷拔掉了。

额吉满优什作知道此事后，并无过多苛责于他，只对他说了两点："但凡做事，务要三思而后行，念在你爱国之心可嘉，就不多苛责于你。家里菜园子所种罂粟并非吸食之用，只是做药材而用。自乾隆末年以来，自京师起，概乎四方，大抵富户变穷户，贫户变饿者，四民之首，奔走下贱，各省大局，岌岌乎不可以支日月，奚暇问年岁？

"鸦片已由沿海至内地蔓延，就连土默特这个偏僻的山村也有多人染上了烟瘾。自家种植罂粟以作药引，只是以备不时之需。如今家下艰难，一日难似一日，本以为可省去几两银子。你既然拔了也就莫提了。但吾儿务要懂得，英蛮入侵，朝廷腐败，方使鸦片流毒屡禁不止，国中蔓延。现如今这卓索图盟八旗子弟多有吸食，长此下去，贻害无穷，罂粟不除，家国难保，唯有根治吏治，禁止大面积种植，方可保国安，民安也！那边王府种植大片鸦片，用来吸食也是不争事实。然吾儿贸然拔除，王府一旦知晓，必不会善罢甘休，况与你父政见不合，素有隔阂，必来挑衅，又要费些周折，不知孩儿

110

可曾明白？"

尹湛纳希听额吉所言，如醍醐灌顶，茅塞顿开。不由对额吉道："愚儿做事，尚欠妥帖。适才听额吉一席话，胜读十年书也。愚儿晓得了，但凡做事，务要三思而后行，以后谨遵额吉教诲才是正理！"

这正是：

慈母睿智灌醍醐，始有愚儿茅塞开。

经年难忘音容貌，留得青史百代来。

第十三章

秋风萧瑟家道落，台吉离世实堪伤

诗曰：

> 朱门危栏束吾身，人情世态何曾明？
> 斗转星移天河隐，水流絮飞落店门。
> 哀怨共临虽在数，灾祸相伴岂凤因？
> 世人纵有悲痛事，焉有不才苦难深。

一八四七年冬天的那场雪，对尹湛纳希来说终生难忘，大凌河周遭的村庄皆挂满了白霜。大凌河提前半个月就封冻了，封冻的不只是河流，还有悲伤的情感。忠信府笼罩在悲情的阴影里，门前的红灯笼折射一地阴影，发出一抹惨淡之光。因为忠信府旺钦巴拉身染重病，卧床不起了。

春节刚过，正月初九辰时，旺钦巴拉望着围在身旁的满优什伾及四个娇儿，断断续续道："父王不济，想来再无相守之时。唯愿吾儿善待额吉，颐养天年；唯愿吾儿秉承父志，查阅史章，校点清稿，续写鸿篇巨作《青史演义》，他年相祭之时，权且以一部书稿，告慰九泉……"说罢，溘然去世，享年五十三岁。满优什伾悲痛欲绝，望着地上四个娇儿及家人，只能强忍悲痛吩咐庆顺办理停灵事宜。待七七过后，满优什伾方才缓过劲来，每日面对寂寥的院子、空寂的房子、尚未成年的孩子、纵有眼泪终唤不醒远去的王爷，唯有坚强地活着，才能真正地撑起这个摇摇欲坠的家。

忠信府经此变故后，尹湛纳希好似脱胎换骨，渐知人事，懂得体恤额吉了。往日任性烟消云散，变得乖觉许多。为完成父王遗愿，尹湛纳希和六哥嵩威丹忠在古拉兰萨的指导下，第一次走进了楚宝堂，开始熟悉父王未完的手稿《青史演义》。尹湛纳希和六哥嵩威丹忠看了父王所写提纲，但见历史人物众多，人物繁杂，场面恢宏，涉猎多广，堪称一部大作。而他们对蒙古历史知之甚少，要想续写《青史演义》简直比登天还难。

但尹湛纳希做事认真，执着，果敢，这一点像极了旺钦巴拉。但凡他认定之事，务要促成。从此，尹湛纳希一有空闲，便在浩瀚的历史中穿行。在楚宝堂研究历史、民俗，务要理出头绪才走出书屋。然而历史事件不容半点虚构，要想写成文学巨著也不是易事。随着研究历史的深入，渐渐能分析鉴别真伪了。阅读了藏书楼上万册藏书，做了大量笔记，又到内蒙古诸旗藏书楼借阅了一些图书，还到承德文津阁皇家图书馆借阅了有关书籍。

尹湛纳希和六哥嵩威丹忠这才准备动手写这部巨著，然而文学语言应用起来不娴熟，写出来的东西牵强别扭，和父王所写八章衔接不上，加之对古蒙语知之甚少，难以驾驭蒙古历史，试写多次，屡屡失败，故多次搁笔。

尹湛纳希心下暗揣：若想完成鸿篇巨制，唯有系统学习蒙古历史、文学语言精炼，方能出彩。故和额吉、兄长古拉兰萨协商，决定去北京西城白塔寺向香客学习古蒙语。

按《理藩院则列》规定，协理四等台吉由二十五岁的长子古拉兰萨承继。据大清律规，协理台吉在正式任职之前，要朝觐道光皇帝。

事情一经敲定，满优什佲便为尹湛纳希准备进京一应物件。起初还在犯嘀咕，尹湛纳希此去京城，一去便是三年。书童、管家、丫鬟各带一个，自不必说，大管家庆顺办事利落，如今家下诸事皆离他不得，二管家柱子又是初次进城，应变能力不及大管家庆顺，这事能成吗？

古拉兰萨素知额吉溺爱尹湛纳希，这次又是久别，生怕他受一点委屈。故宽慰道："好男儿志在四方，父王在世时，对尹湛纳希期望甚高，事实证明尹湛纳希文采又在几个弟兄之上。他办事执着果敢，对国中历史、人文历史沿革甚是精通，那股韧劲很像父王。依我看来，续写《青史演义》非他莫属。那二管家柱子经历多广，办事老到，只是未曾出过远门而已，估计也差不到哪去。正好兰儿要进京朝觐道光皇帝，弟兄两个可一路同行，一来省去诸多麻烦，二来两下照应，也不用悬心，额吉还有什么不放心的呢？"

满优什佲听兰儿如此言说，细想一下，也是这么个理。方才说道："依额吉想来，你至京城后，可先行把尹湛纳希奴仆安排在白塔寺，再去朝觐道光皇帝，不知可好？"

古拉兰萨道："额吉尽管放心，兰儿此番是提前进京，诸事皆来得及，待七弟之事安排妥帖后，再去办正事也不为迟。"满优什佧见兰儿如此言说，方才放下心来。

这年农历十月，古拉兰萨进京朝觐圣上，尹湛纳希带管家、书童一行数人随行。一路上，古拉兰萨与尹湛纳希侃侃而谈。古拉兰萨意味深长地叮咛尹湛纳希道："续写先父所撰八章，务以通俗语言方好。还有一事，七弟需要注意，蒙古人历来有天父地母之说，长生天不可不言，萨满代表蒙古族精神的火焰，要想写好青史演义，必须写出萨满具有通天达地之气势，只有这样才能写出蒙古人被长生天赋予心灵爆发之力量。"

尹湛纳希道："依弟思来，四大五常也不可不言，因为这是仁者必备条件之一，唯有把四大五常写进书中，方能体现天人合一之境界也。"

古拉兰萨道："儒家所言是三纲五常，三纲即君为臣纲、父为子纲、夫为妻纲，五常所指亦是相同，不过是仁、义、礼、智、信而已，只是愚兄不明，小弟这里所指的四大却为何物？"

尹湛纳希道："小弟这里所指的四大是从儒学变通而来，指的是：'天、地、君、父'，孔夫子所言：'事有本末，物有始终。'故世人应懂得自己的宗族起源。小弟从幼时就耳濡目染成吉思汗及九大臣子驰骋疆场之事，对征战之事颇有兴趣。历来文人所书皆以征战为主，但对圣祖开创元朝基业，奔波六十六年创建天下却无人知晓，岂不令人痛心？依小弟思来，若把圣祖体恤下情、爱国情怀浓缩笔端，想来会更有意义，因为一个民族的兴起固然与马鞍为主，但必不可少的怜民政策也是激发臣子向上的精神所在。"

古拉兰萨道："七弟所言甚是，依我思来，只有把本民族文化与中原文化相融，写出一个廉政爱民、恩威并重的圣祖形象方才能唤起蒙古人的爱国情怀、民族情怀，不知愚兄所言可对？"

尹湛纳希道："人生一世，草长一秋，纵观历朝历代，只有别具一格的传奇历史故事方能百世流芳。小弟虽不才，务要以史为鉴，写出这部元朝正史传布天下，也只有这样才不致虚度年华，唯愿百年之后，我的名字与我的史书一起留于蒙古人心中，千秋万载永世不烂，不毁，不破！"

古拉兰萨道："小弟有此抱负，父王泉下有知，亦可心安也！"

尹湛纳希道："小弟唯有倾尽所学，从大元朝十部史书和传略、故事、演义、史记，以及各种史略中搜集正典，从严核实，精心续写，以成父志。然目前尚存《纲目》之年限，对太祖四十五岁登基的丙寅年以前之事无有记载，蒙古将军之名和国家部落、地区名称知之不详，如要叙述倒是难事了，兄长依你之见，如何处理呢？"

古拉兰萨道："小弟才华横溢，有此雄心，何愁不成《青史演义》。依愚兄看来，若要写好这部鸿篇巨制，务要遵循历史，查阅史籍正典，待七弟书成之日，兄长定会为你祝贺。一来蒙古终有传记问世，二来无愧于黄金家族二十八代传人，三来无愧漠南诗缨之家称号！"

尹湛纳希道："兄长所言甚是，譬如清朝建立以后，把明朝末年的著名学者金圣叹先生杀掉了，人虽然被杀掉了，但他的智慧和声誉谁能杀得了？"

古拉兰萨道："七弟所言甚是，只这一句'千古绝吟太白诗；大江东去学士词。'便创下了前无古人后无来者之气势，如今已成文人墨客座右铭也。这就是读书之好处了。"

尹湛纳希道："尤其佩服他不畏权贵之风骨了，依稀记得他迫于母命，去钱府给舅父钱谦益做寿时曾写过这样一联：一个文官小花脸；三朝元老大奸臣。"

古拉兰萨听尹湛纳希如此言说，不由笑道："想不到七弟虽小，却涉猎多种书籍。金圣叹曾是'童子试'的榜首，少年时佳名即传遍乡里；后来因批点《西厢记》《水浒传》而名噪天下。七弟如有兴趣，日后于你借阅便是。"

古拉兰萨言毕，便低头在素笺之上写了一首《朝觐路上》：

> 万世绵绵作话柄，秦皇贻笑故长城。
>
> 雄兵黔首力耗尽，孝子忠臣骸骨坑。
>
> 齐岭筑城通印度，入云连海世绝功。
>
> 千年坚固人罕见，莫若吾皇玉陛宏。

尹湛纳希看了此诗，觉得诗风一改往日落寞之态，大有歌功颂德之意。不由相问古拉兰萨道："依小弟看来，兄长此诗与往日所作'绣窗日落朦胧时，玉室人凄赤泪滴。庭院静洁云心浮，春花满地葬无期'甚是不同，阅《朝觐路上》倒有歌功颂德之意，难不成兄长对仕途抱有梦想？"

古拉兰萨道："身为蒙古男儿，理应像父王那样，驰骋疆场，尽忠报效朝廷。"

尹湛纳希听后，甚是佩服，不由道："如此甚好，一来可使额吉欣慰，二来不负黄金家族,三来家长居官,家下便可大安!"

古拉兰萨不由感慨道:"自从父王去后,七弟渐知人事,懂得体恤家人了,我心甚慰也。此去白塔,三年有余,七弟务要珍惜此次机会,认真学习蒙古语言,以承父志。如有所需,来信告知便可,不可过俭。"

尹湛纳希道:"家道艰难,全靠兄长俸禄养家,实属不易,如有所需,必须添置之时,去信告知兄长便是。"

再说尹湛纳希所去北京西城白塔寺,也叫妙应寺,俗称白塔寺,位于北京市西城区阜成门内大街上。它始建于元代,原名大圣寿万安寺,寺内的白塔是国中所存最早、规模最大的喇嘛塔。香火繁盛,寺内宝鼎氤氲不散,香客皆从四方云集而来,里面多有精通古蒙语的贤才大德聚此,为了不使《青史演义》中途遗弃,尹湛纳希行前已在心中立下宏愿,为承父志,三年期满,务要载誉而归,续写《青史演义》。

古拉兰萨、尹湛纳希一行数人至白塔寺时,已是十月二十五日,正逢寺内转塔时节。但见寺内喇嘛身着蓝色衲衣,排成一行,绕白塔一周,诵经奏乐,虔诚祈福,甚是庄严殊胜,善男信女摩肩接踵,场面甚为热闹。

尹湛纳希初来乍到,万事觉得新奇,不时询问古拉兰萨诸多问题,古拉兰萨对七弟甚为耐心,但凡晓得,总是不厌其烦,一一讲解,以满足他的求知欲与好奇心。

待见过白塔住持伊希扎木苏,寻到一间僧房,正好够三人居住,又吩咐二管家柱子一番,方才离寺,进京朝觐道光皇帝。

满优什伤自从旺钦巴拉去世之后,诸事亲力亲为,身心俱疲,渐见憔悴。初时尚有古拉兰萨相帮,还不觉得什么,如今这古拉兰萨一去京城,好似失了主心骨,相商之人竟无一人。嵩威丹忠虽说年方十五,一向以读书为业,也帮不上甚忙。

贡纳楚克处境不堪,忠信府与诚信府打了数年官司,耗银数千,方才争得一席之位,不过才有一个栖身之处,生性又懦弱不堪,只有为他遮风挡雨的分,又岂能让他为额吉分忧?

倏忽之间,已至二月。满优什伤掐指一算,尹湛纳希离开忠信府已有六月之久,也不知娇儿在那边一向可好?可通古蒙语?每日清汤素食可曾习惯?连日来,古拉兰萨旗务冗繁之余,尚在蒙译《水浒传》,时常挑灯夜战。自从朝觐

116

圣上归来后，诸事也是不顺，从他前日所作《世事如儿戏》便可窥见一斑：

　　　　大千之事如儿戏，俗众缘何信无瑕。

　　　　欲知时尚请尝胆，欲晓人情可赏花。

　　　　兴来黄菊三杯酒，愁去青烛卷一札。

　　　　雕窗日落黄昏降，对景伤情乱如麻。

与《朝觐路上》竟是两种境界，想来这孩儿是遇上难事了。看着日渐憔悴的古拉兰萨，满优什伲看在眼里，疼在心上。这孩子心事太重，万事装在心间，不与人言。加之旗务繁杂，夫妻不睦也是日渐憔悴的原因。想到此，满优什伲不由幽幽地叹了口气。好在她心胸甚是宽阔，似大海一般，诸事皆能迎刃而解，全凭她有一颗坚忍之心而已，这也是尹湛纳希对她依恋的原因之一。

　　这正是：

　　　　家道艰难寡母孤，冗繁旗务赛流珠。

　　　　兴来黄酒三杯酒，万物萧条一叶枯。

第十四章

新译红楼妙趣多，几多玩味在深秋

诗曰：

秋夜推窗闻鸟落，月光如水映清辉。

西风吹散寒塘影。苍穹唯见数颗星。

时光荏苒，不知不觉已至道光二十八年（一八四八年），这一年满优什乍已近四十七岁，长兄古拉兰萨二十六岁，五兄贡纳楚克十六岁，六兄嵩威丹忠十五岁，尹湛纳希也已经十二岁了。

一家生计内靠古拉兰萨俸禄养家，外靠扎兰煤矿收入补贴，日子倒也过得顺心，只是有一件不遂心之事闹了数年，终是无果而终，这便是忠信府与诚信府的诉讼案，这官司经两代人长达十数年，耗银数千两，对忠信府打击甚大。

贡纳楚克因在诚信府时受排挤，故满优什乍和古拉兰萨两下商量，决定暂时接贡纳楚克回府居住数月，省得两下火并，这也是无奈之举。故几个月以来贡纳楚克多在忠信府长住。这样一来，兄弟几个更添情趣，学业也是日进，满优什乍看在眼里顿觉欣慰。

这年秋天，古拉兰萨偶获一本《新译红楼梦》，作者便是漠南学者哈斯宝，自得书以来如饥似渴阅读，竟到了寝食难安境地，初读第一回《甄士隐梦幻识通灵，贾雨村风尘怀闺秀》中跛足道人所作《好了歌》，便被文字所吸引，拿起薛涛素笺抄录下来：

世人都晓神仙好，惟有功名忘不了；古今将相在何方？荒冢一堆草没了。

世人都晓神仙好，只有金银忘不了；终朝只恨聚无多，及到多时眼闭了。世人都晓神仙好，只有娇妻忘不了；君生日日说恩情，君死又随人去了。世人都晓神仙好，只有儿孙忘不了；痴心父母古来多，孝顺儿孙谁见了。

古拉兰萨暗自揣度诗中意境，心下不由甚是佩服，暗道：曹公真乃神笔也，不过十六句话便道尽世态炎凉，许是对《红楼梦》情有独钟之故，便按蒙古语境作了一首《醒世西江月》：

野花遍地，地上堆着残砖。

那无比阔大的连天院落，却是当初吟诗习舞场。

贮娇颜，聚佳丽，

粉黛芬芳满内院，紫黄莽服映外堂。

早上尚嫌旧衣冷，傍晚又厌紫蟒长。

从朱门逃出的金枝格格，曾几何时，便溺入烟花巷。

虽有千仆千役满院，保不定一天早上零落走尽。

你才从台上下来，我又到了台上。

纵观那反反复复，终究是戏剧一样。

才把毛笔放置笔架之时，正好被串门的尹湛纳希和贡纳楚克看到了，贡纳楚克定眼一瞅，兄长书屋布局甚是典雅大气，书香气息浓烈。却见北墙之上挂有一幅匾额，系白底黑字褐色框架装裱而成，写的却是《呈贤人林公》："三十三年世仰钦，忠谋九曲炽丹心。爱心抛珠真可贵，满朝文武不如君。"知是心气了然之作，又见书屋一隅放有一紫檀镂空角架，上面三层依序放有蒙译《水浒传》，诗稿数沓及琴谱两本。许是同喜诗词之故，贡纳楚克近前拿起一页诗稿看去，写的却是《人生艰苦此事逢》："人生难觅此生逢，适从天意谢众恩。力薄不足撑落叶，茅屋译书亦躬身。"心下不由甚是钦佩古拉兰萨，综观此诗意境，竟有清初文坛盟主王士祯诗词神韵，正待细问创作此诗由来之时。却听尹湛纳希道："多日不见兄长，甚是思念，今个儿我和五哥相约而来，不知兄长此时在做什么？"

古拉兰萨才要回话，却听贡纳楚克又道："想来兄长新近得了宝贝，不然何以笑得如此灿烂？"古拉兰萨听两兄弟如此调侃，不由道："两位贤弟来得甚是时候，古人所言'书中自有黄金屋，'此话果然不假，兄长所得之宝，实乃天下第一奇书也！"贡纳楚克道："兄长一向博古通今，推崇之书甚少，究竟是何书竟让兄长如此痴迷？"

古拉兰萨见问，不由把手中的《新译红楼梦》拿过来与两兄弟验看，贡纳楚克一看是《新译红楼梦》，不由道："这真是踏破铁鞋无觅处，得来全不费工夫，不知兄长此书从何而来？小弟数年来让锦州、卓索图盟友人搜罗此书，已有两年，竟是无功而返，谁承想兄长神通广大，不声不响，书却飞至漠南而来，倒令小弟叹服！"

古拉兰萨道："此书甚是难得，好在漠南学者哈斯宝近两年来正在蒙译《红楼梦》，才译至三十多回，被兄长发现故提前拿来阅读了。书中诗词曲赋，典籍如数家珍，以四大家族为背景，集世情、人情、爱情于一体，突出了人性的丑恶面，是不可不读的百科全书。"

贡纳楚克道："兄长可先行阅读着，待阅读完毕，小弟也想拜读！这本书听来许久了，仰慕至极！"

古拉兰萨道："那是当然，好书同读，方才惬意。"

尹湛纳希初时只是静坐一隅茗茶，听两位兄长讲话。直至听到《红楼梦》时，不由好奇问道："听两位兄长所言，这《新译红楼梦》可说的是旧版本的《石头记》？"

古拉兰萨一听，不由笑道："七弟不愧古灵精怪之人，你髫辫几何？从何处得知《石头记》便是《红楼梦》？难道你也想阅读《红楼梦》？"

尹湛纳希道："小弟历来对宝典甚是垂青，今有奇书至府，岂可不先睹为快？"

贡纳楚克道："依我思来，七弟今年不过十二岁，心智尚未开启，阅读此书为时尚早，再过三两年，再阅读也不为迟？"

古拉兰萨道："依我思来，尹湛纳希自幼聪慧，领悟力强，一遍领悟不了，可以读第二遍，连读三遍必有收获也，就依他的意思，让他阅读为是！"

尹湛纳希道："还是兄长古拉兰萨甚懂小弟心思，小弟知道兄长最喜吃额吉做的黄油饼和奶皮，明个儿小弟一早呈上，如何？"

贡纳楚克听了，不由笑折了腰，道："尹湛纳希爱学之名，无人不知，无人不晓，此种精神实乃可嘉也，这也是得众人宠爱之故了。"

古拉兰萨听贡纳楚克所言，一丝微笑便浮上面颊，笑道："难得五弟前来，午间三人小聚，如何？"又吩咐书童铁木尔道，"书童且看茶来。"书童铁木尔甚是机灵，因为贡纳楚克属稀客，一向在诚信府居住，一年之中不过来忠信府数次，不比尹湛纳希时常相聚。知古拉兰萨甚是珍惜兄弟之情，故把才得的宫廷好茶六安茶沏了一壶来。待把盖碗香茶呈上后，自去厨房通知下人，备几碟好菜以备下酒之用，暂且不提。

贡纳楚克环视周遭，一眼便窥见了书案上放置的一沓诗稿，诗词墨迹尚未干透，知是新作，拿起一瞅，却是《醒世西江月》。不由赞道："兄长果然好诗情，只这'粉黛芬芳满内院，紫黄莽服映外堂。早上尚嫌旧衣冷，傍晚又厌紫蟒长'便道出了八旗子弟的奢华之风。"

贡纳楚克嗜书如命，一向对《红楼梦》渴慕甚久，只是无从得见而已，今见长兄得此奇书，岂能不借来一阅。《红楼梦》乃旷世奇书，漠南精通汉学之人甚少，纵然想阅读无异天书一般，如今有了哈斯宝的《新译红楼梦》，渴慕之情可想而知了。便对古拉兰萨道："小弟平素时听人讲起此书之好处，可否夺兄所爱，一睹为快？"

古拉兰萨道："因和哈斯宝友善，《新译红楼梦》才译一半便被我率先拿来阅读了，真真千古好文章也，才读三回便被文章吸引，一连抄写数首诗词，第一回抄录九首，第二回抄录一首：'偶因一回顾，便为人上人'。"

前日晚间阅读至二十九回《享福人福深还祷福，痴情女情重愈重情》时，便见哈斯宝的批语，寥寥数语极尽情趣："文章出自灵性，灵性亦随文章而生。冬夜正在灯下批评此书，恰有小厮在旁沏茶。侧耳一听，帘处有唰唰喔喔呼呼种种声响，听之良久，灵性生于心中，随问小厮格日图，道：'窸窸作响的是什么？'小厮曰：'树枝儿！'问'那嘶嘶作响的是什么？'答：'风雪打在窗上作响。'那叮叮作响的又是什么？'答：'窗纸。'我故意作嗔曰：'都统统说是一个风就是了，何必如此啰唆！'小厮格日图笑曰：'虽都是风引起的，出响声的却各有原因。'"看到此不由微笑起来，不承想这书童格日图也是个有趣之人呢！贡纳楚克见兄长古拉兰萨平素不苟言笑，微微一笑更显俊朗，不由敬服道："兄台旗务如此冗繁，尚抽空蒙译《水浒传》，所作诗词不下百首，令小弟佩服之至，怎样，可否先歇息一下，暂把《新译红楼梦》借与小弟一阅，如何？"

古拉兰萨道："自家兄弟，不必客套，愚兄近来旗务冗繁，只能利用晚间抽空阅读了，五弟若喜欢，可先拿去一阅便是，只是不要折了棱角，以示对哈斯宝译著尊重也。"

贡纳楚克道："这个不需兄长叮嘱，爱书之人必先净手以示对著书之人敬重也，不然何有燃檀香而启书卷之说。"

古拉兰萨道："贤弟所言甚是。"两个人一问一答，说得甚是热络，尹湛纳希倒成了局外之人。尹湛纳希不由调侃两位兄长道："两位兄长嗜书如命，令人佩服，只是小弟腹内唱起了空城计，兄长可有佳肴犒劳？"

古拉兰萨一听不由笑道："七弟若不提醒，不知还要耽搁几时？铁木尔快去吩咐下人把小菜放置在厅堂，再准备一壶好酒就是！"这一顿饭，兄弟三人吃得是其乐融融，相谈甚欢！

不知不觉已至黄昏，尹湛纳希丫鬟紫琴见七爷去久未回，便派小丫鬟瑶溪来寻，两兄弟方才起身，别过古拉兰萨，向着自己住处而去。

这正是：

会海文山泛叶舟，几多玩味在深秋。

红楼典籍家珍数，老酒温杯解烦忧。

第十五章

空有凌云报国志，一朝离去叹离殇

诗曰：

池畔游鱼水上漂，忽闻岸上又吹箫。

贪官污吏皆除尽，骁将英姿举国骄。

咸丰元年辛亥（一八五一年），国家动荡不安。一月十一日，洪秀全在广西桂平县金田村率众起义，建号太平天国，布告远近，声讨清朝卖国。二月，洪秀全在武宣东乡称天王。三月，清政府命赛尚阿为钦差大臣，赴湖南防堵。

古拉兰萨合上卷宗，不由暗自揣度道：自咸丰以来，清廷屡从漠南四十九旗大量征兵，无疑加重了八枝箭人民之负担，代表不时到理藩院、都察院呈控。如今洪秀全又在武宣东乡自称天王，清廷又命赛尚阿为钦差大臣，赴湖南防堵。也不知这动荡局面，何时能了。

正在沉思间，却见管家庆顺来回道："王爷，福晋让晚间过去一趟，有要事相商。"古拉兰萨道："回去告知福晋，定会前往。因旗务繁杂，尚有一些笔札需处理，晚间就不在那里用饭了。"

管家庆顺又道："尹湛纳希一去白塔已二年有余，近来福晋甚是思念，时常淌眼抹泪，想是心事重了。王爷可否时常抽空，多去陪陪福晋，王爷的话她最爱听了。"古拉兰萨深知这管家庆顺甚是忠心，虽是一介仆人，然忠信王府待他亦如家人一般。他数十年来为王府办事，可说是肝脑涂地，诸事甚得家下诸人爱戴。不然焉有两代王爷倚重。

古拉兰萨道："管家所虑极是，但凡有空必去相陪。这个儿不劳你费心，

123

你只需多费些心思打理王府，替福晋分忧解难便是。"

许是古拉兰萨近来旗务冗繁之故，竟有两日未去额吉处请安。只是每日派小福晋娜仁托娅过来请安。这在他来说尚不多见，满优什作许是人老之故，难免胡思乱想。莫不是这古拉兰萨身子欠安？竟有两日未来？几次问及娜仁托娅，皆言古拉兰萨旗务甚是忙碌，书札信礼繁多，急需处理，待忙过之后便来请安。听娜仁托娅如此言说，方不再相问了。然还是放心不下，故有管家庆顺传话之说。

蒙古俗语有言："宁可一日无食，不可一日无茶。"满优什作素知古拉兰萨口味，嗜好饮品莫过奶茶。卯时一刻便起，以备奶茶配料。奶茶素有"百食之长"之说，这奶茶制作甚是烦琐，光是配料就需六七种，分别是青砖茶、查干伊德（奶皮子）、奶油、奶酪、奶豆腐、奶果子、炒米。才将茶叶捣碎，把茶包放入水锅，用汤勺扬至茶乳交融，方把奶豆腐、奶油、手把肉放入锅内。须臾，便见锅内茶香氤氲而来，闻着甚是香甜，既有茶的清香，又有奶的甘酥。又取来三个青花瓷碟，依序把奶果子、炒米、奶酪放在瓷碟之内，一一罗列在紫檀八仙桌上。

却见管家庆顺拿着一封信从外间走来，回禀道："福晋，色王那边来信了。"满优什作方才抬起眼，停下手中的活计，净手取过信笺展笺来读，不觉停留在几行字内上："喀喇沁札萨克多罗都楞郡王色伯克多尔济之女已指婚悼郡王，所有应办一切事宜，著该衙门照例办理。"

满优什作阅后不觉大喜，娘家有此喜事，也是荣光。待古拉兰萨晚上过来请安时，满优什作道："你舅父家能攀上这门亲事，也是好事一宗。待你闲暇之时可替额吉写封回信，权当祝贺！再给尹湛纳希写一封信，问问那边的情况怎样？为甚去日多时，竟无书信一封，倒让额吉操心？"

古拉兰萨道："额吉就不用为这些事费心了，前些时，儿子已去信一封。尹湛纳希那里一切皆好。因所学知识太多，每日也是不时闲。有孩儿在，一切尽管放心才是。自父王去后，额吉容颜渐老，白发骤添。孩儿看着甚是心痛！凡事不必亲力亲为，交给管家庆顺分担一些，也是好的！"

满优什作道："话是这么说，但额吉一向操持惯了，一时还闲不下来。怎样，近来旗务还是那么冗繁吗？依额吉思来，你一向身体瘦弱，也不要总是挑灯夜战，著书立说固然是好，然也要顾及身体才是！"

古拉兰萨道："孩儿不孝，总是让额吉悬心，以后谨遵额吉教诲，少熬夜为是，但这著述之事却不能停下来。"

满优什佧道："近来见你越发憔悴，夫妻之事务要想开才是，能容则容，能忍则忍，毕竟已是为人之父了。昔年之事何必耿耿于怀，其实忘却是最后的试金石，对你对娜仁托娅皆是不错的选择。你时常眉峰紧锁，她只有徒添惆怅而已，彼此折磨，有害无益。兰儿，你是聪明之人，可知额吉深意？"

古拉兰萨道："额吉所言，孩儿皆明。只是性情不合，无法沟通而已，虽极力挽回，终是不济，只能顺其自然了。"

谁承想，这竟然是母子最后一次长谈。许是日间操劳旗务，晚间挑灯夜战之故，加之夫妻长年不和睦之故，长子古拉兰萨竟于一八五一年公历三月九日撒手西去。满优什佧甚是悲伤，人生无常，短短不过五年，满优什佧连失两位亲人。古拉兰萨之死对满优什佧打击甚大，一夜之间，竟是两鬓如霜，苍老许多。古来最为残酷之事，莫过白发人送黑发人之痛，经此变故，满优什佧身心俱疲，迅速衰老，虽然不过五十，已是满头华发。

圣上怜念一门忠信，古拉兰萨又是早卒，下一道旨意晋二级台吉桂林之墓。古拉兰萨卒，墓志文为："沐皇恩晋二级台吉桂林之墓，咸丰辛亥二月七日午时殁。"是年三月，年方十八岁的嵩威丹忠主持忠信府家政。

贡纳楚克自从父兄去后，初时疑虑不安，进而反思今后立锥之地。心下暗自揣度：昔年父兄花费数千白银，方为自己在诚信府争得一席之地，如今父兄相继去世，再无依靠，如今额吉年老体弱，两个弟弟又是势单力薄之时，唯有自强方可度日。这日寻来父兄译著抄录在册，并写《劝慰己身》自勉："六月朔日，抄录父亲及兄长译作，信笔写诗一首，劝慰己身：'降生尘世刚健体，荫享父兄恩福具。翻译留传古今史，抵御寒风日奋力。'"

才把毛笔放置书案，却见尹湛纳希从外厢走来。尹湛纳希一见五哥贡纳楚克面上似有泪痕，不由走到书案拿起诗稿，看了此诗，心下已明五哥又为父兄之事伤心，也不说破。只是对五哥贡纳楚克道："昨日小弟才至绿波亭，见芍药花开得正是灿烂之时，你我弟兄何不去绿波亭上踏青，一来可解烦闷，二来可观夏景，三来可共联诗句，不知小弟提议可好？"

贡纳楚克亦知尹湛纳希一番好意，怕自己睹物伤情，徒添惆怅而已，不忍拂了他的好意，故点头同意。

春天的绿波亭，鲜花处处争妍，一抹红色的山丹花掺杂其中，终敌不过满地金黄，难怪有牡丹为花王，芍药为花相之说。但见黄色的芍药花，花盘浅杯状，顶端钝圆，尹湛纳希见贡纳楚克近前吻嗅，满面笑容，知花事喜人之故，心下也甚为慰帖。

见兄长欣慰，方才放心。不由笑道："兄长可知，芍药花每日卯时绽放，最为鲜艳，只可惜误过了最佳时节，若有晶莹露珠在上，岂不更美！"

贡纳楚克见尹湛纳希一副可人的模样，也不由笑道："七弟万事追求完美，岂知世间之事多有残缺之美呢？"两个人说话之间，忽然狂风大作，电闪雷鸣，树摇叶飞，铜钱大的雨点便倾泻下来，打落一地芍药，尹湛纳希看着不由悲悯之心顿起，呆呆地道："风雨无情，倒可惜了这些花朵！"

漠南天气，瞬息即变，暴雨不过持续一个时辰，天便放晴了。但见一泓清泉，绕亭而行，一弯彩虹高挂蓝天，云山雾罩，氤氲而至，倒似仙境一般。

贡纳楚克不由笑道："这般风景倒是难得一见，若泼墨绘来，想来有趣。今日七弟可依此为题写诗一首，一诗一画，权当踏青之作，不知可好！"

尹湛纳希不由笑道："兄长所言，正合我意，小弟已成诗一首，便是《明朗之夏》。待小弟吟来便是。"

> 霎时长空雷雨停，红日似洗放光明。
>
> 彩虹飞泻挂青天，云霭叠现绕山棱。
>
> 悲鸟飞鸣层林绕，玉人倚楼落日倾。
>
> 试看人间万般事，如云莫测变化惊。

贡纳楚克听了不由拍手称妙，道："七弟转峰之处写得甚好，拟人之句意境超然，亏你能想出这样的奇句：'悲鸟飞鸣层林绕，玉人倚楼落日倾。试看人间万般事，如云莫测变化惊。'七弟不愧漠南第一才子，有曹子建七步成诗之才，今日倒让为兄开了眼界！"

尹湛纳希见五哥赞赏，不由调侃道："诗词转峰固然好，然书画却不及五哥三分之一，这也是憾事一桩啊！"

贡纳楚克道："闻道有先后，术业有专攻。依我看来七弟日后文采定在我辈之上，成就《青史演义》之伟业，非七弟莫属！不知近来研究蒙古史学可有收获？可曾起笔续写？"

尹湛纳希道："在京城白塔寺与各地香客学习古蒙语已有三年，可说是受益匪浅。已初步掌握古蒙语的表述方式，只是对当年圣主所行路线、风土人情、生活习俗尚有迷茫之处。小弟寻思着，如有可能想至蒙兀室韦游历一番，沿额尔古纳河寻访十三翼之战的阔亦田战场，遍访名贤，搜集诗歌、民谣、故事、传说，如此方能完成先父遗愿！"

贡纳楚克道："小弟有此雄心大志，不愧成吉思汗二十八代世孙也。先父临终所言，有望大功告成也，不知何时起程？"

尹湛纳希道："近年来，小弟夜以继日审读十部史书，以查对核实为要，凭着愚智方理清一些头绪。小弟寻思着继续研究历史，待把圣主历史年代和事件一一厘清之后，再去游历也不为迟。"

贡纳楚克道："以兄思来，若去游历，可沿着这条路线行进方好。翻越额尔古纳山，沿着斡难河、克鲁伦河、哈拉伦河的两岸再至茫茫草原。地理位置一旦明了，便可信笔拈来。"

尹湛纳希道："五哥所言甚是，自父王谢世那日起，小弟便立下宏愿，任凭沧桑变幻，务要写就《青史演义》以承父志。依小弟思来，征服天下在于诚信，而不在于威势，准备依着这个思路写出圣君睿智、宽容、仁爱、贤德和高瞻远瞩之性格特点。"

贡纳楚克道："依此构思甚好，自元代以来，《蒙古源流》《水晶念珠》皆以写史和口碑传诵为主。《青史演义》若能把中原文化与蒙古历史有机结合，写出太祖睿智、宽容、仁爱、贤德和高瞻远瞩之况味，开创前无古人后无来者之风范，岂不是功在千秋，利在当代？"

尹湛纳希道："五哥所言甚是。以弟思来，较之秦始皇、汉高祖、唐太宗、宋太祖，太祖可与尧、舜、禹、汤、文、武相媲美。只是蒙古史书，无有励志之作而已！"

贡纳楚克道："七弟有此雄心大志，父王《青史演义》何愁未有重见天日之时？兄若有得闲之时，定会助七弟一臂之力，查阅史章，校点清稿也！"

尹湛纳希道："依弟思来，金银珠宝，家园田产不过身外之物，终需散去。唯有史书智慧能万古流芳也，只要能永远传承下去，还怕它遇不到有识之士！"

贡纳楚克道："七弟所言甚是，蒙古人不知自己的祖先、族源，纵然上知天文，下知地理，也好似那绣花枕头，中看不中用。"

尹湛纳希道："蒙古族的衰落正是贪图安逸、追求玄奥所至，人人皆幻想成佛。寺庙充溢周遭，佛缘最是讲究因缘，悟性，以渡托一切有缘人为缘，然一旗之中多有愚笨之人，一无灵气，二无慧根，诸事尚不得解，却去学佛，反而成了鬼魅，非但不觉醒，仍然在重蹈覆辙，岂不可悲可叹！"

贡纳楚克道："七弟所言只在其一，朝廷不在外藩蒙古设科举，八旗驻防不设科举，只承世袭制所然。七弟责任重大，唯有编一部详尽的蒙古史，让蒙古族人晓得自己的历史便成。"

尹湛纳希道："有五哥这句话，我心甚慰。你我弟兄齐心合力，何愁青史不成？"说罢，尹湛纳希重重地与五哥贡纳楚克撞了一下肩。世间之情，莫过手足之情，然天妒英才，不过短短几年，贡纳楚克却于同治五年（一八六六年）谢世，《悼诗》化作血泪诗章，读来让人唏嘘。此为后话，暂且不提！

这正是：

安逸享来无虎豹，世间爵位子平分。

周遭充溢檀香气，唯见沙场建荫勋。

第十六章

摇摇欲坠忠信府，举步维艰悯民歌

诗曰：

匪患成灾民困扰，凋零草木百花残。

荒村破败茅房倒，夜半醒来五更寒。

一八五三年，太平军克武昌、九江、安庆、南京、扬州等。二月，改南京为天京，建都。四月，天官副丞相林凤祥、地官正丞相李开芳、春官正丞相吉文元率军五万，自扬州出发北伐。五月，北伐军入河南。清廷理潘院急下调令曰：目下逆匪尚未剿灭，著由哲里木、卓索图、昭乌达三盟内，各选健锐蒙古兵一千名，将器械、火药、铅丸待物备妥，由该王公台吉塔布囊等各盟，各派精明之人带兵前往热河木兰牧场扎营，以备调遣。六月，攻怀庆。

一个夏天未落一滴雨，到了秋天，河水干枯了，庄稼都枯黄了。到了冬天，忠信府的租税都没有收下来，六哥嵩威丹忠为了忠信府的生计，寻思着让尹湛纳希带家人去各地收地租。

虽说尹湛纳希学业有成，文武全才，但生活阅历浅，对家下地租不甚精通，如今漠南连年干旱，日子不似从前。额吉满优什佧看着也甚是揪心，心下寻思：锦绣中泡大的孩子，对田地进项不通也是个憾事。如今这府上大小事件全凭嵩威丹忠一人打理，也该让尹湛纳希操些心为好，满优什佧心下琢磨着让尹湛纳希去大凌河畔的粮窖村收租，以历练他办事之能力。

这日晚间，在逸安堂备了杯箸，摆了肴馔。把箸搁过后，满优什佧与嵩威丹忠相商道："这尹湛纳希年方十七，也不算小了。这如今呢，学业有成，满、

129

汉、藏、蒙皆通，然他对田庄地苗进项，尚是一窍不通，身为男儿，理应明达事理，家下每笔进项也要识得方好。古语有言：'娇养不如历艰'，我寻思着让他去一趟大凌河历练一下，去收取房产地契进项，一来可磨砺性情，二来也可了解民风民俗，三来呢，挫其傲性，不知你意如何？"

嵩威丹忠道："额吉所言和儿不谋而合，这收取租金一项，一向由管家庆顺负责，这尹湛纳希第一次出门，成吗？"

额吉满优什伫一听嵩威丹忠所言，不由笑道："尹湛纳希甚是聪明，胆识如何？应变处事能力如何？却是不知，让他出门历练一下，以晓经济之道，以明仕途之道，也是好事一宗。"

嵩威丹忠见额吉满优什伫如此言说，便道："尹湛纳希久不出门，我看还是让老管家庆顺陪着走一趟，才好。"

额吉满优什伫道："就依你所言，这就传话下去，让管家庆顺准备明日车马，一应事务。"

老太君巴达玛嘎日布知道尹湛纳希将要远行，心下也是舍不得让他去那么远的地方，然儿大不由娘，更何况又是孙子，且还隔了一辈，只能由家主嵩威丹忠做主。尹湛纳希知祖母溺爱，行前去介寿堂拜别祖母。

这老太君巴达玛嘎日布岁数大了，最是经不起事。几日前听说孙儿尹湛纳希将要远行，昨日晚上竟盘了一夜肠子，一早起身便觉懒懒的，头也是晕沉沉的，提不起神来。

丫鬟杏雨见此，忙请中医孟玺大夫前来号脉，言无甚大碍，不过是夺宫之症，开了三服汤药而去。丫鬟杏雨亲熬汤药，侍候老太君用过药饵，便见额头渗出一点汗儿，身心顿觉清爽许多，此时，老太君正坐在灰鼠褥上歇着。待醒过药引子，便把东布壶里的奶茶呈一碗，放在炕案上，老太君巴达玛嘎日布望着紫檀方桌上依序摆放各式茶点，竟然食欲全无。

杏雨甚知老太君心事，系为孙儿远行之事担忧。不由变着法儿为老太君宽心，说了三四个笑话，老太君无动于衷，知是老太君心事重了。

忽然外间有笑声传来，回眸一望，知是开心果尹湛纳希到了。心下暗想：这尹湛纳希一至，老太君的心病便可除去，老太君的心病去了，自会开心儿，便有望回家与额吉见上最后一面了。

却见尹湛纳希已从外间而至，急走两步，近前拥膝向祖母巴达玛嘎日布请安。祖母爱抚地用双手抚摸着尹湛纳希。便见一丝微笑飞上祖母脸庞，却听祖母喜滋滋道："孙儿，你久不出门，万事务要小心，不可任性。若论田庄进项，虽是初学，也不是难事，不过是熟能生巧之事。出门在外，务要听管家庆顺所言，不可有违。待诸事妥帖之后，早日回家，省得祖母悬心。"

又吩咐贴身丫鬟杏雨道："去把里间的厢柜打开，取出旧年陪嫁的玉观音来。"

杏雨从厢柜里取出一鎏金的龙凤首饰盒，又寻出一淡粉梅花镶嵌的小银盒，便见手执柳叶、坐拥一方莲台的观音惟妙惟肖飘逸而至，让人心神清朗，徒生敬意。但见祖母巴达玛嘎日布把玉观音拿在手上，双手合十默念道："阿弥陀佛，阿弥陀佛，阿弥陀佛，与佛祖朝夕相伴六十年了，今日，我孙儿尹湛纳希将要远行了，待我与他戴上吉祥物。还望佛祖保佑，盼孙儿早日平安归来。"

祈愿完毕，亲手与尹湛纳希挂在脖颈之上。方对尹湛纳希道："自古有言，男带观音女带佛，你明日一早就要出远门了，祖母把这个吉祥物件与你戴上，可保佑你平安归来。来，让祖母瞅瞅，嗯，这玉衬潘安，果然不假，孙儿此时更是面如敷粉，俏如周郎了。"

杏雨见老太君巴达玛嘎日布高兴，由不得奉承道："老太君的嫡系孙儿，才华横溢，貌若潘安。宝玉相衬之下，更见精神，别说老太君喜欢，奴才们也看着甚是喜欢呢。"

老太君看这杏雨言语不多，却是句句贴心，已知这丫头必有事情相求。不由朗声笑道："你这猴儿，甚会讨巧。相伴多年，尽心尽责，如有要事，说来就是，不必见外。"

杏雨见今个儿老太太高兴，不由拭泪道："奴才有个不情之请，早间，哥哥派人前来告知，家中老母病入膏肓，一日沉似一日，恐怕挨不过今日了。老太太可否给假一日，容杏雨陪护额吉一天，以尽孝道，见上额吉最后一面。"

巴达玛嘎日布道："论理，你是打小卖身王府，这样之事，岂能行通？但念你数十年来尽心尽力，故破例一次，但得谋面之后，早日回府便是。"

尹湛纳希打小开始，眼里所见皆是祖母从严待人，却不知祖母倒是宅心仁厚之人。故对祖母道："黄金家族一脉，一向为世人所折服，祖母今日行事，足见厚情。杏雨还不谢过老太太，更待何时？"

杏雨屈膝跪礼道："杏雨在此给老太君行礼，以谢成全之意！"说罢，连磕三个响头。巴达玛嘎日布道："念你孝心一片，即刻便可出府。"又拿出一两碎银递给杏雨道："想来这些许碎银会派上用场，记着务要早去早回。"杏雨不由

131

涕泪横流，道："老太君大恩大德，无以为报，只能尽心服侍老太君。"言毕，又磕了三个响头方起。

这时，却见福晋遣丫鬟紫琴来寻尹湛纳希，见了老太君巴达玛嘎日布，便跪下请安道："奴才紫琴给老太君请安，这时候不早了，福晋让尹湛纳希这就回逸安堂，准备一应物件，明个儿一早就走了。"

老太君吩咐丫鬟紫琴道："回去告知福晋，尹湛纳希此去时日必多。且把随身药品多多备置一些，但凡有个头痛脑热，可缓解一下。"

丫鬟紫琴道："多谢老太君提醒，奴才这就去了。"尹湛纳希又近前向祖母磕了三个响头，方恋恋不舍地去了。

老太君巴达玛嘎日布目送着尹湛纳希的身影穿过月洞门，直至望不到孙儿的影子，方才收回视线。隔辈之亲，莫过如此也。

第二天一早，一行八人陪护尹湛纳希去大凌河办事。八人以管家庆顺为首，其余七人分别是正豪、明辉、伟诚、乐驹、立果、笑愚。小侍童书墨牵过雕鞍穗缰枣红马，搭上鞍褥，扶尹湛纳希跨上马胺，仆从跟随马后，一路往南而去。

一路行来，但见所到之处，荒村破败，屋宇倒塌，民不聊生。尹湛纳希自幼锦衣玉食，何曾见过此景？不由动了恻隐之心，一路行来，布施一路。

这日行至一荒村，沿街所见皆为乞丐，破衣烂衫，惨不忍睹。更让人心痛的是所见男童幼女，皆是裸体沿街穿行，肚子瘪瘪，面黄肌瘦。忙命管家庆顺道："三月天气，正是春寒料峭，春风吹破琉璃瓦时节，快把所带粮食布施散尽，把银袋散银散尽，让这些流落街头的孩子去买御寒之衣吧。"

庆顺道："回禀七爷，这一路行来，所见贫穷之家，皆以银两，粮食救助，如今银两已是不多，如若再这样散去，若有急事，你我岂不是困在此地吗？还是留一些吧！"

尹湛纳希见庆顺阻挠，不由甚是生气。道："一路行来，所见皆是浊水枯木，所见幼女皆为裸体穿行。身体发肤，皆为父母所赐，所养，无有尊贵贫寒之说。"说罢，强行取过钱袋，一一分散而去。

灾荒之年，匪盗横行，朝廷灭了一起又生一起，为生活所迫，流于盗匪的人渐渐多起来。然盗匪与匪盗之间尚有不同之处，一种是心性善良，只是为动荡时局所迫，逼上梁山之人，打家劫舍目标只锁定在贪官污吏，可称义匪。还有一种匪盗，本有田地，只要勤于耕作，便可养家糊口。但却好吃懒做，坐享其成，靠打家劫舍度日，不分官吏平民，只要可有打劫之物，统统劫来充盈匪库，这一类人权且称之为盗匪。

距大凌河不远处，有一土匪头子姓李名义德，人称义匪李义德。也许诸君不解？向来这土匪以打家劫舍为生，贻害一方，人人切齿恨之，恨不能食他肉，寝其皮。无义无德之人，何来义德之称？

古来仁义之道，以礼智信为首，以孝道为先，百孝第一孝道便为父母，又有言之，"身体发肤，受之父母，不敢毁伤"，是孝之始；"立身行道，扬名于后世，孝经鼎以显父母"，是孝之终。说起这草上飞李义德的来历，也甚是可怜，他本是大户人家出身，父母皆通文墨，父亲李守信以经营边贸为生，精通俄、蒙、藏文，祖上系包头人氏，走西口迁徙而来。

因在边贸商甲之中，堪为有才之人，不但精通三种语言，且通营运之道。许是经商有道之故，不过五年时间，便赚上通天家业，就在这大凌河附近开了一家布庄。由于生意火爆，许是树大招风之故，加之额吉生得有些姿色，时常在布庄卖布，就被附近的大土匪歪眼柳二黑盯上了。在一个漆黑之夜，大土匪歪眼柳二黑潜入家中，把看门狗儿用药毒死，继而杀死父亲李守信。兄长李义山起来小解，见鲜血流淌一地，近前一瞅，父亲已被土匪杀死。不由提刀向土匪砍去，然终因势单力薄被土匪杀害。李义德见状，悲愤难忍，又欲上前拼命。额吉孙枚为救李家唯一血脉，假意妥协。歪眼柳二黑本系市井无赖之人，见偌大家业、美人将要通归于他，便把李义德放了。李义德怀着对额吉深深的恨意，远离了这块伤心地。

孙枚见儿子李义德已逃离此地，李家血脉得以保全，故绝食三日，以望与夫君、儿子地下团圆。歪眼柳二黑一向对孙枚垂涎三尺，岂容自尽，每日派人看守，灌食于她，孙枚无愧贞烈女子，至死不为歹人所污。生不如死，务要与夫君、娇儿地下团聚，最终以咬舌自尽而亡。得知额吉死讯，李义德大哭三日，焚香三炷向北膜拜，心中发下大愿："父母在上，请恕孩儿不孝，为报血海深仇，儿子只能逼上梁山为匪。虽然慈父在世时曾再三教诲，李氏后人不管何时何地，务要干干净净做事，老老实实做人。纵然为生活所逼，也不许逼上梁山为匪。然杀父夺母之仇不报，枉为李氏后人。为报此血海仇深，儿只有亲上梁山，积蓄力量，父母大人如地下有知，还望原谅孩儿不孝，给祖宗抹黑，实属无奈之举，一旦雪耻，便是儿子脱去匪籍之时。"

李义德近来闻知，忠信王府七爷一行数人来大凌河收取租金，所带细软甚多，故动了再劫一票的念头。

尹湛纳希连日劳乏，本想早睡，谁曾想辗转多次，竟是睡不着。直至睡至二更天方才蒙眬睡着，夜半忽被吵弄之声惊醒，原来却是抓了两个小偷。

庆顺见尹湛纳希已醒，便回禀道："七爷，还亏我睡得不沉，否则就让他们得逞了。依我看就把这两个小偷押送官府，你看如何？"

尹湛纳希道："愚民百姓，因穷困之极，迫于饥寒，无法度日，方做此事。依我赏些钱钞，好好教训一番，放走也罢了，不知你们意下如何？"

家人笑愚道："使不得，使不得，七爷此举，乃是导民于恶而开行贼道之路了！"

李义德见七爷为他们开脱，不由感激涕零道："在下实是迫于无奈，方才行此下策，还望七爷行行好，放一条生路为好！"

家人笑愚又道："七爷，我们出来四十多日，地租无有收回，还烧了租据，如今再放了小偷，回去恐怕不好向家长六爷交代，还望七爷三思而后行！"

尹湛纳希道："不管怎样，我们府上还有一些积蓄，总可以维持下去，可不能把百姓逼上绝路啊，尔等莫要说了，我意已决。"又把随身携带的散银取出，递给李义德道："这些散银，权且拿去度日去吧。日子再难也莫要为盗，一旦为盗，节操必毁。"

李义德听了，跪在地上，磕头如捣蒜，连磕三个响头，并道："七爷真是宅心仁厚之人，如有机会，小的李义德定当报此恩德。"说罢，起身去了。

管家庆顺见此，不由又聒噪道："此次出来收租，非但租子没收上来，还烧了契约，又放了小偷，老奴回去如何向家主交代？"

尹湛纳希道："这一路之上，灾民的情况你可都看到了，我岂能把百姓逼上绝路，老管家尽管放宽心思，一切由我承担！"

庆顺见尹湛纳希如此言说，方才不再言语了。待回到家时，六哥嵩威丹忠见租子没收上来，还烧了契约。少不得埋怨尹湛纳希一番，家下诸人也是如此。为此事，尹湛纳希竟然和六哥嵩威丹忠言语失和。额吉满优什㑇晓得之后，又以《五箭训子》加以训导，两个人方才握手言和。至此后，兄弟两人互相扶持，再无言语失和之事发生。

这日，尹湛纳希来学堂请教学问之事，翁台江左丞道："近闻你去大凌河办事，无功而返。难道真如外间传闻？烧了契约，放了盗匪？"尹湛纳希道："确实如此，学生此次出门，方知官场腐败，百姓生活如此艰难。所到之处，浊水枯木遍布周遭，所见幼女裸体穿行。故才烧了契约，放了盗匪。"江左丞道："兵荒马乱之年，官府收取各种名目的谣税，卖儿卖女现象层出不穷，你烧了契约，解了百姓之苦，本是无可厚非之事。你六哥身为台吉，为一家之计考虑，也是出于无奈，要谅解他才是。"尹湛纳希听了，大受启发，结合收租的所见所闻，写了一首杂韵，又为《悯民歌》：

齿落唇塌一老翁，清晨捧腐去路旁。
衣衫褴褛如病鬼，央告行人乞钱粮。
正值愚儿查田去，目睹难禁我心伤。
先予车载五升米，且问蜗落怎寒伧。
老翁回语听我言，东庄甄氏我堪怜。
只因无力为商贾，惟有佣耕三庙田。
"仁嘉"三年三月初，当尽裤袄买犁锄，
星月耕耘辛苦极，为偿私债与官租。
谁知六月至七月，荞枯菽黄天少雨，
欲得滴水无觅处，美珠明玑诚难求。
例合八月报岁荒，惟恐欠息受刑伤，
众庶共往述田灾，顿首切请免租粮。
馑年收歉不相同，山田枯而水田丰，
官府征令如火急，百姓遵法纳役租，
责我不与众人去，仇里夹恨课重赋。
癸亥九月入仓粮，噫我贫乏不能偿，
金斗儿与蛾珠女，卖与绅家赔租粮。
即将儿女鬻书吏，未及往探牵之去，
可怜蛾珠方八岁，配予强徒为奴婢。
老朽今年七十余，饥不得食寒无衣，
匍匐求告填空肚，但望早死又不得。
哽咽涕泣语无尽，痴儿闻诉汗沾衣，
劝语老翁勿再言，今年租使便是余。

杂韵写成后，呈于翁台江左丞验看。江左丞频频点头道："你这《悯民歌》写得甚好，心存善心，便为五德之人。你既然诉之以歌，为师便判之为诗点评，亦无不可。"说罢，在尹湛纳希诗歌之下，留有七言四句，写的是：

钱粮公务虽略误，观此悯歌似可恕。
惊闻慈疾急回转，行合孝道理无尤。

第十七章

拜别家人去异旗，不忘史典写传奇

诗曰：

> 拜别家人纵马骑，琴棋书画笔三支。
>
> 常思临别叮咛语，莫忘家严写传奇。

转瞬之间，古拉兰萨台吉离世已一载有余。圣上怜念忠信一门数朝尽忠报国，故袭了嵩威丹忠台吉一职，嵩威丹忠上任以来，旗务冗杂，较之古拉兰萨果敢干练处事，略显懦弱，时有八枝箭丁与旗员纠纷案件亟待处理，时常携卷宗至家处理。唯有尹湛纳希不喜仕途，整日醉心诗文，加之清廷制度蒙旗不设科举，只沿袭世袭制度，故尹湛纳希虽年已十七，却无有一官半职。

满优什伢愁闷不堪，虽说尹湛纳希才华横溢，然不入仕途，终不是正理。心下自思：尹湛纳希琴棋书画，无所不通，才情均在几个兄长之上，唯有依附喀喇沁王爷庇佑，方可通仕途之路。故给兄长色伯克多尔济王爷去信一封，商量尹湛纳希仕途之说。好在色伯克多尔济王爷打小甚是喜爱尹湛纳希，加之与小女萨仁格日勒定有婚姻，意欲接尹湛纳希至王府历练。一来可以尽父职代为教诲，二来可通学问，三来可初探世风，况且王府藏书甚丰，博览群书，方可通仕途之道。

这日，满优什伢正在素宣之上作画，方才用炭墨勾出梅花虬枝，却见贴身丫鬟心怡捧着一束芍药花，掀帘进来道："福晋，喀喇沁王府那边来信了。"边说边把那束芍药花插在条案上的梅瓶里。

待满优什伢阅过书札，便对丫鬟心怡道："你去把七爷叫来，我有事吩咐于他。"心怡答应一声，转身退下。

此时，尹湛纳希正在书房作画，因漠南书画名家稀少，经朋友举荐，终访得名师张瑨。却不料张瑨乃清高之人，一向不收八旗子弟入室。许是尹湛纳希谦致礼恭之故，虽屡遭拒绝，终是不悔。依然每日前往张瑨处跪拜，三月之后终于感动张瑨，破格收为弟子，尹湛纳希心下甚明：唯有勤学苦练方可出新，故连日来不出书房，只是研习用墨笔法。

心怡来至书房，却见一个唤瑶溪的小丫鬟正在研墨，一个名唤紫琴的正在调色。紫琴丫鬟甚是伶俐，见心怡亲至书房知有要事，便道："姐姐来得正是时候，你一向在福晋处侍候，必知水墨之好处，且来看看七爷这山水图绘得可好？"

尹湛纳希闻听两个人说话，知是心怡到了。不由抬头道："想来额吉找我有事，待我换件衣服就过去。"心怡走至书案旁，瞅了瞅尹湛纳希的山水画道："几日不见，墨迹线条大变，用色浓淡相间，淡而不臃，浓而不俗，想来是遇上名师点拨了？"

尹湛纳希道："姐姐果然甚懂画理知识，因访得名师，悟得一点笔法，故几日未曾出门，正在琢磨如何布局，方可出新？可巧姐姐就来了。不知额吉近来可好？"

心怡道："当真是有其母必有其子。福晋早晨才画得一幅寒梅图，方才搁下画笔，便叫我来寻七爷呢？"

尹湛纳希道："额吉平素最是爱梅，梅花之作不下十张，此番作画，必是又有新意了。"

又吩咐小丫鬟瑶溪道："先把书画放在那里晾着，两边的镇尺莫要乱动，以免污了画面，待我一会儿回来再绘。荟芳园的芍药花此时开得正浓，去采两束插在书案上的梅瓶里，再往月台上的两口吉祥缸里蓄些水，以便洒扫。"说罢，穿上汉罗织花长纱衣外罩一青花小坎，腰扎桃花绉沙汗巾，一溜烟地去了。

心怡不由笑道："七爷虽说已成年，但一见福晋，孩儿心性便犯了，这也是福晋百般溺爱之故了。"

紫琴道："诸子之中，福晋最是疼爱七爷，含在嘴里怕化了，捧在手心怕摔了，一十七年皆是如此，难怪七爷恋母情结甚深呢？"

尹湛纳希来至中堂，拜过额吉满优什佧，坐在炕前的矮凳上。满优什佧瞅着尹湛纳希道："坐近些，好些时不见你过来，让我瞅瞅。"尹湛纳希撒娇道："儿业已成年，额吉还是如此疼爱，倒是让儿子不好意思。不知额吉唤孩儿前来，却有何事吩咐？"

满优什伢拉过尹湛纳希道："你舅父那边来信了，欲接你过去，一来可以学业有成，二来可以历练人情世故，三来也可入仕有望。此番前去王府，不比往年，少则一载，多则三载，故额吉唤你前来。因你打小慈父早逝，得额吉百般溺爱，顽劣异常，也是有的。入住王府，切不可任意妄为，额吉之意明日便可起程。你去准备一下，把可心物件给萨仁格日勒、其其格、旺都特纳木济勒一样带上几件，虽说王府不缺这个，但应有之礼节必不可少。"

尹湛纳希道："孩儿谨遵额吉教诲。依孩儿思来，王府万物不缺，只缺字画也，孩儿准备带上几幅字画。再把漠南稀罕的玛瑙香扇坠子、绿松石、火镰、瓷器、麝香、玛瑙妆盒、洋镜子、荷包一样带上几个便成，想来萨仁格日勒定会喜欢，旺都特纳木济勒也会喜欢火镰。"额吉道："你们曾在一处玩耍，各自性情想来甚是了解，想来你所选之物不会有错。"

尹湛纳希道："听心怡所言，额吉又绘得寒梅图一幅，不知在哪里，孩儿想瞅瞅再去。"

满优什伢道："经你一说，倒点醒我了。因你诗词甚佳，只需在题跋处留诗一首，便可大功告成。母子联袂之作，意境定会超然。你此去时日必多，挂在中堂权作念想之物。"

尹湛纳希听额吉如此言说，不由自谦道："孩儿一向对额吉梅画仰慕甚深，早想着诗画联袂之作。只是孩儿初学书法，笔法尚缺功力，此时联袂恐不匹配，待书成之日那时联袂岂不更好。"又道，"儿子昨日在东坡斋寻书之时，无意寻到唐朝宋璟《梅花赋》一首，看后觉得甚好，故也写了一首《梅花赋》，暗合额吉所绘梅花，只是长了一些，额吉可有兴趣同观？"

满优什伢道："但凡我儿之作，皆是好的，岂可不看！"说罢，取来一阅，但见小楷写得极是工整，及至看这《梅花赋》，不由倒吸一口凉气，心下暗自揣度：不过数月，小儿诗赋，已有司马相如大赋风范，心下不由窃喜，然面上却不露一丝喜色，生怕娇儿暗生自骄之态，反而耽于学问。综观世间之母，向来无私。育子不同，教子不同，成就亦不同，皆因满优什伢乃孛尔只斤氏血统使然也，故有尹湛纳希降临福宅，以笔为生数十载，方有青史流芳之说！这《梅花赋》起笔便见功力，诸君可来同观：

梅花赋

初至梅园，点点白花，乱了眼眸，拈起一朵吻嗅，暗香氤氲而来。虽是三九寒天日，雪花漫舞，独醉其间，皆因我悟花之语，花悟我之心，两两相悟，神曲自来。

想来这世间之事，机缘巧合，旖旎风情，邂逅妙曼，皆有定论。好似红楼十二金钗，曲曲皆不同，各领风情数百年，自有赏花人。

偶一回眸，窥见一蜂王，依花间振翅舞，疑似旧时聊斋文。一束光影来，含春笑靥如花开，五瓣争相吐蕊来。至此方明，花似人，人似花，悟境不同花自明。

驻足梅园，凝神静听，天籁之曲自广寒而来，风过处，《枉凝眉》曲醉几人识？仰望苍穹，便见雪花从空坠落，一朵，二朵，三朵，朵朵夺人魂，朵朵清心脾。这真是：半朵幽魂入梦来，一瓢江水点花心。

方明熙宁九年，王安石退居钟山，以雪梅自愈疗伤。只是，只是，此情可待成追忆也！

遥想昔年，杭州赏梅胜地，西湖孤山梅花，放鹤亭旧迹，便想起，林和靖"梅妻鹤子"典故。躬耕农桑以植梅，便有脍炙人口之作《山园小梅》留于后世，只此两句："疏影横斜水清浅，暗香浮动月黄昏。"便蟾宫折桂，夺了头彩！梅骨清影久沉吟，几多墨客竞相鸣？自宋以后，欧苏王陆杨梅臣，咏梅抒怀久盛行。

梅园寻芳，吴语越调，丝竹和鸣之声，似天籁之音，在梅园缭绕不绝。寻花溪，绕曲径，便见一亭。依亭寻栏而坐，通天的梅花倾泻而下，飞花簇簇，漫卷西风，迷了眼眸，又有妙曼南曲充溢而至，侧耳倾听，却是："吴山青，越山青，两岸青山相对迎，争忍离别情。君泪盈，妾泪盈，罗带同心结未成，江头潮难平。"

久居漠北，对梅园神驰已久，许是爱梅之故，写梅诗曲赋，意已成痴，书画相与之人渐多，皆以梅相赠。或书或画，或摄或册，三千梅园之趣，皆不如写赋一曲，故再拈拙笔，以赋梅精之约。

想来皑皑白雪，定会盛装而来，慰我一捻情怀，拈墨几许，铺陈宣纸，凝米芾米珠数滴，依南拜石，暂取东风一支笔，聊以自慰，为梅醉拈华夏情！

满优什佧看后不由喜形于色，忙道："额吉不过初通文墨也，不知此赋可曾给翁台江左丞阅过？若他首肯方为好赋也。"

尹湛纳希道："翁台阅后多加褒扬，言：'读此赋足不出户，已随你观了花景、听了神曲、醉了花荫，实乃绝妙之作也。'又道，"如今为师江郎才尽，意欲归去。好在你不日将要远行喀喇沁王府！那王府家学渊源，藏书过万。想来延请翁台必为博学之人，望你务要勤学，方不负为师数年教导也。为师就此别过，待你成名之时，必有相会之日也！"

满优什佧道："想你翁台江左丞数十年来在王府执教，可说是兢兢业业，尽心尽责，四子皆有所成，皆凭他之故也。如今身子老迈，想回家颐养天年，这也是人之常情，我已于数日前，吩咐你兄嵩威丹忠封银多封，足够晚年生活所需，务请我儿放心。诸事皆已妥帖，你明日尽管放宽心思，去喀喇沁王府求学，三年满载而归，书写《青史演义》以慰你父在天之灵。"

又唤过一旁的心怡道："速来与七爷研磨。"这七爷尹湛纳希才思甚是敏捷，不过须臾工夫，便见一首五言绝句横空出世，额吉一看与画境甚是相合，写的却是雪梅：

> 雪染腊梅诗，鲜茶四五枝。
>
> 围炉添雅趣，酒助紫竹词。

又见在寒梅的末端尚留有诗一首，定睛细瞅却是梅梢雪，意境又在此诗之上：

> 寒梅夜访，一枝独秀报春来，十里翰墨团扇开，煮雪烹茶，轻叩唐宋词。　举樽宴饮梅梢雪，月绰竹影清泉栽，微酣醉意依栏杆，冷透青衫，纵酒与谁瞒。

满优什佧不由慈爱地轻抚着尹湛纳希的发丝道："孩儿天姿聪慧，诗词写得越来越好了。依额吉思来，异日成就不在你父王之下，如今你父王不在了，唯有前去你舅父家借宿，方可成就学业。一来你舅父乃博学多才之人，无论在学识还是做人方面皆可亲自督促，二来家下藏书甚多，你可在王府博览群书，三来你与表妹萨仁格日勒素有婚姻，也可早日成家立业。此去路途遥远，望孩儿以振兴家国为己任，莫忘祖训，莫给黄金家族抹黑。望孩儿谨遵教诲，方可成人。"

又唤过书童巴图吩咐道："你打小侍候七爷，与尹湛纳希虽有主仆之分，亦如亲兄弟一般，此去王府想来是要长住了。凡事务要多动脑筋，切忌莽撞行事，巴图，你此行事关重大，一来照料尹湛纳希饮食起居，二来督促学业，依我意思，现在就去准备所带之物，明日便可起程前往王府了，至王府后，如有所需物品，可随时捎来书信便是。”

书童巴图甚是伶俐，是八个侍童中最为得意之人。听福晋如此言说，已明深意，故道：“嗻，小奴定不负福晋教诲，凡事多动脑筋，少言多思为佳，以黄金家族为立事之本，但凡有要事，定会捎书信于福晋，以免牵挂。”

满优什祚听书童巴图所言，不由笑道：“你这猴儿倒甚会讨巧，难怪王爷在世之时甚是喜欢重用于你。”又对尹湛纳希道，“现在可去西跨院介寿堂拜别祖母，你是她的心尖子，这一去可是要了她老人家的命了。”

尹湛纳希答应一声，朝一旁的书童巴图挥手道：“此时不去，更待何时？”说话之间，主仆二人一前一后去了。暂且不提。

穿过垂花门，行过曲径通幽处，沿着青石小道行走片时，便至介寿堂西跨院。一进西跨院首先映入眼帘的便是一座假山石，但见石上藤萝掩映，石上有一仙人悬壶济世，洒酒嬉戏，池畔捧桃仙人端坐池塘以应之，有一两清酒当空涌，谁人与我共逍遥之趣。不由引动尹湛纳希诗兴，驻足石台之下暂取轻罗小扇摇之，并且陶醉其间，如入忘我之境界。许是夏日清幽，北塘之水清澈见底，有几尾红色鲤鱼嬉戏追逐，红白相间，甚为点眼，尹湛纳希不由吟道：

春花凋谢飞满天，蓦见桃园雨潸然。

黛玉颦眉为情瘦，红尘无奈渡巫缘。

丝绸古道青瓷泪，远渡重洋九重湾。

诗圣遐思翱广宇，西施复国别梦川。

镜花缘唱相思曲，琵琶失神望南山。

起起伏伏金陵月，钓得几许玲珑烟？

忽听有娇音轻笑道：“这夏日清幽之地，本应抒夏日之怀才是正理，却为何七哥哥吟诵之语，却为秋情？且与曹公《石头记》相符，这里是忠信王府，漠南界地，难不成七哥日夜诵读《石头记》，竟然走火入魔不成？”

尹湛纳希不由回头细看，却是才情并茂的堂妹斯琴高娃。此时正手捧一束含苞待放的凌霄花，巧笑兮兮地站在假山前，恰似海棠花开一枝。风过处，暗香拂动，大有花因人而媚，人因情而美之风情。亦不由笑道：“你不在西府刺绣莲花神韵，倒来这里，却是为何？难不成也来寻凌霄花不成？”

斯琴高娃不由轻笑道：“这七哥哥当真有些木讷。因斯琴高娃多日不见祖

141

母，心下惦念，过来瞅瞅。顺便折数枝凌霄花，插在案台梅瓶里，依样画上两幅，再拿绣花绷子绷上，绣上几幅。听祖母所言，你不日将要远行王府，可望姻事有成，小妹提前刺绣，全当新婚大礼相送，不知七哥可有奖赏！"

尹湛纳希望着俏皮的堂妹斯琴高娃，亦笑道："想必你又来索要字画吧，放心，七哥定当把那雪梅花依样画上几幅，一来渲染梅花傲雪斗霜之志，二来映衬梅花小主清雅之骨，你看如何？"

斯琴高娃不由笑道："知我者，七哥也。祖母正在介寿堂等你呢。快去吧，老人家性子急，又上了年纪，知七哥不日将要远行，又在那里淌眼抹泪。适才小妹陪着伤心了一回。还望七哥多多安抚才是。小妹这就回西府去了，七哥一路多多保重，借宿王府，不比自家。寄人篱下，难免事事随心，务要谨言慎行，这也算是妹子临别赠言吧！"

尹湛纳希道："多谢贤妹临别赠语，七哥定当铭记在心。七哥知你在诚信王府日子甚不好过。寄人篱下，行事多有不便，好在贤妹通达明悟，虽身处逆境，以诗情画意陶冶情操，方不至误入泥潭也，还望贤妹万事看开为是，兄若有得闲之时回忠信王府，必去探视贤妹，你也要多多保重。"

斯琴高娃听尹湛纳希如此言说，不由笑道："七哥之言，小妹记下了。再这样啰唆下去，恐怕祖母又要悬心了。"斯琴高娃言毕，便荷袂飘飘而去。尹湛纳希望着斯琴高娃的背影，不由发了一回呆，不由自言自语道："甚么正出庶出，不过是一副阉割女子的残酷刑具罢了。"

介寿堂的屏风堪称一绝，旧时王谢子弟所饰图文均以多子多福、吉祥如意为喻义。而介寿堂的如云阁图却是用十二生肖动物组合而成，左侧侧蹲的吉祥玉兔，右侧倒盘的蛇雕，喻义蛇盘兔，代代昌，代代富。

门两侧放两盏长明灯，长明灯雕为仙鹤，此雕刻甚是典雅贵气，仙鹤长长的嘴里氤氲着一股子仙气，鹤底座下雕着龙的第八子貔貅，龟龄鹤寿，长命百岁。

檀香木的顶箱衣柜，门雕均是金粉描绘而成，饰有麒麟送子、吉庆有余图案，墙上挂一方古铜镜，条案上放一古色古香的汝窑细瓷，中间又放一座西洋钟，房屋一隅摆放八仙桌子一张，桌上放梅兰菊四个瓶子，寓意实是不凡，四平八稳，方得上善若水之境，无愧漠南沙陀第一家之称。中原文化在忠信王府深得体现，汉文化的浸入与蒙地豪放之气互融，怎一个"好"字了得。

老太君巴达玛嘎日布此时正盘膝端坐在炕案上抹眼泪，丫鬟杏雨坐在八仙桌旁，把各种药品用鹿皮药袋一一封好，便见尹湛纳希撩起帘子进来。老太君见尹湛纳希手里拿着一束凌霄花，不由流泪道："看见你好似见了你父王一样，你父王每至凌霄花开时节，纵使旗务冗繁，也会抽空亲去花园折一束凌霄花送过来。想不到你小小年纪也甚是心细，知祖母喜爱凌霄花，便年年替你父亲尽孝，倒是难为了你。"言毕，忆起英年早逝的儿子旺钦巴拉，那眼泪便似断线的珠子流个不停。丫鬟杏雨见老太君如此，不由劝道："老太君快别这么着，尹湛纳希此番前去王府，不日将要为老祖宗娶上一位格格，来年再添丁赠福，岂不是天大的喜事一桩，与其在这里淌眼抹泪的，岂不是更添七爷恋家之念。依我看，老太君把那体己的什物一样给七爷带上几件，以博王爷、格格欢心，早日抱个大孙子，岂不更好？"

老太太一听杏雨如此言说，不由破涕为笑道："当真这猴儿说得有理，且去把厢柜里旧年间陪嫁过来的描金梅花香扇子、福州的寿山石、珊瑚头饰拿来与我看。"

丫鬟杏雨一见老太君笑了，忙从厢柜里取出这几件宝贝放在炕案上。老太君拉着尹湛纳希的手一一解说道："尹湛纳希，祖母寻思着，色王乃一介文人，想来喜欢这描金梅花香扇子、福州的寿山石，萨仁格日勒乃淑女一个，想来喜爱那花花草草的，送格格珊瑚头饰比较合适，你看如何？"

尹湛纳希见祖母把压箱的宝物也取出来了，不由推辞道："祖母就不用破费了，孙儿已备下礼物，想来他们定会喜欢。"老太君道：你小孩子家懂得什么？听祖母之言，岂会有错。"说罢，慈爱地拉过尹湛纳希抚摸道："明早尚要赶路，这时辰也不早了，这就回去吧。再去瞅瞅，你额吉还有甚话说？你这一去，可是把她的魂也要带走了。"

尹湛纳希道："祖母多多保重，待孙儿不忙时就回来看你。"说罢，方才恋恋不舍地拜别祖母，向着额吉住处逸安堂走去，按下不表。

这正是：

拜别双亲纵马行，寄人篱下叹分离。

翻书史典三千册，巨笔如椽道传奇。

第十八章

寄人篱下入王府，满腔心事几人知

诗曰：

> 跋山涉水远离愁，万物萧条已至秋。
>
> 进入他乡王府日，夜思慈母子烦忧。

色伯克多尔济王爷自从接到满优什伴信笺后，晓得尹湛纳希不日即来。心下暗自揣度：还是把尹湛纳希安置在香怀园为好，因考虑到漠南冬天寒冷，园子里虽有地炉子取暖，冷气还会不时从窗户吹进来。因心下甚是疼爱尹湛纳希，便命管家舒展在香怀园安排一间向阳的通风保暖皆好的住处于他，舒展最终选中一间屋子，相比王府其他屋子，虽不甚大，却有一个大窗户，冬天的时候，阳光可以从窗户透过来。

色伯克多尔济王爷虑事周全，知尹湛纳希甚喜金石字画，投其所好，屋中陈设甚是典雅，皆以字画、梅瓶点缀。舒展不敢怠慢。支使几个小厮方把紫檀楠木雕花桌子放在炕案之上，便见仆人凝安和萨仁格日勒贴身丫鬟若兰抱着绫罗绸缎被褥朝这边走来。这若兰不愧王府调教出来的丫头，不过须臾工夫，便把被褥叠得有棱有角，恰如刀裁一般。把长方形状的被褥置于炕案一隅，又手持鸡毛长掸把窗台上的灰尘轻轻一掸，灰尘便随风飘远了。这时方把白玉笔筒、青玉笔架、砚盒摆放在窗台之上。

若兰仔细瞅瞅，看摆放得中规中矩，妥妥帖帖，方才对一旁的凝安道："凝安，依你看来这一柄玉如意放在何处为好？"凝安见问，不由道："若兰姑娘，依我看这柄玉如意放在紫檀楠木雕花桌子上方显主人身份。"

若兰道："凝安，依我想来似有不妥之处，这玉如意若放在桌上，占用空间必多，想那尹湛纳希乃漠南第一才子，对诗词字画情有独钟，写字尚可，若铺陈宣纸作起画了，就有些狭窄了。依我意思就把它放置在东北角的紫檀双层小案之上，这下层可放两个楠木匣，又可存放字画，上层再放一柄玉如意，一切皆是如如意意，方才妥帖！"

凝安不由笑道："想不到，摆设装饰尽有如此多的讲究，你打小伺候萨仁格日勒格格，经见得多，做的都是精细活儿，不比凝安做的都是粗活，可否说来听听，也让凝安长长见识呢？"

若兰不由笑道："尹湛纳希乳名哈斯朝鲁，哈斯朝鲁这名字暗合玉石之意，王爷对他垂爱过度，玉如意从不示人，如今竟然把宫中米吉德苏荣格格所赐玉如意也拿出来了，如意！如意！玉如意寄语之意：便是寄宿王府，一切如意！想来王爷心中已把他当活宝贝看待？"

凝安又道："玉如意摆放在紫檀双层小案之上，又有何说道呢？"

若兰道："东西南北中，以东为首，有东山再起、紫气东来之意，把玉如意放在此间，喻义学业有成，飞黄腾达，暗合黄金家族二十八代世孙事事如意之意！"

凝安道："怪不得王爷、萨仁格日勒小姐对你诸事倚重，没想到你这丫头甚是了得，还懂周易八卦，倒是令老身叹服！"

若兰道："凝安妈妈过奖，若兰一介丫鬟，哪有这等本事？不过是在王府日久，耳濡目染而已！"

凝安又道："自大小姐米吉德苏荣选入紫禁城之后，在惇郡王那里甚是得宠，每年郡王府多有赏赐。只可惜福晋身染重病，早早撒手而去，若是还在，岂不更好？如今这叶姨娘当家，又不是容人之人，这三小姐萨仁格日勒也不知从中受了多少委屈？但她甚识大体，从不在王爷面前提及，远见卓识又在二位小姐之上，难怪王爷怜爱，把她许配给漠南才子尹湛纳希，想来亦是她的福分呢！"

若兰道："可不是呢？如今盼星星盼月亮，可把尹湛纳希给盼到了，萨仁格日勒小姐心里不知有多受用呢。"

这时，却听管家舒展道："再过一个时辰，尹湛纳希就要到了，接风洗尘的晚宴已备下，你们且去翠云阁拾掇去吧！"若兰和凝安答应一声，慢慢地退下，暂且不提。

再说色伯克多尔济王爷见衙役拿着会牌禀报，知尹湛纳希到了，心下甚是高兴，不由吩咐三小姐萨仁格日勒、四小姐阿茹娜道："你们的七哥哥就要到了，你们可去游廊下迎接。"

旺都特那木济勒一听尹湛纳希哥哥来了，父王却未提让他前去迎接，不由挨近色伯克多尔济王爷相问道："儿臣打小甚是钦佩尹湛纳希哥哥，如今他来了，父王为何不让儿臣出迎呢。"

色伯克多尔济王爷道："你大病初愈，身子弱，不宜见风，如今'饵药'静养方才好些，游廊风大，还是不去为好，省得风疾又入！"

萨仁格日勒知旺都特那木济勒心下甚是诚服尹湛纳希，如今他来了，不让他出迎，知他心下定会不悦。身为姐姐，唯有好言相劝，打消他出迎之念，方可保他玉体早日痊愈。便对旺都特那木济勒道："小弟，还是莫要心急为好，俗话说来日方长，况尹湛纳希哥哥此次入住王府，一住便是三年。你现在病中，不宜出门，还是听父王的话，好好吃药，调息身体为好！"

这三个姐姐之中，旺都特那木济勒一向甚是佩服三姐萨仁格日勒，因她遇事不慌，有大家风范。如今听萨仁格日勒软语相劝，心下揣度也是这么个理，风疾之病甚是磨人，虽是初犯，也不可大意也。父王年事渐高，旗务冗繁，岂能让他诸事为己操心？听三姐萨仁格日勒所言甚和情理，便不再言语了。

色伯克多尔济王爷许是老来得子之故，对旺都特那木济勒甚是溺爱，含在嘴里怕化了，捧在手心怕摔了。谁承想，如今旺都特那木济勒却得了风疾之症，好在治愈及时，不至成沉疴之症。相比四个女儿，对旺都特那木济勒所操之心也就多一些。这旺都特那木济勒甚是任性，遇事只认死理不会迂回，心下还怕他又使性子，今见旺都特那木济勒乖觉，不再坚持出迎，知他被萨仁格日勒言语打动，不由欣慰地笑了。

尹湛纳希车马行至府门，早见王府一行人已在府门迎候，尹湛纳希被仆人搀扶下马，便被喀喇沁亲王府的鎏金门匾所吸引，门匾系由蒙、满、汉三种文字题写，书写笔力雄厚，遒劲有力，也不知是谁人题写？书童巴图见尹湛纳希瞅得入神，不由问道："七爷，三种文字之中，奴才只识得蒙、汉两种文字，满语却是不识得，也不知如何区分为好？"尹湛纳希见问，不由笑道："还好，巴图你识得两种文字，岂不知右书童文轩只识得汉文呢？告诉尔等一个巧方，便可区分蒙满文了。蒙文是中间一棍棍，两边旗毛刺，上下一拧劲便为蒙文字了，满文是中间一棍棍，两边起毛刺，上下一拧劲，背上加圈点便见满文字了。文轩你可曾学会？"

右书童文轩乃聪明之人，细细对着蒙满文书写格式细细琢磨片时，便知要领了，不由笑道："七爷不愧学富五车，上知天文，下晓地理，这方果然巧妙！文轩虽然还不曾识得蒙、满字体，总算是懂得区分蒙、满字符了。"

说话之间，便见王府红色朱漆红门呈现眼前，尹湛纳希细细瞅来，门钉纵九横七，竟有六十三颗门钉，左右各有铜制门环一个，王府气势恢宏，可用六字形容，庄严、气派、典雅。

随管家舒展进得府门，便见西墙通墙之上绘有一幅大型壁画《马技图》，壁画气势恢宏，但见远山含黛，百株松柏迎风而立，围场之内，军营大帐居中，身着蓝色袍服武士，以四方阵式环绕其中，画中人物不下千人，布局合理，疏密有致。有骑马之武士，亦有弹弓射箭之射手；还有两个摔跤的斗士在博弈。

画面之中尤以一匹白马最为殊胜，白马四蹄飞跃之中扬起一片尘沙，便窥见马鞍之上一位身着灰色袍服的蒙古武士，一手搭弓，一手射箭，不过须臾，便见离弦之箭已悬至半空，绘画形态逼真，惟妙惟肖。尹湛纳希看得甚是入迷，不由在画前揣摩意境，直至烂熟于心。心下已知此画系意大利画家郎世宁和宫廷画师联袂而作，真迹在宫廷所藏，这里所绘壁画不过是仿赝之作罢了。

随着管家舒展在王府行走一圈，已知王府布局为中轴五进院落，有东西跨院和后花园而成。至东跨院时，但见玲珑石与树木相映，更有假山花榭叠石，忽有一丝微风徐徐吹过，便闻一缕奇香沁人心脾，细闻似有芍药香气，行走不过片时，便见一屋造型结构严谨，多用橡飞，木装修豪而不华，瓦作采用传统筒瓦覆顶，呈丹青色。尹湛纳希心下暗自揣度："此园独具匠心，屋檐华美，倒是一处好居所，不知何人在此居住？"

此时，却听管家舒展道："此处便为王爷福晋起居之所，右面那一间房为书房，穿过垂花门便可至戏楼燕诒堂。"

过承庆楼便至后花园，后花园建于乾隆四十八年（一七八三年）跟王府同时落成，花园有四处，人工湖一座，曲桥一座；拱桥一座，花园与北山毗连呼应，亭榭、回廊、石桥、池塘、假山造型独特，好似置身于江南名园。尹湛纳希暗道：这王府建筑气势恢宏，殿宇森严，无愧为四十九旗蒙古王府之首。

管家舒展见尹湛纳希年纪不过二八，貌似潘安，神采飘逸，谈吐不俗，心下已敬服三分。不由恭维尹湛纳希道："奴才久仰公子大名，如今一见，果然生得秀骨姗姗，学富五车，怪不得王爷时时在耳边念叨呢！"

尹湛纳希见这管家舒展虽为下人，甚会说话，不由笑道："这王府家业甚大，诸事繁杂，全依老管家操持，已是不易，尹湛纳希初来乍到，还望老管家以后多多照拂才是。"

舒展道："公子多心，照拂不敢当，以后但凡用得着老奴之处，尽管吩咐就是。"又道，"王爷适才派人来吩咐，今日时辰不早，已为公子安排住宿，一会儿领公子略微逛逛园子，便去用餐，明日一早在怀香园替公子接风洗尘。"

尹湛纳希道："替我谢过王爷福晋，就说今日已迟，不宜拜见，明日一早便去拜见王爷福晋。"

次日，便在怀香园替尹湛纳希接风洗尘，大宴宾客。因清廷奉行蒙旗制度，把漠南蒙古分为六盟二十四部四十九旗，色伯克多尔济王爷管辖两部五旗，喀喇沁部和土默特部，故卓索图盟王公大臣皆来祝贺。众公侯见尹湛纳希年纪不过二八，身着一袭宝蓝长袍，腰饰火镰，面如敷粉，眉似春山略向上挑，唇若涂朱，恰似潘安再世。举手投足飘逸洒脱，自有一种风流体态。及至相谈，诗词书画无所不及，都替王爷喝彩，皆言如此佳儿，世间难觅；貌如潘安，才若子建；机敏灵透过人，且是了得！

大小姐米吉德苏荣入选郡王府，三小姐萨仁格日勒又觅得如此佳婿，想来是色王前世修来的福气也！色伯克多尔济王爷听了同僚之语，心中甚是受用，不时捻须微笑。

待宴席一撤，众公侯便至香怀园东侧戏楼燕贻堂看戏，管家舒展呈上戏谱让色伯克多尔济王爷钦点，色伯克多尔济王爷轻轻摇手，并调侃尹湛纳希道："红花当为绿叶扶，今日红花当为尹湛纳希，老夫只需陪衬便可，还是尹湛纳希点上一曲为好。"尹湛纳希乃知礼之人，在座皆为长辈、王公大臣，论理轮不到自己亲点，故几番推让，然色王不允。心下暗自揣度：色王胸藏珠玑，才识过人，儒学武学皆通，时听额吉所言，色王喜好京戏，但凡京城有要戏上演，无论旗务烦冗，必会进京相看，可谓十足之票友，想来定会喜欢《空城计》，便依着色伯克多尔济王爷嗜好，点了一出《空城计》。

这《空城计》讲的是三国时期魏蜀之战，魏平西都督司马懿夺取了要塞街亭。诸葛亮因马谡大意失街亭正自责用人不当。此时司马懿大军逼近西城，不巧诸葛亮已将兵马调遣在外，一时难以回来，城中只有一些老弱兵丁。危机之中，诸葛亮自坐城头饮酒抚琴的故事。

但见扮演诸葛亮的老生，做念唱打皆为一流，挥洒自如的做派，加上铿锵有力的念白，博得满堂喝彩。尹湛纳希在堂下看着也甚是过瘾，因昔年在北京白塔寺曾学过国粹京剧，对诸葛亮一角甚是垂青，还曾登台表演过诸葛亮。此时见台上老生诸葛亮扮相俊美，身着一袭白底青花袍服，稳坐城头，饮酒抚琴，戏唱得流光溢彩，恨不得飞身上堂也来个转体扑跌动作过瘾。

此时，色伯克多尔济王爷在台下也看得是津津有味，不时用扇骨敲击桌面，时不时也会唱上一两句京戏过瘾，尹湛纳希心下不由一阵窃喜，心下暗自揣度：父王生前是个十足的堂会票友，谁承想这色伯克多尔济王爷竟然也是个票友，这也许就是王公贵族家下时设堂会之故吧！

这一日，过得且是惬意，虽说有些劳乏，但心情甚是愉悦，待尹湛纳希回到香怀园已是辰时，见香怀园屋子虽小，但布局甚是合理，并无壅塞局促之感，倒有一股子书香之气。瞅瞅梅瓶、玉如意皆是古色古香，白玉笔筒、青玉笔架、砚盒皆是上等材质而成，比起忠信府自是不同。思起额吉，日间操劳多于歇息，也不知她老人家此时在作甚么？瞅瞅青玉笔架上的狼毫，甚是中意，故拿起狼毫试笔，只见他端坐桌前，不过须臾，便挥毫写下一首诗：

> 自离慈母膝下后，跋山涉水远离愁。
>
> 进入他乡王府日，细算数季度春秋。
>
> 虽就美食游娱欢，想起慈母心肠揪。
>
> 急盼腋下生双翅，飞见老母乐悠悠。

书童巴图甚解人意，知尹湛纳希初来乍到，难免有想家之念。见他把诗夹在《古文观止》里。知七爷乏了，忙拿青玉碟盘呈上六安香茶放在楠木桌上，待尹湛纳希喝过后，用山丹香净了尹湛纳希被褥，又点燃一炷香，放下幛幔勾环，方才退下了，暂且不提。

许是尹湛纳希有择席之故，一晚上竟是辗转难眠，直至三更方才蒙眬睡去。恍惚之间便至一园，但见桃李满园，簇簇争艳，山上桃花开得灿若锦屏，攀缘而上，又见一方棋盘，立于山顶，但见上方刻有河汉两界，想来多人来此间下棋。一棵老松遮阴之下，一位面如敷粉、唇红齿白的公子，手执线装书籍，正在此间读书，读得甚是专注，大有两耳不闻窗外事，一心只读圣贤书之态。从半卷的册页中，露出"古文观止"几个字。

棋盘周遭，一条雕花刻文的石凳之上，一位如花女子侧卧石凳，眼睑微垂，生得甚是明媚，恰似海棠花一枝，被风吹落的一角裙裾散落在地，瓣瓣桃花纷纷落在罗裙之上，一只绣花鞋丢置一旁，只露出尖笋点点白玉足，微风拂过，桃花香、胭脂香便氤氲而至，与曹公所描史湘云醉卧芍药圃有异曲同工之妙。

许是读书累了，书生偶一回眸，便窥见一幅奇景，一丝微笑浮上脸庞，心下揣度：平日所作书画，皆无意境所言，谁承想今个儿却成就一幅奇画，如此难得，岂有不绘之理？但见他拿起小银毫，唰唰两笔便绘成一幅桃花图，许是觉得甚不过瘾，便拈来一页白纸，贴在脚心描了脚样，调侃之中写下"其色如玉，其腻如绵"八字准备离去！

却也奇怪，忽听有娇音传来："七爷，你倒是逍遥，遍寻不着，谁知你却在此间受用。害我若兰娇喘喘喘，攀缘山顶。"

尹湛纳希定眼一瞅，却是萨仁格日勒格格的贴身丫鬟若兰，许是走得甚急之故，但见额头有缕缕香汗洇湿发迹，更添妩媚之态。便道："你不在紫轩阁陪着小姐，却来寻我，究竟有何要事呢？"

若兰道："我家小姐萨仁格日勒才得一幅墨宝，却是清代画家费丹旭《纨扇侍秋图》，此画用墨讲究，用笔飘逸，设色轻淡。因七爷你素喜山水画，故来寻你一同阅画也！"

尹湛纳希道："我一向甚知费丹旭，字子苕，号晓楼，别号环溪生，晚号偶翁等，浙江乌程（今湖州）人。善画人物、花卉，尤精仕女，流寓杭州、海宁、上海、苏州、嘉兴、桐乡等地，以卖画为生。不知此画，小姐萨仁格日勒又是从何得来呢？"

若兰道："难不成七爷忘了，王爷不但藏书甚丰，对那金石字画也甚是垂青，家下存有古画多幅，许是耳濡目染之故，萨仁格日勒小姐不但诗词俱佳，书画也甚是了得，不然焉有名动四十九旗之说？"

说着话，两个人不觉已至萨仁格日勒书屋，尹湛纳希环视左右，墙上所挂皆为名人字画，东南角摆放紫檀双层角架一个，以方格为断，分有六格，格层之上罗列《红楼梦》《镜花缘》《芥子园画谱》，又有紫色长口瓶、镜瓶两个，分置左右，中间放一硕大梅瓶点缀其间，典雅大气，书香之气氤氲而至。

墙上新挂一幅《纨扇侍秋图》，画面中绘一仕女，体态轻盈，婀娜多姿，笔墨松秀，意境淡雅。仕女背倚垂柳，凝目远眺，左手执一扇。微风拂柳，秋意顿生。仕女裙前膝下飘带斜舞，秋风习习，飘逸中蕴含忧伤。仕女前绘一栅栏。笔墨清淡而略显纵放，简洁生动。色彩淡雅协调。整幅画面虚实得体，诗情画意喷薄而出。

萨仁格日勒见尹湛纳希到了，不由笑道："七哥哥甚是难寻，又到哪里作画去了？妹子新近才得一幅《纨扇侍秋图》，绢色，用墨皆是好的，知你对画理知识甚通，素有'江南唐伯虎、塞北衡山豹'之称，你且瞅瞅，此幅《纨扇侍秋图》，用笔好在哪里？"

尹湛纳希道："贤妹过奖，依我看来，仕女背倚垂柳，凝目远眺，左手执一扇。微风拂柳，秋意顿生，可说是点睛之笔也！"

萨仁格日勒道："我倒是喜欢，裙前飘带斜风舞那个意境，突出了秋风习习之意！"

尹湛纳希听萨仁格日勒小姐所言，甚合心意，不由道："小姐诗词曲赋样样了得，想不到对画理知识也甚是知晓，尹湛纳希心下甚是诚服！"

两个人正说着话，却见色伯克多尔济王爷从外间信步走来，一听两个人在书房议画，不由道："你们俩都说对了一半，你们可知画中人物尖脸、樱口、削肩、柳腰、弱不禁风突出了什么主题？"

见两个人都是一副懵懂的样子，不由提示道："不是阴柔不振的衰落气象与秋风萧瑟的落寞之感，方才突出了《纨扇侍秋图》之意境吗？

尹湛纳希、萨仁格日勒两个人一经点拨，细细观摩《纨扇侍秋图》之意境，果是如此！

尹湛纳希心下甚是佩服色伯克多尔济王爷，不由说道："尹湛纳希初次阅画，对画中意境领悟不深，一经王爷点拨，方才回过味了，想来这阅画也如写诗一样，只有意境深窈，方可突出主题也，不知尹湛纳希说得可对？"

色王色伯克多尔济道："意境、灵气、悟性固然重要，用墨讲究也甚是了得，且看这仕女的鬓发，仅用湿润的水墨轻点，就突出了丰富的层次，湿润苍老的树干和大笔的点苔，且浓且淡，互相晕染，都是难得之笔法也。仕女脸用一笔法，虽虚其容貌却呼之欲出，这都是神来之笔也！"

尹湛纳希正欲往下听时，却听外面喜乐之声远远传来，好似大婚之场景，正在心下纳罕之时，却见书童巴图忙忙来报道："七爷，还不快走，这婚礼实属罕见，有些看头！"

尹湛纳希被书童巴图牵着来到一处院子，但见院子高大气派，前来贺喜之人络绎不绝，却见新郎身着一袭红袍，斜挎黄布带，中间系着金蟾，引领新娘拜过天地，共入洞房。

尹湛纳希看着心下暗自揣度：蒙古婚礼以火为大，大婚必到野外行拜火仪式，以示祭祀。拉羊腿共入洞房，象征荣华富贵。汉族婚俗以阴干金蟾喻义白头偕老、长命百岁，"看这新郎年仅不过四五之年，却有如此胆量，力改蒙旗婚俗，倒令人另眼相看也，想来也是甚通中原文化，不然何来如此行为！"

正在寻思之时，却听书童巴图在眼前唤道："七爷醒醒，七爷醒醒，王爷有要事相商，请到书房一叙！"

尹湛纳希睁眼一瞅，却是南柯一梦，尹湛纳希朝窗户望去，已是日上三竿之时。忙忙洗漱之后，便朝色王书房走去。

这正是：

> 夜半醒来思梦长，时常切磋案台旁。
>
> 金蟾斜捋拜天地，入眼皆为紫袄香。

到了书房方才得知，原来色王色伯克多尔济吩咐从明个起让旺都特那木济勒陪读，并对尹湛纳希道："旺都特那木济勒一向性子野，万人皆不入眼，唯独对你甚是心服，依我意思，你随便带带他，一来有个说话的人，不致寂寞；二来也可让他学些经史子集，已为你们各配一名小厮，可随时调遣，如有所需，可直接和管家舒展言明。"

旺都特那木济勒正在惶恐不安，初时见父王唤他还以为又要挨训。因近来贪玩成瘾，老师让背诵的两篇文章还未曾背会，手里正捏着一把汗，心里七上八下。暗自揣度：尹湛纳希表兄方至，今日莫不是又要挨训？若父王当众揭了老底，岂不颜面扫地。如今听父王一席话，心方才踏实下来。故对父王道："父王此举实乃英明之举也。儿子再不济，有表兄尹湛纳希时时庇佑，岂敢再生顽劣之心？少不得收回心思，学些真本事，以慰父王之心。"

色王一听旺都特那木济勒这么说，心下顿觉欣慰，不由展颜笑道："你总是说得比唱得还好听，好，权且就信你这一回。"说罢，又笑对尹湛纳希道，"王府藏书楼所藏书籍不下万册，如有需要尽管去藏书楼一阅便是。"

尹湛纳希一听竟有万册图书，眼睛不由一亮道："谢舅父成全，不知此处可有四大函的《天王大全》？"

色王色伯克多尔济道："此系史典，难不成你要续写《青史演义》？"尹湛纳希道："目前学识尚浅，难以驾驭鸿篇巨制。还是笨鸟先飞，提前琢磨着，早打腹稿，可望成功也！"

色王不由又对旺都特那木济勒训斥道："你且瞅瞅你表兄尹湛纳希，不过才比你大几岁，却有如此雄心大志，你可要时时向尹湛纳希兄长看齐才是！"

旺都特那木济勒装出一副可怜巴巴的样子道："孩儿谨遵父王教诲，莫要上紧箍咒了，成吗？父王，求你了！"

色王色伯克多尔济一看旺都特那木济勒这副德行，不由无奈地挥挥手道："眼不见，心不烦。快随你表兄去书房吧！"

旺都特那木济勒闻此，好似脱兔归山。不由推了尹湛纳希一把，道："兄长快走，此时不走，更待何时？"

色王色伯克多尔济见旺都特那木济勒顽劣异常，不由蹙蹙眉头，目送他和尹湛纳希走出院外，方才回书房梳理旗务去了。

出了书房，尹湛纳希不由对旺都特那木济勒道："你好大胆子，竟敢如此跟你父王说话。"

旺都特那木济勒道："父王虽为一旗之主，但对子女甚是和蔼可亲，子女若无大错，从不苛责。许是小弟是家中唯一血脉之故，溺爱过甚，说话随意也是有的。怎么，表兄的父王是严厉多于溺爱吗？"

尹湛纳希道："我父王外表严厉，实则心慈面善，对我们弟兄关爱之心，发自心底。以言传身教做起，从做人、做事抓起，从无懈怠。四子之中，皆无不良陋习，互相砥砺，皆以著书立说为要，始有漠南五宝之说。只可惜慈父英年早逝。"言毕，尹湛纳希不觉黯然神伤。

旺都特那木济勒见本是无心之语，竟惹尹湛纳希伤心。忙转换话题道："先王考喜文墨，每岁自京归，购求古今图书不下千卷，余检阅之余，对长夏而披读，恨童年之嬉戏，口占一绝：

先人手泽有余香，案上常留翰墨光。

愧我不才承燕翼，空依东壁列图章。

父王每见小弟不思进取，总是教诲一番，可小弟依然故我，不思悔改，屡负父王之心。"

尹湛纳希听了此言，不由劝道："贤弟虽小，聪慧超常，领悟力强，只是贪玩过甚而已，如若把七分聪明用在学问之上，异日成就必不可限量也。你父王督促于你，也是怕荒废学业而已！"

旺都特那木济勒道："依小弟思来，蒙古历来承世袭制，以马技选拔人才，中原文化略知一二便成。况咸丰帝八月辛卯谕内阁有言：'毓书奏外藩蒙古人等沾染汉人习气，渐失根本，请皆严行禁止一折。蒙古地方素性淳朴，不事浮饰。近来蒙古人起用汉名，又学习汉字文艺，殊失旧制。兹据毓书奏称，蒙古人词讼亦用汉字，更属非是，若不严行禁止，断然不可。著理藩院晓行谕内，外各札萨克部落，嗣后凡蒙古人务当学习蒙文，不可任令学习汉字，以负蒙古淳朴风俗之至意。①许是小弟懒散之故，虽也想精进，无奈一见书本就犯困，想来不是那块料。故每回父王督促学问，皆以搪塞为主，不过是阳奉阴违而已。虽然心下自感愧对父王，然就是改不了，这恐怕已成积习也，但愿从今往后，能改变此陋习，长些学问，还望表兄时时督促为盼！"

尹湛纳希道："贤弟乃聪明之人，一旦晓得学业之重要，自当精进也。督促乃是分内之事，贤弟不要使性就是好的，如何？"

旺都特那木济勒听了不由笑道："小弟虽不才，时常在父王跟前使性，岂敢在表兄面前使性呢？小弟一向对兄台佩服至极，只有听从的分，难不成还有违逆之事发生？"

尹湛纳希也不由笑道："贤弟可知，有个成语叫'防患于未然'，愚兄用在此处，想必贤弟必知深意也！"

旺都特那木济勒听罢，不由折服道："好一个防患于未然，让人记忆犹新！小弟一向酷爱兰花，善画竹兰花草，听父王所言表兄喜绘青绿山水，改日不忙时给小弟画个青绿山水，挂在中堂，如何？"

尹湛纳希道："时常听人讲贤弟所绘竹兰花草，用笔绝妙。正想和贤弟切磋技法呢，改日抽得空来，画一幅青绿山水以作初见表礼，可好？"

旺都特那木济勒道："得表兄承应画作，小弟喜不自禁，定当亲裱悬于中堂。"

此时忽听管家舒展来唤道："公子且回转来，王爷说还有一事要吩咐公子，让去一下。"旺都特那木济勒对尹湛纳希道："不知父王又有何事吩咐？表兄你可先去书房，我稍后便至。"

王府书塾建在西跨院，因是王府私家书塾，生员不过有十人，多为八旗子弟。翁台系山东曲阜人，姓李名佑军，学富五车之人。许是聪颖、悟性过人之故，先生最喜两个人，一为尹湛纳希，时有小灶于他，二为旺都特那木济勒，虽聪明过人，然心思不在学问之上，故时时鞭策于他。

转眼便是重阳，故书塾放假两日，生员多不来此上学。因李佑军翁台家在山东，不便回家，而尹湛纳希寄宿王府，故翁台相约尹湛纳希同去登高。因王

① 参见《尹湛纳希年谱》：载自文宗实录卷 103。

府后靠山甚是有名，满松柏树皆为柏山，虽来多时，还未去登山望远，故相约去后靠山登高望远，以寄情怀。

师生二人攀缘而上，始知后靠山一共是三进山，一进山满松柏树，称为柏山，二进山比一进山略高，在山上向下俯瞰，便窥见一方大印放在一隅，故为方印山。

三进山甚为高远，两边翘起，中间略低，好似一座宫殿屋顶，从远瞅好似明朝官帽，故为官帽山。

尹湛纳希心下纳闷，柏山、方印山、官帽山？不由问道："翁台，却是为何？三进山以柏山、方印山、官帽山命名，难不成与风水有关。"

翁台李佑军一听尹湛纳希所言，心下暗道：如此奇儿，真是世间少有。从三进山之中竟然瞅出端倪，怪道有才子之说。翁台李佑军便道："王爷学富五车，甚懂风水学说，后靠山喻义不凡，这官员头顶乌纱坐于银安殿掌印，掌印之人便为王爷也。"

尹湛纳希听了，不由钦佩道："翁台学识过人，如此一讲，再细瞅此山，果然有此意境，倒让学生受益匪浅了。"

翁台李佑军见尹湛纳希悟性了然，循循善诱道："学问，学问，不知就问，可通大学问。国中文化，学无止境，为师甚是看好于你，你需在学问这方面多下功夫才是！"

翁台李佑军用手一指山势，又道："看完后靠山，再瞅前兆山。你仔细瞅瞅，便可看出门道也，为师暂不点破，且看你悟性如何？"

尹湛纳希道："谨遵师命，依尹湛纳希悟来，前方有两座宛似金字塔之山峰，左侧正对府门；右侧一座在柏树之后，依左面山峰往下数，数至下瓦房恰好有九座，从右往上数也有九座，二九十八？难不成暗喻十八罗汉护佑王府？中间处有五个半圆形山峰组合而成，中间为大两侧为小，好似五龙聚首。中间弧形山峰形似太师椅之后靠，两侧山峰为扶手，山脚之下便见锡伯河水潺潺水声流过，好似一条玉带依山环绕。先生，难不成这就是后靠山之喻义？"

翁台李佑军听后，不由笑容可掬地拉过尹湛纳希道："解得好，解得好！尹湛纳希果然聪慧过人，令为师另眼相看也！这便是"前有照，后有靠"的由来也！"尹湛纳希听后又问道："翁台，学生尚有一事不明，还望翁台明示！前日学生偶得一书，为清朝蒋大鸿所著《阳宅指南》，书上云：'一空三闭是豪家，三空一闭乱如麻。若通闭里求空法，立地珍珠满鹿车'。此诗是否寓意前有远瞻

155

之力，后有无顾之忧之意呢？"

如此学生，让人心生爱怜之心！翁台李佑军听后，不由大喜道："说得正是。想不到你小小年纪，涉猎知识如此之广，倒令为师叹服！自古有言：'楼宇坐后有靠山，前向明堂有水，便是前有照、后有靠'之由来也。"

师生两人说话相惬，不觉日已偏西。但见一轮夕阳，金晖尽洒，后靠山氤氲在一股紫气里，别有一分韵味。两个人顺着来路下得山来，倍觉神清气爽，眼目清新。翁台李佑军道："古来文人墨客重阳登高，必有诗词曲赋问世，为师今日以《重阳抒怀》命题于你，待明日至学堂时，务要拿上《重阳抒怀》，以作范文宣讲！"

尹湛纳希道："学生谨遵师命，试着写上两绝一赋，还望翁台指正为盼也！"

第二日卯时，尹湛纳希已至学堂。但见旺都特那木济勒正坐在那里读书，不由近前笑道："贤弟今日来得甚早，如若天天如此，以贤弟姿质，何愁学问无有精进呢？"旺都特那木济勒见尹湛纳希到了，不由笑道："近来被父王催逼不过，时向翁台询问学业之事，看来容不得半点马虎？故提前预习，以便父王时时查考也。"

尹湛纳希道："学问岂是让人用来查考的，学贯中西，学以致用，学有所成，方可登峰造极。"

旺都特那木济勒正欲反驳之时，却见李佑军身着一袭青衫，手执教鞭已至学堂。诸学子见翁台到了，皆噤声端坐于案。李佑军举目一望，便已瞅见尹湛纳希旺都特那木济勒比肩而坐，不由微微一笑。把目光转向尹湛纳希道："尹湛纳希，不知前日命题《重阳抒怀》可成？"尹湛纳希见翁台查考，方恭恭敬敬呈上诗稿道："学生命题之作已成，还望翁台不吝赐教！"李佑军只瞅一眼《重阳抒怀》，便知是难得好词也。心下暗道：王爷学富五车，阅人无数，在他眼里万人不过法眼，得他赏识之人更是寥寥无几，唯独对尹湛纳希另眼相看。初时以为不过些微才学而已，今日初观此词，倒令老夫另眼相看也！此生才貌双全，乃四十九旗难得真才子也，日后必有建树也，老夫定要尽平生所学栽培于他。想罢，便对旺都特那木济勒道："公子旺都特那木济勒且把生员所写七绝《重阳登高》一一呈上来，以便评说！"

旺都特那木济勒忙起身，依长条桌椅穿行收取诗稿。却见有的生员抓耳挠腮，一脸苦相，有的生员以手掩目，做低头状；有的生员两眼发呆，全无一点灵犀之气。心下已知皆是不学无术的主儿，假借读书之名，只图结交契弟，屡费家长束脩而已。故走了一圈，收上来的诗稿不过半数而已。

翁台李佑军见呈上来的诗稿，不过才五篇。三篇辞不达意，不知所云为何物？只有尹湛纳希所赋《九月九日赋重阳》和《过秦楼·重阳抒怀》堪为极品之作。旺都特那木济勒较之以往，诗词虽有进步，但尚待提高。

九月九日赋重阳

（一）

花街访客曲如流，携手邀朋黄鹤楼。

清酒一杯酬五柳，满山红叶助谁游？

一腔心事几人识，夜半无声对月愁。

冷雨敲窗暖阁冷，拥衾远眺觅龙舟。

（二）

西山红叶满山沟，深浅依枝报晚秋。

望远登高有圣者，攒花丹蕊洒香楼。

煮茶拈雪擢纤手，戏笔蘸来柳句酬。

十指飞鸿慰九九，陶公闻讯泛叶舟。

过秦楼·重阳抒怀

九九重阳，天高云淡，酌酒一樽谁暖？茱萸坠粉，独对黄花，塞外笛声悠远。衰草处处悲咽，孤枕难眠，青丝轻挽。想春时旧景，长亭合韵，夜歌不断。　　风骤起，少舞尘沙，半折蕉叶，树隐鹊巢飞燕。愁肠片片，执笔沉吟，旧岁一枚香扇。陈墨词阙案边，邀月窗前，楼台舒展。两情何断叙，醉在秦楼玉宴。

李佑军清了清嗓子道："学堂不过十人，然呈上来的诗稿却只有五首。三首不知所云何物？可视为弃稿，不作点评。写诗重在意境，王昌龄在《诗格》中说诗有三境：'一曰物境。欲为山水诗，则张泉石云峰之境，极丽绝秀者，神之于心，身处于境，视境于心，莹然掌中，然后用思，了然镜像，故得形似。二曰情境。娱乐愁怨，皆张于意而处于身，然后驰思，深得其情。三曰意境。亦张于意而思于心，则得其真矣。'且看尹湛纳希这首《过秦楼·重阳抒怀》可说是极品之作也，且听翁台赏析便知此词之好处也。"

"纵观此词，词风沧桑遒劲，意境幽深曲廻，词格穿插有度，平仄对仗工

157

整，思路跌宕有序。朦胧含蓄，形容舒妥，妙喻得体，词柳依依，似乎情有所倚似乎梦绪无涯，时空滞留间词锋倏忽指代何人？似乎写清照，似乎述婉儿，又似乎描摹自己心境。诗风游离笔转偏锋，恰如水墨画之绘画神祇：似是而非则神似也。词的力道既含少林金刚指之雄风，又融太极绵柳掌之婉约，刚柔并济则意象传神则意境深远绵延。重阳登高酌酒，诗情豪迈，颇有方家吞吐万象之胸襟，酒道甚浓，却无以高山流水知音相携，故有'一樽谁暖？（初舒愁绪）'之感慨。'衰草处处悲咽，孤枕难眠，青丝轻挽。（再叙愁绪）''想春时旧景，长亭合韵，夜歌不断。'委婉红袖轻舒时，昔日与君唱和之惬意情景，犹历历在目。'风骤起，少舞尘沙，半折蕉叶，树隐鹊巢飞燕。'系列动词排比传神，转折过渡自然无痕。'愁肠片片，执笔沉吟，旧岁一枚香扇。（三摹愁绪）'愁绪悠悠波波涟漪回环，将一个'愁'字推进到高巅。'陈墨词阙案边，邀月窗前，楼台舒展。两情何断叙，醉在秦楼玉宴。'最后两句结篇收束句再抒豪情再续柔肠，犹如伯牙与子期雨夜相遇，高山流水之相知情难了断。此情拳拳，此念悠悠，独醉秦楼玉宴，更添一分牵挂，再添两分醉意，再加三分纠结。整首词传音，赋彩，绘型。犹如一盘佳肴色香味俱全，将诗词之触觉、嗅觉、听觉完美糅合，于是乎此词内蕴的生活气息与人情忧思心结，得以较好拓展和彰显。"

李佑军说罢，举目望去，却见旺都特那木济勒一改往日懒散之态，正在薛涛素笺抄录评点，心下不由甚为欣慰。这旺都特那木济勒虽然学识不及尹湛纳希，但在八旗子弟之中尚属佼佼者，况其父色王学富五车，父王风骨自是有的，一经雕琢必会夺彩。只是对这学生施教务以恩威并重，教导鼓励方成，这也是因材施教之由来也，按下不提！

重阳一过，转瞬之间，冬雪已飘然而至。远处道木图山的虬枝迎风飘扬，落满雪霜，就连王府内外的树丫之上也落满了积雪，晶莹剔透似五色花瓣氤氲而至。虽说朔风萧飒，但却有一种空旷之美，苍茫厚重。一缕光透过窗帷折射过来，衬得窗外越发透亮，似镜湖一般，尹湛纳希心下顿时明彻起来，雪花眷顾的同时，室内的寒意也不期而至。

尹湛纳希披衣起身，盥洗过后，便至书房。拿起昨日读完的《再生缘》，写下数语以记所思："自古云，婚姻五百年前定，依我观来，成败之由总在天。骏马常驮村汉走，巧妻每伴拙夫眠。"写罢，把笔搁置笔架之上，不由长叹一声。

书童巴图一见，便道："这一大早的，七爷才起来便去写诗，且有叹息之声？七爷莫不是想福晋了，故有如此之叹，让我瞅瞅写的却是什么？"说罢，便拿起诗稿看去，看了一会儿，便道："依我想来，七爷是为日后构思小说而作，不知说得可对？"

尹湛纳希听罢，不由笑道："你这巴图小厮倒甚是古灵精怪，难不成你竟是七爷肚里的蛔虫，竟然猜得是丝毫不差？"

巴图听了亦不由笑道："在七爷身旁待久了，岂可不沾点灵气？依奴才看来这下雪天寒气必重，还是莫到园子去了，小心着凉！"

尹湛纳希道："多年养成的习惯，岂能更改？漠南初雪，空气必然清爽，我去片时便回。"

尹湛纳希才至院内，便有彻骨寒意袭来，虽说身着蒙古夹袍，外置灰鼠坎肩，阵阵冷意直透骨髓，好似未曾着衣一般，只得在院内疾行数圈，以御寒冷。

许是身子单薄之故，竟是不成，尹湛纳希只得回转而来。早间书童巴图曾为他点燃炭烧的火盆取暖，然这炭烧的火盆也有劣势，便是火盆燃得快，去得也快，至下午四点之时，炭火旺势已去，只留下余火燃燃。坐在书房写字久了，手指竟有僵涩之感觉，两手揉搓数下又在火盆上取暖，待手心暖了，便搁于两眼之处摸抚数下，便觉眼眸甚是清亮。然后背时有冷气袭来，只得又加一件袍服取暖。置书案下坐定，提笔写下《月娟》回目六回：

第一回　花丛藏身前缘注定，草亭避难命里该然

第二回　凌珠公子花园得心病，乌玉小姐大厅害愁思

第三回　掏心腹说真话滴泪已红，看图像忆往事灯光更绿

第四回　鸳夫人信卜并不后悔，王管家遵令毫不放松

第五回　安远王梦后得石子，凌公子折断桂花枝

第六回　说原委珠宝增色，成姻缘双娟齐飞

忽听院内书童巴图道："管家这边请，七爷正在书房用功呢？"管家舒展道："我就不进去打扰七爷了，王爷让七爷申时去一趟书房，说是有要事相商，在下这就告辞去了，那边尚有诸多事情，等着要办呢。"

书童巴图道："家下奴仆甚多，吩咐小子们去做就行，何需劳烦您亲跑一趟呢？"

管家舒展道："只因王爷对七爷垂爱过甚，怕小子们办事不周，故让我来传话也。"说罢，轻拍袖上雪花，重整袍服，匆匆而去。

因院外冷气袭人，巴图把一件灰鼠披风替尹湛纳希披上，又把宫制小手炉呈上。巴图见尹湛纳希穿上这灰鼠披风，在雪地上一站，越发显得玉树临

风。细瞅眉眼，好似潘安再世，不由笑道："怪不得王爷甚是爱怜七爷，七爷这玉树临风的样子，奴才瞅着都喜欢，更何况名媛淑女？"尹湛纳希见巴图如此，不由佯装愠怒道："你这奴才，近来胆子甚大，尽然调侃起七爷来了？"巴图道："小的岂敢调侃七爷，实是七爷才华横溢，貌似潘安，才若骆宾王，着实令人仰慕。"

尹湛纳希道："巴图须要晓得，只可私下谬赞，况色王府家大业大，人多嘴杂，不比家中。虽说王爷相待甚厚，不过是寄人篱下，故说话办事务要谨言慎行，以免让人外道笑话，切忌不可人前多言，你可知晓？"巴图乃四小厮中最为知性懂礼之人，听尹湛纳希如此言说，已明深意。便道："巴图岂能不知？七爷寄人篱下，唯恐家下仆人、婆子笑话了去，故有此之说。巴图定会不负七爷教导，多办事少说话，不给七爷惹麻烦。"尹湛纳希见巴图甚解人意，过去撞了一下巴图的肩膀，以示主仆亲和之力。

主仆一前一后，绕过后花园垂花门，经长廊穿行之时，见廊外有数块白石头散落一隅，皆被大雪覆盖。不同形状晶莹剔透的雪球折射出不同的光芒，煞是壮观。只有一块黑色石头好似女娲补天被弃的石子，在那里发出幽幽之光，似在诉说着寂寥无奈！尹湛纳希近前细瞅，不由自言自语道："石头滑雪融不住雪本是有的，但此石青涩没有一丝落雪痕迹，却是何道理？难不成此石吸热？"巴图见说，不由笑道："七爷如此聪明之人，却怎的不知石头材质不同，高低不同，迎风角度不同，温差亦会不同的道理呢？"尹湛纳希听后不由笑道："巴图小厮甚是聪慧，细想一番，还真是这么个理！"说着话，两个人继续前行，便窥见前方不远处有一轩，虽然建得不甚大，飞檐微翘，深灰底色，却深得南园造型之趣。在松竹掩映之下更显雅致，尤其轩前竟有半亩方塘，池中假山松石环绕四周。池正中有一塔，高为六层，裙身白蓝互染，卧于池中，造型独特，似有西湖三潭印月旧貌。彼时池中虽已干枯，雪霜落在塔上，有一种朦胧空旷之美，倒有一种说不清道不明的情愫在里面。不由看得呆了，便道："巴图快来与我同观，此轩造型，倒是难得之作也！只晓得陶潜《饮酒》诗'啸傲东轩下'，又有杜甫《夏夜叹》'开轩纳微凉'之句。想不到骤见这轩确加深了对轩的了悟，这雪倒让我了悟诗中之意境，若是夏日此间纳凉作诗，岂不更是惬意！"

巴图看后也不禁雀跃道："这色王府果然了得。亭台楼阁不下百间不说，就连这轩也造得小巧玲珑，深得南园之趣。往日瞅着忠信府的荟芳园却是好的，谁承想山外有山，园外有园，看来以后每逢夏日，七爷可去此园读书也！"

主仆二人说笑之间，已至王府。却见王府门前，家奴甚是忙乱，有的肩挑两筐，筐中之物皆为木炭，有的背扛柴火，比肩而过；有的手执撬棍，三三两两皆从南而至。到了王府房檐之下，便停驻不前，纷纷卸下物件，分列两旁。但见数十人手持撬棍把一方石板撬起，便见一米多深大坑，有数位仆人先行入坑，取四根木材相互交叉，中间留空，填入干草，依序把木炭累累叠加。待垒起一个长方形后，便把数捆柴火置于木炭之上，方才攀岩而上。却见一仆人点燃木棍，待木棍火苗渐浓之时，方把木棍投入坑内，随着噼噼啪啪的声音响过之后，又把青石板盖上，便见双龙吐须从地下两个出烟孔内徐徐冒出浓烟，众家奴见烟尘起了，皆道："待烟尘小了，你我稍停片刻便可离去。"但见浓烟分成两股向西而去，众人皆被此烟尘熏得睁不开眼且咳嗽声声，却无人离开。待火苗旺过之后，烟尘渐无之时，方才一哄而散。

尹湛纳希起初甚是纳闷，心下寻思："这王府做事向来蹊跷，却是何意？"及至看到"双龙吐须"方才领悟，原来这就是外间传说的地火炉，是王府冬季用来取暖之方式，这和忠信府的火炕取暖有异曲同工之妙。只不过王府的地火炉省时，只需隔三岔五点一次火。

进得王府书房，果然典雅气派，墙上挂郑板桥"难得糊涂"一副，两侧分挂兰菊两条幅。

但见书法线条遒劲有力，一波三折，流畅飘逸，疏密有致。可说是舒展自如，收放自如。尹湛纳希不由暗揣道："石涛画竹胸有成竹，板桥画竹胸无成竹，笔底腕下风情自知，非绳墨所能拘也！王爷以'难得糊涂'做座右铭，可见操守之德，倒是令人生敬！"

但见条案上放置梅瓶一个，书籍若干，雕花紫檀笔架之上罗列粗细毛笔数支，下放一把紫檀逍遥椅。王爷此时正拿起一瓯六安香茶品茗。

尹湛纳希从外间走来，色伯克多尔济王爷细瞅，但见尹湛纳希身着一领灰鼠披风，大有玉树临风之态，衬得肤如白雪润三分，眉似远山不描而黛，唇不涂而丹，恍若潘安再世。一瞅之下更觉喜欢。忙对仆人伊德尔道："快与七爷尹湛纳希看茶！"伊德尔忙把一盖碗香茶呈上，并道："请七爷用茶。"说罢，方才侍立一旁。

色伯克多尔济王爷道："今日叫你来也无甚大事，只是学堂的事情而已。听翁台李佑军所言，近来犬子旺都特那木济勒一改往日慵懒之态，钻研学问劲头十足，皆因你时在耳边絮叨之故。日后还需你时常督促于他，以期早归正道也。前些时进京，带回三千本书，已交付管家舒展按门归档，听闻你近来创作章回小说《月娟》，不知欲写几回？蒙地著书立说之人稀少，望你不负黄金家族众望，以振兴蒙古文化为荣，你理应是这样的人，方不负孛儿只斤（蒙古皇族的氏族名称）之称。如需书籍可去藏书楼自取。"又对侍立一旁的伊德尔道，"把那肇庆所产端砚，描金银图案粉蜡笺、描金云龙考蜡笺，五彩描绘砑光蜡笺各取一沓与尹湛纳希受用。"

但见伊德尔双手毕恭毕敬，把早已备好的端砚、蜡笺用长方形托盘呈上。尹湛纳希见王爷所赠皆为上上之品，忙推辞道："王爷所赐皆为上品之物，尹湛纳希受之有愧，还望王爷收回成命，只捡平常所需赐予就成。"

色伯克多尔济王爷见尹湛纳希一副受宠若惊的样子，不由笑道："外甥不可多虑，你乃漠南稀有才子，受之无愧，如若再加推辞，反为不妥，还是受用为是！"尹湛纳希见王爷如此惜才，只能重整衣冠，再次揖礼，以谢王爷厚情。

这正是：

　　粉蜡描金毛笔绘，双珠攫取桂花纹。

　　权谋非借荣华跃，紫气东临雨露分。

第十九章

情不重不生婆娑，爱不深不坠轮回

诗曰：

> 来生愿徙伴菩莲，诗酒为媒枕海眠。
>
> 夜雨芭蕉花心扣，三千落笔月中弦。

色伯克多尔济王爷自从福晋格日乐塔娜过世之后，便纳福晋身旁的叶姑娘为妾，如今且叫她叶姨娘为好。因这叶姨娘生得颇有几分姿色，处事可说是八面玲珑，人前一套，背后一套，可说是阴险狡诈之人，加之甚会谄媚之道，王爷虽有两位姨娘，却对她言听计从，甚是宠爱，如今王府诸事皆凭她打理。

叶姨娘见自打尹湛纳希来府后，色伯克多尔济王爷多加袒护，诸事亲力亲为，吃的用的皆为上品，心下已有几分不悦。加之小姐萨仁格日勒自从福晋过世之后，自视清高，从无探视之说，已添不满。故时常在枕边吹风，说什么这尹湛纳希虽然才华横溢，然无正途之说，终究不是个事儿，萨仁格日勒乃一介名媛，婚事岂可操之过急，暂且让他在香怀园住着，待有了正途之说，再言及婚事也不为迟。初时色伯克多尔济王爷不以为然，枕边之风吹多了，难免有误人之意。加之旗务冗杂，竟把这事搁置一旁，久不提婚事。尹湛纳希心下唯有暗自揣度：也不知色王究竟是何意思？只能静心等待而已。这时日久了，渐有惆怅暗涌于心。因是男儿之故，生性甚大，加之性喜读书，在王府日子虽艰，然有万卷图书相伴，写诗作画，著书立说，倒也惬意，王爷不言婚事，正好在此阅尽万卷书！

萨仁格日勒则不然，未吃茶的女儿心性最是难猜？又是怀春之时，虽有心仪之人尹湛纳希来府寄宿业已三载，然父王却不提婚姻大事，也不知是甚意思？古来闺中女儿最忌伤情，轻者伤身，重则丧命。萨仁格日勒生性善良，加之福晋过世甚早，虽有父王疼爱，然有叶姨娘从中作梗，这姻事却无从着落，难免临风感叹，对月伤怀。加之甚通笔墨，悟透世情，不觉添了一个夺宫之症，就是每睡至三更之时，便辗转难眠。时日久了，难免有憔悴之态，这女儿心事，又不容外道于人？即便是父王，也是如此。故身子渐有虚脱之症，那色伯克多尔济王爷旗务冗杂，无暇顾及家事，及至悟到，为时已晚，故有白发人送黑发人之叹也！

这日，萨仁格日勒才至垂花门，却听叶姨娘聒噪道："这小姐萨仁格日勒一日大似一日，为何却不顾体面？频频出此垂花门，难道竟要坏了王府规矩不成？"但见家下仆人谢尔道："姨娘还是积点口德，莫要如此说了。依奴才看来，萨仁格日勒小姐处事得体，有淑女之称，又是四十九旗难得之才女，想来必有要事，方出此垂花门也。"

那叶姨娘听后不由冷笑道："难不成你竟是萨仁格日勒小姐肚子里的蛔虫？不然她所行之事，你怎的如此知情？"

谢尔待要回话，忽见萨仁格日勒小姐已从垂花门蹁跹而至，不由噤口垂手侍立一旁，对小姐揖礼道："谢尔向萨仁格日勒小姐问好！"

萨仁格日勒小姐见叶姨娘又在身后糟践自己，不由悲愤难耐，欲上前抢白她几句，又有失小姐身份，只能含悲忍恨，快步绕过垂花小门，向着紫阁轩走去。忽然想起什么，便停住道："谢尔免礼，你不在柳园服侍槐姨娘，却在垂花门久候，却是何意？"谢尔道："只因昨日槐姨娘去寺庙上香，返回柳园必经垂花门，不慎把香帕遗落垂花门，心下着急，故让奴才来寻。"萨仁格日勒道："可曾寻着？"谢尔道："回小姐，已找寻到了，正准备回柳园复命。"萨仁格日勒道："那还愣着做甚？此时不去，更待何时？"谢尔如遇大赦，一溜烟便去得无影无踪。萨仁格日勒见谢尔已去，便撂下叶姨娘自去不提。

叶姨娘骤然见萨仁格日勒从落凤亭处走来，脸上不由讪讪地，见萨仁格日勒正眼也不瞅自己一眼，便从眼前走过，嫉恨之心暗起：想你萨仁格日勒不过是无母娇宠的主儿，竟在我眼前使小姐性子，看我如何摆布于你，不把你的小姐性子打败，誓不为人！女人之心一旦让蛇蝎入身，其毒必盛也。此为后话，暂且不提。

萨仁格日勒心下甚知，这叶姨娘心思歹毒，几次三番在父王面前诋毁自己清誉，好在父王甚明其心，万般维护，才不致得逞。为今之计，只能敬而远之，减少冲突以避其害也。然世人之心，并非是一个"避"字所能解决之事，调唆之人宛如乱世之剑，中伤之人防不胜防，暗箭难防便是此理，叶姨娘的暗箭，萨仁格日勒能躲过吗？

　　萨仁格日勒心下暗自揣思：额吉在世之时，岂能由出身卑微的叶姨娘染指家事，如今却恰如"野鸡飞上了凤凰枝"，乱了阵法。父王忙于朝堂之事，万事不能分心。自己受了委屈，若与他诉说，难免口齿之争，反对父王不利。这如今，王府诸事皆由叶姨娘一手打理，克扣仆人月银之事时有发生，众人皆是敢怒而不怒言，小妹阿茹娜天真烂漫，不谙世事。自己一日大似一日，婚事无着，每每临风感慨，对月伤怀，不知父王如何打算？如今尹湛纳希已来王府小住三年，藏书楼书籍已阅多半。著述方面，父王对他调教多年，青出于蓝而胜于蓝了。只是父王赞许多于信任，如今诸事皆遂心愿，却为何屡屡不提成婚之事？倒是让人费思量！父王那边，夜来侍寝之人多是那叶姨娘，从中调唆、离间是非是她一贯伎俩，忙于公务的父王，无暇顾及家事也是有的，日子久了，如此难熬。日间又见尹湛纳希憔悴三分，难见往日神采。以他性情又岂肯相问父王，也是一味苦等，两下情伤，皆出无奈。伤情每日从眼角流溢，又时时在人前掩饰，实是让人不忍。虽说古来西厢待月，时从闺阁传出，但我乃一介名媛，岂容他人诟病？漫漫长夜，春去夏来，秋离冬至，花开花谢，经年如此，不知可有归期？

　　想毕，蛾眉轻蹙，不由幽幽地叹了一口气。用手拂去眼角泪痕，吩咐丫鬟若兰道："快去剪了灯花，点燃三炷檀香熏炉，用山丹香熏了褥子，再取一粒樟脑丸放入炕案之下，今日不必陪护在侧，你去外间侍候便是。"

　　丫鬟若兰心下甚明，小姐今个儿又要写那诗稿了，一时半会不会早歇了，心下甚是感念小姐厚情。她心性良善，诸事皆替下人着想，宁肯苦了自己，也不愿打扰仆人按时休息。虽说和尹湛纳希琴瑟合韵，堪为比翼双飞一对娇娃，只是心下有些纳闷，如此绝配，又有媒妁之约，王爷却为何迟迟不玉成此事？虽知小姐每每为此事伤怀，也只能替她发愁，唯有时时宽慰而已。

　　萨仁格日勒无情无绪，把书桌之上零乱的诗书画册一一归类放入紫檀角架之上，随手取过薛涛粉红素笺两张，依着日间尹湛纳希传递的方信和韵而写：

　　　　昭君泪洒鸳鸯扇，琵琶魂牵关外山。

自古红颜缘似纸，翠眉深锁梦尘弦。

诗书圈点古今莲，涟漪回环九道湾。

黛玉葬花桃红谢，十娘无路泅江眠。

巫山云断别梦残，生死情痴忆貂蝉。

泪洗柔肠胭脂扣，来生愿徙伴菩莲。

许是伤情过浓之故，信笔写来，皆是哽咽而成，素笺之上那淡淡的泪痕洇湿了诗稿，幽情满怀唯对纸喧。古来未曾吃茶的女儿，那一缕情思合着病酒三分，似蛊咒之殇就这样侵入了骨髓，这也是萨仁格日勒香魂一缕早归地府的命中之劫也，非人力所能扭转也，前兆不过是悲情过度而已。

红粉宫墙藏笑靥，菱花镜里泪痕残，

百年惆怅难和韵，彩蝶双飞戏紫烟

外间的丫鬟若兰听见萨仁格日勒抽咽不止、伤情满怀的样子不由规劝道："小姐万事想开才是，依我看来，王爷是深明大义之人，对七爷甚是上心，仕途家事皆一一指教，也是期望将来能够飞黄腾达、光耀门楣之意。想来是一时顾虑尹湛纳希无有仕途之虞，想必也是有的。尹湛纳希乃黄金家族血脉一支，这世袭之职不过是早晚之事。旺王过世之时，尹湛纳希长兄古拉兰萨承了章京之职。古拉兰萨过世之后，嵩威丹忠不是也袭了台吉之位吗？更何况圣上一向怜念黄金家族一脉忠义，多次册封。依若兰看来，小姐不可过虑，只需万事放宽心思，养息身子为重，听奴才所言，还是早些安歇为好！"

萨仁格日勒听丫鬟若兰如此说，知是安慰之语，不由道："这些道理我都知晓，只是近来胸口有些憋闷，想来是心情不爽之故，并无大碍，你且去睡，不必管我。我想独自依在敧枕上靠靠。"丫鬟若兰道："即这么着，我给小姐盛一碗银耳莲子羹吧！"

萨仁格日勒道："夜色已深，盛来就搁在檀香案之上就是了，你且去睡吧！"丫鬟若兰过来把床幔上的钩子放下，又点了一炷檀香，方才去睡了。

萨仁格日勒又在素笺上写了两首诗，此时打更的声音由远而近，已是三更时节了。萨仁格日勒褪去中衣才慢慢躺下来，却是辗转难眠，恍惚之中见尹湛纳希身着一袭大红袍服，手持长竿在揭那龙凤盖头。不远处又传来喜乐之声，喜娘忙着在床幔之下撒着花生瓜子，又见丫鬟若兰吩咐两个小丫鬟端来一硕大木盆，里面洒着成色不一的西域玫瑰花瓣，一切都是大婚的场景。

恍惚之间，却听有一人在窗外吟诵诗句，不由侧耳细听，却是七言四句：

月冷烛寒客清寂，风静花馥人面凉。

回想心事一长梦，枝叶生长夜漫漫。

心下细想，大婚时节却听见这不祥诗句，月冷烛寒不说，风静花馥人面还凉，道的却是什么心事一长梦？便惊悸而起，坐在锦衾之中定了半日神，又喝了半碗剩下的莲子羹。许是身子着冷之故，不由连咳几声。见丫鬟若兰睡意正酣，不忍惊醒她，披衣起来，坐在书案之前拿过薛涛素笺，按梦中意境，写了一首诗，仔细瞅了瞅，心下越发惆怅，眼泪便似断线的珠子扑簌簌落下来，洇湿了诗稿。

丫鬟若兰被小姐萨仁格日勒咳嗽之声惊醒，忙披衣起身倒了一杯热茶呈上，相劝道："五更时节，小姐坐在那冷风里，又在写甚呢？还是早些安歇，小心着凉。"说着话，便过来扶萨仁格日勒在炕案躺下，又替她把被角掖好。

萨仁格日勒虽说已躺下，依旧睡不安稳。直至打更的梆子远远地传来，方才小睡一会儿。自此便落下一个病根，每睡至三更之时，便睡意全无。心下时时揣度：额吉早早撒手而去，父王年事渐高，虽对尹湛纳希学业甚是上心，却迟迟不提婚姻之事，自己一日大似一日，也不知花落谁家？情归何处？那叶姨娘又是笑里藏刀、心怀叵测之人，时常在父王枕边吹风，可说是防不胜防。为今之计，也只能挨一日算一日了。

若兰知小姐萨仁格日勒心下凄苦，女儿心性又不容她在人前露出一星半点，虽说时常劝慰于她，然这心病又岂是能劝住的？心下时时祈愿，唯愿王爷早下旨意，安排小姐萨仁格日勒早日完婚。

然世间之事，总是不尽如人意，前日忠信府家长嵩威丹忠来信告知，尹湛纳希祖母巴达玛嘎日布病逝，务要尹湛纳希即刻起程，返回忠信府。尹湛纳希接信后便收拾行囊，匆匆打马而去，也未来得及来向小姐萨仁格日勒告别。

谁承想，这竟然成为尹湛纳希的终身之痛，萨仁格日勒不过短短一个月，便谢世而去，让尹湛纳希痛断肝肠！

待尹湛纳希匆匆从忠信府返回喀喇沁王府时，萨仁格日勒小姐已谢世三天。尹湛纳希忍悲含痛见过色王，在色王陪护下来至灵堂，见了萨仁格日勒画像不由扶棺而恸。色王及其家下仆人听得亦是泪雨涟涟。

尹湛纳希叫过萨仁格日勒贴身丫鬟若兰，询问小姐临终可有遗言？若兰道："小姐让我把这小锦匣转交于你，泪眼凄迷，临了之时留下遗言道：'说自己身子不济，辜负了你的心，生不能与你琴瑟合韵，实为憾事，言君恩情只能来世再报了。'这也许就是她的命相所至了。又说已为你物色一人，容貌、性情、才情均是好的，你也曾见过，就是那年中秋之夜，萨府来的那位叫晶子的小姐，你们曾说过话，联过诗词，虽说不是生就王府之家，但也算是大家闺秀。说完此话之后，娇喘吁吁，又在七爷相送的雪梅诗绢上咳了一些血，红得让人见了心酸，话渐渐也少了，只是怔怔地用手指了指书案上的薛涛诗笺，又指指装诗笺的锦匣。待我把这些诗笺放入锦匣才点点头，让我把锦匣交与七爷，说只有七爷才懂她的心，说完此话，目光也散了。"

尹湛纳希听了若兰所言，更觉揪心之痛，不由大叫一声道："萨仁格日勒小姐，你好狠心，生生得扔下我一人，让我情何以堪？"说完便昏厥过去。

色王见此，亦是老泪纵横，强忍悲痛，忙吩咐家中大夫救治。并道："这孩子用情太深，恐怕一时半活儿缓不过神来，你等好生侍候着。"

尹湛纳希好些时才缓过气来，见了王爷便跪下来，务要为萨仁格日勒小姐守孝三年。

色王道："吾儿勿要悲伤过度，小女萨仁格日勒未有福气与你相守，亦是她的命相所至。依吾思来，守孝三年，想来不妥，你们虽有一纸婚约，无有合卺之礼，于理说不过去，守孝之事就免了，吾儿还是好好养息身子为重！"

尹湛纳希道："王爷莫要相劝了，我和小姐萨仁格日勒打小青梅竹马，两心相悦，况她神识未远，只有如此，我心方安也。"

色王见尹湛纳希执意如此，也只得依他了。又派三个小丫鬟、三个小厮相随左右。并吩咐丫鬟若兰道："你一向办事谨慎，这三个小丫鬟、三个小厮随你调遣，但凡这里有事，可随时禀报。"若兰屏声敛气，答应一声而去。

尹湛纳希自萨仁格日勒去后，神志不清，昏睡无度。好似换了一个人，往昔的灵气皆无，和他说话，眼睛总是怔怔地瞅着窗外，表情也是痴痴地，往日的诙谐幽默一扫而空，大有身着儒士衣，胸怀出世之心。合府上下见此，都为他悬着一颗心儿。王爷色伯克多尔济不时派人来询问，为他延请名医多位均是不济。

这日，身子方才好些，便打开锦匣细看，却见匣中留有诗词三首，一帖自画像，还有一幅苏绣，做功甚是考究。红绿蓝三色绣成的锦带，系用宫制丝线而成，却是鸳鸯戏水图。还有一个洋镜子，想来还是初来王府之时相送萨仁格日勒之礼。尹湛纳希睹物伤情，不由抚桌大恸。

打开自画像，画中的萨仁格日勒风华绝代，肤如白雪，蜂腰削肩，身着藕荷色绫绸衫，上罩淡绿披肩，鬓角插一对白芍药，那一弯似蹙非蹙柳叶眉，似喜非喜含情目，让人徒生爱怜。又见画像右上角留有题跋诗一首：

妆罢对画立婷婷，白玉如瑕谁认清。

倩影正临秋水照，卿须怜我我怜卿。

看罢，不由泪如泉涌，滴滴泪珠洇湿了画像。书童巴图见此，相劝多时竟是不成，又取过三首诗稿来看，皆是伤情之作。

一

柳枝绽苞门窗闭，悲鸟吟唱高枝倚。

昔日几多心腹事，柳上鸟鸣齐唤起。

二

夜雨淅沥眠不畅，星雀喳喳醒乍亮。

昨夜梦里多少事，镜里真假两眩晃。

三

草儿泛青蝴蝶飞，带病花园行疲赢。

南风未能驱我苦，雀叫更令心肝摧。

尹湛纳希看了好似被挖去心肝，不由怅然泪下，皱眉长叹道："玉人寂寞伤情苦，反送卿卿性命，若尹湛纳希迟些回府，也不致萨仁格日勒格格早早谢世！"思一回，叹一回，哭一回。巴图心下暗揣道："莫如就依了他，让他把悲声发出来，这样才不会弄病。"故在一旁不时地递着手帕。

尹湛纳希又取来薛涛素笺，写就三首诗词，首首皆是伤情之作，似有出尘之意。

抛却红尘

凉风习习悟性生，整治江山九霄扔，

决心下定熔铁石，长叹一声弃红尘。

红尘乱世

红尘乱世百事烦，悲屈偏向好人缠，

前途生际逼无奈，剪去长辫苦海完。

苏 醒

静室坐起凉爽，隔窗细瞅心亮。

聪颖人儿清醒，长叹暗泣空荡。

巴图从幼之时便跟随尹湛纳希，对诗词曲赋略知一二，看所作三首诗词，颓废语气甚多，大有看破红尘之意。心下甚是着急，暗自揣度：七爷自格格萨仁格日勒谢世之后，每日皆是如此，如此下去，倘若有个三长两短，如何向福晋满优什作交代？如何向色伯克多尔济王爷交代？如今之计唯有先向王爷禀报才是。想毕，急匆匆向王爷书房跑去。

色王知道后心下甚是痛惜，知尹湛纳希用情太重，若不多加劝解，必会出事。如今尹湛纳希虽身在王府，却有出尘之念，唯有打断这糊涂念想，方可自保也。妹妹满优什作那里诸事操心，切不可让她为此事伤心，若告诉她尹湛纳希近况，必会悬心，还是暂不告诉为好。

想罢，便对巴图吩咐道："福晋那里暂时不要去信打扰，待我想个好法子，便可打消他出尘之意，尹湛纳希是我打小看大，他的性情我最是了解，待过了这阵子，想来会好，你去吧，若有事情再来禀报！"

这中间可急坏了一个人，此人便是萨仁格日勒的弟弟旺都特那木济勒，他一向与尹湛纳希友善，见尹湛纳希成日不思饮食，只是酣睡，即便醒来，看见花缸里栽种的睡莲，开得姹紫嫣红，由不得想起往昔与萨仁格日勒对诗时光，如今是物依旧，人已殇，如何让人不断肠？每每此时，伤情便会氤氲而至，拿起旧日诗稿，泪珠便溢满眼帘，虽有解语丫鬟若兰，甚是知冷知热，百般安慰也无济于事。

这日，尹湛纳希方才好些，不顾巴图劝阻，又为萨仁格日勒写下长诗《三生泪尽琉璃灯》，务要去紫阁轩凭吊。巴图心下虽想劝阻，然七爷那个性子，又岂是能劝得住的？只能由着他性子而为，心下暗自祈祷："但愿凭吊过后，绝了出尘念想，也是好的！"故约了若兰，三人一同前往。

紫阁轩院子里，荒草破败，缸中的水莲已是萎谢不堪，上面漂浮的皆是残枝断梗，偶见一枝莲蓬独立枝头，似在诉说藕断丝连之情殇。院内的摩花狗已不见踪迹，唯见一截铁链躺在一隅，发出一丝惨淡之光，细问若兰始知，这摩花狗甚通人性，在萨仁格日勒谢世那日便绝食三日而死。

进得书房，一切依旧，只是物依旧，人已殇，尹湛纳希睹物伤情更甚，坐在书案前，拿起萨仁格日勒生前最爱读的《西厢记》，才翻两页，便有一诗飘落地上俯首拾起细看，却是一首伤情诗，想来是萨仁格日勒谢世之前而作，写的却是：

乌云照水更忧愁，他生未卜此生休。

多灾世界何药救，苦难此身亦何求。

怜君香冷仙姿雅，惜彼霜新才气浮。

起笔泪红肝肠断，风透纱窗满画楼。

尹湛纳希看后，细细体味萨仁格日勒作诗之时的无奈、伤心，不由更是痛彻心扉，不由抽泣道："妹妹无影无形去了，让尹湛纳希情何以堪！"不由抚桌而恸，哭罢，又抬起泪眼继续吟道：

孤灯伴月楚楚愁，入眼皆是柴门柳。伶仃瘦女凝窗思，何时同渡佳人曲？前生蝶梦香阁绕，零落几多陌上纤？低至尘埃待君酬，原指望琴瑟合韵老来依，谁曾想绿绮一桴难复起，香魂一缕随风逝！寸心无奈走天涯，花间茑踏红英乱，长桥月短邂逅迟，连环未解云锦败？悒怏情怀终难诉，冷灰香尽琉璃钟，风花一桴寒塘移，剑黛秋水倚栏影，憔悴懒妆容，但愿五湖明月鉴，终须还了鸳鸯债！

雾里看花花不语，西窗破晓锁清秋。犹忆昔年三分酒，廊下对弈戏白子，水中望月掠眉愁，吴刚桂桴点花钟。橹桨摇荡清波起，卷帘人却在何方？病酒三分裹娇颜，禅茶两味谁知味？花疗媚骨纠人魂，几多羽扇为情殇？关山千里，目断三秋，青梅如豆，凌波北望南飞燕，簟展潇湘掌心纹，月筛珠帘薛涛笺，遥怜嫦娥寒宫冷，拈取秋荷数滴露，擢手拈取梵国香，夜来辗转难入眠，五时凝毫点墨痕，又把枫红觅，犹忆荷塘旧时景，冷风清霜月朦胧，独对残月书闲愁，忽闻门楣叩环声，知是风动竹筏起，惊觉寒梦三千里，伶仃窗前思故人。芳心一点千重束，空留一片惜花心！

欲歌先咽伤秋笔，窗儿外，雨泣梧桐，桐叶掷去还惊起，犹见孤鸾舞，细思之，终不过南柯一梦锁春秋，梨花梦断楚云平，空惹起，情无限，几欲问，梁间燕，何时渡我鹊之楼！终不过三生泪尽琉璃灯，雾洒楼东！

许是连日来伤情过重，吟罢长诗，不觉晕了过去，巴图、若兰以水拂面，轻弹数下，尹湛纳希方才醒转而来。巴图扶着尹湛纳希返回香怀园，若兰忙去王爷处回禀。

色王连日以来，接到巴图、若兰禀报，甚是着急，长此以往，如何了得？

意欲去京城僧府相请太医医治尹湛纳希心病。

旺都特那木济勒甚知世间之病，唯有心病最是难医，唯有一人可医尹湛纳希心病，此人便是尹湛纳希的知己绍古，忙报于父王。色王一听小儿旺都特那木济勒之言，便否决道："如今，家下所请皆为王府各路名医尚不见好？那绍古不过一介名儒，若说学问尚可信之，若医心病，却是不知，锦州相请绍古，可成妥帖？"旺都特那木济勒道："父王，目前家下已请数位名医，总不见好。依孩儿思来，这心病唯有绍古出面方成，因尹湛纳希自视清高，诚服之人唯有绍古。如今只有一试，方可出现奇迹也。"

色王道："就依你所言，明日起程去锦州走一遭吧！"旺都特那木济勒一听父王准了，心下甚是欣慰，道："谢父王成全，明日一早便带随从去锦州寻访绍古，估计一两日便可回府。"

色王道："锦州路途遥远，我儿务要早去早回，路上多加小心，如今外面局势甚不安稳，土匪灭了一起又生一起，还是带上大管家舒展与你同去为好，他常出远门，见多识广，路上也可照应！"

旺都特那木济勒道："就依父王所言，儿暂时告退，准备起程事宜。"色王道："去吧，明日出远门，安排好起程事宜，早点歇息才是！"

话说锦州位于辽宁省西南部，东与锦鞍山、沈阳市相连，西与葫芦岛毗邻，南濒渤海辽东湾，北依松岭山脉与朝阳、阜新。

旺都特那木济勒到得锦州，几经打探方才寻到绍古住处，然去得甚是不巧，家下老苍头李有信告知，被锦州雅士请到无虑山（巫闾山）议论时政去了。连去三天均是如此，第四天时，旺都特那木济勒依老苍头李有所指方向去无虑山寻访绍古。

无虑山，满语意为"翠绿之山"，自隋开始，此山便成为"北镇"的"五大镇山"，从而声名鹊起。元、明、清帝王登基时，都照例到山下北镇庙遥祭此山，故其声名日隆，一跃而为漠南名山之首。

旺都特那木济勒一行五人行走在青石铺就的小路上，管家舒展见青石上板上留有或圆或方的凹痕，不由相问旺都特那木济勒道："小王爷可知？为何这里青石之上多有凹痕？"

旺都特那木济勒道："历代帝王来无虑山祈福时，为日后晋爵，故凿刻拴马桩和插防护栏。自从辽代始，有六位帝王先后四十多次来无虑山狩猎、祭山、祭祖。这里埋葬着辽三代皇帝和十几位皇妃，二十几位大臣，其中就有皇太后萧燕燕、贤臣韩德让等历史名人，无虑山也成了辽代帝王的生命之山。明代帝王名臣都称道无虑山可与泰山、华山一并称雄。清代对无虑山更加尊崇备至，康熙、雍正、乾隆、嘉庆、道光等五帝先后十几次来无虑山祭祀览胜，留下诗文五十余首，特别是乾隆帝四次来北镇、三登无虑山，填词作赋，名垂青史。你可听明白。"

管家舒展道："小王爷博古通今，这一番讲解，让老夫茅塞顿开，佩服之至。"

五人行走之间，远远地就听到山上传来潺潺水声，举目远眺，便见大石棚斜插入壁，石棚长四十五米，上宽二十米，下宽十米，可容纳五六百人，有泉水从棚顶流下，缓缓流过圣水桥。

管家舒展不由叹服道："石棚飞瀑，真不愧鬼斧神工也，不知此处又有何说道？"

旺都特那木济勒道："一代贤相耶律楚材曾在此隐居读书，故称为道隐谷。"

管家舒展道："曾听王爷说过，这耶律楚材生于燕京，他出身契丹贵族家庭，是辽太祖耶律阿保机的九世孙、东丹王耶律倍八世孙、金朝尚书右丞耶律履之子。成吉思汗十年（一二一五年），蒙古军攻占燕京，因其才华横溢、满腹经纶，成吉思汗甚喜，任其为辅臣。成吉思汗十四年（一二一九年），随成吉思汗西征，常晓以征伐、治国、安民之道，屡立奇功，备受器重。

旺都特那木济勒道："难得你记得如此清楚，成吉思汗二十一年（一二二六年），又随成吉思汗征西夏，谏言禁止州郡官吏擅自征发杀戮，使贪暴之风稍敛，故有'贤相'之称。"

窝阔台汗即位后，耶律楚材倡立朝仪，劝亲王察合台（太宗兄）等人行君臣礼，以尊汗权。自此后受到重用，被誉为"社稷之臣"。

耶律楚材文武双全，著有《湛然居士文集》，尤擅写律诗，七律《阴山》写得甚是豪迈，诗境开阔，情调苍凉：

八月阴山雪满沙，清光凝目眩生花。

插天绝壁喷晴月，擎海层峦吸翠霞。

松桧丛中疏畎亩，藤萝深处有人家。

横空千里雄西域，江左名山不足夸。

两个人说着话，便至碑廊前。但见褚遂良、王羲之、颜真卿、黄庭坚、欧阳询等几十位书法家的名墨勒石为碑，镶嵌在爬山廊的墙壁上，与山上的耶律楚材读书堂交相辉映。

旺都特那木济勒对管家舒展道："碑石，耶律楚材读书堂，想来这世间之事甚是蹊跷，许是冥冥之中自有定论也，此处竟有颜真卿、黄庭坚勒石为碑，而耶律楚材又善书，甚得唐颜真卿、宋黄庭坚书风，以雄放刚健、端严刚劲著称，有'河朔伟气'之称。"

管家舒展听了此话，不由道："想来三人是以书结缘，故有同居无虑山之说吧！"

两个人说着话，不觉已攀缘至山顶，但见读书堂入口的小径之上建有一座飞檐亭，悬有一副对联："馨千秋史册；做一代名匠。"横批："千秋臣极。"

穿过此亭，便至一院，但见入口墙壁上留有屈原诗句："朝发轫于太仪兮，夕始临乎于微闾。"拾级而上便至文殊院，依文殊院旁边的小台阶而上，即为耶律楚材读书堂，读书堂仅有一层，数十平方米。

读书堂亦悬有一副对联：堂貌肃庄庄，如睹名臣陛见时垂绅正笏；松声鸣谡谡，似闻贤士读书处诵易吟诗。

读书堂内有七八位贤士，长相甚是儒雅，有的以手执扇，似在吟诵，有的轻拈茶盏，在此品茗，还有的在案上铺陈宣纸，茂林深竹之处题写题跋。还有两个人为时政争论不休，激烈之语不时传来。

却听一着青缎长袍、腰系火镰的儒士道："兄台所言，在下不能苟同也，我们蒙古族虽然好像有信奉之缘，得忠厚之福，但物之泽，智之份，却甚为单薄，起码连天时天利、功德、义理都不能感受清楚，如此深奥虚玄学之释理。又是怎样传播开的呢？我们这里，天时是冰冻三尺，地利是四月花开。这也是阴气过盛啊！山者，其峰相连；水，其底翻滚，这是穷了地利啊，故，人也无志，物也无颜。卓索图盟几个旗的人虽然好像有点知识，真能融会贯通、出类拔萃者却极少。多数是研究经卷成了黄教之鬼，沾点黑汁就成了儒门之贼。"

旺都特那木济勒听这声音甚是熟稔，定睛细瞅，却是绍古，见两个人辩论正在难分难解之时，也不急于插话，只是静静站在一隅，旁听而已。

又见身着一袭蓝色长袍、外罩青缎坎肩的贤士附和道："兄长所言甚是，天生人理应地利相辅相成也。佛经中谓'因缘'，圣书中谓'天命'，其根本的道理是相同的，都是娄好无颜、无味、无声、无形，在空虚中依自己的命运往来。所谓天命，不是说上天强迫他来，儒家不信奉没有显证、实据之事，没有办法才用'青天''三光''雷电'来信服和引导众生。圣夫子不是不懂因果，只是知道别人不懂，才谓'天'。望圣者慎查。"

绍古又道："读佛门经卷可增佛缘，习圣贤之书能通万物。红尘中的吾辈，在谈释儒外谈论他类，或者颂扬自己，或者贬抑他人，或者毁谤时政，无非这三者而已。古代文王如果未在羑里囚禁七年，谁人能理出《易经》？夫子若不逢乱世，谁人可撰春秋？周公若未宿朝歌，如何作《周礼》？文王因他人之过而能整理《易》，周公因本人秉性忠厚得以留礼，夫子因时代动乱而明辨了'治'，这三位圣人，才是将三者之弊运用到德行之中呢！"

又听那位着蓝色长袍的贤士道："师兄不愧高人也，此番言论让小弟茅塞顿开也，依小弟看来，穷极圣贤之书，自然会通晓以空为性的佛经之理。如今的智者，不慎于求助自己，反而祈求佛的庇佑，这难道不是空而又空吗？吾虽然不能通《四书》之微末，却将它抄出来，或许后世能出读懂者，也便是为蒙古族做出些微的贡献。"

不知不觉，此番辩论结束之时，已至黄昏之时。八位贤士见天色已晚，便拿起自带书本，互相调侃道："今日辩论，甚为有趣，回去写成小文入册，想来有趣！"说罢，一一道别，离席而去。

旺都特那木济勒见七位贤士已走，这才上前抱拳道："兄长别来无恙乎？"

绍古一见是旺都特那木济勒到了，不由甚是喜悦，道："自王府学堂一别，已是经年，不知尹湛纳希贤弟一向可好？"

旺都特那木济勒一听绍古所言，不由哽咽道："小弟正为此事而来，自家姐萨仁格日勒谢世以来，尹湛纳希大病一场，病好后又不食饮食，所写诗词皆为颓废之语，似有出世之心，家父虽百般劝解，竟是不成，每日间只是呆呆望着窗外，见花吟花见月吟月，一改往日机敏之态，如今是一日沉似一日，家下延请名医多位。竟是不成。小弟思来，尹湛纳希一向视兄台为知己，如今只有兄台出面劝慰一番，方可出现转机也！"

绍古道："尹湛纳希乃心怀悲悯之人，得他救助之人不下百人，想不到如此儿女情长，若不适时劝解，必会出事也，依我看来，不可在此逗留，明日寅时便可起程也。"

旺都特那木济勒一听，甚感欣慰，不由相谢道："多谢兄台体恤，小弟先替尹湛纳希谢过兄台。"

绍古道："我与尹湛纳希年岁虽不相当，但情同手足，如今他在危难之中，我岂能坐视不管？"

一听绍古兄台所言，旺都特那木济勒心下甚慰，莅日，绍古便随旺都特那木济勒快马扬鞭朝着王府方向而去。

却说王爷见旺都特那木济勒一去三天，音讯皆无，心下正自纳闷："如何一去三日，不见往返？"连日来甚是难熬，不时见巴图来报尹湛纳希近况，均是不祥消息，心下愁闷不堪。暗自揣度："若尹湛纳希再有个三长两短，让我如何向他额吉交代？"已是晌午之时，也无有心思歇息，在书房来回踱着方步。

却见二管家哈达来回禀道："王爷，旺都特那木济勒已回王府，正在外面候着呢！"

色王道："可曾请到绍古？"二管家哈达道："奴才见有一位先生，举止飘逸，外形儒雅，想来必是绍古无疑？"

色王道："此时不宣，更待何时？"二管家哈达道："奴才这就去办！"说罢，转身退下。

色王端坐在紫檀太师椅上，举目向下一望，便见一儒生玉树临风，神采飞扬，白净脸衬一双美目炯炯有神，透着睿智之光。一袭青衣虽然泛白，但甚是净洁，举手投足之间更见洒脱，色王乃爱才之人，一见之下便甚是喜欢。

不由相问道："据犬子旺都特那木济勒所言，非先生方能解得尹湛纳希心病，不致有出离之心，本王连日来被此事伤透了脑筋，想听听先生有何高见？"

但见绍古不慌不忙，侃侃而谈道："去其心病，必先远离伤心之地，以免睹物伤情，此其一；踏遍千山万水，开阔视野，可忘却烦恼，此其二；逆境之中悟真谛，唯有苦其心智，劳其筋骨，方可磨砺性情也，此其三也。"

色王一听，不由拍掌称妙道："先生果然高人也，一语点醒梦中人，就依先生之言，不日安排出行。"

旺都特那木济勒一听父王准了出行方案，向父王揖礼道："父王为了尹湛纳希，可说是煞费苦心，孩儿代表兄尹湛纳希谢过父王。"

色王道："再过三日，便可远行，先陪先生去香怀园走一趟，且让尹湛纳希定定心，再远行不迟！"

且说尹湛纳希，连日来变得更加昏聩，任人摆布。每日见石点头，见风喟叹，见雨呜咽，见花落泪，虽则精神与旧日相似，然心内已是虚空一片。书童巴图一瞅之下，心下更觉凄然，暗自哭泣多回，唯有祈盼小王爷旺都特那木济勒与绍古早日回府，救治七爷。

丫鬟若兰也是如此，每日辰时，必上三炷清香为尹湛纳希祈福，寄希望于旺都特那木济勒，唯盼早日请来绍古，医得尹湛纳希心病。

这日，尹湛纳希正坐在窗下，翻阅萨仁格日勒旧稿，丫鬟若兰见尹湛纳希还是往日性情，心下惆怅，为排忧闷，又去扫洗院子。巴图也是愁眉不展，拿起花剪去修海棠花上残叶，两个人时而叹气，时而拧眉。

忽听，外间有朗朗声音传来，温婉中透着严厉："这青天白日，是谁在园内大煞风景，叹息之声不断！"

两个人慌乱之下，回头一瞅，却是小王爷旺都特那木济勒到了，不由得喜极而泣道："奴才可把小王爷给盼回来，这下尹湛纳希总算有救了。"

旺都特那木济勒道："你两个休要在此啰唆，还不各司其职，回屋侍候？"

须臾，便见若兰托着一青瓷玉盘来上茶，递给绍古一盖碗香茶，绍古接过把茶放在桌上。巴图近前替尹湛纳希重整衣带，并小声提醒道："七爷，你的知己绍古先生到了。"说罢，便侍立一旁。绍古一见尹湛纳希如此，知是用情太专，误入婆娑之症，不由近前，握着尹湛纳希的手相问道："不知贤弟可曾识得我？"尹湛纳希性虽愚钝，神志却清，不由笑道："一别经年，是何风把兄台吹至此间？"绍古见尹湛纳希相问，不由道："你我得以相见，全凭小王爷旺都特那木济勒从中斡旋。"

旺都特那木济勒何等聪明之人？见尹湛纳希话也多了，思想也活泛了，知道有门，便道："两位兄长暂且聊着，依我想来，你们经年不见，可联床夜话也，小弟先行一步，去准备先生一应物件。"

又对站在一旁的巴图、若兰道："你们俩且随我来。"巴图、若兰见小王爷召唤，便紧随其后向王府院落走去，按下不表。

绍古见三人去了，方挨着尹湛纳希坐在炕上，看尹湛纳希面黄肌瘦，憔悴不堪的样子，知是为情所殇。不由相劝道："贤弟之事，我已略知一二，依我想来，世间诸事，唯有生死不由人，还望贤弟看开才是。人死不能复生，即便你遁入空门，萨仁格日勒格格地下有知，心又何安？家中额吉心上又何安，色王心下又何安？小王爷心下又何安？你总不能负了众人吧！"

尹湛纳希一向有悲悯之心，甚是体恤他人疾苦，连日来，只顾自己心痛，却忘了替额吉满优什侉着想，替色王着想，如今这绍古连问四个"心安"，倒似醍醐灌顶，一泓清泉流泻丹田，心下顿时明悟起来，不由低了半日头。细细琢磨绍古之言，方悟得"成人不自在，自在不成人"之深刻内涵。

绍古见尹湛纳希沉思，知他已有悔过之心。又道："先圣大哲皆从逆境中悟出人生真谛，进而著书立说，成为大哲，以兄台看来，贤弟之才不可埋没，不要因为痛苦而误入空幻的佛门才是。应承父志，书写《青史演义》方为正理。"

尹湛纳希听了，心下顿觉敞亮，不由哎呀一声道："听兄台之言，胜读十年书也，我是与官宦无缘之人，不喜阿谀奉承之徒，看来只有手捧诗书度春秋了。小弟定不负兄台厚望，为振兴蒙古族而著书立说，以后但凡有不通之处，还望兄台多多斧正为盼！"

绍古道："依兄台看来，走仕途并非唯一捷径，漠南诸旗之中，真能融会贯通、出类拔萃者少之又少，多数是研究经卷成为黄教之鬼，沾点墨汁就成了儒门之贼，故很难出现圣人。贤弟若勤于学问，定会成为融会贯通的大学者。斧正不敢当，时时切磋，方为正理。想来贤弟甚有福缘，色王对你甚是爱惜，为你诸事操心，小王爷对你情深义重，已替贤弟安排去苏杭之地远游，贤弟唯有珍重，方不负色王、小王爷之心也！"

尹湛纳希道："兄台所言，句句是实，小弟唯有振作起来，著书立说，方不负众人期望也！"

绍古听尹湛纳希所言，心下甚慰。不由笑道："江山代有才人出，各领风骚数百年，贤弟若能如此，振兴蒙古文教便可有望也！"

尹湛纳希也不由笑道："兄台过奖，小弟资质愚拙，唯有呕心沥血，依着微力提笔续写，让蒙古人晓得自己的历史，以唤起民族复兴为己任。"

书童巴图见两个人说话相惬，尹湛纳希一改往日颓废之态，不由欣慰地笑了，忙去报与色伯特多尔济王爷知道。

色伯特多尔济王爷得知绍古医得尹湛纳希心病，心下甚慰，便凭一辆马车，让小王爷旺都特那木济勒和绍古陪着尹湛纳希去杭州散心。

这正是：

　　身着儒衣思空幻，迷茫心事几人知。

　　多亏结识青毡友，灌顶醍醐病远离。

第二十章

一层烟雨一层楼，多少风云锁春秋

诗曰：

　　寻梦西湖一水亭，东临紫气射华庭。

　　倚栏便见浣沙影，时有黄莺树上停。

许是尹湛纳希素喜游历名山大川之故，对国中名胜多有涉猎，曾阅读过张岱的《西湖梦寻》，对张岱笔下之柳洲亭甚为神往。依稀记得《西湖梦寻》之句：

　　柳洲亭，宋初为丰乐楼。高宗移汴民居杭地嘉、湖诸郡，时岁丰稔，建此楼以与民同乐，故名。门以左，孙东瀛建问水亭。高柳长堤，楼船画舫会合亭前，雁次相缀。朝则解维，暮则收缆。车马喧阗，驺从嘈杂，一派人声，扰攘不已。堤之东尽为三义庙。过小桥折而北，则吾大父之寄园、铨部戴斐君之别墅。折而南，则钱麟武阁学、商等轩冢宰、祁世培柱史、余武贞殿撰、陈襄范掌科各家园亭，鳞集于此。过此，则孝廉黄元辰之池上轩、富春周中翰之芙蓉园，比间皆是。今当兵燹之后，半椽不剩，瓦砾齐肩，蓬蒿满目。

此次能与旺都特那木济勒和绍古同游杭州，尹湛纳希心下甚慰。临行之时三人聚在一处，相商行程。旺都特那木济勒善解人意，知尹湛纳希大病初愈，外出散心为主，务要让他开心方可治愈心病。故道："此次陪表兄外出散心，皆凭表兄做主，想去哪里尽管说就是，莫要客气。"尹湛纳希甚知旺都特那木济勒宅心仁厚，两个人又系表亲，在王府万事全凭他张罗，诸事皆依着自己，生怕自己有寄人篱下之心，这也是两个人相厚之故。尹湛纳希听后不由微微一笑道：

"旺都特那木济勒虽小，虑事甚是周全。依愚兄思来，西湖素有十景之称，此去杭州西湖必为首选之地，万松书院乃明清杭州最大书院，康熙帝为书院题写'浙水敷文'匾额，又有'万世师表'四字牌坊一座。依稀可见至圣先师孔子之像，明代理学家王阳明、清代齐召南曾在此讲学。书院仰圣门、明道堂、大成殿、毓秀阁岂可不看？"许是怕旺都特那木济勒不喜书院，又道，"况万松书院藏书甚丰，历代集史子集皆藏于此，你我两府皆喜藏书，岂可不去观之？"

旺都特那木济勒道："兄长所言甚是，就依兄长。小弟不才，已从书中探明，拙政园乃苏州四大名园之一、唐代诗人陆龟蒙之旧宅，吴门画派文徵明设计，历时十六载而成，尤以远香堂闻名遐迩。隔池与东西两山遥遥相望，湖中池水清澈且遍植荷花，山岛林荫匝地，水岸藤萝纷披，两山溪谷间架有小桥，山岛上各建一亭，西为雪香云蔚亭，东为待霜亭，四季景色因时而异。远香堂之西的倚玉轩与其西船舫形的香洲（"香洲"名取以香草喻性情高傲之意）遥遥相对，两者与其北面的荷风四面亭成三足鼎立之势，都可随处赏荷，兄长又甚是喜莲，这拙政园也为必游之地也。"

尹湛纳希见绍古半日不语，故对绍古道："绍古师兄，你一向博古通今，对国中州府知之甚详，想来对杭州名胜知道必多，依你思来去哪里最为合适？"

绍古见问，便道："东南多山，西北多水，狮子林为苏州四大名园之一，距今已有六百五十多年历史，为元代园林之代表。人文景观甚多，园内曲径通幽，假山遍布，长廊环绕，楼台隐现，长廊墙壁中还嵌有宋代四大名家苏轼、米芾、黄庭坚、蔡襄的书法碑帖及南宋文天祥《梅花诗》的碑刻作品。又有著名山水画家倪瓒《狮子林全景图》石刻所作。你我三人一向喜爱书画，岂可不去观之？"

旺都特那木济勒听后，不由笑道："苏杭两地相隔不过数里，就依两位兄长，去这三个地方甚好。我们相携同游，即可增长见识，又可联诗赏月，岂不惬意至极！"

尹湛纳希、绍古两个见旺都特那木济勒如此言说，不由笑道："就依小弟，行程即定，明日起程便可，游览这三处恐怕又要费时半月。"杭州游历之事，尹湛纳希日后曾在长篇小说《泣红亭》中言及，曾有《柳浪闻莺诗集》留存于世，此为后话，按下不提。

说来这柳洲亭本为西湖十景之一。位于西湖东南岸，又称柳浪闻莺。占地约二十一公顷。前人张际亮曾有诗词留存于世，依稀记得两句："藏声莺飞雏鸟饲，三春雨逗柳花开。"到了西湖，三人便在离柳浪闻莺不远处寻了一处园子，这园子甚是典雅，本是杭州府尹旧时院落，深得筑园之趣，园中有亭台楼阁不下十处，虽未曾游园，已被园中布局陶醉。三人草草用过午饭，便迫不及待地至柳洲亭寻"梅兰"之趣。果然如外间传闻，诗中所言，黄莺飞舞，竟相啼鸣，更奇的是柳丛衬托着紫楠、雪松、广玉兰、梅花等异木名花，这些异木名花在漠南却是稀有之物。

三人在亭中临水眺望，顿觉视野开阔，空气清新，心旷神怡。尹湛纳希不由动了诗兴，便道："昔年王羲之与友人谢安、孙绰等四十一人在会稽山阴饮酒赋诗，便有《兰亭集序》留存世间。今你我弟兄三人同游柳州亭，况皆喜中原文化，岂可无有诗词问世？"

绍古见尹湛纳希动了诗兴，不由笑道："贤弟所言与愚兄不谋而合也，依愚兄思来，用七言四句来吟这柳州亭，甚是老套。作个令人称奇的曲子《九张机》，再配上贤弟的蒙古筝，想来甚为有趣，不知贤弟以为如何？"

尹湛纳希一听，果然甚感兴趣。不由笑道："兄台此言，听着果然新奇，只是这《九张机》堪为大曲，在《乐府雅词》中有仅有两词，收录《钦定词谱》，整曲有九首，后人虽多有效仿，因不好驾驭，故文人墨客皆绕过《九张机》，首选唐诗宋词，以飨风雅。"

绍古见尹湛纳希如此言说，不由笑道："任何创作皆以尝试为先，一试之后，方可超越自我，贤弟一向以才取胜，岂可轻言放弃？"

尹湛纳希听后不由笑道："兄台所言甚是，小弟就依兄台，倘或有奇迹出现，也不虚此行也！"

旺都特那木济勒见两个人博古通今，竟然插不上话来，心下自是懊恼不堪，皆因往日贪玩，耽于学问之事。今日看来学识却不及两人一半。方明"书到用时方恨少"此话一点不假。心下暗道：旺都特那木济勒，从今之后，务要精于学问，方可成人也！

想罢，不由虚心向两位兄长求教道："一向听人所言中原文化，具体如何？却是不知？只知'盘古开天、女娲造人、三皇五帝、河图洛书'均源自中原文化，两位兄台博古通今，可否为小弟理清脉络？"

绍古道："中原文化以河南、陕西、山西、河北为核。因历史上有二十多个朝代定都中原，诞生了'建安风骨''正始之音'，西晋著名文学家左思《三都赋》就有洛阳纸贵之说。"

181

尹湛纳希道："从夏至宋三千年间，河南为中央集权中心，先后有二十多位帝王建都迁都于此。洛阳有十三朝古都之称，宋代著名画家张择端的《清明上河图》出自开府，耳熟能详的'逐鹿中原、问鼎中原、得中原得天下'就依此而来。"

绍古又补充道："隋唐时期，中原文化盛况空前，名家辈出，杜甫和白居易便来自中原，又有河南孟州人韩愈位居唐宋八大家之首。南宋之后，战乱中原文化随之南移，然即便如此，元明时期仍不乏李梦阳这样的名家。"

尹湛纳希道："李梦阳？可是与何景明、徐祯卿、边贡、康海、王九思、王廷相并称'前七子'的那个李梦阳？"

绍古听了，不由甚是钦佩，笑道："说的正是他。尹湛纳希博古通今，博采众长，涉猎广博，愚兄佩服至极！"

旺都特那木济勒道："听君一席话胜读十年书，两位兄长皆为博古通今之人，只有小弟不学无术，看来小弟从今往后，务要勤学六经八典，方不致落伍也！"

绍古听旺都特那木济勒如此言说。不由笑道："贤弟聪慧过人，只是往日贪玩成性而已，一旦悟明学问之道，必会精于学问，定在我等之上。"

尹湛纳希道："兄台所言甚是，旺都特那木济勒在漠南诸旗之中骑马射箭，样样皆能。一旦精于学问之道，前程必不可限量也，更何况漠南不设科举，入仕皆为世袭，若儒学武学皆修，必有一番作为也！"

三人言毕，便在亭内铺陈纸墨，书写《九张机》曲，因是九句为一曲，一人只需各领三张机便成《九张机》。还甭说，这九张机读来琅琅上口，甚是有趣。

九张机

一张机，锦梭频叩唤红衣。心扉梦呓眉相系。瞅瞅喜鹊，绾丝成梦，南渡盼双栖。（尹湛纳希）

二张机，夏观蝉羽醒菩篱。潇湘素帕西厢递。枕舟望月，轮回谚语，何处觅芳枝。（绍古）

三张机，鸳鸯暖袖隐花期。雕翎散尽孤魂倚。书鸿悟否？两枝红杏，对顾圄相思。（旺都特那木济勒）

四张机，华灯影乱漏星稀。丽江苇瘦沙鸥徙。荷塘雨过，复聆蛙鼓，难忘旧时痴（尹湛纳希）

五张机，城南往事绾青丝。合欢并蒂拴连理。西湖亭榭，画廊飞瀑，泪洒浣纱溪。（绍古）

六张机，阑珊迷谷半屏崎，漂流斗笠终无计。萧驱困顿，酒添黛翠，眸锁孟河堤。（旺都特那木济勒）

七张机，钟山筑字两情依。蓦抛情盅缠罗衣。娉婷宋女，唐街剑客，缘于洞轩齐。（尹湛纳希）

八张机，朦胧细雨浴春池，曙红染彻梅山荔。香囊传意，瑶琴奏曲，牵手莫归迟。（绍古）

九张机，滟词巧垒嵌相知，百蝴竞艳镶新旎。斜阳西坠，炊烟浸树，醉赋睡莲诗。（旺都特那木济勒）

三人写罢，取来同阅，应景不说，实为赏心悦目之作。便让尹湛纳希归座于亭，操弦而弹，虽已日落偏西，众鸟雀听闻此曲，皆是在树上停栖。直至尽兴，三人方才打道回园。

这正是：

三人同行至苏杭，水榭船舱藕角藏。

飞雁五行从空过，偏西日落举樽忙。

第二十一章

执手相依结连理，红烛摇曳道缠绵

诗曰：

镂金鞍辔映门前，翠盖红绸辇攀牵。

池中鸳鸯同戏水，灯花摇曳道缠绵。

自萨仁格日勒谢世之后，尹湛纳希经见渐多，见漠南诸旗之中，青年男女皆为媒妁之约，婚姻多为不幸。大哥古拉兰萨的婚姻悲剧使他英年早逝，给额吉蒙上一层阴影，经年不散。而五哥贡纳楚克虽有意中之人，料也难成，因早年之间父母已为他定下一门亲事，不可有违。兄弟几人婚恋皆是不自由，然又无力改变婚俗，只能一味苦等。想着五哥贡纳楚克诗作中透出的淡淡忧伤，想着周围青年才俊诸多不幸婚姻，尹湛纳希几经权衡准备写一部现实小说，虽然已写完《红云泪》《月娟》等著作，但现今读来提笔尚缺厚重，不是心仪之作。不由暗揣：倘若大胆尝试，以家族浮沉起笔，以青年才俊婚姻受挫为情节，创作一部传世之作，方不负漠南诗缨之家。

时光荏苒，飞逝而过，尹湛纳希已守孝三年。咸丰九年（一八五九年）尹湛纳希不觉已至二十三岁，已过成婚年龄。满优什佧瞅着这孩子痴情，如今已守孝三年，不能由着他性子，该说门亲事于他了。

这日，待把家事处理完毕，满优什佧便唤过嵩威丹忠问道："忠儿，前日和你所说之事，办得怎样了？"嵩威丹忠道："虽有多家媒人提亲，均不中意，可巧几日前同僚相聚，提了一门亲事，甚合我意，待和额吉相商之后，再行聘定不迟。"

满优什佧道："却是甚样人家？闺女多大了，性情怎样？长相如何？可说来听听。"

嵩威丹忠道："询问得知此小姐系喀喇沁右翼旗人，名字叫萨仁宝勒日，虽然不是塔布囊出身，但家境殷实。只是父母早亡，与兄一处，仪容不俗，精通文墨，倒也说得过去。"

满优什佧道："既然相中，可去相求也。多求则贵，少求则贱。依我寻思，日子就定在八月十五为好，待把这婚事办了，我心亦安也。"

嵩威丹忠道："额吉所言甚是，我家彩礼原重，昨日写了礼单，额吉瞅瞅，可曾妥帖？"说罢，递上礼单。

满优什佧细细瞅来，却是银钩白驼为首，骆驼一九。金鞍马为首，马匹二九。绵羊为首，汤羊三九。奶酒为首，酒类四九。砖茶为首，茶类五九。看毕，不由笑道："忠儿办事妥帖，甚合我意，依我思来，速交管家庆顺去办，婚事繁杂，提前准备，不致有所疏漏。"

嵩威丹忠见额吉准了。便起身告辞道："忠儿这就去了，近来旗务冗长，还有诸多事情需要办理。"

满优什佧道："但去无妨，旗务处理不可不办，务要保重身子才是。我已吩咐厨房为你备好银耳莲子羹，晚间去取便是，每日喝上一碗，对身子有好处。"

嵩威丹忠道："多谢额吉惦念，孩儿这就去了。"说罢，嵩威丹忠已穿过玄关，径自去了。

转眼已至金秋八月十五，忠信王府彩灯高悬，本家亲眷，远近皆来。戏班摆宴早已备下，尹湛纳希娶亲车轿才至府门，便闻鞭炮齐鸣，喜乐声声。众人细瞅，但见尹湛纳希头戴圆顶红缨帽，身着大红袍服，腰扎彩带，脚蹬高筒皮靴，佩带弓箭，好似潘安再世。他从镂金鞍红缨马下来，便见提着两对灯笼的家仆引路，萨仁宝勒日在丫鬟婆子簇拥之下，随着遮幪行走，先入忠信堂，地上铺了红毯，红灯高悬，香气缭绕，并肩拜过满优什佧。礼毕，方才撤下遮幪。

满优什佧见儿子尹湛纳希总算是把媳妇娶进府门，甚是高兴。细瞅萨仁宝勒日，果然生得甚是明媚，但见她头戴五凤垂珠宽沿冠，身着牡丹红锦衣，垂挂琥珀串间玛瑙珠，好似一弯新月，冉冉升起。笑得是合不拢嘴，乐得是喜上眉梢，不由连连说道："好！好！好！"丫鬟心怡见满优什佧连连道好，知是中了福晋的意。由不得恭贺道："福晋每日里时常嘴里念叨儿子婚事，可巧这宝贝儿子就给娶回这如花似玉的美人来，过个儿一年半载，添上孙儿，岂不是福上加福？"满

185

优什伟听了心下甚是熨帖，不由笑道："就你多嘴，这半日我也乏了，且扶我去倚枕上歇歇去。"心怡答应一声，自去不提。

丫鬟紫琴、瑶溪见了萨仁宝勒日，也甚是喜欢，萨仁宝勒日见王府上自福晋，下至仆人皆是慈眉善目，心下自是喜欢，知是择对了夫婿，择对了人家。

丫鬟紫琴见众人相看多时，忙携萨仁宝勒日至喜房，引至西边东向，尹湛纳希依左而坐。萨仁宝勒日举目细瞅，这喜房布置甚是喜庆。但见两对红烛，做工考究，高达三尺，直径竟有七厘米。红烛上镂刻鸳鸯戏水，寓意不凡，甚是难得，给这喜房更添情趣。更兼那宝鼎香烟袅袅，闻着甚是醒脑，好似龙涎香片之味道，心下已明，夫君尹湛纳希风雅，万事皆不流俗。

丫鬟瑶溪身着碎花小褂，下穿绿色散裤，端一紫檀长条食盒而来，门旁守候的丫鬟清棋忙掀起软烟罗帘子，瑶溪近前放下食盒，萨仁宝勒日定睛细瞅，这食盒也是稀罕之物。盒上雕琢麒麟兰花样式，暗喻兰桂齐芳之意。小丫鬟瑶溪打开食盒，先从两格里端出两碗热气腾腾的长寿面，取出青花瓷碟中的子孙饼，放在紫檀八仙桌上，萨仁宝勒日娇羞不食，尹湛纳希略尝了尝，便搁箸不动了。瑶溪见动了食盒，忙拾掇一番，盖上食盒，方才敛声屏气地退下了。

此时，丫鬟紫琴献上两瓯香茶道："请七爷、七奶奶喝茶。"尹湛纳希接过香茶，举茶道："请小姐喝茶。"萨仁宝勒日听了不觉嫣然一笑，露出碎玉点点，更觉妖媚。两人四目相交之时，尹湛纳希见萨仁宝勒日面似银盘，明眸皓齿，恰似海棠花一枝，不觉暗动春心。

尹湛纳希问道："不知小姐芳龄几何？可曾读书？"萨仁宝勒日见问，方启樱唇道："年方十七，不过略识几个字，如此而已。"

两下相叙多时，已至熄灯时节，外间婆子见两个人还在啰唆，不由咳嗽一声道："夜色已深，七爷还是早些安歇了吧！"

两个人放下炕案上的绣幔，方自歇了，一夜缠绵，自不必说，恰如鸳鸯戏水，百般恩爱。

六月的雨丝，好似绸缎，丝丝润滑，倒添几许凉爽。尹湛纳希伏案多时，忽闻珠帘声响，却见萨仁宝勒日身着大红宁绸衣，外罩藕色洋绉坎肩，头上斜插两朵芍药花，袅袅婷婷，时来添茶添果。不由想起魏子安《花月痕》第三十一回之句："从此绿鬓视草，红袖添香，眷属疑仙，文章华国。"暗揣：想来红袖添香便是如此景致也。不由眼含秋水，望着萨仁宝勒日笑道："窗外细雨蒙蒙，屋内茶香氤氲，时有娇妻添茶添果，红袖添香，眷属疑仙，文章

186

华国，不过如此也。"

萨仁宝勒日见夫君如此风雅，不由笑回道："夫君果然风雅，此系魏子安《花月痕》第三十一回之句："从此绿鬟视草，红袖添香，眷属疑仙，文章华国。"

尹湛纳希道："娘子才貌双全，博古通今，令人佩服。"萨仁宝勒日听了，不由娇嗔道："夏雨时节，茶炉添香之趣，夫君何不吟诗一首以记之。"

尹湛纳希不由起身笑吟道：

> 轻轻润雨落纱窗，腾沸小壶溢水香。
>
> 爱侣穿梭端果馔，长揖美味饱余腔。

萨仁宝勒日听了此诗，不由先赞道："润雨落纱窗、溢水香可说是点睛之笔。"尹湛纳希见萨仁宝勒日满眼流溢皆是爱慕之情，不由笑道："执手相依，琴瑟和韵，不过如此也。"

萨仁宝勒日道："但得夫君永相随，亦是萨仁宝勒日前世修来之福气也。夫君写了这一日，身子也是乏了，还是早些安歇吧。"说罢，便唤贴身丫鬟玉兰取木盆泡脚，又去紫檀木柜中去寻龙涎香片去熏被子，按下不表。

较之萨仁格日勒格格，萨仁宝勒日性格刚强，待人诚恳，然尹湛纳希心下时时不忘萨仁格日勒格格。萨仁宝勒日虽视尹湛纳希为知己，视他为如意郎君，然两下心境难合，故婚后生活并不和谐。尹湛纳希每日还是以著书为要，结婚不过半年，尹湛纳希便起笔以喀喇沁王府为背景的小说《一层楼》，萨仁宝勒日看在眼里，痛在心上，然又无力改变现状。

转眼已至同治三年（一八六四年）甲子七月，这日，嵩威丹忠接到官府邸报：蒙古三盟马队官兵自随僧格林沁剿贼以来，频年征战，所向有功。上年肃清直隶、山东全境，削平苗沛霖等巨逆，该蒙古马队甚为出力。本年复扫清豫省，进扎皖鄂之次，遏贼东窜。该官兵等从征多年，立功数省，严寒酷暑，备极辛劳，而该大臣向来于蒙古官兵内保举出力将士，人数尤属无多，从不肯稍有冒滥。现当江宁克复，行间士卒均荷恩施，该蒙有僧格林沁军营统带蒙古马队各员，著该大臣择其出力才，查明酌量保奏，候旨加恩；其该营蒙古兵丁，回恩并赏银一万两，由该大臣粮台给发，以示体恤。

嵩威丹忠阅后不由大喜，心下暗揣：僧格林沁率东三盟蒙古兵与捻军激战。七月，僧格林沁败陈得才、赖文光于湖北麻城。十一月，赖文光败河南邓州，真可谓战功赫赫。难怪朝廷为鼓士气，尽赏东三盟蒙古兵白银万两。

此时，却见管家庆顺来报道："启禀王爷，老福晋请王爷过去一趟，说是有要事相商。"

嵩威丹忠道："等老爷把公函处理一下，稍后便至。"

到了逸安堂，却见额吉满优什佧独坐一隅，此时正在拿一方手帕拭着眼角的泪痕。嵩威丹忠不由惊诧道："额吉却为甚事，竟然如此伤心？"满优什佧抽泣道："还不是为你五哥贡纳楚克之事，想来他出走将近二年，也不知在何方受苦？今日西府来报，方才得知贡纳楚克竟是被管家桑堆陷害，真是欲加之罪，何患无辞？婶母意欲以'对养母不孝'罪名永远逐出家门，另寻他人做继嗣。谁知近日事发，那婶母自知中了谗言，遂将丫鬟探春掌脸逐出，又将桑堆遣其回家。细想当日，额吉也是被谗言所害，动家法以戴枷游街处罚贡纳楚克。现今思来甚是后悔。如今西府婶母已派家人四处打探贡纳楚克下落，想来不久贡纳楚克便可回来。额吉寻思，经此变故，贡纳楚克身心必受重挫。想接他至忠信府小住数月，调养身心。他一向甚喜来山轩那边风景。忠儿你这几日多操些心思，可派家下仆人把芍药轩那边洒抄一番。"

嵩威丹忠听了，不由相劝道："额吉莫要伤心。即是陷害之事已澄明，想来五哥归来后便可安生两年了。洒抄之事，明日便可办好，有孩儿在，额吉尽管放宽心思才是。"又道，"想来额吉不知。母舅家又有喜事一宗。正月，朝廷已命色伯克多尔济长子喀喇沁头等塔布囊旺都特那木济勒在乾清门行走。"

满优什佧道："倒真是喜事一宗，旺都特那木济勒近年真可谓是喜事连连。你舅父家一向待你们不薄，你可代额吉写书信一封，以表祝贺。亲戚间时常走动，才会亲上加亲。"

嵩威丹忠道："额吉所言甚是，孩儿已记下。近来忙于公务，许久未见七弟了，不知尹湛纳希近来却在忙甚？"

满优什佧道："他能忙什么？还不是著书之事？"正说着话，却听尹湛纳希从外厢进来道："孩儿给额吉请安。"看见嵩威丹忠在陪额吉说话。不由笑道："原来六哥也在此请安，不知近来可好，七弟这厢有礼了。"说罢，深揖一礼。嵩威丹忠不由笑道："这真是说曹操，曹操就到，七弟近日著书可还顺利？"

尹湛纳希道："还算顺利，《一层楼》才写回目三十二回。"嵩威丹忠道："纲要已列，章回分定？"尹湛纳希道："六哥所言极是，先按章回分定。"

嵩威丹忠又道："想来你五哥就要回来了，将要入住芍药轩。依我思来，此番回来不比寻常，心情时有落寞也是有的。你一向与他性情相投，爱好相同，可时常宽慰才是。"

　　尹湛纳希甚是聪明，近来已闻西府之事。见嵩威丹忠说话滴水不漏，已明深意。故道："五哥不日归来，想来西府也不致刁难也，倒有安心日子可过了，额吉尽可宽心了。六哥尽管放心，七弟谨遵六哥教导便是。尚有一些事情要办，先行一步。"说罢，欲要起身之时，嵩威丹忠道："七弟稍等片刻，相跟着一起走吧。"说罢，两个人一同走出逸安堂，按下不提。

　　这日，尹湛纳希正在翻阅《镜花缘》。看得正是痴迷之时，却见五哥贡纳楚克从诚信府过来叙话。两年不见，贡纳楚克清瘦许多，更添憔悴，尹湛纳希看后不由甚是心疼，道："五哥回来就好，又可与兄芍药轩联诗了，不知侄女哈斯托亚可好？"贡纳楚克见问及哈斯托亚，方见一丝笑容，道："连年诸事不顺，倒是这孩子生得聪明乖巧，甚是解语。"又道，"不知七弟近来又在写什么？可说来与兄长听听。"尹湛纳希见问便道："欲写一部家族史，书名便叫《一层楼》，因见漠南诸旗婚姻多有不幸，寻思付诸笔端，醒示众人，以唤起婚姻自主之心。"贡纳楚克一听七弟尹湛纳希所言，不由鼓励他道："七弟这个想法甚好，唯有拿起笔来写一部现实小说，提倡婚姻自主，揭露封建腐朽没落思想，方能唤醒青年男女渴望婚姻自主之心，依我看就按这个主题写方好。"

　　两个人一边茗茶，一边聊着构思，不觉已是数个钟头。此时，却听书童巴图在外间唤道："七爷，福晋唤你去逸安堂那里去一趟，说有要事相商。"

　　贡纳楚克道："额吉唤你，想来有事。你且去吧，莫要管我，我也要打道回府了。"说罢，贡纳楚克便回西府去了。

　　尹湛纳希见五哥去了。正要走时，却见萨仁宝勒日从里间取了一件青绿小袄，一边替尹湛纳希穿戴一边嘱咐道："此时外面风刮得甚大，早去早回为好。"尹湛纳希道："贤妻所言甚是，一会儿便会回来。"说罢，向着逸安堂的方向去了，按下不表。

　　尹湛纳希十二岁就看过《红楼梦》，深为曹公笔法折服，婚姻几经周折后，不由寻思道："忠信王府本乃一大家族，诸多蓝本便可就地取材，何不大胆尝试一番？"这日正在琢磨：登高望远，层楼为最。依我思来书名取为"一层楼"会有新意也。想毕，故拈墨取水，挥笔在素笺上写下"一层楼"三个大字，仔细瞅瞅，甚合所写内容。暗道：书名有了岂可无序，便依着思路往下写道：

　　　　盖因桃杏园畔，芙蓉都境，焚心香一案，三千色世，缈如幻海，竟生无限春梦，于是玉楼一层如蜃气而作焉。天下颖俊冀会之于昭昭也，绝代佳人无奈幽恨默吞矣。

夫欲者生于心，奈命者定于天何？因发情思之重，一至续书旧梦矣。曩曹雪芹著《红楼梦》一书，予观其中，悲欢离合，缘结三生，论神明诲醒冥顽之道，嬉笑怒骂，表身百千，说菩提摩诃救世之法，新奇翻波，无穷缠绵和盘托出矣。故予敛彼等之芳魂，述吾心之蒙念，绘散花于短章，不设一丝绮语，濡墨挥毫，万言不可尽也。

风姨勿嫉，名花定由天生；月老何狠，悲运洵如是耶？仰面问天天不语，代断肠之人诉肺腑，补天之说自古有，望有志贤士弥鄙陋。灵根未断，前生曾耕才田；慧月常圆，再新越世玉楼。人间男女，莫劳聪慧之天生；意外章句，须顺气数之大势。笔拙源乎才穷，人巧岂能夺天工！然青尚出于蓝色，冰冷弗胜水寒乎？

呜呼噫嘻！更攀楼上楼之一层楼，怎脱梦中梦之一场梦？为唤醒深春之红颜，发苍林黄鹂之啼声。惟不向非知音鼓琴，何不对知心人吹笛？故为叙事之缘由于卷首，蒙译凌河地方奇渥温氏景山先生作于兹。

写完序后，添了《一层楼》诗，心下揣度："还是先引《红楼梦》之事以描摹，次述《一层楼》之文为传为妙，故又写了《一层楼》明序，打下回目三十二回。

又拿起一本《中庸》瞅瞅，随笔写道："读佛门经卷可增佛缘，习圣贤之书能通万物，天下头等艰奥之《中庸》录写完毕。"

仔细瞅瞅《一层楼》两序一诗倒还有些嚼头，忙唤书童巴图道："书童可沏一壶茶来，放在书案之上，便可。"

书童巴图忙沏上香茶，至一旁侍候。忽闻小儿齐玛珂琍哭声传来，萨仁宝勒日知是睡醒了，便抱过齐玛珂琍让尹湛纳希细瞅。尹湛纳希一见娇儿天庭饱满、地阁方圆的样子，不由甚是喜欢，对萨仁宝勒日笑道："细瞅这孩儿齐玛珂琍生得粉雕玉琢，天生一副好皮囊，也不知将来喜好什么？"萨仁宝勒日道："漠南诗缨之家，多出才子，想来亦如你一般，著书立说罢了。"

夫妻两个正说着话，却听巴图在外间道："五爷来得正是时候，七爷才搁笔不久，正在说话呢！"

萨仁宝勒日一听五爷贡纳楚克到了，忙唤玉兰抱过小儿齐玛珂琍回里间去了。

尹湛纳希见五哥到了，不由甚是高兴，道："心里正想着五哥，可巧就来了，小弟今个已写完八回稿子，又写了明序，心里琢磨着让五哥校阅一番，看看可有不妥之处，以便修改。"

贡纳楚克道："如此甚好，可把前八回稿子与兄长带上，待不忙时再行校点。"

尹湛纳希忙吩咐书童巴图道："把才得的六安茶给五爷带上两罐，再拿两摞宣纸。再把那方端砚呈上便是！"

却见巴图取过一方砚台，贡纳楚克一瞅，果然好砚也。但见此砚呈长方形状，由砚底、砚箱、砚池、砚盖组成，砚箱呈空心，砚壁两旁题有"花开""及弟"，砚盖之上镂刻细腻，雕有荷花、山石、仙鹤。观此砚用料考究，意喻不凡。故道："想来此砚必为端砚也，难怪宋朝著名诗人张九成有诗曰：'端溪古砚天下奇，紫花夜半吐虹霓。'"

尹湛纳希见五哥贡纳楚克甚会识宝，便笑道："五哥一向甚喜作画，岂可无好砚受用？用端砚研墨不滞，发墨快。无论是酷暑，或是严冬，用手按其砚心，砚心湛蓝墨绿，水气久久不干，古人有'哈气研墨'之说，如若兄长用此砚作画，画格更见高古也。"

贡纳楚克见尹湛纳希过爱如此，忙推辞道："前些时七弟给的六安茶尚有一罐，这六安茶是稀罕物儿，弟弟闲来著书立说，用脑必多，茶可提神，还是留着自用好。那端砚是名贵之物，七弟喜爱之物，兄长岂可夺人之爱？"

尹湛纳希道："自家兄弟不分你我。端砚产自端州，故有'端砚'之称，与端砚齐名的还有歙砚、易水砚，素来有'南端北易'之说。把这端砚送与五哥，物有所值也。"

贡纳楚克甚明，尹湛纳希一生所喜无非四物，诗、书、画、砚也，岂可因己之爱，夺人所喜，故推却再三。知尹湛纳希重情，亦是过爱之故，故迂回道："以兄思来，弟所赠之物，兄只取茶叶、宣纸便可，七弟每日著书立说研墨必多，这端砚还是七弟留着自用方好。"

尹湛纳希一见五哥再三推诿，已知五哥不想夺人之爱，只得作罢。又对五哥贡纳楚克道："小弟近来忙于著述，许久不至棋盘山拈棋了，改日不忙时，邀上巴图法师同上棋盘山一决高下，如何？"

贡纳楚克见尹湛纳希兴致如此之高，不由笑道："以兄思来，小弟莫不是前世修来的文曲星，不然为何样样出众？忙时不离笔，闲时不离棋琴。棋琴书画样样精通不说，就连这精力也甚是充沛，一日不过小睡四五个时辰，确是屡出华章、字画。难不成七弟是钢筋铁骨？不知累字为何物？倒是令人称奇？让人叹服也！"

尹湛纳希见五哥贡纳楚克调侃，亦不由笑回道："五哥诗书画印皆精。漠南谁人不知？谁人不晓？小弟不过是痴迷文字，总觉得人生价值取向不在于吃穿享乐，而在于将从世上获得的智慧留于笔墨之间，传给后代子孙而已！谁人不爱惜光阴？谁人不爱惜自己渐逝之生命？将人世间可眷恋之处作为'志'，著于兹便是好的。"

贡纳楚克听尹湛纳希如此言说，不由甚是佩服。道："七弟有此胸心大志，孛尔只斤氏有望也！只是莫要操劳过度，笔墨人生最是耗人心血，望七弟务要谨记！"

尹湛纳希道："兄长关爱之情，小弟岂能不知？兄长一向慈善，不知世情险恶。还望兄长时来东府走走，西府奸佞小人过多，还须多加提防也。常言道：害人之心不可有，防人之心不可无，望兄长谨记为盼也。"

兄弟两个互吐衷肠，足见手足情长。然而人世间有几多悲情在世间重演，谁承想，才不过数月，贡纳楚克竟然撒手西去。忠信王府又一才子之谢世，想来让人唏嘘！此为后话，欲知详情如何，请听下回分解。

有诗为证：

芍药携枝诉晚秋，花开及弟墨相酬。

茗茶数道常来忆，老酒三樽水倒流。

第二十二章

阴阳隔断手足情，犹忆层楼风波起

诗曰：

　　阴阳相隔两情殇，化羽登台去望乡。

　　墨迹淋漓书室挂，来轩亭上染风霜。

　　一八六六年正月，许是尹湛纳希数月来因写作《青史演义》过度劳累，病了半月之久，家人延请名医调理身体，贡纳楚克虽说病得也不轻，但听说七弟尹湛纳希病了，心下甚是挂念，这日才好些便来看望七弟尹湛纳希。

　　一见屋子，便见丫鬟玉兰在外间熬制中药，冉冉升起的药味充溢周遭，闻着鼻间竟有恶心的味道。进屋便见弟妹萨仁宝勒日正逗着两岁的侄儿齐玛珂琍玩，许是无子之故，贡纳楚克见着齐玛珂琍甚是喜欢。这孩子生得天庭饱满，地阁方圆，长得很像尹湛纳希小时候，不由伸手来抱。这齐玛珂琍也甚是有意思，初学说话，吐字甚不清楚，也不知说些什么？只是黏着贡纳楚克不放，不时用那双小手撩着贡纳楚克额前的头发。

　　萨仁宝勒日见齐玛珂琍黏着贡纳楚克不放，不由笑道："这孩子想来和五哥有缘，从来不让人抱，却黏着五哥不放。尹湛纳希正在里间躺着呢？"说罢，抱过齐玛珂琍回屋去了。

　　尹湛纳希见五哥来了，不由道："五哥你病才好些，不在家中养息，又来看七弟做什么？七弟无甚大碍，不过连日劳乏，吃几服中药，调理一下便会好的。"

　　贡纳楚克道："咱弟兄两人一前一后病着，让额吉操碎了心，五哥吃了几服中药，感觉这两日好多了。权且出来走走，透透气，顺便见见你，聊聊家常。"

尹湛纳希道："不知五哥近来在西府过得可好？那一帮奸佞小人可曾为难五哥。"

贡纳楚克不由长叹一口气道："看我这个样子，哪还有力量报仇呢！此其一。我身无权力，此其二。管家桑堆诽谤我抽大烟，所以凡事难成。七弟你若有长进，总要替五哥想着这事。"

尹湛纳希听了又是管家桑堆从中作梗，不由甚是气愤，随口发誓道："五哥敬请放心，五哥受到如此不见血的欺压，就算桑堆死了，也要在他三代之内讨还！"

贡纳楚克听了尹湛纳希这句话，心下甚感安慰，不由道："有七弟这句话，五哥纵死九泉，也就心安了。"

尹湛纳希听言语不祥，不由劝慰道："五哥尚在病中，万事须看开为是。不可伤心过度，一来不利病情康复，二来不要遂了仇人心愿！"

贡纳楚克道："七弟之心，五哥岂能不知？只是诸事难遂心愿，如今连内人也与仇人同流合污，罗织罪名，极尽诽谤之事。说什么抽大烟，与使女凤儿有染，方有额吉戴枷示众、极尽毒打之事发生。五哥极度无奈之下，方才离家出走。日后甚觉不妥，岂能让仇人趁了心愿，方才又回转家门。"

尹湛纳希听了，心下也甚是凄楚，只能强颜欢笑，再次劝慰五哥。然世事无常，谁承想这竟然是贡纳楚克的临别遗言，数日之后，贡纳楚克便撒手西去，年仅三十四岁。

翻阅五哥贡纳楚克诗稿，便见一诗映入眼帘，细读却是《毒唇谗言杀人刀》：

毒唇谗言杀人刀，剑鞘一出草木凋。

搬弄每因离间语，骨肉分离岂可抛。

又见《此物》记云："咸丰八年戊午，吾二十六岁时，运数大乖，威势衰落，智慧恍惚，家事不合心意，受人陷害。心中话无知音者可谈，罕有可以消释胸中愤恨的理解者，内中憋闷，泪水倒流，更加难以忍受。四月二十四日，见到东府四妹妹线匣上一首七言八句题为《此物》的奇诗，于是和一首：

缘何此物寄诗情，反转思寻有苦衷。

褒姒妲己重人世，始皇杨广竟托生！

昏庸残暴堪如此，愤恨仁德义满膺。

不问情曲凭戮士，终究真伪会分明。

尹湛纳希相看之下，不由悲从心来。知西府诬陷贡纳楚克者众多，管家桑堆，使女探春、梅花及婆子皆而有之，甚至其妻也掺和在内。不然焉有诗句："褒姒妲己重人世，始皇杨广竟托生"之句出现在诗中呢？由不得潸然泪下，提笔写道：

> 贡纳楚克五哥愤懑不得志而早逝矣。拟选其平生最珍爱之诗铭诸墓碑。呜呼！落魄一生，诸事无功，文稿未就，诗集未成，捧读遗篇，不知泪潸之无从也。聊以数行以志哀。

> 呜呼我兄长，何以生世上。
>
> 年仅三十四，苍穹去茫茫。
>
> 前世欠祝祈，弃我独恓惶。
>
> 百愿虽能达，傍兄却梦想。
>
> 敏锐如兄长，知音唯弟详。
>
> 如云突卷飞，心碎断肝肠。
>
> 生死虽命定，哀婉奈何挡。
>
> 平庸不识玉，难闻兄衷肠。
>
> 诗歌留人间，弟阅得分享。
>
> 后人谁领悟，呜呼何悲怆。

同治五年灯下挥泪

写完此诗，打更的梆子远远递过来，瞅瞅已是五更时节。上得炕来竟是辗转反侧，不由忆起《一层楼》引起风波之事。

《一层楼》书成后先在锦州、阜新一带流传，卓索图盟青年才俊闻知《一层楼》问世，奔走相告，以一传百，竟成洛阳纸贵之势，都以一睹为快为幸事也。

贡纳楚克闻听此讯，深为小弟尹湛纳希高兴。谁承想才不过数月，竟引来一场轩然大波。久不登门的诚信府扎木巴勒扎布竟以祝贺为由登门拜访福晋，并假惺惺道："忠信王府无愧为诗缨之家，满门皆为才子，实为可贺。尤以尹湛纳希才高八斗，竟然写出如此奇书。如今这卓索图盟、锦州、阜新一带传抄者甚多，人人皆以争睹为荣，大有洛阳纸贵之势，福晋你仔细瞅瞅，可好？这标识过的记号不可不看。"说罢，便用手指着用笔标出的五大疑点道："侯府——忠信府？璞玉的祖父——（端都布）？苏已之父苏贝勒——索诺木巴勒珠尔？璞玉的结发妻子苏已——旺钦巴拉的发妻嵩吉拉姆？孟圣如——满优什作？"

195

满优什咋初时尚且不信，及至细看之下，不由悲从中来。想不到百般呵护的爱子尹湛纳希竟然不顾父母脸面，把婚姻之事公之于世，无异于不孝之子。只是碍着仇人之面不好发作，好似利刃扎在心间，刺痛无比。无来由地被一顿羞辱，头脑好似崩溃一般。待扎木巴勒扎布走出府门，不由声嘶力竭喊道："庆顺何在？还不拿家法伺候尹湛纳希，更待何时？"

庆顺见福晋一反常态，恼怒异常，心下暗道："我的小祖宗七爷啊，你此番可是把祸事弄大了，家法也用上了，却让老奴如何救你？"

急忙来至尹湛纳希书房寻他，告知因书受累之事，并啰唆道："平日里要是听老奴一句话，安分一点，也不致如此？如今谁人可能救你，倒令老奴担心也！"尹湛纳希见老人家如此着急，便道："凡事皆由我一人而起，一人担着就是！"

老人家庆顺愁眉苦脸地跟着尹湛纳希来至议事厅。却见尹湛纳希先在祖先牌位前跪下磕了三个头，然后依序向族长苏德、额吉、长老们行屈膝礼。

满优什咋一见尹湛纳希，不由怒斥道："孛尔只斤氏家门不幸，出此逆子，竟写出如此违逆之书，乱了家法，坏了族规。为维护家族荣光，唯有以儆效尤，严惩逆子，行戴枷族规，以示惩罚。诸位家长以后但凡见了《一层楼》务要就地销毁，以绝后患。"言毕，用征询的眼光瞅着族长苏德。

族长苏德见众人的眼光一齐瞅着他，便道："尹湛纳希虽然甚有才华，只可惜不往正道上走，黄金家族二十八代清誉，岂能毁在他的手上，书就地销毁后，再行戴枷族规。"

庆顺一见福晋如此决定，知是气极之故？族长苏德落井下石，实为不仁之至，想当年旺王在世之时，他可是视尹湛纳希为心中的太阳，在旺王面前极尽美言。旺王过世不过几年，却如此行事，可见人心不古！

庆顺心下暗自揣度：这家法一旦上身，尹湛纳希小命岂能自保，还是拼上老命替七爷求情才是。想罢，便双膝一跪道："福晋且先息怒，依老奴想来，尹湛纳希虽罪不可赦，念在初犯，可否免除家法改为面壁思过？"

满优什咋一听庆顺此言。不由怒道："你瞅瞅，你瞅瞅，这就是我千般宠、万般爱的儿子尹湛纳希吗？每日躲在书房里，诸事不操心，原指望他写传世之作，谁承想竟如此作践父母，写成此书任意流传，但凡顾及一下父母的体面，也不会让家事公诸天下。"说罢，又对愣在一旁的书童巴图、小厮书墨喝道："巴图，还愣着做甚？还不拿枷于他戴上游街示众？书墨快拿马鞭抽他，难道还要让我亲自动手？"满优什祚说完，不由放声大恸！

这边早急坏了一个人，此人便是尹湛纳希八个侍童中应变能力最强的小厮麦冬，麦冬一见连老管家庆顺的面子也被福晋驳回来了，心想此番尹湛纳希必是凶多吉少了，唯有一人可救七爷之命，此人便是贡纳楚克。

也许诸君尚有异议，那贡纳楚克朝不保夕，尚要靠忠信府一门庇佑。他能护佑尹湛纳希？诸君且莫心急，待我细细说来便是。只因贡纳楚克昔年被家人、仆人、管家陷害，离家出走二年才归家门，初时福晋被诚信府利用，曾给予贡纳楚克戴枷游街示众的处罚。待日后真相大白天下之时，贡纳楚克已是遍体鳞伤，福晋心下正在懊恼不堪。如果此时贡纳楚克出面，福晋必不会推辞也，想罢，便急忙去西府去寻贡纳楚克。

贡纳楚克一听七弟尹湛纳希因《一层楼》惹祸，不敢懈怠，忙忙来至前厅。一见族中人员皆在厅内，族长苏德早已撕下温情的面纱，正在点燃额吉的火气。贡纳楚克来至正厅，一见额吉便行跪拜之礼，满优什祚一见贡纳楚克来了，不由一阵心痛。道："你身子方才还些，不在西府待着，来此做甚？"

贡纳楚克一听额吉所言，不由掉下泪来抽泣道："额吉，世间之情莫过母子之情，手足之情。今闻七弟尹湛纳希因书致祸，儿子也有推不了的干系，曾经为七弟校稿来着，念在七弟初犯，权且代七弟受过，还望额吉息怒，莫要伤了身子，让儿子不安，让六弟、七弟不安！"说罢，又跪下重重地磕了几个头。

嵩威丹忠本为家长，见额吉略一沉吟，心知额吉已有悔意。便行家长之威道："念在多人为七弟尹湛纳希求情，家法暂免，鞭杖二十，以正家规。悔改必有举动方可服众，才不致有重蹈覆辙之事，依我看来，可在族人面前亲毁《一层楼》，以正视听。"

贡纳楚克听嵩威丹忠此言一出，心上的石头方才落了地。见免了戴枷示众，忙用眼瞅了尹湛纳希一眼，尹湛纳希甚明贡纳楚克心意，心下已是灰了一半。含泪从额吉手中接过《一层楼》，屈辱地当众把书焚毁，顺了额吉之意。历时两载的心血之作，随着熊熊点燃的火光，顿时化为灰烬向着天空飘去，尹湛纳希的心也似被焚毁一般，心如枯木，脸色肃穆凝重。贡纳楚克看在眼里，痛在心上。因为二人性情相投，言语相合，且具有一样的叛逆性格，注定不被族人倚重。

好在经此变故，尹湛纳希把心思集中到创作《青史演义》中来，倒令额吉颇感欣慰。

同治六年丁卯（一八六七年），尹湛纳希开始起笔写《青史演义》。此时额吉已六十六岁，六兄嵩威丹忠三十有四，一晃眼妻子萨仁宝勒日已经二十五岁了，儿子齐玛珂琍业已三岁，日子越见艰难。这一年，嵩威丹忠出任署印协理台吉不久，便被热河都统麟庆以一纸疏文参奏。

嵩威丹忠被斥革后奉俸皆无，旗札萨克不过给他安排了一个空衔，美其名曰"山主台吉"，不过管理几百旗户而已，仅够维持家计。忠信府经此变故，家道大衰，田园、土地、家产尽失，一腔忧闷无从言说，蒙译《通鉴纲目》竟成唯一嗜好也。在嵩威丹忠扶助之下，尹湛纳希写作甚快，不过一月之久便成四回，终于完成丙寅年（三十八回）成吉思汗登基之事。

世间何事最为苦，莫过死别与生离。同治八年（一八六九年）三月十四日，尹湛纳希二十七岁的妻子萨仁宝勒日因病撒手西去，留下年仅五岁的儿子齐玛珂琍。望着不曾懂事的幼子在榻前哭唤着额吉，尹湛纳希的心好似被撕裂一般，真是欲哭无泪，痛不欲生。六十八岁的满优什伜看在眼里，痛在心上，以少有的坚忍安抚着尹湛纳希。六哥嵩威丹忠忙着出殡之事，管家庆顺承办着各种事项。

尹湛纳希望着人去屋空的房子，望着喊叫额吉的齐玛珂琍，心下顿觉茫然一片，好似雕塑一样，只是呆呆地坐在榻前。想起萨仁宝勒日尚在病中，仍然不疏黄昏定省之节，想起萨仁宝勒日的贤惠，不由含泪写下一首悼亡诗：

> 弱冠七尺向躯，懵懂二十年。
> 慈母恩深，瑞雪覆大地；
> 爱妻情重，泰山高平原。
> 幸福，像彩虹忽而消逝；
> 灾难，不知身在人间。
> 几度苦思逃走，
> 想烧掉乌黑的头发。
> 是去深山幽谷？
> 还是披上袈裟？
> 凉风拂面，猛悟真谛。
> 济世奢望，全部抛弃。
> 志坚谅能铄化金石，

写几首不能刊印的诗词。

待萨仁宝勒日出殡之后，尹湛纳希不想续娶，一心只在著述之事，额吉见他整日忙于著述，家中无有添茶续水之人，心中愁闷，时常在嵩威丹忠眼前念叨，孩子齐玛珂瑚年幼，正在恋母时节，需为尹湛纳希续弦才是。故让嵩威丹忠再去物色合适人选。

时光荏苒，又逢七夕织女牛郎相会之际，尹湛纳希一早起来，便去额吉处请安，请安完毕，方来至前厅，待把月台上的花盆移置紫檀八仙桌上。便见两府小姐手捧乞巧蛛盒，身着盛装依序而来。尹湛纳希见贡纳楚克之女哈斯托亚率先走在前面，身着碎花蒙古长袍，脚蹬紫色印花靴，见了尹湛纳希便揖礼问好。这孩儿举手投足自有一种风韵，心下甚是喜欢。不由道："数月不见，哈斯托亚已有淑女风范。今日是七夕节，你且和叔父说说，可有喜欢之物？"

哈斯托亚年幼丧父，打小无人疼爱，心中甚是倚赖尹湛纳希。见叔父相问，不由笑道："今日是乞巧节，按说乞巧之物为织女所赐。但侄女素喜读书，七叔若有礼物相送，最好是七叔乞巧诗词，方才应景。笔墨纸砚或书都可。"

嵩威丹忠见哈斯托亚善解人意，又生得貌美如花，心下也是爱她聪明乖巧。不由调侃尹湛纳希道："哈斯托亚聪明甚会说话，不愧黄金家族血脉，就依侄女之意，七弟写诗方才应景。"

尹湛纳希听了心下甚是慰帖，不由笑道："就依六哥所言。哈斯托亚如此好学，你父泉下有知，定会欣慰也。"说罢，便在条案之上，铺陈宣纸，拈笔不过片时，便成四首七夕诗词：

七夕谣

鹊桥一架月光中，细雨朦胧洗碧空。

但愿此情长久在，终成眷属效仙童。

七夕叹

千秋佳话叹河横，万里云空月不明。

此去经年朝夕久，无言痴对别离情。

七夕恨

几回梦断鹊桥迟，一枕情怀相望痴。

天地无缘虚抱恨，人寰依旧月明时。

七夕悟

只羡鸳鸯不羡仙，粗茶淡饭乐无边。

相濡以沫长厮守，举案齐眉幸福缘。

众人一见，不过片时，尹湛纳希已成四首诗词，皆是一片叫好。满优什咋看了，也不由笑道："吾儿笔锋渐见老辣也，许久未曾这样开怀了。"又对围在一旁的东西两府小姐道，"你们可学着你七叔的样子，各写一首诗词才好，他在你们这个年纪，已是名动四十九旗人人皆知的神童了！"

嵩威丹忠见额吉高兴，也不由笑评道："你七叔这四首诗词，可说是创下了前无古人后无来者的气势了。为何如此言说？只这谣、叹、恨、悟便道尽了相守之无奈，一架鹊桥隔离了望穿之秋水，凄迷的泪眼洇湿了通天的鹊桥，最后一个'悟'字则体现了纵然粗茶淡饭，只要能长相厮守，便可举案齐眉。写诗诗眼、诗框俱足，意境也是必不可少的渲染道具。"

几位小姐听了祖母的夸赞，听了六叔的评点，便拿了七叔的诗笺作范文，一人拿一摞素笺学着写诗去了。

几位小姐待写过诗后，便把各自蛛盒、穿九针的采锻小包放在青花玉盘里，待燃灯焚香毕，向着天河两侧的牛郎星和织女星跪拜。

这时，又见哈斯托亚命几位小姐站成一圈，自个儿取出五彩丝线依序把小姐们绕了一圈。一小姐问道："哈斯托亚姐姐，敢问这绕法，却有何说道？"哈斯托亚道："此系五彩情缘索，据说只有把五彩情缘索联结起来，方有情爱之缘。出自何典，却是不知？七叔博古通今，且去一问便知也。"

哈斯托亚在众小姐簇拥下，来寻尹湛纳希相问。嵩威丹忠道："想是乞巧完了？又来寻你七叔作甚？"众人皆把目光投向哈斯托亚。哈斯托亚便道："七叔，侄女有一事不明，还需七叔解惑，五彩情缘索出自何典，侄女却是不知，可否解说一番。"

尹湛纳希不由笑道："此典出自《水经补注》，说贾佩兰在七月七日共姊妹在百子池边聚会，用五彩丝线互联，被联结者，不拒何人，便有情缘之缘，故为五彩情缘索。这五彩虽是取法于'五行'，内中也寓意'五常'之意。"

哈斯托亚听了，又揖一礼，方对众小姐道："此时不散，更待何时？没看见祖母与叔父有事相商吗？"众小姐听了，方才一哄而散。

这边桌上，但见鲜花簇簇，瓜果满盆，母子三人坐在桌前，一边分吃瓜果，一边诉着陈年旧事。忽见诸多孙女齐来相问，满优什咋不由想起一事，故对二子道："我正琢磨着，忠信府这日子虽然不比往年，今天是女儿节，依然可按旧例，给两府小姐分几个七巧荷包、玛瑙项圈，你们且看如何？"

嵩威丹忠道："额吉所言甚是，大人们苦一点无甚要紧，让孩儿们甜点也是分内之事。"

满优什佧听了，心下甚是欣慰。忙吩咐管家庆顺把准备好的七巧荷包、玛瑙项圈纷纷散去，说来这也是忠信府最后的一个七巧节。

哈斯托亚见时候不早了，诚信府那边已打发人来接，便敛衽向前向祖母告别。满优什佧见她又要回西府，思起他父亲贡纳楚克难免又是一阵伤心。嵩威丹忠劝了半日方止。

哈斯托亚敛衽向前对两位叔父告别道："那边已派人来接，侄女就此别过。还望六叔、七叔多多保重！又对尹湛纳希道个万福道："待七叔下次进京之时，只需给侄女带一册《芥子园画谱》便成。"原来这哈斯托亚也如其父贡纳楚克一样，喜欢青绿山水。说罢，便一步一回头地去了。尹湛纳希瞅着哈斯托亚的背影渐行渐远，不由思起昔年与其父道别之情节。

俗语所言，祸不单行，这祸事一经开始，便接连不断，接连五年，忠信府皆是祸事不断，先是同治五年贡纳楚克去世，同治七年尹湛纳希幼子夭折，同治八年（一八六九年）妻子萨仁宝勒日去世。数年之间，亲人一个个似浮萍落叶，纷纷散去，对尹湛纳希打击甚大，不久就病倒了，好在额吉甚是坚强，虽至风烛残年，却以少有的坚忍呵护着尹湛纳希。

许是萨仁宝勒日时时处于郁郁寡欢之故，两个人仅生活十年，萨仁宝勒日便撒手西去，生前虽生有三子，只存活一子，便是齐玛珂瑚。

两段姻事，均是以悲情落幕。满优什佧甚是心痛尹湛纳希，家下无有女人照料日常起居，幼子又无人搭照，总不是个事儿。意欲再为他物色一门亲事，然尹湛纳希不听则可，一听之下便是深拒，令额吉甚为不解？

待七夕过后，满优什佧便叫过嵩威丹忠，和他相商道："这尹湛纳希处事不容人乐观，让人有操不完的心。也不知他是咋想的，拒不续弦。待你公务闲暇之时，且去瞅瞅，探探他的口风，却是什么意思？"

嵩威丹忠道："额吉所言甚是，家中无有女人照料，久之必成散沙也。依我想来，还是让尹湛纳希续弦为好，一来额吉不必日夜为他悬心，二来身旁有个人体恤，日子可安稳也，三来齐玛珂瑚侄儿不致孤苦无依，家下诸事有人打理了，方可安心著书立说！"

满优什佧道："忠儿所言甚是，依我看来此事不宜久拖，及早办妥才是，你明日抽空走一遭，劝他早些答应此事，以便物色人选，也不枉费我疼他一回。"

嵩威丹忠道："额吉尽管放宽心思，儿子明个一早就去办理此事！"

满优什佧又道："你父王英年早逝，古拉兰萨谢世过早，五哥贡纳楚克郁郁而亡。如今只剩你兄弟两个，需搭帮着才是。额吉知晓你那弟弟尹湛纳希性情执拗，但凡有言语失和之处，需担待一些才是。"

嵩威丹忠道："这么多年了，尹湛纳希的性子，儿子岂能不知？待事成之后，儿子便来向额吉告知。"

满优什佧眼瞅着嵩威丹忠出了院门，方才起身把炒米、酥油、奶豆腐、牛肉干备好，放在青花瓷碟里，以便第二天熬制奶茶。

这日，嵩威丹忠来到尹湛纳希书房，说起成家之事，没想到尹湛纳希道："此事就不必额吉和六哥费心了，尹湛纳希业也想好了，准备娶丫鬟玉兰为妻？"

嵩威丹忠一听，惊诧不止，良久方道："七弟做事糊涂，此事万万行不通，与汉女成婚有违祖训，况且还是个丫鬟！"

尹湛纳希道："人都是平等的，不应有贵贱之分；蒙汉都是中华，不应有民族歧视。"

嵩威丹忠听了不由反驳道："黄金家族数世以来，无有蒙汉通婚之说，你若一意孤行，置列祖列族于何地？置额吉于何地？还望七弟三思而后行！"

尹湛纳希不由激愤道："我们是缨珞望族的贵胄之家，甚通中原文化，为何就不能摒弃旧制，去旧融新？难道沿袭旧制带来的伤痛还少吗？"

嵩威丹忠道："物有本末，事有始终，知道自己的祖先和族源，乃是世间做人之根本，倘若不以孝悌为先，纵然上知天文，下知地理，亦如枯木一般！"

尹湛纳希听了不由伤感道："看来六哥迂腐之气甚重，依尹湛纳希思来，传承合理的族规，融入新的法度，方不负黄金家族二十八代世孙之称。看来很难与你沟通，额吉那里我会亲去说服，就不劳六哥费心了！"嵩威丹忠道："纵观你所行之事，皆为另类之行，总是置族规与家法于外，长此以往，总不是个事。六哥还是相劝于你，莫要与汉女通婚为好，传扬出去，岂不为外人笑话！望七弟好自为之，三思而后行！"

嵩威丹忠说罢，便摔帘而去！满优什佧知两弟兄不欢而散，嘴上虽不明说，心下也甚为尹湛纳希行事伤心。虽私下和他沟通，然尹湛纳希性情桀骜不驯，竟是一意孤行，满优什佧见愚儿如此，绝食数日，劝其弃之。

尹湛纳希见额吉为己伤心，竟以绝食相逼，出于孝悌之心，不再坚持成婚之说，玉兰虽无名分之说，却有夫妻之实。数十年相伴左右，不离不弃，堪为佳话，此为后话，暂且不提。

这正是：

> 不离不弃长相守，如影相随两心牵。

> 为博太君行孝道，来生唯愿续良缘。

同治九年嵩威丹忠斥革，真所谓"大故迭起，破败死亡相继"。好在尹湛纳希甚是坚忍，时逢变故，仍然矢志不渝，艰难创作，试问古今能有几位大哲如他这样坚守？

同治九年，许是嵩威丹忠斥革之故，这年的七夕久等不至，两府小姐知是家道中落，已无力承办家宴之资，女儿爱美心切，盼添花衣亦如空中楼阁。故息了往昔爱热闹的心思，两府佳节聚首，亦如明日黄花一去不返，东府竟是门庭冷落，车马渐稀了。

唯有贡纳楚克之女哈斯托亚，生得貌若海棠花一枝，举手投足之间自有一种淑女风范，甚得祖母满优什作、叔父尹湛纳希喜爱。虽然年小，但做事得体，不失名媛风范。今见七夕已过，府上无有承办之意，心知家道中落无力承办，心下暗忖："虽然东府不办家宴，但该走之礼节必走一回方好，更何况祖母满优什作、叔父尹湛纳希一向疼爱，岂有不去之理？"便一早吩咐丫鬟萨娜去院子采摘鲜花一篮，至祖母满优什作处问安。

哈斯托亚向来聪慧，对那风花雪月、诗词曲赋甚是上心，每有感悟必写新诗两三首，请教叔父尹湛纳希聆听教诲而去。经年如此，学业大进，渐有卓索图盟才女之称。故按昔年样子，写了三首《七夕》诗，拿来让叔父尹湛纳希指正，其中一首是这样写的：

> 今夕何夕七月七，鹊桥飞度山外山。

> 月朦胧兮情思远，桃园深处两心牵。

到了东府，见了祖母满优什作，便上前请安问好，满优什作见了哈斯托亚出落得恰如海棠花一枝。不由笑道："看你这如花似玉的样子，不由忆起昔年在喀喇沁王府的旧事，每逢乞巧节便在葡萄架下穿针引线对着星空祈求姻事，不知你今日可曾祈求？"

哈斯托亚见祖母满优什作如此相问，不由霞飞两靥，娇嗔道："哈斯托亚唯愿陪着祖母度日。"尹湛纳希看着额吉不由笑道："哈斯托亚乃矜持才女，岂可向祖母外道？额吉只需看哈斯托亚的《七夕》便可洞明一切。"说罢，便把《七夕》诗递给额吉，满优什作看了不由笑道："好，甚好，'今夕何夕七月七，鹊桥飞度山外山。月朦胧兮情思远，桃园深处两心牵。'这诗写得甚有意境，只这桃园深处两心牵便露了风情，两心牵是什么？祖母也是从闺阁中过来之人，岂可不明两心牵之意呢？"众人见满优什伅说话如此诙谐，不由都笑了，都道："老太君说得甚是，是这么个理。"忠信府久违的笑声，就这样回旋在记忆的藤蔓里……

七月三十日晚间，尹湛纳希正在灯下著述《青史演义》，忽闻窗外雷声大作，黑云翻滚。自思忠信王府在凌河岸边，昔年曾有洪水泛滥威胁府上记载，难不成今夜会有险情出现？忙忙披衣起身去额吉处守护问安。

满优什伅正在辗转反侧之际，见七儿尹湛纳希过来相陪，不由甚是高兴，许是人老觉少之故，见七儿孝顺，心情愉悦，母子两个把陈年旧事说了一个通宵。

尹湛纳希有感于此，特写下一首雨水以记昔年之事：

雨　水

一别东风柳梦殊，岚烟吞吐半山湖。
桑田点滴潇潇雨，佛寺珍藏淡淡图。
水弱还寒锦波慢，心宽乍暖杞人愚。
闲来借得几衰律，隐约林间时鹧鸪。

第二十三章

春暖花开四月时，邀友齐聚绿波亭

诗曰：

白云明澈透珠链，满目琳琅典籍全。

循史追踪吟柳句，后贤鉴古启心田。

日月穿梭，白驹过隙，不知不觉，尹湛纳希创作《青史演义》已进入最佳状态，这日晌午，六哥嵩威丹忠派管家庆顺来请，说有要事相商。去得府尹，始知色王色伯克多尔济已于数日前卒，子旺都特那木济勒已袭郡王爵位，赏三眼花翎。

嵩威丹忠道："舅父已于数日前而亡，七日后就要出殡。依我思来，本应我前去送殡为好，只是额吉年事已高，一日不如一日，思来想去，还是你去相送为妥。一来旺都特那木济勒一向与你友善，目今已袭郡王爵位，日后必会发达，你此番前去，日后也可有个照应。"

尹湛纳希道："行，就依六兄所言，估计到喀喇沁王府只需耽搁三五日，便可回来了。家下诸事烦兄多多费心，额吉年事已高，晚间还是安排一个人陪护方好。"

嵩威丹忠道："这个不劳七弟烦心，你只可放心前往。我业已想好，待你走后，便接西府侄女哈斯托亚过来陪护额吉，那孩子聪明、伶俐、乖巧，额吉一向甚是疼爱于她。"

尹湛纳希道："六兄如此安排，甚合我意。明日辰时，我便启程了，不知你还有何吩咐，尽管直言就是。"

嵩威丹忠道："虽说家道中落，一日不似一日，但该走之礼节不容半点差池，省得惹外人笑话。"

尹湛纳希道："这个自然，六兄只管放宽心思。"嵩威丹忠道："时辰不早了，七弟还是早些歇息为好，明日还得早起呢。"

第二日卯时一刻，尹湛纳希领着奴仆数人，向着喀喇沁王府而去。不过行走数个时辰，便至王府。

远远望去，王府门口挂着白色门幡，但见四十九旗王公大臣皆来吊唁。旺都特那木济勒见尹湛纳希到了，忙迎进里间叙话。

尹湛纳希道："王爷一向身子甚好，却如何去了？想起旧年在府上叨扰，多蒙他老人家提携，方有今日。如今思来，不觉甚是感伤也！"旺都特那木济勒道："王爷一来年事渐高，二来还是不改旧日习惯，手不离卷，嗜书为命。前些时偶感风寒，家下虽延医救治，终是不济，竟然去了。"言罢，不由悲泣不已。尹湛纳希道："贤弟近来又见清瘦许多，需节哀顺变才是，此时家下诸事皆凭贤弟打理，不知请喇嘛诵经之事可办妥帖？何日起程赴任？"旺都特那木济勒道："诸事皆也妥帖，待出殡之后，稍歇两日，便取道进京！"

两个人说话之间，管家舒展来报："王爷，京城官员已至门首，还请旺都特那木济勒王爷去迎。"尹湛纳希见此忙道："贤弟但去无妨，这厢有我搭照（照顾），贤弟尽管放心。"

旺都特那木济勒便道："这里有表兄搭照，我心甚慰。我且先去相迎。"尹湛纳希道："贤弟快去相迎，莫要失了礼仪。"旺都特那木济勒整整衣带，边走边回头道："兄台略等一会儿，一会儿还有要事相商。"说罢，朝府门而去。

待得王爷色伯克多尔济出殡之后，尹湛纳希方才返回忠信王府。许是身子瘦弱之故，加上久不操心，不过在王府劳乏数日，回来后又偶感风寒，不觉病了几日。人在病中，倒添愁绪许多。

不觉已至四月，山间桃花、李花开得甚是繁茂。就连荟芳园的芍药也是枝繁叶茂，开得也是融融滟滟。一株株，一簇簇甚是点眼，长势喜人，竟有四五十厘米高了。花蕾绽在枝头含笑，和煦春风吹过，时有粉红花瓣，耐不得寂寞，提前裂开了嘴，暗香便随春情泄了一地。

尹湛纳希晨读之时，用湖蓝手帕拾回些许落红，洒在门前的硕大鱼缸里。这落红好似洒落世间的花瓣雨，上下漂浮之际，便有游鱼一一聚拢而来，纷纷用嘴啄之，甚是有趣。尹湛纳希在缸前相看多时，书童巴图见此，知是动了踏青之念。便对尹湛纳希道："四月正是春暖花开时节，七爷为何不去郊处踏青写生？画上几幅山水图，挂在书房，增点桃园气息？"

尹湛纳希听后不由笑道："岂止写生？七爷已动诗情也，正寻思着去园子踏青呢？"

巴图正待回话，却听外间有人笑道："如此风雅之事，岂有不相邀同去之理？"

尹湛纳希一听声音，便知是知己绍古到了。不由笑道："正准备邀兄台同往，想不到兄台已提前而至。难不成兄台有先见之明，晓得今日踏青？"

绍古听了，不由调侃道："昨夜芍药仙子踏歌而来，歌意已露出一星半点，故来荟芳园寻梦也！"

尹湛纳希见绍古言语诙谐，也不由调侃道："不知那芍药仙子可曾有言同何人踏青？兄台来得甚是时候，正要派书童巴图去寻你呢？"

绍古狡黠地眨眨眼道："难不成又是学问之事？我说贤弟呀，以后这踏青之事，多来相邀。亭上沽酒之事，多多来寻，岂不惬意呢？"

尹湛纳希道："学问之事、踏青之事，赏花之事，沽酒之事，对弈棋枰、把盏问月皆而有之，务让兄台满载而归，如何？"

又笑对巴图道："巴图，还愣着做甚，快去吩咐厨房，依样准备几碟小菜，数坛好酒放置芍药轩便成。"又对绍古道，"在这里赏花，即可寻到曹公倾情笔墨，又可领悟湘云醉卧芍药亭；一来了了兄台芍药之约，二来悟了红楼意境，两不相误，岂不美哉！"

绍古听了，不由笑道："无愧漠南才子，甚是风雅。愚兄甘拜下风，贤弟又有何疑惑，但说无妨。"

尹湛纳希道："兄台这边请，边走边聊为好。小弟尚有一事，不甚明了，还望兄台指点迷津。近来读史，始知明史言及蒙古国事，多有诋毁曲解之意，心下甚是疑惑？不知兄台如何理解？"

绍古见尹湛纳希涉猎广博，不由反问道："依你之意，竟要如何撰写此章为妥？"

尹湛纳希道："生为黄金家族二十八代世孙，理应还原历史，以正视听也！"

绍古见尹湛纳希著述如此执着，不由又问道："依你所言，据实而写？"

尹湛纳希道："身为男儿，理当如此。力主经儒并举，然也不违背世道，只有这样才能让蒙古人不忘圣祖之伟业！"

绍古道："驰骋疆场，历经六十多场战役，皆是旗开得胜，首开可汗之先河。这诸多战事，若要统统写尽，也是不易之事。光是查考历史，辨明真伪，就会费时多时，贤弟实属不宜啊！"

尹湛纳希道："不读民族史典，不知其种族之根，枉为蒙古人也。"

绍古听了不由击掌道："贤弟有此抱负，《青史演义》必成也！综观蒙古历史，多以口头传说为主，尚无文字留存，更何况文学作品？依愚兄思来，你做事执着，勤于思考，定会振兴蒙古文教！"

尹湛纳希道："兄台谬赞，哪有这般好？小弟已列出纲要，从圣祖成吉思汗诞生写起至窝阔台即位止。'宋朝十世皇帝绍兴三十二年，壬年岁，'至大蒙古太宗八年，宋理宗端平三年，岁次丙申。"

绍古道："宇宙运行，无异于阴阳二气而成，五行聚集方成世间万物。正如孔子所言：'事有本末，物有所终，晓得宗族起源，书写蒙古历史，必会垂名青史。'为兄相信你就是这样的人。"

尹湛纳希道："承蒙兄台鼓励，小弟定当努力也。以后但有不明之事，还望兄台不吝赐教。"

绍古道："这个必然，不劳贤弟费心。依愚兄思来，若想此书流芳百世，可把中原文化、蒙古文化相融，方可独树一帜也。你可寻来《黄石公书》《菜根谭》《经业文》一阅，另外哈斯宝是卓索图盟少有的学者，且是翻译家，精通蒙汉两种文字，已有译著多部。《今古奇观》《七训书》《唐公异事录》《镇抚事宜》等，你可与他时常切磋，必会受益无穷也！"

尹湛纳希道："如此甚好，还望兄台引荐，方能与学者哈斯宝相识也。"

绍古听了，不由以掌击额笑道："且瞅瞅我这记性，还以为引荐过呢？想来是与别人引荐过，却算在你头上了。下次与他相约，同来王府一聚，只是贤弟务要备好美酒数坛，哈斯宝可说是'蒙古'的刘伶也，以嗜酒为好。"

尹湛纳希听了，不由笑道："嗜酒之人，必是豪爽之人。想来我与他会一见如故，因为喜好相同也。"两个人说罢，携手同登船舱，巴图双手执橹向绿波亭方向划去，原来来山轩却在绿波亭对岸，绕过拱碧亭，逶迤走过石桥，便至芍药轩……

六月里阳光明媚，丝丝垂柳依着门窗飘拂，窗外鸟雀依枝欢笑，不由动了游春之念，命书童小巴图去寻惠宁寺大巴图，让他同至绿波亭消暑。小巴图见尹湛纳希兴味盎然，不由道："奴才这就去寻大巴图，依奴才想来，七爷日来忙于著述，久不弹筝，可否拿上雅托噶（蒙古筝）一奏管弦，奴才甚喜听古谱《五知斋琴谱》的韵律了。"

尹湛纳希见巴图且是聪颖，不过才听几回，便已记得古谱《五知斋琴谱》，不由笑道："还有一琴谱较之《五知斋琴谱》更见功力，有林下之风，你可想听？"巴图道："但凡七爷所弹琴曲，奴才皆是爱听！"尹湛纳希道："甚好，今个儿就带上那《林风阁琴谱》，让尔等过过瘾也是好的。"巴图道："七爷，不知《林风阁琴谱》放在哪里？"尹湛纳希道："琴谱放在紫檀角架之上，上面有个藕荷色的香袋，里面放着的就是《林风阁琴谱》了，可曾找到？"巴图不由笑道："七爷，真是爱书成癖了，这琴谱时常要用，包得却如此严实，让人到哪里去寻？"尹湛纳希道："说起爱书，当属北宋名臣司马光。据《梁溪漫志》所言，他家下藏有万册图书，皆已阅过，其中还不止读了一遍。即便是经常翻阅之书，历经数十年尚保存完好，即无污渍又无折角，看上去好似未曾读过一般。我与他相比，不过是大巫见小巫而已。"

巴图听了，不由问道："想来必有藏书之奥妙！不然岂有不折棱角之故呢？"

尹湛纳希道："商人珍爱货币，儒者珍爱为书。每年伏天至重阳节，每到阳光明媚之时，必在院中置一桌子，陈列书籍曝晒，避免书脑发生霉变，故书就不易损坏也。还有就是翻书之时，先用右手拇指侧面沿着书页边缘，待衬起纸面再用食指轻拈页面，慢慢翻过就不会使纸张揉熟，延长书之寿命，唯此而已。"

巴图听了，不由笑道："七爷博古通今，令人钦佩。说起书来便有书典，说起史来便有史典；说起诗来便有诗典，说起礼来便有礼乐。经史子集无一不晓，尧舜禹汤无一不通；论起文章，韩柳欧苏无一不精，论起功业，汉有肖曹唐有房杜，又精通蒙汉藏满四种语言，怪不得人人皆喜与七爷相交。就不听七爷谈书典了，还是办正事为主，去惠宁寺寻大巴图才是正理。"

尹湛纳希听了，不由点头笑道："孺子可教也，说得绘声绘色，哪里是我与你说典，分明是你与七爷授课也。"

巴图听了，不由笑道："这还不是近朱者赤、近墨者黑之故吗？七爷学富五车，奴才不过是鹦鹉学舌也！"说罢，这小巴图像二月的风，倏忽飘远了。尹湛纳希瞅着小巴图的背影，觉得这巴图甚有意思，不但聪慧，而且风趣。自此后，相待更厚。尹湛纳希随手取过《林风阁琴谱》，慢慢踱出院子，迈着方步向着绿波亭方向走去。

绿波亭四角微翘，绿檐红柱，在湖水折射之下波光粼粼，好似海市蜃楼。

微风徐徐吹来，柳条婀娜多姿，随风起舞，好似仙子羽衣。驻足心间，清爽无比。不由动了诗兴，忘情吟道：

> 山展绿黛，水泛清澜。
>
> 密柳飘浮垂黄鹂影，
>
> 群花芬芳映画栏。
>
> 曲径萦环，不止三三；
>
> 长檐斗角九弯弯。
>
> 高楼凌霄汉，
>
> 疏帘外，鹦鹉和着燕子呢喃。
>
> 青松下，敲棋声脆；
>
> 古琴上，泠泠五弦；
>
> 花丛里，茶香暗传。
>
> 这小园，虽不比百花芳草甸，
>
> 林雅，却胜石崇金谷园。

正在吟诵之时，却见大巴图和小巴图相携而来，但见大巴图身着一领灰色皂袍，手里拎着一个药箱子。小巴图则背着蒙古筝，两个人一路说笑而来。

尹湛纳希见大巴图背着一个药箱子，不由问道："想来又去看病去了？不然为何还背着个药箱子？"大巴图见问，不由道："漠南缺医少药，时有慕名者来寺看病。遇有病重之人，不能前来之时，师傅便令我外出治病。适才刚进寺门，却遇小巴图来寻，为省时间，故忙忙而来了。"

小巴图用纤绳把湖心中的小船拉将过来，又把抠花蝴蝶甸子放在船舱，便见大巴图已率先跳入船舱，尹湛纳希见了不由笑道："多日不见，你还是不改往日雷厉风行之态，这动作也甚是熟稔。"巴图道："巴图一介僧人，七爷乃漠南有名才子，岂能和七爷相提并论。"

小巴图见巴图言语谦和，不由笑道："昔年有唐圆泽和李源典故，今日有朝鲁与巴图青毡之说。师傅虽为一介僧人，甚有才学，依稀记得旧年中秋，松月亭和诗之句。"尹湛纳希也笑道："书童巴图说得不错，依稀记得巴大爷和诗是这样写的：莫负中秋好时光，添酒换令再举觞。今宵欢聚须尽兴，休愿他人笑我狂。"

大巴图听了不由笑道："七爷好记性，若论诗，还是大爷古拉兰萨的和诗为上，无论是意境还是用笔皆是难得之作：乘水闲山任徜徉，诗人不弃舍增光。

厅前美酒凭君饮，邀月举杯醉一觞。两首诗中皆有觞字，但用法却截然不同，这邀月举杯醉一觞把饮酒之豪情淋漓尽致地再现出来，可通可感之间，饮酒之人不醉卧紫云乡才怪呢？"

尹湛纳希见大巴图提起作古的兄长古拉兰萨，不由暗自伤神。好在这书童巴图甚会见风使舵，忙忙绕开话题，转移视线。待把尹湛纳希扶进舱内，便双手摇橹向着湖心绿波亭方向驶去。

三人围坐在绿波亭上，甚是惬意，谈笑之间，尹湛纳希将筝一端置于膝上，用两指定弦，便弹出豪放之音。说来这筝不好驾驭，据元史所载出自《礼乐志》，"如瑟，两头微重，有柱，十三弦，要弹出意境超拔之趣，必备两点方成，一为技巧，二为学识修养。"尹湛纳希乃内外皆修之人，弹奏可说是前无古人，后无来者。大小巴图不听则已，一听便是如醉如痴。尹湛纳希所唱之曲，亦是新作之词。曲调谱的却是南曲调子，听着倒也新鲜别致。丝竹袅娜之音，娓娓道来，好似天籁之音，回旋不去，只听他唱道：

> 山展绿黛，水泛清澜。密柳飘浮垂黄鹂影，群花芬芳映画栏。曲径萦环，不止三三；长檐斗角九弯弯。高楼凌霄汉，疏帘外，鹦鹉和着燕子呢喃。青松下，敲棋声脆；古琴上，泠泠五弦；花丛里，茶香暗传。这小园，虽不比百花芳草甸，林雅，却胜石崇金谷园。

如此唱过三遍方止，书童巴图听了不由笑道："真真这七爷，果是与众不同，时常给人带来惊喜之作，没想到这蒙古筝与词曲互搭，竟然如此好听，倒令我等大开眼界也！"

大巴图也道："从来无人敢尝试蒙古筝与词曲互搭，也就是你家七爷，方才有此创举。不过话又说回来，不经尝试，岂有成功？这也是你家七爷，万事皆能之故也！"

尹湛纳希听后不由笑道："只是不巧，已近黄昏，未曾用饭，倒让你两个听曲多时，怎样？改日不忙之时再来相聚，到时必备两壶好酒受用，如何？"

大小巴图皆道："七爷一向体恤他人。听曲赛过诗酒茶，这饭不吃也罢！"说罢，三人就此别过，尹湛纳希和书童巴图回府，大巴图自去惠宁寺不提。

自古有"阳和起蛰，品物皆春"之说，倏忽之间，不觉已至来年五月，荟芳园鲜花绽放，甚是繁茂，有桃花、杏花、李花，丁香、海棠、牡丹、芍药、玉兰花、迎春花、海棠花还有金银花。十种花卉皆开得是融融泄泄，竞相争魁。时有不知名的鸟儿在花间呢喃。每年此时，友人必来绿波亭喝春酒，以飨风雅。

尹湛纳希创作《青史演义》正酣之时，不由动了邀友同来赏玩之趣，一来权作休息，二来权作欢聚。

许是近来创作过甚，咽喉有些疼痛，故命书童巴图取来金银花以作药引子。望着插在梅瓶的白色花蕊，尹湛纳希便思起已故多年的父王旺钦巴拉。说来这金银花又名忍冬，出自《本草纲目》。为木质藤本植物。初开为白色，后转为黄色，因此得名金银花。自古被誉为清热解毒之良药。有甘寒清热之说，不仅芳香透达又可祛邪。因漠南缺医少药，旧年父王旺钦巴拉从南购得些许花苗，便在荟芳园栽种起来，以备不时之需。几年之间渐生成旺势，渐成花海。漠南四十九旗，但凡有人身发热疹、疮痛、咽喉肿痛均来讨要，也不知救治了几多牧民，这皆为黄金家族宅心仁厚之故。

待醒过药引子，提笔写下青史纲要，便把笔搁在笔架之上。吩咐书童巴图道："今日设宴绿波亭，相请绍古，以尽东道主之情。你即刻去厨房吩咐，备几碟小菜，几坛春酒至绿波亭。"抬眼看了一下墙上挂钟，暗道：想来此时绍古也应到了，为何迟迟未来？却听巴图来回道："七爷，绍古先生与一位老先生已在外间等候。"尹湛纳希听后不由喜上眉梢，忙道："巴图，快快有请先生。你即刻就去绿波亭备宴，我和两位先生稍后便至！"

巴图答应一声，正准备离去之时。忽想起一事，便又折转回来问道："绍古先生即来，岂可不置棋枰？"尹湛纳希听了，不由笑道："你这猴儿，近来越发古灵精怪了。倒提醒了我，还是先备上棋枰吧。再把那新鲜瓜果、奶酪、炒米、果子、牛肉干各备一碟，再让厨房熬一锅酥油奶茶，顺便把东布壶带上即可。"巴图听后，忙领众小厮先至绿波亭准备去了。

却说忠信府有一后花园，名为荟芳园。因旺钦巴拉学富五车，深知园林之趣，建园尤以南工设计最为典雅，故招募之人皆为南工。此园虽不甚大，建得却是巧夺天工，独具匠心。园中以花木、岩石、池潭、舟桥、亭堂楼阁适是布景，尤以来山轩、松月亭、绿波亭三处最为独特。

园内造型典雅，深得苏园精髓，但见亭台楼阁，曲径通幽，怪石嶙峋，花缸游鱼五步可见，所栽植物多达十种之多，尤以丁香、海棠、牡丹、芍药、玉兰花繁茂。疏帘外，时听鹦鹉和着燕子呢喃，乃忠信府第一殊胜所在。

园中设有一湖，竟有十亩之大，系由北山山泉所引而来。绿波亭便设在湖的中央，此亭绿檐红柱，四角微翘，置身此亭，凉爽宜人。放眼四望，周遭美景，尽收眼底。但见湖堤之上，柳条摇曳婀娜多姿，怪石嶙峋，更兼那石上铺陈的绿藻泛着一缕光华，远远地射过来，竟有一种说不上的曼妙，好似置身柳浪闻莺。不由让人思起前人张际亮"藏声莺飞雏鸟饲，三春雨逗柳花开"之句。

尹湛纳希每逛园子，必倚水边石矶之上观鱼戏水。及至成年，每逢客来，必至绿波亭畅饮，直至酒罄语尽，方才思归。

从忠信府后院可直通荟芳园，须臾便见一月亮门，造型甚是独特，绍古举目一瞅，这"荟芳园"三个大字写得遒劲有力，有林下之风。不由停驻问道："这书法系何人所题？难怪外间传闻，忠信府有屋三百三，有门九十九，从大门进来，便有仪门，至后院过月亮门便至荟芳园。可说是门门相套，处处不同！"

尹湛纳希道："书法系五哥贡纳楚克旧年所题。不过是外间传闻罢了，细算起来不过有门二十处。因祖上甚喜江南园林造型。听家父所言，当初建园之时，所用皆为南工，而南园造型，又多以门、亭、台、楼、阁为趣。叠石理水，水石相映，多以太湖石适是点景。因漠南不似江南，盛产叠山石材，故建园只能以小巧取胜，以青石和太湖石为宜，布局以中轴线、对景线为主，即不失凝重严谨，又不失南园风格。"

绍古见尹湛纳希对园林造型也甚是精通，说来头头是道，不由佩服道："怪道漠南四十八旗皆言贤弟乃一介奇才，胸藏珠玑。真个是无一不通，无一不晓，好似文曲星下凡，不服不成！"

尹湛纳希道："兄台过奖，不过是略知皮毛而已，岂有兄台说得那般好。"

三人沿湖堤而行，便见三步一柳，五步一亭，时闻鸟语花香。七步之内便见假山石趣，但见一太湖石，依湖而立，高约丈许，石上刻有红漆，写的是"密柳飘重黄鹂影，群芳芬芳映画栏"。

绍古见此石所题，不由道："无愧漠北诗缨之家，园中之趣尽现诗中。"时有微风拂过，缕缕暗香氤氲而来，闻着竟有芍药之香气，沿着河堤行走片刻，便见一丛丛、一簇簇的芍药竞相绽放，竟有七色，分别是白、粉、红、紫、黄、绿、黑，花蕾的形状也不尽相同，竟九种形状，依次是圆桃、平圆桃、扁圆桃、尖圆桃、长圆桃、尖桃、歪尖桃、长尖桃、扁桃。有的暗吐花蕊，有的含苞待放；还有的静若处子，悄然绽放，细问始知，原来忠信府旺王酷爱芍药，园中所种花草，多为芍药也。

绍古见了这芍药，甚是喜欢，这闻闻，那嗅嗅。并道："芍药古来有'花相'之说，这个我早已知晓，只是不知竟有花丝黄色且呈倒卵形，花盘浅杯状，竟是两花或三花并出的，倒让我开了眼界！"

213

尹湛纳希道："这些许芍药不过是适时点景而已，若要赏芍药可至来山轩，在绿波亭对岸，绕过拱碧亭，再行百步便至芍药轩，那里的芍药甚是壮观，可说是花海一片，想来能与曹公'芍药亭'媲美也，只是今日时间有限，恐怕来不及了，改日再去不迟。"

尹湛纳希又道："兄台若喜欢，待越冬之时，选一深盆把芍药花栽上，每盆栽两三株为宜。先在盆底铺一层煤渣以过滤水层，再填一些备好盆土，把芍药花分散直立于盆中，理顺根系，再填盆土，边填土边轻压，使根系与土壤充分结合后再填些土，高度只需超过根芽顶端便是。这样来年六月就可有花观赏了，岂不更妙？"

绍古不由调侃道："只知贤弟喜爱诗文，却没想到倒也喜欢拈花惹草。"

尹湛纳希道："从幼之时，时有花匠在园中修葺花草，我便拿个小铲撮土玩，时日久了，便也掌握了一些栽培技巧。"

说话之间，三人已至湖边，却见书童巴图从湖心持橹至湖边，三人跳入船中，便向湖心驶去。

三人在绿波亭赏花，饮酒，甚是惬意，席间绍古问道："不知贤弟续写《青史演义》进展如何？"

尹湛纳希见问，不由道："兄台来得正是时候，正有一事请教。"绍古道："贤弟但说无妨！"

三人推杯换盏之间，两人谈兴正浓，一人却作壁上观。尹湛纳希道："历来文人所写元朝历史，皆以太祖靠武力统一蒙古高原，而无一人从太祖仁政写起，依我思来需从太祖雄才大略和文治武功写起，方能突出一代圣祖驰骋疆场之伟业，我思索再三，决定这样下笔："如今的天下，不是哪一个人的天下，而是所有人的天下，只有靠仁政去感化，方能如花朵长久绽放，兄台瞅瞅，这样描写可好？"

绍古道："贤弟所言甚是，目今为止，还未有一部系统描写圣祖驰骋疆场六十年的恢宏之作问世，只有把民族风情融入其中，突出圣祖宅心仁厚、从严治军、爱民如子、知人善用的人格情怀，方能写出新意。"

尹湛纳希听了绍古指点，不由拱手相谢道："听兄台一席话，胜读十年书，就依兄台所言而写。"

绍古又道："《青史演义》是编年体历史小说，不同你往年所写《一层楼》。应把漠南祝颂与中原传统诗词融会贯通，再把漠南生活情趣和蒙古母语特色写入便可。"

尹湛纳希道:"《青史演义》从成吉思汗诞生写起至窝阔台即位止,若想写出六十年的蒙古历史谈何容易?小弟每日审读数十本史典,茶饭食不甘味,真真到了痴迷境地,古代圣贤遗天训,原为启导后人成为圣贤,而今的蒙古子民却不知文、武君主,不知周、召二公人臣,不知圣祖?不知蒙古历史,岂不可悲可叹!"

绍古道:"依我之见,要想写好《青史演义》,你必看《蒙古秘史》方成。《蒙古秘史》作为成吉思汗黄金家族的世袭谱册,被称作"金册",历来珍藏于皇宫之中。此书从成吉思汗二十二代先祖写起(约公元七〇〇年),至五百多年后成吉思汗儿子窝阔台汗十二年(一二四〇年)为止。历史脉络详尽,此书之好处便是以情感人,以情塑像,以情咏史。书中采用民歌复沓手法,回环迭唱,感情真挚而绵长。愚兄依稀记得数句:

> 在黑暗阴黑的夜里／环绕我穹帐躺卧／使我安宁平静睡眠的／叫我坐在这大位里的／是我的老宿卫门／在星光闪耀的夜里／环绕我宫躺卧／使我安枕不受惊吓的、叫我坐在这高位上的／是我吉庆的宿卫们／在风吹雪飞的寒冷中／在倾盆而降的暴雨中／站在我毡周围从不歇息的／叫我坐在这快乐席位里的／是我忠诚的宿卫位。

你是成吉思汗二十八代嫡系子孙,若想写出六十年的蒙古历史,必须付出超出常人的耐力方能成功,依兄思来,以贤弟之才华定会不负众望也。"

尹湛纳希道:"小弟日前已写至十八回,题目为《天子朋辈集 皇天降甘露》,不知这样描写可妥?天空忽然响起一声雷鸣,从那三十二个哈那(蒙古包的支架)白帐的天窗射进一道红光,那红光映照着一个玉碗徐徐下降,恰好落在太祖的右手里,写到此,又觉不妥,下笔数次竟是不成,兄台可否定夺一下,这样写是否妥帖?"

绍古道:"依我看来,这样写可行。因此事在藏文典籍中已记载得很清楚,想必是实有其事吧!再说,那样奇特难以相信的事,也不仅仅出在元朝。历朝皆有过的,对此,连《纲鉴》《纲目》也不敢妄自去掉,都记载出来。"

尹湛纳希道:"依我想来,如此这般写便可突出圣祖成吉思汗秉天意而行,又怕读者有疑问,故犹豫不决也。"

绍古道:"古代周朝时召公式出游到庸地,见到山中驺虞虎、野外雉鸡与世间之人同行,这事可信还是不可信?若以神仙而论,周朝武王伐商,大军乘船至盟津，有八尺白鱼跃入舟中。夜间，帐前空中又落一红光，至门前化作鸟，飞入屋内又化作红玉，其色如魄；还有周穆王在昆仑山见到王母娘娘，唐明皇赴月宫将天曲传于人间，秦穆王弄玉乘鸾凤飞上天空，张骞入斗牛宫会织女，柳毅入南海龙宫娶龙女，这些都是真事啊。因此，怎么可以肯定说大元朝天国皇帝就没有呢？"

尹湛纳希道："兄台不愧学富五车之人，就依兄台所言，就这样写来便是！"

随来的那位先生这时方道："绍古所言甚是，我们就是学通九种本领和四种文字，也应以蒙古为根本，我这样讲，是为着不要摒弃我们蒙古文字，却不是不要学习满文和汉文。"

尹湛纳希道："罪过，罪过，忙着和绍古兄台请教学问，却忘了问老先生好，绍古兄台，可否介绍一下，老先生是？"

绍古见问，不由道："此位老先生便是土默特大名鼎鼎的哈斯宝，自号惜花闲散，译著有《今古奇观》《唐宫逸史》《新译红楼梦》等！"尹湛纳希一听，忙离座向哈斯宝重新揖礼道："先生之名，如雷贯耳也，学生尹湛纳希这厢有礼也！"

哈斯宝忙扶起尹湛纳希道："贤侄不必如此，老夫与你父同为台吉，亦是同年。旧年间曾有诗词往来，只是可惜你父英年早逝，令人唏嘘。与你长兄古拉兰萨曾是忘年交，只可惜天妒英才，古拉兰萨过早谢世，令人扼腕！"

绍古一听不由笑道："想不到世间竟有如此蹊跷之事，一门父子三人皆与哈斯宝有缘，三人皆为人物，如此美事，岂可不贺，今日三人相聚，定当在绿波堂一醉方休也！"

尹湛纳希又对哈斯宝道："想来尹湛纳希甚有福缘，能与先生相识，实乃三生有幸也！"

哈斯宝道："选择译著，即可修身养性，又不至虚度光阴也。"

尹湛纳希道："先生《今古奇观》开启蒙古译著之先河也，读来让人受益匪浅。"

哈斯宝道："《今古奇观》乃奇书一部，未能在漠南诸旗流传，想来实为憾事，故废寝忘食翻译，也算是为蒙旗做一件善事。"

绍古道："你两个人对振兴蒙古文化甚为上心，皆有勿忘祖先启迪后人之志，令人佩服。"

哈斯宝道："身为漠南人理应遵循中原文化，不忘本族族源，两者互融，方可成就大学问者。"

尹湛纳希听了心下甚是佩服，不由道："先生此番言论，让尹湛纳希茅塞顿开也，以后若遇不能之处，还望先生指教！"

哈斯宝道："贤侄才华横溢，已让老夫另眼相看，指教不敢当，互相切磋为是！"

绍古见尹湛纳希与哈斯宝一见如故，相谈甚欢。不由笑道："这尹湛纳希乃漠南稀有人才也，先生若看了他前些时写的绝句《笔墨纸砚》《琴棋书画》又不知做何感想呢？"

哈斯宝一听，果然颇感兴趣，不由道："绍古兄如此言说，贤侄何不取出让老夫一饱眼福也。"

尹湛纳希见绍古如数家珍地介绍，不由笑道："绍古兄台每次前来，必翻阅诗文，行前叮咛也成一种习惯，可说是尹湛纳希知己也，既然绍古兄台如此说了，尹湛纳希呈上就是，还望先生多多指正为盼。"说罢，便毕恭毕敬地把五首绝句呈上。

哈斯宝拿过诗稿，清清嗓子，整整蒙古藏青袍服，抑扬顿挫念道：

笔墨纸砚

笔墨飞花流墨洒，
墨分七色待来宾。
纸张四尺题闲印，
砚水风云醉暮春。

琴棋书画（四首）

琴

琴弦一弄暖三秋，
婉似黄莺绕竹楼。
轻拨游丝擢素手，
五行雁阵汉河收。

棋

棋枰对局坐西东，
草木皆兵自守宫。

界限划分成两岸，

龙腾虎跃绽花丛。

书

书藏铜雀叶兰舟，

墨染云天醉晚秋。

四季耕耘拈笔笑，

登高须上五华楼。

画

画卷桥梁华夏藏，

千年云朵映长廊。

上河图景难相忘，

五更临摹染画坊。

　　哈斯宝念完五首绝句，不由称赞道："尹湛纳希堪不愧漠南五宝之称也，甚通中原文化。这诗词小令之中，尤以七绝最为难写，诗眼、诗框五味俱全不说，意境、押韵与蒙古诗词不尽相同，写出意韵无异于登天之难，然尹湛纳希贤侄却能巧夺天工，一举拿下，倒令老夫佩服！"

　　尹湛纳希见哈斯宝称赞，不由谦逊道："先生才华横溢，蒙译红楼响彻漠南诸旗，小侄能与先生相识一场，实乃三生有幸！因汉语押脚韵，蒙语押头韵；藏语则讲快略，而满语则讲对仗，故小侄在创作诗词时，选词时以和谐为主。"

　　哈斯宝道："这和谐说来容易，其实甚难，无有才学岂能驾驭！"

　　绍古道："不信走着瞧，依我看来，漠南诸旗才子日后成大器者唯有尹湛纳希也，因惜才故与他相厚也。"

　　尹湛纳希道："数年来得绍古师兄指点，方有今日，尹湛纳希当敬兄台三杯酒为敬。"说罢，已举觥而起！

　　绍古听了不由笑道："看来今日这酒是必饮无疑了。"说罢一饮而尽。

　　三人谈笑之间，不觉酒罄语尽，日已偏西，方才依依惜别。绍古行前不由又调侃道："真真应了那句'酒逢知己千杯少'，然天下无有不散之宴席。如今三人已喝下三坛春酒，依我思来，这酒局且散了吧！一来哈斯宝先生明日还有要事缠身，二来尹湛纳希明日还要笔耕，三来我绍古虽然闲人一个，家有三分农耕不可不办，如何呢？"

两个人一听绍古说话风趣，皆应道："绍古兄台所言极是，就此散了，异日再聚，如何？"

这酒喝得甚是酣畅淋漓，已喝去春酒数坛，待撤下酒席，已是黄昏之时。自此后两个人时来绿波亭小聚，茗茶一杯，古书一部，春酒数坛，且是惬意。

这正是：

羽扇相携四步移，绿波唱和折花枝。

青花瓷碟鲜糕点，酒罄空时月下移。

第二十四章

历经艰难至乞颜，搜集民谣续青史

诗曰：

逐鹿中原华夏传，金戈铁马过云烟。

十年辛苦伏书案，千里寻根道古贤。

须臾，已至八月，朝廷还未启用嵩威丹忠，嵩威丹忠闲来翻译《通鉴纲目》，协助尹湛纳希创作《青史演义》，有六兄相助，亦如虎添翼，至中秋前夕，《青史演义》写至第四十七回。额吉满优什作贵体欠安，合府上下惊慌，多方延请名医，均是不济，弄得忠诚两府人心惶惶，一如沸鼎。

老管家庆顺见此，不由率先至家主嵩威丹忠和尹湛纳希处献策道："老奴启禀老爷，老太君延请名医多日，不见成效。以老奴看来，老太君一生笃信喇嘛教，何不请来牧仁喇嘛诵长生经，做道场，以解忧患。"

嵩威丹忠不由转向尹湛纳希道："一连三日，额吉均是昏睡不醒，依我看就按老管家庆顺所言行事，七弟，你看如何？"

尹湛纳希道："就依兄长所言，但愿能出现转机。"一连数日，忠信府点灯供果，甚是忙乱。至第四日时，额吉身体逐渐康宁，合府欢喜，祭天祷地，向圣主焚香，供祀家庙，供奉祖先，一切如旧。

临近中秋上元佳节，玉兰擦净雕花窗格，燃香沏茶，在玉砚内磨墨，须臾，便见尹湛纳希写下一诗：

人家六百尽神伤，二府翻腾义礼乡。

洪福额吉身病愈，瞬时欢笑降从天。

玉兰在一旁瞅见，不由笑道："兰儿瞅着，福晋病愈后，七爷所写诗词一扫往日落寞之态，陡生欢喜之心，瞅着甚是高兴，《青史演义》又可多写数章也！"

尹湛纳希亦不由笑道："昔年东坡有解语之花朝容，今日我有一知己兰儿，此生已足也。待到《青史演义》书成之日，必有重赏于你，如何？"

玉兰道："兰儿别无所求，但求永侍先生左右。纵然只闻墨香便也知足也。"

两个人正说着话，却见书童巴图来回禀道："七爷，京城王府有书札一封。"说罢，便呈上书札退至一旁候着。

尹湛纳希展笺细读，却是京城旺都特那木济勒的回信，信中对朝廷多有微词。信中道："小弟虽已袭喀喇沁郡王四年，但尚未得到朝廷恩宠，长年奔波于喀喇沁与京城之间，身心俱疲，每至此间，翻阅兄台《青史演义》便成必修之课也。然近来探知，兄台久不持笔，深以为憾。兄台在妻死孥亡之际，家道衰落之中尚且笔耕不辍，如今却为何事？竟然搁笔？心下百思不得其解，写诗一首，还望兄台回复为盼：

携筑独步小池边，绮语遥从方外传。

听得先生来索句，愧无佳制写花笺。

又见一诗道：

朝邑润亭盖世才，遨游四海自徘徊。

而今何事雄心息，唯有挑灯照素梅？

尹湛纳希看罢，便吩咐玉兰研磨，取过薛涛素笺，拈笔写道：纵观蒙古史料，繁杂枝蔓，如像旧年那般著述，必难周详，有"文史"不分之乱，难以尽述圣祖伟业，故权衡再三，决定暂时搁笔，继续搜集史料、札记为主。

又道：贤弟莫要为仕途苦闷，贤弟现今已娶皇族礼亲王世铎之妹为福晋，又弄到了"御前行走"之头衔，每年晋京值班和王公权贵过从甚密，异日必会启用，只是早晚之事，万事需从缓而行，不可操之过急也。金秋时节，愚兄必进京筹办进贡之事，顺便去购买图书，贤弟可陪愚兄去白塔寺和雍和宫去瞅瞅，异日相逢便可再抒情怀也。

书童巴图见书札写好，封严实后便递给信史，便见信史怀揣至胸，策马扬鞭，朝着京城方向绝尘而去。

旺都特那木济勒接到尹湛纳希信后，不由大喜过望，拈笔回复书札二首道：

一

凭栏底事恨轻离，日日无聊只自知，

盼得桂香秋信早，依然不负看花期。

二

鱼书一纸寄云端，为报润翁仔细看。

每望京华思旧友，闲依野树赏晴峦。

君游日下应添乐，我在天涯不尽欢，

幸得清秋相会早，先将拙句报平安。

书札互寄之间，不觉已至金秋十月，尹湛纳希带家仆数人进京筹办进贡事宜，来京之前已致信旺都特那木济勒，宴饮同兴楼。

因《青史演义》以圣祖成吉思汗为原型，在漠南影响甚广。王公贵戚均对此书寄予厚望，旺都特那木济勒深通汉学，学识虽不及乃父色王，仍为饱学之士。虽然王府门客三千，然无一人学识可与尹湛纳希媲美。加之旺都特那木济勒对尹湛纳希甚是仰慕，时常在王公贵戚之中言："润亭为人卓尔不群，每宴饮至深夜，用灯照遍梅花，与客同看，亦雅事也。"风雅之人谁人不喜？秉承黄金血脉且是青春鼎盛时节，便有多部书稿问世。但凡饱学之识，皆以结识尹湛纳希为荣。因京城离漠南甚远之故，无从谋面，均以传抄《青史演义》为荣。

今个儿，旺都特那木济勒得知尹湛纳希已至京城，故晌午相约诸友至同兴楼相聚，一来诸友可亲睹才子真容，二来可与尹湛纳希把盏尽欢，相叙旧情。故同僚皆不约而同，均至同兴楼相陪。

这同兴楼酒楼，因兴得其名。因其造型典雅，名酒甚多，佳肴均为稀有，故为京城第一酒肆，达官贵人多来此间宴饮。

尹湛纳希一进酒肆，便被门前的匾额所吸引，这同兴酒楼褐色为底，鎏金字样，下方数行小字书写杜甫《客至》：

舍南舍北皆春水，但见群鸥日日来。

花径不曾缘客扫，蓬门今始为君开。

盘飧市远无兼味，樽酒家贫只旧醅。

肯与邻翁相对饮，隔篱呼取尽余杯。

说来尹湛纳希也不是孤陋寡闻之人，游过塞北江南多处，对各地酒肆知之甚祥。尤对诗词楹联多有研究，乍见此诗，便对此酒楼颇有好感，蒙古人骨子里的豪情便生机勃发，沽酒饮诗诗百篇便呼啸而来。

正在门前驻足瞅诗，已至酒楼的旺都特那木济勒甚是眼尖，看到门前瞅诗的表兄尹湛纳希，不由微微一笑，对在座的同僚道："诸君且看，要相识的主角儿到了。瞧，就在那厢。"说罢，用手指指门口的尹湛纳希。众人顺手势望过去，皆道："这尹湛纳希果然生得秀外慧中，有林下之风。"

及至来到桌前，细瞅更见风韵。但见他面如白雪俏三分，鼻翼如梁，天庭饱满，地阁方圆。虽为男子却霞飞两羼，唇红齿白。身着一袭淡青蒙古夹袍，外搭坎肩，虽是平常打扮，骨子里却透出儒雅之气。有一名唤毕其格图的同僚一见尹湛纳希，便揖礼道："初识漠南才子尹湛纳希，三生有幸也。本人平素也喜诗词，可惜所作诗词不过打油也，还望尹湛纳希多多指教！"

尹湛纳希甚是谦逊，回礼相谢道："不过是徒有虚名也，共同切磋为是！"

又有一位名唤乌云达赉的同僚起身抱拳道："幸会，幸会，今日能幸会才子尹湛纳希，也是修来的福气也！"尹湛纳希见众人如此厚情，一一回礼相谢。

旺都特那木济勒见众人如此，不由笑道："昔年曾与表兄尹湛纳希同游苏杭之时，曾作有《九张机》曲，如今思来，恍如昨天也。今日宴饮同兴楼，岂可无有诗酒问世，依我之意，权且让尹湛纳希作个千钟醉，如何？"

但见座中有一年长者伊凡道："尹湛纳希外才生得如此，内秀可想而知。据我所知，这千钟醉词牌名由九张机衍生而来，共十二拍。每拍三个仄韵并谐一个平韵。第二句与第三句作对仗。"

旺都特那木济勒道："看来这同兴酒楼是选对了。因是四合院，园中亭台楼阁，花草繁茂，即可赏花吟诗，又可饮酒，可说是吟酒赋诗两不误。这酒楼布局巧妙，有南园特点，这里的烩虾口味甚是地道，蒙地多吃油腻食物，来这里吃些清淡可口食物，换个口味。只是这里宴饮的食客甚多，所点菜谱一时半会恐难上来。正好利用这闲暇时间，来听表兄尹湛纳希作《千钟醉》过瘾。"说罢，便命书童芸苓笔砚伺候，这书童芸苓甚是机灵，已在小香炉中插香三炷，只待点燃，以定时间。尹湛纳希见了此举，心下不由笑道："这旺都特那木济勒虽已成年，又在京城行走多年，还是不改旧年风雅之举。这调教出来的书童亦是如此，倒令人心生敬意。"

便以手执笔，运腕提格，不过须臾工夫，已写下六钟醉。再观香炉沉香，香灰才落三分之一，众人顺着宣纸看去，书法飘逸，有米芾旧貌。及至看诗，不由倒吸一口冷气，皆道："如此奇才，莫说是漠南四十九旗少有，在国中也难寻此才子也，这六钟醉是这么写的：

千钟醉

一钟醉，悠悠千古风云坠，历历万钧水月挥。夏商伊始，周秦易鼎，此情谁知味？

二钟醉，鏖兵楚汉虞姬寐，布阵垓城项羽归。虞兮吻剑，霸王埋戟。此情谁知味？

三钟醉，响屐隐剑夫差醉，卧薪藏荆越践追。浣鱼浣羽，越国重振，此情谁知味？

四钟醉，勾凰丝锦频铺蕊，逐寇红樱屡建威。巾帼小将，从军代父。此情谁知味？

五钟醉，霞出南郡添祥瑞，昭入匈奴降翠菲。汉元落雁，西出秦岭。此情谁知味？

六钟醉，皇宫六试清蓉美，凤辇一出彩练晖。文成智，贤名遐迩。此情谁知味？

尹湛纳希见六钟醉写完，两炷沉香已落炉内。心下自思，还有一炷香，需一气呵成方成。只见他略一沉吟，龙飞凤舞之间，不过一盏茶工夫，已成千钟醉。众人接着往下看：

七钟醉，雍容富贵鸾中会，典雅群芳荔下帷。贵妃美韵，一人宠爱。此情谁知味？

八钟醉，蛾眉潜黛追魂媚，弱柳扶风钓月飞。婀娜飞燕，婕好皇后。此情谁知味？

九钟醉，文君当酒白头慰，司马伴诗并蒂归。月琴弦引，风竹泻韵。此情谁知味？

十钟醉，美人波运连环贵，侠客相驱短命杯。貂蝉闭月。布卓殒落。此情谁知味？

百钟醉，红颜桴鼓长江对，勇士飞梭险象恢。抗金红玉，安国英烈。此情谁知味？

千钟醉，香君如是湘兰沛，小宛横波下玉悲。秦淮八艳，艺压千岁，此情谁知味？

写毕千钟醉，甚是口渴。书童芸苓机敏过人，早已把六安香茶呈上，尹湛纳希一连饮过三瓯香茶，方坐下小歇。

众人通章看去，堪为大气磅礴之作。皆想求取墨宝，以挂中堂。最终被朝中老臣伊凡求去。伊凡再三言谢，便对众人道："老夫数年食盐多担，见得可谓多矣。平生所见奇儿不过有三，尹湛纳希堪为魁首。依老夫观来，异日尹湛纳希文学成就不可限量，这也是老夫今日酒醉之故，莫说是千钟醉，只一钟老夫便醉了。"

旺都特那木济勒听了伊凡所言，甚是高兴，道："表兄这《千钟醉》写得是前无古人，后无来者，小弟看了着实眼热。待兄台不忙时，再给小弟写个《千钟醉》，挂在书房显摆显摆，如何？"

尹湛纳希道："那是当然，就依贤弟！"说话之间，已见诸菜齐备，一一罗列桌上。这酒喝得甚是酣畅，许是《千钟醉》之故，未饮之时，众人已被《千钟醉》灌醉，及至真酒上来，岂不更醉？不过片时，众人已喝去数坛好酒，至晚方散。

老臣伊凡慧眼识珠，果然如他所言：尹湛纳希日后灿如璀璨之星，光照千秋，此为后话，按下不表。

十月过后，冬天转眼而至，卓索图盟迎来了第一场雪。尹湛纳希早间出门时，皮帽竟被风吹去数次，刺骨寒风直透胸腔。创作《青史演义》遇到了少有的难题，因未去过阔亦田战场，对此无理性认识。尹湛纳希再三思之，为了写出这部旷世之作，决定告别家人，沿着成吉思汗及其部落征战统一蒙古各部的足迹，开始一次艰难之旅。

早在幼年，尹湛纳希便听额吉满优什作读过《蒙古秘史》。及至成年，机缘巧合又使尹湛纳希在喀喇沁王府读到了《蒙古秘史》。对蒙古族的起源传说、黄金家族之由来，以及蒙古民族天生的长生天理念、祖先依水草而居的游牧生活有了透彻理解。尹湛纳希执着著书，一经认定之事，务要做到极致方成。六哥嵩威丹忠虽明白尹湛纳希此番前往额尔古纳少则一年，多则三年，付出辛苦必多，然为了成就《青史演义》也只得如此了。故一早起来吩咐仆人把所带物件备好，又从不多的银两中取出半数与尹湛纳希带上，与家下仆人送至门口上马石前，见尹湛纳希蹬上马鞍，方才回转而去。尹湛纳希见六哥如此，知是不舍之意，狠狠心一甩马鞭，便疾行而去。

尹湛纳希主仆两人带着草拟的地图风餐露宿朝东北方向行进，历时三月，终至额尔古纳河畔，到了圣祖成吉思汗降生之地，到了十三翼之战的阔亦田战场。

这里荒无人烟，游牧人员稀少，牛羊亦不过数百只。相对漠南，可说是落后至极，即无文字记载，又无书籍传世。皆靠口头说唱流传。几座零散蒙古包，散落一隅，相隔却数百里。

书童巴图不由纳罕道："七爷，这里荒无人烟，仅有几处零散蒙古包，适才外出寻访始知，乞颜部的十四代孙巴特尔就在前方，巴特尔博古通今，遍游蒙古各地，对当地民情民风甚是了解，骑马射箭皆是好的，靠说唱好来宝为生，在当地颇有名气。只是此人性格怪僻，一向不与外人相交，奈何？"

尹湛纳希道："蒙古人血脉之中自有一股侠义豪爽之气，这已是不争的事实。依我想来，老人孤苦无依，无有儿女承欢，想来必是寂寞，你我只需以情动人，方能打动于人。依我之意，只需与老人结为安达。白天为老人担几担柴火，晚上为老人做些饭菜，如此坚持下来，老人定会与你我相厚也，心一旦贴近了，圣主昔年逐鹿中原，岂不一一道来？如此一来，写作素材便可收集而成。"

巴图听了不由雀跃道："七爷才华横溢，足智多谋，如此一来，收获必丰也，只是荒无人烟之地，纵有余银，也赁不下一处院子，奈何？"

尹湛纳希听了，不由笑道："适才外出寻觅，发现前方十里处竟有破庙一座，里面虽不甚大，尚可容身。里间还有一火炕，倒也整洁，只是年久无人居住，难免湿气过重。再去外间多寻些柴火燃将起来，把那湿气逼去，屋子便暖和。你只需在炕底多铺些稻草，用带来的粗毡子把稻草压实，再把褥子铺在上面，便可住宿了。"

听了尹湛纳希此言，巴图眼圈由不得红了，道："七爷为了写这部《青史演义》可说是历经艰辛，奴才看着甚是心酸，七爷打小锦衣玉食，本可安之若素，尽享安逸。却为了著书立说吃尽苦头，有时思来，实是让人费解！"

尹湛纳希道："著书立说虽苦如涅槃，但写来神清气爽，欢畅无比。与其浑浑噩噩活一场，倒不如青史流芳来得惬意！"说罢，又道，"时辰已不早了，你快去洒扫为是。"

说着话，主仆一前一后向着破庙走去。因年久无人居住，庙前的枯草竟有数米之高，巴图拿起镰刀一一割除，便费时半日。尹湛纳希不善桑麻，才不过割除数下，便觉臂膀疼痛。巴图体恤，便让他在屋内洒扫，尹湛纳希见梁上有蛛网数个，皆是园蛛，便扬起笤帚向上挥舞，蛛网虽破，园蛛一一逃遁而去。又见炕案中灰尘多如草芥，便逐一扫去，忽见有一物件，滴溜溜转个不停，不由好奇，却是何物？

捡起细瞅，却是一个玉质平安小挂件，由四个豆荚构成，豆荚边上雕有一蝙蝠，雕工甚是精美，镂刻细腻，倒是稀有之物。一边瞅一边笑道："想不到如此荒无人烟之处，倒有人来此光顾？"

巴图在院内听见，不由进院问道："七爷拾了什么宝贝？"尹湛纳希道："四季平安豆虽说王府也有，但此时拾来，寓意甚好，故而高兴也！"巴图细瞅这四季平安豆，也不由笑道："《说文》中释璧：瑞玉，圆器也。这冬花（梅花）结也甚是雅致，堪为吉祥之花，想来喻义你我此行必满载而归。"

尹湛纳希听后不由道："所言甚是。《周礼·春官·大宗伯》有言：'以玉作六器，以礼天地四方，以苍璧礼天，以黄琮礼地，以青圭礼东方，以赤璋礼南方，以白琥礼西方，以玄璜礼北方。'这平安扣也称怀古、罗汉眼，可祛邪免灾，保出入平安。"巴图听了，不由道："依我看，就把这祛邪免灾之物带上，图个吉祥，如何？"

尹湛纳希道："玉本高洁，只是梅花络子罅缝之间结有灰尘，需淘洗晾干才是！"巴图道："哈斯朝鲁喻为玉石，七爷堪为贵人之身，今个儿初至圣主征战之地，邂逅平安玉扣，可谓奇缘。奴才相随多年，岂不知七爷素有洁癖，这个不劳细说，淘洗晾干便是。"

两个人草草用过午饭，便去拜访老伯巴特尔。谁承想这老伯巴特尔性情甚是乖张，见两个人虽身着蒙古长袍，面相生疏，知是外来人物，不予搭讪。尹湛纳希虽然言辞恳切，再三言明来意，然这老伯巴特尔视若无睹，弄得尹湛纳希极是尴尬，面上不由讪讪地。

巴图看后甚是不悦，道："七爷何曾受此闲气，依我看来这老伯也不似有学问之人，起码礼节也不懂，在他那里能学到什么？依我看放弃为是，再往前行走，或许尚能遇到高人指点一二，何必在此与他啰唆？"

尹湛纳希见巴图心烦气躁，便语重心长规劝道："你懂什么？为成就《青史演义》受点言语，不算甚事？但凡高人必有怪异之处，难不成忘了刘备三顾茅庐之事？心诚则灵，一去不成可再去，二去被拒则不恼，如此三番五次前往，纵是铁石心肠亦被打动，勿要莽撞行事方好，你可听明白？"

巴图听了尹湛纳希所言，低眉半晌，方道："七爷教导有方，奴才记下就是！"

尹湛纳希听了，方："明日辰时就去，老伯去哪里做活，咱就跟着去哪里。"

巴图听了，不由好奇问道："难道去老伯那里帮着干活？亏七爷能想出来，你一向锦衣玉食惯了，细皮嫩肉之手岂容劳累？一旦毁于劳作，岂不功亏一篑，要去你去，我可不去？"

尹湛纳希听了，不由生气道："巴图，敢是你翅膀硬了，学会顶嘴了。七爷一向待你不薄，创作《青史演义》初衷，难道你尚不明白？数十年来，为写成《青史演义》，所受磨难几多？难道你不明黄金家族赋予使命吗？"

一连三个试问，问得巴图哑口无言。不由涕泪横流，哽咽道："奴才何曾不知，只是觉得苦了七爷，七爷放心，奴才依你就是！"

尹湛纳希见适才言语过重，又过来安抚巴图道："你我虽有主仆之说，然情如安达一般，知你心思皆放在七爷身上，我心存感激之情，岂肯深责于你？"说罢，亦是涕泪长流！

说起这好来宝，起源于蒙古族曲，因有"连韵"之说，第一音节以谐韵为主，故又称连头韵味，与中原的莲花落有异曲同工之妙，发源于科尔沁左翼后旗。

大约形成于公元十二世纪前后，因有固定之曲调，且有韵律，唱词初为即兴吟唱，后来融抒情、赞诵、叙事为主。

巴特尔因是乞颜第十四代子孙，曾遍游蒙古各部，精通蒙古韵律，以说书演唱为生。故蒙地婚嫁喜宴多来相请，他孤身一个，为人厚道，索要银子不多，十里苏木，噶塞之人知他厚情，相请之人渐多。

年关将至，婚嫁喜宴渐多，巴特尔也甚是忙碌，见尹湛纳希和巴图每日前来干活，不取一文，被诚意所感。几经劝说，尹湛纳希和巴图便从破庙搬出与老伯同住，照料老伯日常起居。每至晚间，尹湛纳希最为惬意，即可记录各种传闻笔记，又可记录唱词。听老人讲书，积累了丰富的第一手资料。

这日晚间之时，待把箸搁过。巴图已率先熬制一锅奶茶，待把奶茶放置炕案，方才上炕听老伯讲书。

巴特尔端起一碗奶茶，喝过一碗，把碗搁置一旁。方对尹湛纳希道："蒙古民族无有史籍记载，全靠世代口口相传。若能把各种传说、唱词、祝念、民歌、民谣汇成笔札，广为流传，方不致一种文化消亡。依老伯思来：长生天所赋使命，今日有望于你，若不是此理？何有千里来这敖包相会之说？想来这亦是冥冥之中因缘也，今日儿就与尔等说个《太阳后裔》传说，或许对你写书有所启迪。

"远古之时，太阳生就两个女儿，黄河注入东海之时，一叶轻舟自海上而至，但见舟上坐两位美貌女子，沿途赏玩湖光山色。不久，姐姐嫁至南方，一载之后，生下一子，说来甚是古怪，生时手中攥有泥巴，用丝绸以作襁褓，长至成人之后，便种植五谷，此为农耕之祖。

"第二年，小妹嫁到南方，生下一子，手握马鬃，起名为蒙高乐（蒙古族），用毡裘权做襁褓，长大后以游牧为生，故为蒙古人祖先。"

尹湛纳希不愧才思敏捷，不由道："据此传说而言，蒙古族不仅具有史典，还和汉族有血缘关系。"

巴特尔道："所言不差，可以这么理解。"

巴图道："此传说听来倒有些意思，丝绸、毡裘、泥巴、马鬃，这四种物件暗喻不同族源，倒也新奇有趣。"

巴特尔道："往后新奇传说更甚，这不过是三分之一而已，臂如《苍狼配白鹿之说》《东胡后裔》《阿兰豁阿老母》以及圣祖征战诸事，皆而有之。"

尹湛纳希道："老伯就是一部书，取之不尽，用之不竭。巴图你且听好，你今后只要劈好柴火儿，熬好奶茶，便可有听不完的传说，道不完的故事，你可听明白？"

老伯巴特尔见尹湛纳希不但知识渊博，说话也甚是诙谐，不由笑道："巴图，你可听明主人言外之意，日间劈好三担柴，烹茶五道见油花，便是你小子的首要任务？可曾明白？"

巴图见两个人一唱一和，不由知趣笑道："七分油烟为我使，晚间听书知桑麻。"

老伯巴特尔听后，不由笑对尹湛纳希道："你这书童甚是难得，需好生相待为是。"

尹湛纳希未及回言，巴图便道："主人待巴图之厚，无异于安达也，这个老伯尽管放心。"说罢！三人不由哈哈大笑，如此相惬之主仆，试问古来有几人？

这日，又见一户牧民来请，却原来是家下要办喜宴，故来相请老伯巴特尔。

尹湛纳希和巴图随老伯来到一户农家，一进院落，便知这户牧民家境殷实，马厩之中有良马数百匹，牛圈里有牛数千头。但见院子中间，已摆下数十张条凳，桌上罗列手扒肉、牛肉、血肠、青菜数盘，又见一硕大笸箩放在一隅，里面盛装六种果品，分别是糖果、奶豆腐、奶酪、果条、炒米。每逢宾客所至，皆到笸箩里取食，旁边放东布壶一个，里面装着香喷喷的酥油茶。

有数十人正在长桌上饮酒，见巴特尔到了，有一人便前来召唤道："巴特尔老爹，先喝上两盅，暖暖身子，再唱不迟。"巴特尔憨厚一笑道："还是先唱完再喝不迟！"

但见他娴熟地操起马头琴，定了一下琴弦，悠扬的马头琴曲便四散而来，尹湛纳希见马头琴曲响起，十指如飞弹起了蒙古筝，巴图则在一旁敲击木棍，以助雅兴，三人配合默契，尤其是马头琴和蒙古筝发出的声音，悠扬婉转，豪放洒脱，令人耳目一新，喝彩之声，不绝于耳。

　　巴特尔自拉自唱，唱词为每七句为一小节，押头韵，融叙事、抒情、赞颂为主，如此回旋数次，诙谐幽默，豪放不羁，只听他唱道：

祭拜神圣的火神

系好璎珞的飘带

正逢吉利的日子

举行婚庆的礼仪

愿我们双方的婚姻

与日月星辰同辉

照亮昔年的白驼

带来美好的幸福

　　自此后，凡是有人上门相请，尹湛纳希必随老伯巴特尔前往，一来二去巴特尔与尹湛纳希亲如安达。故把圣祖昔年征战之事一一告之。为使尹湛纳希有理性认识，通晓行军路线，沿额尔古纳河翻越额尔古纳山，沿着斡南河、克伦河越过哈拉伦河两岸，穿行人际荒芜的茫茫草原，往日疑惑皆散。

　　一八七一年十二月至一八七二年二月，两年之间，搜集上千首诗歌、民谣、故事和传说。日间随老伯巴特尔出行，晚间则秉烛写作。所写征战之事，叙事再不牵强。书中描写人物栩栩如生，足以乱真。至才方明，先贤大哲所言不假："读万卷书，不如行万里路。"

　　尹湛纳希见成书有望，故和书童巴图准备明日启程。晚间与老伯巴特尔一夜絮语，至鸡鸣之时便起，至院中把零散的劈柴劈了，一一捆好，垛起长方形，放在一隅，方才告辞。

　　巴特尔虽心下有所不舍，然尹湛纳希有未竟之事业，只能眼含泪花为两人饯行。束袋里装的皆是满满的牛肉干、炒米、奶豆腐。山民淳朴，纳希仁厚，相交日久，安达情深。

　　两个人风餐露宿向着卓索图盟而来，谁知祸不单行，行至半路之时，却见瘟疫横行，街上白石灰迹遍布周遭，牛车所拉，皆为死者。二人见此，急忙绕道而行，然终是不济。晓行夜宿，总算是逃离瘟疫之地，此时天公又不作美，下起了滂沱大雨，尹湛纳希举目观之，这雨下得甚大，恐怕一时半会难停。见前方不远处有一硕大柳树，倒是可以遮风避雨。

尹湛纳希对巴图道："走了这半日，身子甚乏，且把袋里的牛肉干、奶豆腐、炒米取出，权且充饥，以便早日上路。"

巴图见尹湛纳希面黄肌瘦，一脸憔悴，心下甚是心痛。道："七爷你且在这树下避雨，待我去附近瞅瞅可有破庙，暂住一晚，再行不迟。"说罢，巴图头顶一方破毡子，冒雨前去寻找。须臾，便来回道："前方不远处有一闲置破庙，里面虽然有些许灰尘，倒也干净，且不漏雨，我已粗粗打扫，这就扶七爷前往。"

两个人踏着泥泞，自去安歇，待把毛毡铺好，草草安睡一夜，到得辰时，天已放晴。两个人吃罢不多的行粮，便早早赶路。谁承想，行至半路，巴图呕吐不止，身子渐虚，行走无力。无奈之中，尹湛纳希扶他至一柳树之下坐定，取出行军皮囊，喂水于他。巴图就着水壶，才喝两口便吐，吐出的皆是绿汁，尹湛纳希见此甚是感伤，欲去寻医问药，无奈前不着村后不着店，只能背过脸去，暗自抹泪。巴图见了不由笑道："七爷不必感伤，想来我这病是疫情所染，七爷还是保全自己，早日回府，莫要管我为是。"尹湛纳希听后，不由大恸，抱着巴图抽泣道："你我虽为主仆，情如安达，今日你在病中，我岂肯弃你而去。"

巴图见尹湛纳希如此言说，不由凄然一笑道："但愿来生还作七爷书童。"说罢，气息渐微，头已歪在一旁，一探鼻息，巴图已自去了。

尹湛纳希悲咽不止，含泪安葬完巴图，便晓行夜宿行路。银两没了，便典当衣裳；行粮没了，便食草根。历经艰辛，终于春夏之际，重返忠信王府。才至府门，便昏死过去。守门人呼和见此人衣衫褴褛，初时以为乞儿，正想唤人逐出为是，及至细看，似有尹湛纳希旧貌，许是怕担干系，忙忙告知管家庆顺，验明正身。庆顺急忙来看，看后不由骂道："糊涂东西，还不去把躺椅取来，更待何时？"众小厮忙忙取来躺椅，接尹湛纳希回府。尹湛纳希回府之后，大病一场，医生调息脉理，配药多方，数月方好。尹湛纳希每每思起书童巴图，甚是感伤。在书童巴图祭日之时，便写悼词以尽主仆之情，只见他写道：

　　巴图一去音缥缈，难忘旧时俏容颜。

　　如影相随数十载，一朝离去暗自伤。

光绪一八七五年五月十九日，额吉满优什伬去世，享年七十四岁，待额吉

231

出殡之后。因再无忌讳之故，至春夏之交，尹湛纳希便开始撰写《泣红亭》，许是有腹稿在胸之故，至秋季之时，已写至第七回。

光绪七年（一八八一年）辛巳九月，尹湛纳希年仅十七岁的儿子齐玛珂瓃经旺都特那木济勒引见，登册札萨克协理台吉。尹湛纳希随子同赴京城，习钦命公务，以备当差。随后便见圣旨至："台吉齐玛珂瓃，大清光绪七年十月二十五日辰时，养心殿引见，补放协理正堂，钦此。"

尹湛纳希心下甚喜，特留诗以记圣恩，其诗云：

仁慈圣者降恩典，诗缨之家百代传。

札萨王府结贤果，始有七百二十年。[①]

许是心情愉悦之故，从旧例至新年已写出十五回稿子，至正月初一，异文本《青史演义》已写至四十九回，许是同治九年前后阴影作祟之故，此次齐玛珂瓃补放协理正堂，可说是喜事一桩，忠信府可望家业重振也。故在此章中插话道：

吉祥如意射长廊，福禄喜降满庭芳。

子孙跪立大宅院，远近官员侍两旁。

众人频频举樽忙，袖底缕缕泛酒香。

宴席赏赐从旧例，七色蟒锻泛华光。

方才搁笔，却见六兄嵩威丹忠从外间走来，见尹湛纳希又在伏案写作，上前近看，不由笑道："想来七弟是即兴之作，此诗与《青史演义》前后章节毫无瓜葛，却写进此章，不知何意！"

尹湛纳希道："自同治九年前后，忠信府诸事不顺，此番齐玛珂瓃补放协理正堂，有望复苏黄金家族也，故此小记也！"

嵩威丹忠不由感慨道："七弟进展可谓神速也，才不过两月光景，《青史演义》已成数章，这正是：

兴起菊花酒一盏，唤来笔墨诗千般。

良缘机遇传百世，文业久长话万年。

只是愚兄有一事不明，为何异文本《青史演义》四十三回，仅丙寅年一年之事竟占去十八回，如此冗长，书中仅为一例也，难不成是历史繁杂之故？可否删

---

① 七百二十年：诗中的"七百二十年"指纪年，即成吉思汗诞生为始至作者写作所经年代。

232

减？"

尹湛纳希道："这一年圣祖四十五岁，七十五个部落聚会，四次恳请方登上帝位，且要定出万千政事、条文、礼仪、习规，况以南宋朝，中原之金朝、西边之夏国，缝隙之契丹，更有那新旧乃蛮，东西辽等多国，皆要一一讲述，割舍不得，遂占去十八回也。"

嵩威丹忠道："如此说来，并非小说线索使然，实为历史冗长之故也，面面俱到说来容易，实则不易也！"

尹湛纳希听后不由笑道："知吾者，六兄也！写作时有瓶颈困扰，写至四十六回时，见到大清国四大洲的报书和李鸿章、李圭等周游各国书籍，方解心中疑惑也，不然岂能如此神速也！"

嵩威丹忠道："英明的成吉思汗乃是征服强暴的圣主，令人钦服的史官再现圣谕也实在逼真，尹湛纳希真乃神笔也，愚兄望尘莫及，不得不服也！依愚兄台思来，七弟切不可操劳过度，正月过后，一日暖似一日，可去荟芳园走走，一来游园，二来寻芳，切不可久伏书案也。"

尹湛纳希道："兄长所言甚是，正月十五即有花开，想来有山有水的荟芳园，此时正是春意盎然之时，到时邀上巴图一同游园，再作上几首诗词，岂不惬意呢！"

嵩威丹忠道："想来已多时不见这巴图了，也该会会了。不知近来忙甚？"

尹湛纳希道："自上年夏秋以来，内外蒙古地方，亢旱太甚，被灾颇广，饥民患者无数，巴图时常走街串巷，医治病患，我已多时不见他了。待天气暖和了，正好一起聚聚。"

嵩威丹忠道："七弟可知？正月光绪帝行大婚礼，旺都特那木济勒特作《天婚赏穿黄马褂纪》七律两首。"

尹湛纳希道："旺都特那木济勒仕途风云正盛之时，时常来往于宗室王府之间，所作诗作皆为颂圣、达官贵人有闲之作。《如许斋公余集》收录光绪己酉年（一八八五年）至光绪辛卯年（一八九一年）之间诗作，听闻礼亲王世铎为《如许斋公余集》作序，序言云："如许斋诗一帙，如许斋主人寄兴之作也。主人性耽风雅，留心翰墨。凤稔其博观典籍，讽咏篇章，意其抗音吐怀，必有绮芊绵者。今承以所辑古今体诗若干卷付梓，邮寄且命为序。"

又署云：光绪十一年岁次己酉季冬中浣，姻愚兄世铎拜题。

嵩威丹忠道："想来众人皆有因缘之说。想来这旺都特那木济勒诗才不及七弟，却仕途顺利，风光无限。颇得慈禧太后恩宠，诗作不过是《蒙皇太后赐御笔龙字恭纪》《蒙皇太后赐御笔虎字恭纪》《蒙皇太后赐御笔鹤字恭纪》，何如七弟之才华，竟有如此福分？"

尹湛纳希道："兄长此言差也，昔年饱学诗书，皆在喀喇沁王府也，旺都特那木济勒照拂之恩，岂可相忘？旺都特那木济勒虽不会著书立说，但在蒙旗之中尚为有才之人。小弟正是在此三年，方才悟透世情。仕途风云诡谲，王公大臣昏聩；海防空虚，官场腐败。'文不读诗书，武不下校场'的王公大臣身居高位，饱学之士隐居山林，无才之人青云直上，有才之人举樽对月抒怀，何如拈笔放达天下！依我思来，人来世间恍如梦幻泡影，从天子到俗人，皆在游戏，但人皆喜生厌死，唯有把笔墨留下方为正理。古来又有言：'富不过三代'，岂如著书立说来得惬意。更何况清朝朝廷腐化，内忧外患，如今与清朝为敌的法国鬼子，同治九年在天津用髫龄眼睛制造蒙汗药，故才出事。我虽身在大凌河岸，对国事甚为关注，只是一介寒儒，只能以笔作枪，因人者不知祖先，无异无根之本，无源之水，唯有创作《青史演义》方能唤回民族复兴。纵使一朝命终逝去，富贵显耀无可留恋，唯有把长卷留存下来，千秋万代永世不烂，不毁，不破，不失！方不负来世走一回。"

嵩威丹忠道："如果愚兄记得不差，这是七弟在《村野老翁志》所写的一篇文章。人生短暂，唯有惜时，光阴似客，一去无返，唯有惜命，方可自保也！依兄思来，著述固然重要，然命更是当紧，气散了，命枯了，纵有才亦枉然也，故惜时惜命两者缺一不可，不知愚兄说得可对？"

尹湛纳希道："兄长所言不差也，是这么个理！"谁承想此番言语，竟成尹湛纳希自撰墓志文，次年尹湛纳希便在锦州药王庙过世，享年五十六岁，让人唏嘘不止！

嵩威丹忠日后细思当日之语，不由老泪纵横，难忘七弟旧日容颜，只是斯人已乘黄鹤去，怎不叫人暗离殇，此为后话，暂且不提！

这正是：

斯人已乘纸鸢去，睹物思亲痛断肠。

遥想旧年添话语，今朝思起暗离殇。

第二十五章

避乱逃离忠信府，百卷藏书难复还

诗曰：

　　火势蔓延整三天，空留灰烬绕尘烟。

　　逃离避乱离王府，百卷藏书难复还。

避乱逃离似疯长的草芥，在嵩威丹忠心间烙下了一块疤痕，随着这块疤痕的挈入，纵火焚烧的烈焰挥之不去，三天三夜的火光冲天，燃红了天际，燃红了那颗撕裂的心。楚宝堂不见了，东坡斋不见了，学古斋不见了，百卷藏书不见了，留下的只是一片废墟，留下的只是旧时的回忆，留下的只是难以愈合的伤痛！

光绪十七年（一八九一年）十月十日，爆发以李国珍、杨悦春为首的金丹道变乱，攻占敖汉旗贝子府，将贝子府改为"开国府"。自封为开国府总大教师，以下以王、侯、军师、副师、先锋分封。锁定朝阳地界，东西土默特及喀喇沁诸旗专为抄烧，弄得漠南四十九旗人心惶惶，纷纷举家迁徙，清廷急调直隶、奉天军前往镇压。

十一月，在清军提督叶志超率军镇压下，金丹道武装相继溃散，李国珍、杨悦春先后被清军捕获。

说来话长，敖汉旗在土默特的西北部。属敖汉部，敖汉旗也是蒙汉杂居地区，迁徙而来的移民多为山东人，有"真蒙古"和"随蒙古"之称。真蒙古指祖辈是蒙古族的叫"真蒙古"，后来加入蒙古籍的称"随蒙古"。

金丹道是汉族医生杨悦春发起，初衷是劝人吃斋行善，定有五条戒律，一不许剃头；二不许用烟酒；三不许奸淫邪道；四不许赌博；五不许信天主耶稣。因金丹道是教人学好的，所以当地人又称"学好"。

因土默特连年干旱，加之瘟疫流行。杨悦春便假借吃斋行善之便，向灾民推销自制药丸，名曰"金丹丸"。许是得病乱请医之故，为阻止灾情蔓延，灾民纷纷求取"金丹丸"。仅在建昌、敖汉、朝阳等地，就不下三十处。

据《徐愚忠自叙年谱》所言："推此乱之由生也，固是道匪包藏祸心，亦府中人平昔行为有以阶之厉耳。闻老贝子为人，平生尚无大过，但其年已六旬，久不问事，生有四子，大贝子，人尚忠厚，颇有武艺，次亦好，故免于难。惟唯三子，最为苛刻，本已出家，旋又还俗娶妻，居常行为，每不满人意，府中人又不免倚势，致百里中，无人不怨，虽为劫数当然，而此则不能不归于人事矣。"

这日巴图正在惠宁寺禅房诵经之时，忽闻从远处传来嘈杂之声。心中诧异，暗道："佛门清静之地，从无嘈杂之声？今日却是何故？竟染指清静之地？"及至出房定睛细瞅，却见来者不善。装饰甚是怪异，皆是头戴红帽，腰缠红布，手持刀矛土枪首先冲入惠宁寺，见堂内空无一人，便对着佛像乱砍，巴图已明是金丹道杀将进来。急忙躲至释迦牟尼佛像后面，左手中指被砍去一截。好在金丹道并未仔细搜查，巴图得以保全性命。傍晚时分，巴图匆忙跑至忠信府报信。

此时，尹湛纳希正在创作《青史演义》，听闻巴图所言，便道："忠信府与金丹道一向无冤无仇，再说忠信府对下人皆是体恤，或许能躲过一劫。"

巴图见尹湛纳希迂腐，不由着急道："早在十月十日，已有两千多名教徒聚集在朝阳县杨树弯子密谋叛乱之事。晚间便攻打贝子府，放火烧了府门，老幼无一幸免。又将相距不远的曲里营子蒙古人尽数杀害。短短不过一月，又来惠宁寺纵火，依我思来，下一个锁定的目标便是忠信府。七爷，害人之心不可有，防人之心不可无。还是躲避为好？"

嵩威丹忠也劝道："巴图所言甚是，近来东土默特外出避难之人渐多，这金丹道残忍成性，所到之处皆以烧杀为主。若有善心，岂有无辜性命皆被杀戮之说？"

尹湛纳希听后，竟然执意不肯，并道："大丈夫岂肯与妇孺一般，尹湛纳希务要与忠信府共存亡，再说忠信府一向对人忠厚，未做坑民害帮之事，或许能幸免于难。"

嵩威丹忠见两个人皆劝不醒尹湛纳希，故对巴图道："有劳巴图喇嘛报信，你可先行回寺。如今是多事之秋，巴图喇嘛务要小心为好。"

巴图道："六爷还是相劝七爷早早逃离此地为好，如有事情，可及时来寺告知便可。"说罢，便匆匆离去，按下不表。

然而事与愿违。十月十二日，金丹道杀入忠信府，府中妇孺和部分宝器皆已转移。金丹道见府内无人，便不由分说，把府内的草垛点着，随后又把点燃的谷草扔在院中的窗户上，一会儿工夫便火光冲天。此时尹湛纳希正在撰写《青史演义》，嵩威丹忠眼睛熏得睁不开眼，尚不忘书房里创作的尹湛纳希。但见他冒火冲进书房道："七弟，火势蔓延甚大，此时不走，更待何时？"

尹湛纳希见周遭皆是火苗，尚不忘头顶湿衣，向书房抢救书稿。抱着一台名砚及《青史演义》手稿从角门冲出忠信府。

才冲出忠信府，便见断垣残壁从空坠落。不过转瞬之间，忠信府百间房屋化为灰烬。火势冲天，浓烟滚滚，大火烧了三天三夜。尹湛纳希见此不由痛彻心扉。楚宝堂不见了，东坡斋不见了，学古斋不见了，万卷藏书不见了。想到先父遗愿未了。《青史演义》一书尚未完成，不禁心酸地流下了眼泪。

就这样，尹湛纳希于光绪十九年十月十六日，套上忠信府幸存的一辆马车，带着玉兰和家下二十余口过牤牛河，跟跟跄跄往义县方向而去。匆忙之间，只顾逃离，无人带有钱物。十八日至义州，见过义州知州，借银不过尚够一餐，又向城守慰借银三十千。想来让人唏嘘。二十二日到达锦州，六兄嵩威丹忠向锦州知府借钱一百六十千，在药王庙安置下来。

从义州至锦州，一百余里，走了三日方到达。嵩威丹忠将借债及房租皆罗列在《三才课》书封上：

> 大清光绪十七年，小毛贼作乱，十月十六日暮，逃难至义州城，向义州知州借千（钱）三十千，城守尉三十千。二十二日至锦州府见知府，借千（钱）一百千。二十一人，且居北关，租居民房五间，半年八十千，一年一百六十千。

这正是：

> 大清子民哭初冬，小毫①作乱走西东。
>
> 今夜月明行山路，不觉金鸡报五更。

---

① 小毫（暗指金丹道）：指每个成员的后脑勺，因留有一撮毛发，故为小毫。

第二十六章

愁云缭绕光绪年，星云渐散药王庙

诗曰：

> 残桥断路北风寒，枯树昏鸦月正残。
>
> 落叶萧萧谁哭泣，徘徊沽酒影孤单。

尹湛纳希至锦州后住在药王庙，说来这药王庙位于锦州西侧，庙宇虽不甚大，砖雕造型却甚是精致，院内厢房多间，正殿五间，东西厢房各三间。初来时见庙门前插有稻草，便知可赁，便租来庙里的三间东厢房住下来。一间两用，皆作书房和卧室，其余两间分别由儿子齐玛珂瑚和玉兰住着，为节省空间，玉兰所住一间兼作厨房之用。

西厢房也住着一户人家，看样子亦是避难而来，行事拘谨，只是不知是何底细。

玉兰把书房收拾妥帖，已是暮色四合，待把家中诸事做完。正准备起身回房，瞅见尹湛纳希虽坐定书房，眼光却甚是茫然，手里拈着一支毛笔，一副无所适从的样子。知是文稿焚毁阴影所致。便过来安抚道："夜已深了，先生想来乏了，岂可久坐，还是让玉兰为你宽衣，歇息去吧！"

尹湛纳希见玉兰甚是解语，不由涕泪道："楚宝堂不见了，东坡斋不见了；学古斋不见了，百卷藏书不见了，这心好似被人剜去一般，叫我怎能不心伤！"

玉兰乃聪明绝顶之人，岂能不明尹湛纳希之意，心下不由暗忖："解铃还须系铃人，看来还是以《青史演义》说事为好。便诘问道："事已至此，伤心徒劳无益，为了这部《青史演义》，从一八六六年起始至今已历三十八载，为了作品问世，可说是呕心沥血，矢志不渝；虽久经磨难，终是不悔；竟至茶饭不思，晨昏不识之地，难不成如今竟要放弃不成？"

尹湛纳希见玉兰诘问，知是要他振作之意，心下甚明，著书立说，心态最为重要，不胜感慨道："尹湛纳希虽于仕途无缘，拈笔著述，半世潦倒，能得解语花玉兰常侍左右，实为有福之人也！"

玉兰见说服先生尹湛纳希，心下甚喜，不由侍候尹湛纳希睡下，自去不提。

尹湛纳希虽已在炕案睡下，然药王庙房低屋窄，加之湿气太重，风时从窗口穿入，竟是辗转反侧。恍惚之间，却见父王与额吉相携而至，坐拥绿波亭赏两岸风景，兄台古拉兰萨身着一袭红衣，正在激情澎湃吟诵《太平诵》：

狂虏逆天扰海边，英武蒙军急入关。

鼠辈英寇投剑戟，屈膝伏降我主前。

卸甲收械庆太平，拔寨叠帐战马欢。

夜归家园拜父母，阖家欢乐月团圆。

吟毕，便见父王用赞许眼光望着古拉兰萨道："吾儿有此雄心大志，何愁国家不强，此诗写得不仅大气磅礴，希冀太平的心声亦强。"五哥贡纳楚克则铺陈宣纸，用笔描摹湖光山色，但见画面之上，烟波浩渺的绿波亭，轻烟似雾，飞翔的鸟雀纷纷撒下撷枝的橄榄，朝这边飞来，真是惬意！

父王见贡纳楚克画已作好，便与额吉一同展轴细看，额吉看后不由即兴点评道："综观吾儿所绘风景，比一月之前又见精进，依我思来，今后作画，墨点晕染宜清淡为宜。"又对在一隅独自操琴的尹湛纳希道："听纳希操琴，手法越见娴熟，就依此法练去，何愁无悦耳之音！"正要说话之时，却见巴图泛一叶小舟，急驶来报道："七爷还在此间留恋作甚，忠信府起火了，火势蔓延甚大，恐怕楚宝堂、学古斋、东坡斋保不住了。"

尹湛纳希乍听此言，唬得半日说不出话了，急忙跳入船舱，两个人向着楚宝堂方向驶去。却见楚宝堂、学古斋、东坡斋残垣断壁，已成废墟一片。尹湛纳希不由大叫一声，迷觉过去。

忽听耳畔有声音道："七爷醒醒，七爷醒醒。"初听此音，好似巴图声音，又听嵩威丹忠道："据你看来脉象如何？可有救治方法。"半日方听巴图道："上焦如雾，中焦如沤，下焦如渎。此病好似逆气症，待我先开汤药一方，权且试试，若有好转，再开第二方不迟。"说罢，又对一旁侍立的玉兰道："这几日饮食务要清淡为宜，切记莫要动气，少劳累，多养息为是。"玉兰道："玉兰记下了，这一时半会，恐怕先生还醒转不来，巴图喇嘛可否在此小住数日，一来先生与你相厚，也可有个人说话，二来也可多相照应，不知可否答应玉兰？"

嵩威丹忠见巴图欲言而止的样子，故道："巴图寺庙事务繁杂，医理之事皆凭他打理，今日能百忙之中至此，已是不易，今日务要赶回去。还需你多加辛苦！我们就此告辞，如有情况，可让齐玛珂瑚回府告知便是。"

说罢，两个人起身离去，玉兰见两个人去了，摸摸尹湛纳希额头，时冷时热，故让齐玛珂瑚去药铺抓药，齐玛珂瑚去药铺抓药。郎中见药方开例分别是：天麻十克、勾藤二十克、石决明二十克、怀牧十克、黄芩十克、苏叶十克、百合三十克、五味子十克、炒枣仁二十克、柏子仁二十克、生地二十克、天麦冬各十克、生必牡三十克、珍珠母三十克、远志十克。

郎中抬眼瞅了一眼齐玛珂瑚，便漫天要价道：抓药七服，用银五两，可要现抓？"齐玛珂瑚以为听错："此药为何如此之贵？竟要五两白银？郎中莫不是说差了？"

郎中一听颇不耐烦，道："抓药治病，愿买愿卖，两相情愿，无有银子来此作甚？"说罢，随手一扬，便见药方飘落于地，齐玛珂瑚见了心下甚是悲愤，欲上前辩白几句，又恐误了父亲病情，只能含悲忍辱回药王庙取银。

玉兰见齐玛珂瑚一去半日，药未抓来，知是银两所误。便取出一物，却是琉璃灯，尹湛纳希见了，不禁黯然伤神。齐玛珂瑚见此，忙道："此琉璃灯为父亲最喜之物，万万不可，可否换一物件典当？"玉兰见齐玛珂瑚如此言说，不由凄然道："家中所有宝物，皆典当而空，只有此物了，依我思来，还是身子为重，待日后好转，再赎回不迟。"齐玛珂瑚一听，只能接过琉璃灯去典当行，换银五两，方才取回药物。

尹湛纳希喝过七服中药，身子渐有好转。便又投入创作之中，不觉已至春节，漠南风雪又至，家家燃放炮仗，唯独尹家无力承办贺岁之物，竟是寂然无声。玉兰见尹湛纳希闷闷不乐，又是极尽安慰。到得晚间，盆火渐熄，屋子冷气时从窗棂而入，辗转难眠，索性披衣起身，续写《青史演义》，谁料写至一半之时，突觉头晕目眩，不觉倒在书案。朦胧之中，便见偌大院子，雪花漫天飞舞，又有声音从远处传来，听着似旧年所谱《荟芳园》之曲，却见五哥贡纳楚克神采飘逸，身披红斗篷，手执一盏琉璃灯，在芍药轩赏雪吟诵，细听吟的诗词却是《寒冬》：

寒透长袍手揣袖，红壁暖屋披斗篷。

夜卧静听寺院钟，掀帘远望北山雪。

寒夜马蹄轻，野店茅屋冷。

老树孤鸦凄，独有弦月醒。

如此吟诵三遍，方踱着步子，向绿波亭方向而去。心下不由疑惑不止。手上琉璃灯，不过是个稀罕物，系惠宁寺喇嘛牧仁所赠，自出生起，便未曾离身，如影相随数十载，一向不与人外借，即便是五兄贡纳楚克也不过赏玩数次，如何却在五哥手上？难不成他已从典当行赎回？寺院，北山之雪，老树孤鸦凄，独有弦月醒。如此荒败之景，却是何意？

正在细想之时，依稀听见哭声阵阵，好似玉兰、齐玛珂瑯的声音。不由气往上冲，咳嗽不止。却听有声音道："贤弟且醒醒，贤弟且醒，"又似绍古的声音，不由强睁双眼。却见炕案之前皆为熟悉面孔，好友绍古、巴图喇嘛、哈斯乌拉亦来相送，不由强颜欢笑。然心下已明，沉疴之症想来难治。玉兰儿见尹湛纳希醒了，忙取过水来，待喂过三勺，似有回光返照，用手指指六哥嵩威丹忠，嵩威丹忠近前握着尹湛纳希冰冷之手，贴着尹湛纳希的耳朵，早已泣不成声。尹湛纳希眼含泪花，用微弱的声音，断断续续道："望六兄把这几件事替七弟办了，把《青史演义》书稿带回，务要流传，唤起民族觉醒，凹金宝剑、台砚赠予巴图喇嘛；为玉兰儿寻个人家，以便后世有托，送我重返故土。"说罢，一滴眼泪从眼角滑落，目光渐渐散了，手脚也冰冷了。一代才子尹湛纳希谢世，终年不过五十六岁，说来令人唏嘘！

先生、先生，父亲、父亲，七爷、七爷，贤弟、贤弟，药王庙哭声阵阵，此时天际又飘起了雪花。随着风情之肆虐，雪花漫天飞舞，树上挂满了雪霜，庙里庙外皆是素白一片，似在为陨落星宿尹湛纳希送行。

入殓之时，已无有像样物品陪葬，好在两日前，绍古已从当铺赎回琉璃灯。只能把琉璃灯、一截毛笔作为陪葬之物。真真应了满月抓周之应，生前著述不离笔，死后一截毛笔永相随之说。

辰时之时，在六兄嵩威丹忠和巴图主持下，一辆双套马车载着尹湛纳希的灵柩行进在去惠宁寺途中，齐玛珂瑯身着重孝走在前面，后面依序跟着嵩威丹忠、巴图喇嘛、玉兰、管家庆顺、哈斯乌拉和绍古。

雪天映衬下的孝衣在眼前挥之不去。嵩威丹忠独坐书案，正在颤颤巍巍翻阅书稿《青史演义》。看见熟悉的笔迹，不禁凄然泪下。三十八年心血，成就一部著作，试问人世间能有几个三十八年？

不由拿起毛笔，慨然写下一诗，权作有生之年悼念七弟尹湛纳希之文。

吾兄手迹

见兄手迹墨如新，心潮汹涌意难平；

尹湛七弟亦归去，嵩山无语泪潺潺。

兰桂齐芳道八人，愚拙嵩山叹伶仃。

仙境窈窕穷难见，一泓秋波映水晶。

沿忠信府东北方向，十里处毛盖图有孤坟一座，墓前两株杨树，却甚是繁茂，立有一石碑，碑文不过寥寥数语，墓主人为尹湛纳希。墓葬虽为平民等级，却有四十九旗文人墨客前来凭吊……

这正是：

杨柳丝绦栖倦鸟，时来旗客寄相思。

寥寥数语石碑立，芍药花开写传奇。

图书在版编目（ＣＩＰ）数据

琉璃灯 / 郭改霞著. -- 北京 ：中国文史出版社，
2022.9

（实力榜·中国当代作家长篇小说文库）

ISBN 978-7-5205-3798-8

Ⅰ．①琉… Ⅱ．①郭… Ⅲ．①长篇小说－中国－当代

Ⅳ．①I247.5

中国版本图书馆 CIP 数据核字 (2022) 第 183486 号

责任编辑：全秋生

出版发行：中国文史出版社

地　　址：北京市海淀区西八里庄路 69 号　　邮编：100142

电　　话：010－81136602　　81136603　　81136606 （发行部）

传　　真：010－81136655

印　　装：廊坊市海涛印刷有限公司

经　　销：全国新华书店

开　　本：787 毫米×1092 毫米　　　1/16

印　　张：15.75

字　　数：248 千字

版　　次：2023 年 3 月北京第 1 版

印　　次：2023 年 3 月第 1 次印刷

定　　价：58.00 元